U0014318

—鄭手作品集—

# 目錄

## 第二部■蠻荒地　395

## 第三部 覓歸路 763

# 前言

商朝距今三千多年，沒有正史，是個神祕而幽遠的時代。唯一關於商朝歷史的記載，只見於《尚書・商書》十七篇和《詩經・商頌》五首等由周人所記的文獻；直到甲骨文出土，經過多代學者的整理和解讀，人們才開始對商人有了第一手的認識。然而甲骨文書寫的並不是歷史，而是「卜辭」，即貞卜的紀錄。若將周人的文獻與甲骨文相對照，我們可以發現，對於商朝之後的周人來說，商朝已顯得頗為詭異難解，更別說對我們這些三千多年後的現代人了。

為甚麼詭異難解？因為商人正處於「自然主義」或「動物主義」（naturalism 或 animalism）的最後一道暮光之中，是人類演進到「人本主義」（humanism）的最後一站。從甲骨文中，我們能窺見商人對巫術、祖先、鬼神的虔誠信仰和狂熱崇拜，以及對山川雲雷及野生禽獸的衷心敬畏。為了取悅先祖鬼神，商人屠殺大量牛羊甚至外族之人，做為「犧牲」奉獻給先祖；為了探知先祖鬼神的心意，商王日日命巫者焚燒龜甲進行貞卜，從氣候、收成、戰爭、疾病以至於生子生女，事事皆須貞問吉凶；為了讓死者之靈在冥界享受舒適的生活，不惜以生人、珍貴的玉石和青銅器物為陪葬。

我嘗試解讀那些圖案般的甲骨文，開始研讀關於商代的各種書籍，查閱商城遺址墓葬的考古資料，試著了解商朝人心裡在想些甚麼，體會他們的喜好、恐懼、嚮往……不知不覺中對商朝生起了莫大的興趣，因此決定以晚商為本書的時代背景，以「真實」的歷史人物為骨架，加上巫者、方族、王位、爭戰等等，建構成了這本不同於往昔武俠風格的《巫王志》。

商朝有沒有武俠？請看看這個字：

這是甲骨文的「武」字，右上方是「戈」，古代的重要武器；左下方是「止」，即腳趾，表示行進。整個形象就是一個人持戈前進，去做甚麼？當然是去征戰了。商王武丁（即書中的王昭）時期征戰頻繁，征戰的目的包括擴張領土、威伏納貢、劫掠俘虜、奪取銅鹽等等。這是最早的「武」字的起源。

那麼商朝有「俠」嗎？甲骨文中沒有「俠」這個字。但是「俠」是存在於人心中的一種精神；相信遠遠早於司馬遷創作〈遊俠列傳〉之前，人們便已有了「俠」的概念。

自從二〇〇七年出版《天觀雙俠》後，至今已滿十年。在這十年間，我盡量規律地每兩年推出一部新作，期間得到許多讀者的支持與鼓勵，在此深表感謝。

這部《巫王志》由於場景浩大、人物眾多，我今年只寫出了預計進度的三冊五十多萬字，整套書寫完應該有八、九十萬字左右，計畫於明年二〇一八年推出後半部的內容。衷心感謝讀者的肯定與支持，敬請各位期待明年（希望能夠順利寫出來）的完結篇。

鄭丰，二〇一七年，於香港

# 商王世系表

資料參考：《史記・殷本紀》、張光直《商王廟號新考》、《商代史・卷二》〈殷本紀訂補與商史人物徵〉653-654 頁。《古本竹書紀年》：「湯滅夏以至於受，二十九王」，與《史記・殷本紀》所載三十王有出入。王之名稱以甲骨文為主。其中大丁、祖己曾立為小王，並未即位為王。

大乙成唐 1（湯）——大丁——大甲 4——沃丁 5

大丁｜卜丙 2｜中壬 3

沃丁 5｜大庚 6——小甲 7｜雍己 8｜大戊 9——中丁 10｜卜壬 11｜戔甲 12

祖乙 13——祖辛 14——祖丁 16——虎甲 18

祖辛 14｜羌甲 15——南庚 17

虎甲 18｜般庚 19｜小辛 20｜小乙 21——武丁 22——祖己｜祖庚 23｜祖甲 24

廩辛 25｜庚丁 26——武乙 27——文武丁 28——帝乙 29——帝辛 30（紂）

肅方
度卡族
鷹方
熏育
鬼方
羌方
土方
鬼島
天邑商
井方
鼠方
雀方
犬方
禽方
夷方
虎方
盧方
龍島
楚方
海族
巴方
兕方
濮方
大商多方輿圖

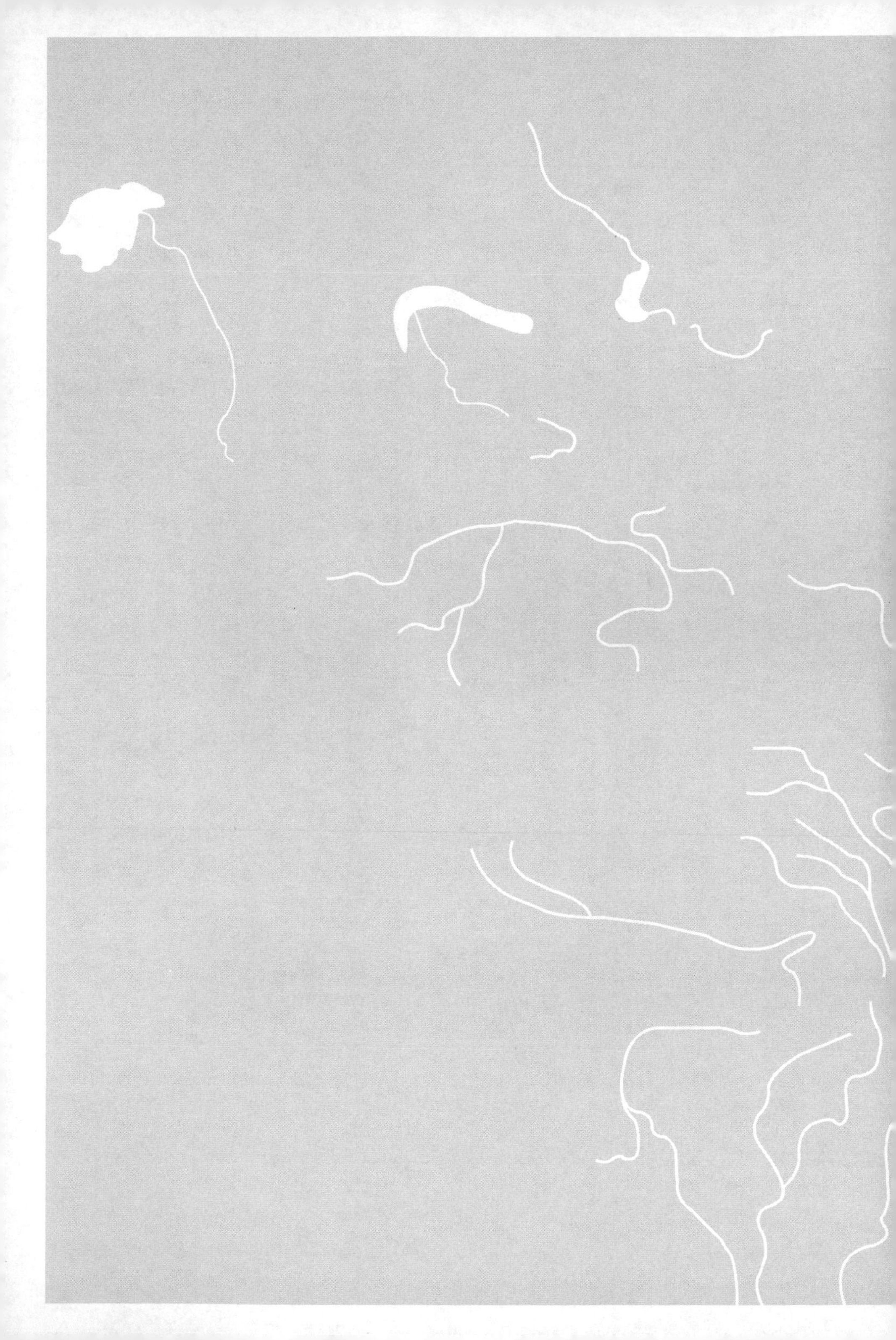

# 第一部 天邑商

天命玄鳥，降而生商，宅殷土芒芒。
古帝命武湯，正域彼四方。
方命厥后，奄有九有。——《商頌．玄鳥》

# 第一章　巫韋

海內昆侖之虛，橫亙著一條由西北向東南的大河，名為赤水。赤水水流遲緩，色紅如血，水面反射粼粼日光，閃爍著詭異的赤色。赤水兩岸夾生著一片人高的灰白艾草，隨風擺蕩，彷若波浪；艾草之中藏著一條崎嶇的土道，隱約傳出轆轆車聲，卻始終看不見半點車影人影。

半晌後才看清，在土道上緩緩行進的，是五輛大商王族的牛車，車身結實，裝飾華麗，但明顯已飽受風霜，車輪深陷泥濘，不知裝載著何等貴重的物品。

當先一輛牛車上坐著一個衣著華美、身形肥胖的青年人，他滿面汗水，雙眉緊蹙，舉起一手遮擋陽光，瞇著眼努力往前方望去。忽然之間，青年睜大了眼，舉手下令：

「止！」

牛伕們紛紛呼喝扯繩，五頭牛緩慢停下腳步，在烈日下喘息不已。牛伕和守衛牛車的羌奴們抬眼望去，都不禁驚呼出聲。但見十丈之外再無艾草，豁然出現一片寬廣的平野，平野上有座小小的山丘，山丘上生著一株參天巨樹，樹幹總有二十人合抱那麼粗壯，枝葉茂密如蓋，在日光下閃閃發光。奇的是，這座小丘和巨樹從遠處並無人得見，直到牛車駛近離小丘十丈之內，才陡然出現在眼前。

肥胖青年興高采烈地跳下牛車，大步奔上山丘，來到那株巨樹之下，抬頭仰望。只見樹上晶瑩閃爍的竟然並非一片片的樹葉，而是一粒粒渾圓的珍珠！

青年雙眼發光，自言自語道：「三珠樹！可被我找到了！」又轉身呼喚：「來人！拉兩輛牛車上小丘來！這三珠樹上的珍珠能採多少，便採多少，全數運回天邑商！(注1)」

一個身形高壯、面目黝黑的中年人亦步亦趨地跟隨在青年身後，這時聽了青年的命令，面露為難之色，躬身說道：「啟稟王子桑，我王命我等儘快率車隊赴兕（音同『肆』）方取貢，不可拖延。牽小臣和車隊此時還在遠處的平野等候呢。」這中年人名「直」，乃是家中世代侍奉大商王族的「牛小臣」，長年跟隨商王車隊出外徵收貢物、買賣貨品，途中負責看管餵飼拉車的牛隻，經驗豐富，甚受大商王族信任倚重。

華衣青年乃是現任商王王昭之子，姓子名桑。這時他滿面不耐煩之色，揮手說道：「你囉嗦甚麼？只不過是個牛小臣，我可是大商王子！這些珍珠稀罕貴重，值得不知多少朋貝(注2)！我裝滿了兩車帶回天邑商，父王一定大大高興！」

牛小臣直仍勸道：「這兒地近昆侖，據說多有巫術高強的神巫；而且左近多方(注3)詭異陌生，這株神樹周圍可能有巫術守護，不應輕易靠近啊。」

王子桑不為所動，皺起眉頭擺手道：「離開天邑商前，大巫㱿（音同『穀』）替每輛牛車都施了巫術，他方之人不但無法接近我們的牛車，甚至連看都看不見，怕甚麼？」說著又向小丘腳下喝道：「將牛車拉上來！我要爬到牛車頂上採珍珠！」

牛小臣直還想再勸，子桑卻只一迭聲地催促牛伕，不再理會他。牛小臣直無奈，只好嘆了口氣，愁眉苦臉地往下走去，準備幫忙牛伕趕車上丘。不料才轉身走出兩步，便聽身後傳來一聲驚恐莫名的慘叫。

牛小臣直一驚回頭，慌亂中只見到王子桑仰天倒下，胸上似乎中了一枝箭，傷口鮮血直冒。

牛小臣直嚇得臉色蒼白，連忙拔步往丘頂奔去，王子桑的身子卻從他腳邊倏地滾過，一路骨碌碌滾下了山丘。牛小臣直伸手攔阻不及，正想奔下山丘追上探視，耳邊卻有咻咻聲響竄起，無數枝飛箭如雨點般落在身周。他大叫起來：「有敵人！有敵人！」此時已來不及逃下小丘，他只能撲向三珠樹，鑽入盤根錯節的樹根之間，盼能避開敵人的攻擊。

山丘下的眾牛伕和羌奴眼見箭如雨下，頓時一哄而散，有的鑽入草叢，有的跳入赤水，有的慌不擇路，往小丘奔來，正好遭亂箭射死，慘呼哀叫之聲不絕於耳。

牛小臣直伏在樹根之下，勉強將身子縮到最小，心中拚命祈禱：「天帝保佑！先祖保佑！大巫保佑！」

過了不知多久，羽箭落勢才終於停歇了，四周陷入一片詭異的寂靜。

牛小臣直緩緩睜開緊閉的雙眼，才看清插在身邊樹根上的並非羽箭，而是一條條如銀

---

注1 天邑商即商王盤庚遷殷後的商朝首都，商人稱之為「大邑商」或「天邑商」，在今日中國河南安陽小屯村附近。

注2 商朝以貝殼為錢幣，朋為錢幣單位，一朋通常為五枚大海貝或十枚小海貝。

注3 商朝時天下方國林立，通稱為「方」、「某方」。

魚般細細長長的事物，兩頭尖銳，卻看不出是甚麼。

正疑惑間，但聽腳步聲響，似有一群人往山丘上走來。牛小臣直一顆心怦怦亂跳，又不敢看，又不能不看。他從樹根之間偷偷望去，只見一個人形輕巧地走上山丘，卻是個全身赤裸的女子！雖說赤裸，卻也並非赤裸——她身上覆滿了閃亮亮的青色鱗片，該有頭髮的地方並無毛髮，卻是一條條深青色的水草，胡亂地披散在肩頭和背後。

牛小臣直從未見過如此長相的人，心中驚怖交集，暗想：「這是甚麼方國的人？明明是人形，卻全身魚鱗，又是女子，莫非……莫非是魚婦？」

那滿身青色鱗片的女子緩緩逼近前來，手中持著武器，眼珠如魚目一般混濁，她身後還跟著數名同樣形貌的女子，眾女的頭都微微朝天抬起，似乎在聞嗅甚麼。

牛小臣直心念一動：「瞧這模樣，她們的眼睛似乎看不見事物。瞽者（注1）多靠嗅覺和聽覺辨別事物，我可不能被她們聽見，也不能被她們嗅到了。」

他全身僵硬，不敢移動半分，以免發出聲響，口中默念起大巫彀所教隱藏氣味的咒語，心中繼續祈禱：「天帝保佑！先祖保佑！大巫保佑！」

大約是他的咒語起了效用，那些滿身青色鱗片的女子在樹根之間搜尋了一陣，甚至從他身上跨過，卻未發現他。眾女並未發出任何聲響，彼此之間也不知如何交談，忽然便一齊退去，回到山丘之下，抱起受傷昏厥的王子桑，放上牛車，接著趕起五輛牛車鑽入草叢，轉眼便不見了影蹤。

牛小臣直這才緩緩爬起身，放眼四望。但見三株樹依舊，山丘依舊，然而山腳下的牛車、牛伕、羌奴卻全都消失無蹤了。他的腦中一陣昏沉，彷彿置身夢中，全然不知究竟發生了甚麼事，也不知道事情是如何發生的。

牛小臣直呆了好一陣子，才勉強鎮靜下來，辨別方向，沿著赤水旁的土道徒步走了十餘里，終於來到了一片平野，找到仍在該地等候王子桑的商王車隊。彼時王子桑帶了五輛牛車去尋找傳說中的三珠樹，其餘五十多輛牛車便都留在此地，由掌理牛車隊的「牽小臣」率領羌奴看守。

牛小臣直立即奔去見牽小臣。這位牽小臣名「樸」，乃是專替商王掌管多方進貢之物的老臣，年紀已有五十多歲了，眾人都戲稱他為「老臣樸」。他平時不大管事，偶爾商王派他擔任牽小臣，跟隨牛車隊出外徵收貢物、收集吉金。他的職責很簡單，就是監督車隊諸人，不讓隨隊的多子或巫者偷取多方之長貢獻給商王的財物。（注2）

牛小臣直找到了老臣樸，將他拉到無人處，斷斷續續地說出了事情經過，最後著急地

注1 瞽，音同「鼓」，眼盲的人。

注2 商朝以青銅器聞名天下，商都遺址出土了大量的青銅器物，然而甲骨文中並沒有「銅」或「青銅」等字眼。由周朝金文推測，商人很可能稱青銅為「金」或「吉金」。青銅通常是純銅與錫的合金（甲骨文中有『錫』字），也有銅與鉛的合金。青銅中含錫量愈高，光澤和硬度就愈高，較適合用於兵器。錫較鉛貴重，因此王室所用青銅器通常含有較大比例的錫，而平民所用青銅則多含鉛。書中所用「金」或「吉金」即指青銅器。

道：「王子桑牛車上的吉金和貢物全被劫走，王子桑也被捉去了，我們該如何是好？還是我這就去請巫霍過來，一起商討對策如何？」

老臣樸只聽得眉頭緊皺，神色雖驚詫，卻不慌張。他仔細聽完之後，舉起一隻乾枯的手，緩緩說道：「且莫著急。此事不必尋巫霍來，他也未必幫得上忙。前日王子桑說要去找三珠樹，我便勸說不可，但他仍堅持要去，如今出了事，可不能怪到我等的頭上。吉金和貢物大多留在此地的車上，少了那五輛牛車，也不是甚麼大事。我們不能因小失大。依我說，我們應立即啟程，趕往兕方要緊。」

牛小臣直聽了，不禁一怔。他素知老臣樸精細謹慎，斤斤計較，貢物中少了一疋布、半粒吉金，他都會暴跳如雷，高呼無法向商王交代，逼迫隨車的多子和貞人交還補足；如今整整五輛牛車的吉金和貢物不見了，還少了一位小示（注）的王子桑，老臣樸竟穩若泰山，恍若無事，主張繼續西行？

牛小臣直感到難以置信，心裡擔心王子桑，又捨不得那五頭牛，便提議道：「我們這兒有羌奴五十，不如率領他們去包圍魚婦住的村子，逼她們交回王子桑、牛車和吉金。倘若奪不回牛車，救不回王子桑，我們回去天邑商後，難以向我王交代啊！」

老臣樸搖頭道：「誰知道魚婦住在何處，如何才能找到她們的村子？況且，我聽聞魚婦平日長住在水中，我們的羌奴再多，也無法在水中跟她們抗衡。不，此險絕不可涉，徒然只送了大夥兒的性命。」

牛小臣直聽了，忍不住大聲道：「我等身為王之小臣，為保護我王的子嗣財貨而死，也是應當的啊！」

兩人正爭論間，忽有一羌奴屈著身子來到數丈外，似乎有要事稟報。依照大商規矩，羌奴不准穿衣著裳，因而他只在腰間綁了一條破布。

老臣樸招手讓那羌奴近前。羌奴小步趨上，跪倒稟道：「啟稟老臣樸，營外有名巴女求見。」

老臣樸和牛小臣直對望一眼，這處平野離巴地頗為遙遠，不知這名巴女從何而來，有何意圖？老臣樸道：「我們一起瞧瞧去。」

於是牛小臣直便跟著老臣樸來到營邊探視，但見來者是個矮矮壯壯的婦女，一臉橫肉，頭上包著厚厚的布條，正是巴人裝扮；然而她身後還跟著一人，身形甚高，比那巴婦足足高出兩個頭，全身青色鱗片，頭髮有如海草，眼珠混濁，竟是一名魚婦！

牛小臣直先是大吃一驚，接著不知從哪兒生出一股勇氣，搶步上前，對著那魚婦喝道：「立即放回王子桑，歸還牛車，不然我等絕不放過妳們！」

那魚婦睜著無法閉上的魚眼，瞪著牛小臣直，毫無懼色，也不回答。

這時那巴婦開口說道：「魚婦不能言語，由我替她傳話。」

老臣樸伸手握住牛小臣直的臂膀，將他拉了回來，低聲道：「且聽對方有何話說。」

那巴婦咳嗽一聲，接著說道：「魚婦阿依有命，令商人牛車隊之長傍晚時分赴赤水上

---

注 商朝「小示」如周朝的「小宗」，即庶出之意。多子為王族子弟之稱；貞人為官職，可占卜與刻辭。

游三里外的魚婦屯，拜見阿依。人若不到，阿依便將捉到的商人全數殺了，屍體扔入水中餵魚。停留在此的商人也將全數處死，一個不放過！」

巴婦說完，不等老臣樸和牛小臣直回答，便自轉身走開。那魚婦也跟著去了，二人一下子又消失在草叢之中。

老臣樸和牛小臣直怔然望著草叢，都是呆了，更說不出話來。

牛小臣直傻楞楞地問道：「甚麼是阿依？」

老臣樸見聞廣闊，回道：「我聽聞西南方族之人稱母之母為『阿依』。那巴婦口中的阿依，或許便是對魚婦女王的尊稱？」

牛小臣直道：「母之母，不是稱為『妣』麼？怎麼叫『阿依』，多麼古怪。」

老臣樸哪有心情去跟牛小臣直爭辯「阿依」這名稱是否古怪，正要開口下令立即啟程逃命，忽聽身後傳來一聲冷笑。

老臣樸和牛小臣直一驚回頭，看見身後多出了一個男子，身形修長，一襲銀色窄袍，袍腳直拖到地，頭戴羽冠，竟是一名巫者。老臣樸見此巫面目陰沉，雙目細長，頓時認出他來，脫口叫道：「巫韋！」

巫韋淡漠凝望著老臣樸，嘴角露出陰冷的微笑。

老臣樸心生警戒，暗想：「巫韋乃是我王多巫之一，王后婦井的親信之巫。他並未跟隨牛車隊出發，怎會忽然找上我們？莫非……」想到此處，心頭猛地一跳，脫口問道：「巫霍呢？」

巫韋瞇起眼睛，說道：「死了。」

老臣樸心中再無懷疑，確知巫韋來者不善，連隨隊的巫霍都已被他殺害，眼下情勢委實險惡已極。他腦中念頭急轉，背上冷汗直流，不再言語。

巫韋一邊冷笑，一邊跨步上前，直盯著老臣樸，說道：「小臣樸。膽子不小。王子桑遭擒。不救！」他每說幾個字便停頓一下，顯得十分詭異。

牛小臣直性情單純，見到巫韋出現，心頭一喜，連忙上前說道：「巫韋！您來了就好了！您巫術高強，正好帶領我等去向魚婦女王討回牛車，救回王子桑！」

巫韋對牛小臣直的言語彷若未聞，雙眼仍舊直盯著老臣樸，低喝道：「說！」

老臣樸緊閉嘴唇，垂下眼光，不肯望向巫韋。

牛小臣直望望巫韋，又望望老臣樸，完全不明白發生了甚麼事，也不知道巫韋要老臣樸說甚麼，卻察覺事態嚴重，不敢再開口，偷偷退開了一步，但又不能就此逃走，只好硬著頭皮站在當地，默然觀望事態如何發展。

只見巫韋又跨上一步，低下頭，細長的雙眼直盯老臣樸的臉，再次低喝：「說！」

老臣樸臉龐扭曲，閉上雙眼，咬緊牙根，顯然正承受著莫名極大的痛苦。

牛小臣直隱約猜知巫韋正施展巫術，逼迫老臣樸說出甚麼祕密，然而自己跟隨老臣樸率領的牛車隊來到西南多方收貢、取金、買賣，已有三個多月的時光，此行和他往年跟隨的商王車隊一般，並無任何特異之處，實在想不出巫韋為何會忽然出現，並以巫術向老臣樸逼問？這車隊又有甚麼祕密？

牛小臣直愈想愈不解：「巫韋乃是我王之巫，他之所以來此，自是來幫助我們的。為何會對我王素來信任的老臣樸施以巫術逼問？」

他伸手搔著腦袋，眼見老臣樸神情愈來愈痛苦不堪，這才忽然明白過來：「巫韋不是來幫助我們的，他是我們的敵人！是了，他肯定是王后派來的。他在探詢老臣樸的祕密，也就是在探詢我王的祕密。我得想辦法解救老臣樸！」

正當牛小臣直從惶惑無措轉為豁然明白之際，老臣樸陡然慘叫一聲，仰天癱倒在地。

牛小臣直驚叫道：「老臣樸！」他衝上前探視，但見老臣樸雙眼翻白，已然昏厥了過去。

一旁的巫韋喃喃自語道：「原來如此！王子曜！治病！」

牛小臣直感到巫韋冰冷的目光投射在自己身上，全身一寒，嚇得哭了起來，語無倫次地叫道：「你把老臣樸弄死啦！我甚麼都不知道！你把他弄死啦！」

巫韋轉向牛小臣直，喝道：「起身！回答！所有牛車。全在此？」

牛小臣直不敢不答，只得乖乖站起身，強壓心頭的恐懼慌亂，回道：「所有的牛車都在這兒。」

巫韋點了點頭，不再理會牛小臣直，大步走向一輛牛車，掀開車帘，將車上木箱包裹一一翻開檢視，顯然在找著甚麼，一輛搜完，又去搜下一輛。巫韋搜完了五十多輛牛車，似乎並未找到他想找的物事，神色冷酷，大步回到老臣樸身旁。

這時老臣樸已微微醒轉，睜開了眼，見到巫韋，眼中滿是驚惶。

巫韋俯下身，伸手掐住了老臣樸的咽喉，喝問道：「人？何在？」

老臣樸嘶啞地道：「我不知道，我甚麼都不知道……」

巫韋雙眉豎起，手指收緊，厲聲道：「說！我王命你！偷帶王子曜！尋巫治病！王子曜，何在？」

老臣樸喉間發出咯咯聲響，顯得極為痛苦，但仍勉力撐持，拒絕回答，一張臉漲成紫紅色，眼看就將窒息死去。

牛小臣直生怕老臣樸就此被巫韋掐死，危急之中，忽然靈機一動，張口叫道：「我想起來了！並非所有的牛車都在這兒，還有五輛牛車，讓王子桑趕去尋三珠樹了！」

巫韋轉過頭，細長的雙眼灼灼凝視著牛小臣直，低喝道：「說下去！」

牛小臣直吞了口口水，膽戰心驚地續道：「這……這是我親眼見到的，我方才跟隨王子桑，趕著五輛牛車，去尋找……尋找三珠樹了。」

巫韋追問：「牛車？」

牛小臣直答道：「在……在那三珠樹下，忽然出現了一群魚婦，將王子桑和那五輛牛車都……都給劫走了。方才，方才魚婦派了人來，叫牛車隊之長去魚婦屯拜見魚婦女王。」他福至心靈，又加了一句：「巫韋，不如您親自去見見那魚婦女王，向她討回那五輛牛車。您要找的人還是甚麼事物，一定就在那五輛牛車上！」

巫韋皺起眉頭，思慮一陣，問道：「魚婦屯。何在？」

牛小臣直巴不得趕緊送走這個凶殘煞神，連忙回答：「就在赤水上游三里外，不遠，不遠。」

巫韋鬆開手，站起身，老臣樸頓時能夠呼吸了，癱在地上咻咻喘息。

巫韋冷冷地瞪了老臣樸一眼，從懷中掏出一隻鳥，模樣頗似鴟鷹，卻生著一張人的臉孔，雙足猶如一對人手，乃是一隻名叫「鴸」(注)的奇鳥。

巫韋對那隻鴸說道：「稟告王后。子曜治病。赤水昆侖。」

那頭鴸點了點頭，張開人口，複述道：「子曜治病。赤水昆侖。」展開翅膀，沖天飛起，轉眼便鑽入雲霄，再也看不見了。

巫韋不再理會老臣樸和牛小臣直，大步走向赤水，消失在赤水旁的艾草叢中。

牛小臣直趕緊扶起老臣樸，問道：「你還好麼？」

老臣樸撫著咽喉，不斷乾咳，良久才說得出話來：「我沒事。他……他走了？」

牛小臣直抬頭探望，再也見不到巫韋的身影，點頭道：「走得不見人影了。」

老臣樸在牛小臣直的攙扶下，勉力站起身，掙扎著走向一輛方方正正的牛車。兩人來到那輛牛車旁，但見裡面的木箱布袋都被巫韋翻了出來，跌散一地。

老臣樸探頭往車裡望去，只見車中空空如也，甚麼也沒有，臉色大變，驚道：「人呢？」

牛小臣直雖蠢笨，這時也已猜出了個大概，低聲問道：「你說的人，可是指王子曜麼？他真的在咱們的牛車隊之中？」

老臣樸又是驚急，又是擔憂，長嘆一聲，說道：「巫韋都追上來了，我便跟你說了也無妨。我受王密令，此行暗中帶上了王子曜，護送他去昆侖山尋找巫醫，請巫醫替他治病。」

牛小臣直聽了，忍不住問道：「這是為了甚麼？」

老臣樸說道：「我長年在婦斁（音同『杜』）之宮服侍，眼看著王子曜長大，對他們兄妹三人向來關心，又因我王對我信任有加，是以付此重任予我。」

牛小臣直仍舊百思不得其解，說道：「眾所周知王子曜自幼體弱多病，但是……但是婦斁乃是王婦，王子曜身為王子，我王又何須命你偷偷摸摸地帶王子曜出來求醫治病？」

老臣樸臉色一黯，開始唉聲嘆氣，說道：「這就不好說了。你沒見到麼？巫韋專程追上我們的車隊，就是為了此事啊。巫韋乃是王后婦井的親信，這你總該知道吧？」

牛小臣直的腦子動得慢，想了好一會兒，才恍然大悟，說道：「我明白了！王子曜是王婦婦斁之子，王后不喜婦斁，自然也不喜婦斁之子。我王擔心王后不悅，因此暗中派你護送王子曜出來治病，不敢讓王后知道。是麼？」

老臣樸白了他一眼，壓低聲音道：「你心裡明白就好。這等事情，往後可連半句也不能說出口，知道麼？」

牛小直連連點頭，但他仍舊想不明白，又問道：「然而我們天邑商多的是巫醫，有大

注「鴸」，音同「朱」，出自《山海經．南次二經》的奇禽：「有鳥焉，其狀如鴟而人手，其音如痺，其名曰鴸，其名自號也，見則其縣多放土。」

巫瞉，還有多位小疾臣，王子曜為何得老遠來這邊陲之地治病？」

老臣樸耐著性子，解釋道：「我王說道，大巫瞉斷定王子曜的宿疾和巫術有關，一般的小疾臣絕對無法醫治。王婦婦斅出身於昆侖山腳下的一個小方國兕方，她認得住在昆侖山上的一位神巫，名叫巫彭。大巫瞉說了，唯有巫彭才能治好王子曜的病。」

牛小臣直對一切與巫術有關的事一概不懂，不知該如何問下去，思路於是轉到了另一件事情上，恍然大悟道：「怪不得！因為有更重要的大示(注)王子曜在此，所以你才不在乎小示王子桑的死活。」

老臣樸橫了他一眼，厲聲警告道：「絕無此事！這等言語，你千萬不可胡說！」

牛小臣直忙道：「直不敢，直不敢。」想了想，又道：「如今巫韋發現了王子曜在此，還派了那頭怪鳥回去向王后報告，我等卻該如何是好？」

老臣樸嘆了口氣，說道：「我也只能遵照我王的指示，繼續送王子曜去昆侖治病，再盡力護送他平安回返天邑商了。祈求天帝和各方神靈保佑，別再出甚麼亂子！」

牛小臣直左右望望，說道：「但是……但是王子曜人在哪兒？」

老臣樸亦一臉茫然，「我不知道。他病得連動都動不了，怎會從這車上消失呢？」

兩人於是分頭找尋，和巫韋之前一般，將每輛牛車都搜索了一遍，卻甚麼也沒找到。每輛牛車都有牛伕和穿著破爛布圍的羌奴守護，眾奴都恪守身分，低垂著頭，不敢與兩位小臣的目光相接。

老臣樸和牛小臣直尋了一大圈，回到王子曜原本藏身的那輛牛車旁，正感到手足無措時，頭上忽然傳來一個孩童的聲音。「別擔心，王子曜在這兒！」

兩人一齊抬頭，但見一個瘦小的身形蹲踞在高高的枝椏之間，手中橫抱著一個人。老臣樸和牛小臣直正驚異間，那瘦小的身形便一躍而下，有如一片樹葉般輕巧落地，毫無聲響。

兩個小臣看清楚了，那是個全身白衣，約莫十歲的小童，一臉精靈頑皮之色，雙眼明亮有神，懷中抱著的正是王子曜。王子曜不過十一歲年紀，因自幼纏綿病榻，身形也十分瘦削，和那白衣小童相差不多。

白衣小童將王子曜放上牛車，扶他躺好，蓋上羊皮被，放下車帘，轉身面對著兩個小臣，老氣橫秋地道：「大巫觳料知會出事，因此派我暗中跟上，保護王子曜。」

老臣樸聽他提起大巫觳，心中不禁肅然起敬，然而要他對一個乳臭未乾的小孩兒真心敬重，倒也不易，於是皺眉問道：「你是何人？」

那白衣小童道：「我是小巫。」見二人滿面迷惑之色，便又解釋：「我是大巫觳之徒。」

老臣樸和牛小臣直從未聽說大巫觳有個小徒，對望一眼，眼中都露出懷疑之色。然而他們對巫祝之事向來不敢多說多問，於是老臣樸恭敬地道：「原來是小巫。多謝你將王子曜藏到樹上，才沒讓巫韋找到。請問，我們下一步卻該如何？」

---

注 商朝「大示」如周朝的「大宗」，指正妻所生之嫡出子女。

白衣小童聳聳肩，說道：「我只負責保護王子曜的安危，你們是牽小臣和牛小臣，關於牛車隊的事情，當然該由你們來決定啦。」說完便又躍回樹上，靠著枝椏躺下，雙手枕在腦後，顯得事不關己，己不關心。

兩個小臣對望一眼，老臣樸沉吟道：「巫韋已發現王子曜在此，又通知了王后。等巫韋從魚婦屯回來，一定會再次搜索車隊，找出王子曜。」

牛小臣直道：「他應當不敢傷害王子曜吧？」

老臣樸搖頭道：「難說！王后倘若下了密命，要巫韋下手害死王子曜，順便將我們全都殺了滅口，對巫韋來說不過是舉手之勞。」

白衣小童小巫在樹上聽見了，低頭插口道：「有我在這兒，巫韋想殺王子曜，可沒有那麼容易！」

老臣樸抬頭望了小巫一眼，但見他身形削瘦，一張尖尖的小臉稚氣未脫，雖不清楚他的巫術有多高明，但實在無法對一個孩童生起任何信心，於是說道：「無論如何，我等應當立即派遣兩輛牛車護送王子曜趕往昆侖山，求巫彭治病。到了昆侖後，有巫彭庇佑，王子曜的安危便應無虞了。」

牛小臣直點頭贊成。老臣樸抬頭問道：「小巫，你認為如何？」

小巫無所謂地道：「提早送王子曜去昆侖，自然好過留在這兒等巫韋回來殺人滅口。」

老臣樸和牛小臣直聽他也說出「殺人滅口」之語，都暗自心驚。於是牛小臣直匆匆挑選了兩頭健牛，指派四個可靠的牛伕和羌奴護送王子曜離去。一切準備就緒，就將出發時，忽見一個羌奴氣喘吁吁地奔來，稟報道：「那個巴婦又回來了。」

老臣樸臉色一變，驚叫道：「不好，太遲了！巫韋回來了！」

牛小臣直也驚呼一聲，抓起隨身攜帶的牛骨刀，守在王子曜的牛車之前，看模樣是打算誓死保衛王子曜。

小巫仍舊躺在高高的樹枝上，懶洋洋地道：「你們不必慌張，來的是巴婦和一個魚婦，不是巫韋。」

老臣樸和牛小臣直這才鎮定下來，雙雙走上前張望。但見來者果然是方才那一高一矮的魚婦和巴婦，然而這回巴婦的神色十分難看，魚婦臉上並無表情，忽然一揚手，扔出一物，摔在老臣樸腳前的土地上。

牛小臣直走上前，俯身拾起那物，瞧清楚了，頓時臉色大變，驚呼出聲，立即將那物扔回地上。只見那竟是一塊人的頭蓋骨，頭骨外尚黏有血肉毛髮，骨內則沾著腦漿，極為噁心可怖。

巴婦開口道：「這商人自稱巫韋，是個巫者。他對阿依不敬，因此阿依殺死了他，卸下他的頭骨，永遠毀滅他的靈魂！」

老臣樸和牛小臣直呆望著那塊血淋淋的頭蓋骨，實在無法相信這塊頭蓋骨屬於方才那個氣勢洶洶、險些扼死了老臣樸的巫韋，震驚得說不出話來。

巴婦冷冷地道：「天還未黑，我再轉達一次魚婦阿依的命令：阿依命商人牛車隊之長今日傍晚赴魚婦屯拜見阿依。傍晚人若未到，阿依便將殺死所有遭擒和留在此地的商人，一個不留！」說完又轉身便走，那魚婦也跟著去了。

# 第二章 魚婦

牛車隊陷入一片靜默。老臣樸倒抽了一口涼氣，絕難相信眼前之事，前一刻他還擔心巫韋從魚婦屯回來，下手危害王子曜，順便殺死自己滅口；這一刻巫韋只剩下一塊頭蓋骨，牛車隊的所有商人都處於魚婦的恫嚇威脅之下，隨時能被殺個乾淨。

老臣樸不知該嘆息還是咒罵，「我等究竟來到了何等恐怖詭異的所在？這次若能平安回到天邑商，這輩子再也不率車隊遠遊取貢了！」

就在此時，小巫從樹上躍下，蹲下身去看土地上的那塊頭蓋骨。他側頭打量了一番，又伸手指去碰了碰，口中嘖嘖兩聲，說道：「真的是他。魚婦當真了得，還在這頭蓋骨上刻上了她們的族徽，一條蛇和一條魚。嘿，巫韋竟然就這麼死了！」

牛小臣直轉向小巫，不解地問道：「巫韋巫術高強，怎會這麼輕易就被人殺死？」

小巫聳聳肩，說道：「因為魚婦比他更厲害啊。」

牛小臣直忍不住問道：「小巫，那你能夠對付魚婦麼？」

小巫閉上眼睛一會兒，又睜開眼睛，說道：「我的巫術並不比巫韋差，但是魚婦屯處於大荒山地界，那兒是百巫禁地，巫術在該地盡數失效，任何巫者去了那兒，都只能任人宰割，因此我也無法對付魚婦。」說著攤了攤手。

兩名小臣原本便不對小巫懷有任何期望，心想連巫韋都給魚婦殺了，這小娃娃巫者又有甚麼能耐？聽他這麼說，原也在意料之中，並不是很失望。

牛小臣直忽然想起一件事，轉向老臣樸，說道：「老臣，你是牽小臣，可算是大商牛車隊之長。魚婦女王的意思，就是要你去見她麼？」

老臣樸早已想到了這一層，聽牛小臣直問起，再也無法迴避此事，只能硬著頭皮，說道：「不錯，我是牽小臣，自是牛車隊之長。左右是個死，我便去見見這魚婦女王也無妨！」

牛小臣直感到同仇敵愾，大聲道：「我跟你一起去！」

老臣樸畢竟是個擁有數十年東奔西走、千里跋涉經驗的商王牽小臣，遇上大事仍能維持鎮定，立即搖頭道：「不！你不能去。不但不能去，還得立即率領兩輛牛車，護送王子曜趕往昆侖山。」

牛小臣直正想開口爭辯，忽聽一個微弱的聲音喚道：「老臣樸。」

老臣樸知道自己就將去見魚婦女王，送掉一條老命，正處於驚慌恐懼之中，並未聽見這一聲；牛小臣直也忙著爭辯自己應否跟去魚婦屯，並未留心。只有小巫耳尖，聽見聲音是從王子曜的牛車上傳出來的，插口說道：「老臣樸，王子曜在車上喚你呢。」

老臣樸回過神來，趕緊來到車旁，隔著車帘問道：「老臣樸在此。請問王子曜有何指示？」

小巫上前掀開車帘，一個病懨懨的少年側臥於車上，臉色蒼白，眼眶深陷，頭髮散亂，正是王子曜。即使滿面病容，仍能看出他眉目清秀，是個生得異常俊美的男孩兒。

子曜虛弱地問道：「老臣樸，發生了甚麼事？」

老臣樸連忙安慰道：「沒事，沒事，王子曜請放心，我們很快便上路了。」

子曜氣息雖低微，口氣卻十分堅決，說道：「你不必瞞我。快將事情前後全都說給我知了。」

老臣樸心想：「方才發生的這些事情，就算告訴了王子曜，也不過徒添他的煩惱，對情勢毫無助益。」但他不敢違抗王子之命，於是將王子桑去尋找三珠樹、遭魚婦擄走、巫韋出現、旋即被魚婦殺死等情簡單說了。

子曜閉著眼睛，靜靜地聽著，一聲不響，也不知道是否又睡著了。

當老臣樸說到巴婦和魚婦二度造訪，扔下一塊頭蓋骨時，子曜睜開眼，開口問道：「頭蓋骨？」

牛小臣直鼓起勇氣，從地上撿起那塊頭蓋骨，遞過去給子曜看，說道：「王子請看，就是這個。」

子曜素來體弱，最怕血腥之物，這時瞥見那塊血肉模糊的頭蓋骨，胸口一悶，險些便要嘔吐出來。牛小臣直趕緊收回頭蓋骨，退開幾步。

子曜側過身，乾嘔了一陣，才慢慢緩過氣來，低聲說道：「我去。」

老臣樸一呆，說道：「您說甚麼？」

子曜道：「我是大商王子，自是商王車隊之長，當然應由我去見魚婦阿依。」

老臣樸連忙阻止道：「萬萬不可！王子身在病中，怎能去冒此大險？老臣身為牽小臣，自當由我去見魚婦阿依。」

子曜勉力撐起身子，望向小巫，說道：「小巫，你陪我去。」

小巫點點頭，說道：「我陪王子曜同去，盡力保護他！」

老臣樸和牛小臣直見小巫都這麼說了，也只能道：「我等願追隨王子曜一同去見魚婦阿依，拚死保衛王子曜！」

子曜道：「甚好。」頓了頓，問道：「老臣樸，魚婦阿依輕易便能將我們全都殺了，卻二度派人前來，要求車隊之長去魚婦屯見她。你想，魚婦阿依想要甚麼？」

老臣樸呆了一下，說道：「魚婦古怪，更非人類，老臣著實猜不出她想要甚麼。」

子曜道：「那麼你去見她時，打算如何應對？」

老臣樸想了想，說道：「魚婦女王既然要求相見，想必有所索求。老臣心想，我等手上所有的貨物，也就是這五十車吉金、絹紗、蠶絲和朋貝，若能用這些財貨去換回我等的性命，那便是大幸了。」

子曜嗯了一聲，說道：「說不定魚婦阿依打算將我等全數捉了去，充作奴隸，那咱們便全都回不了天邑商了。」

這正是老臣樸心底最最擔憂之事，聽子曜說了出來，也只能緊皺眉頭，無言以對。

牛小臣直插口道：「我們有五十羌奴，能夠操戈射箭，全數帶了去，必要時大打一場，或許能打敗魚婦，順利逃脫也不一定。」

子曜搖了搖頭，說道：「魚婦阿依輕易便殺死了巫韋，五十羌奴絕非魚婦之敵，我們不可動武。」側頭沉思，又道：「直，我們牛車上有甚麼貨物，每樣有多少，你去查清楚了，詳細向我報告，並將最珍貴的事物取來給我過目。」牛小臣直聽他指令清晰，恭敬答應了。

子曜又對老臣樸道：「老臣樸，你向那五十名羌奴下令，他們身上不可攜帶任何弓箭戈戟，全數放到一輛牛車上，命他們留在此地守護牛車，等候我等回來。牛車上的貨物，待我檢視後，挑幾樣帶去見魚婦女王，其餘全數留在此地。天黑之前，我們便駕著這輛牛車去往魚婦屯。」二臣皆奉命去了。

小巫來到子曜身邊，低聲問道：「你真的要去？」

子曜方才說了太多話，耗了太多精力，這時癱倒在車上，喘了好幾口氣，微微搖頭，斷斷續續地道：「不錯，我要去。」

小巫頗感懷疑，問道：「你知道如何對付魚婦阿依？」

子曜睜著一雙秀麗得不似男孩的眼睛，望向車頂，緩緩地道：「到此地步，也只能盡力一試了。大巫殼老早說過，我這回出門求醫，途中必將遇上種種乖舛危難，告誡我需得謹慎自持，迎難而上。當此危境，意圖逃跑或是期待僥倖，都是自尋死路，絕無生機。」他頓了頓，轉頭望向小巫，說道：「你相信我麼？」

小巫對子曜知之甚深，他外表雖柔弱溫和，脾氣卻再堅持執拗不過，一旦決定去做甚麼事，便絕對不會改變心意，於是點點頭，說道：「我甚麼時候不相信你了？」

子曜微微一笑，說道：「那就好。我還得請你幫個忙。我去見魚婦時，需得能夠坐起身，能夠好好說話。但我此刻連坐都坐不起身，說話也不夠力氣。可否請你施展巫術，讓我待會兒有精力坐著說話？」

小巫道：「這個好辦，我這就分一些精力給你。但是我的巫術只能維持到夕時(注)，之後就要失效了。魚婦之地禁絕巫術，到了那兒，我便幫不上忙了。」

王子曜道：「能夠撐到夕時，便已足夠。」

於是小巫口中喃喃禱祝，不知念了甚麼咒語；半晌之後，子曜感覺一股精力從頭頂鑽入，迴繞全身，最後停留在小腹之中。他感到身上的病痛稍稍減退，多了些氣力，撐著坐起身，長長地吸了一口氣，微笑道：「大巫㲉教給你的本事，當真高明。」

小巫笑了，他雖分了不少精力給子曜，自己仍舊活蹦亂跳，精力充沛。他伸手拔出藏在腰帶裡的吉金小刀，說道：「到了魚婦屯，我的巫術就沒用了。但是你不必擔心，我還是會盡力護你的！」

子曜也笑了，望向那柄小刀，留意到刀柄上鑄著一頭形狀特異的神鳥，微微一怔，頗感詫異，問道：「這柄刀，是誰給你的？」

小巫道：「這是大巫㲉臨行之前給我的。他要我貼身而藏，說這刀能保護我一路上不受邪祟侵害。」

王子曜點了點頭，似乎還想開口問甚麼，卻終究未曾問出口。

當日傍晚，牛小臣直駕著子曜的牛車，老臣樸和小巫走在牛車之旁，四人沿著赤水往上游行去。行出約兩三里，果然見到一個小屯，想必便是魚婦屯了。屯外已有數名手持銀戈的魚婦守衛，見到子曜等人，便引他們進入屯中，指向一間以流木和水草搭建的堂屋。這屋子由兩根柱子支撐，屋頂甚高，外貌雖簡陋，架構卻十分堅固。

小巫抱起子曜，跟著老臣樸和牛小臣直走入那間堂屋。此時已近傍晚，夕陽暮色從水草之間透入，將屋中映成一片血紅色；堂屋內部陰暗而潮溼，前方有個火塘，塘中燃著青色的火苗；火塘前置有一張鑲滿珍珠貝殼的寶座，寶座前的地上放著幾塊生著青苔的大石頭。

子曜一進入這間堂屋，便感到全身發寒，不自禁地微微顫抖起來。小巫心細，立即從包袱中取出一件羽裘替他披上。子曜向他點點頭，投去感激的目光。

一個魚婦手持魚叉，指向那些石頭，示意他們坐下。小巫扶子曜坐在當中的一塊石頭上，魚婦又將魚叉指向老臣樸和牛小臣直，二人戰戰兢兢地在子曜兩旁的石頭上落座。魚婦望向小巫，小巫揚起下巴，說道：「我站在這兒護衛王子曜，不必坐下！」那魚婦也不知是否能夠聽懂，卻並未堅持，任由他站在子曜身後。

老臣樸和牛小臣直只覺底下的石頭十分潮溼冰涼，坐不一會兒下裳便都溼透了，更沾了不少青苔和泥巴，都甚感不自在。王子曜雖在病中，仍勉強維持臉上平和的神情，彷彿

注 商人夕時指夜晚十一時至半夜一時之間，有時也指終夜。

全不介懷。

過不多時，在一群魚婦的簇擁下，一個身形高大的魚婦從草屋後方走入，來到火塘之前，在那張鑲滿珍珠貝殼的寶座上坐下了來。

一眾商人猜想這必定是魚婦阿依了，小巫扶起子曜，二臣也趕緊起身，向魚婦阿依行禮。他們自然不識魚婦一族的禮節，只能依照大商王族之禮，對阿依跪倒拜伏為禮。子曜說道：「鄙人乃商王大示之子子曜，恭敬拜見魚婦阿依。」

魚婦一族身形高眺修長，若非全身魚鱗，倒也堪稱美人；魚婦阿依更比其餘諸婦高出一個頭，體態魁梧，坐在那張以多種貝殼鑲成的寶座上，顯得萬分威嚴肅穆，令人不敢逼視。

子曜行禮完畢後，便坐回石頭之上，勉強調勻呼吸，感覺小巫的精力仍在自己體內，支撐著自己不至於倒下，暗暗寬心。他心中籌思：「魚婦不能言語，不知她將如何與我等溝通？」此時一個身形矮壯的巴婦來到阿依的寶座之旁，他想起兩位小臣的轉述，心想：「大約又需通過這位巴婦傳話了。」

就在這時，魚婦阿依揮揮手，一名壯碩的魚婦走上前，將一具屍體扔在子曜面前。這屍體一身銀色長袍破爛，少了頭蓋骨，頭殼扭曲，早已看不出面容，但瞧衣著服飾，正是巫韋的身軀。

那矮壯巴婦神色嚴厲，尖聲說道：「對阿依不敬者，就是這個下場！」

老臣樸和小臣直都忍不住臉上變色。他們方才已見到巫韋的頭蓋骨，還不怎麼覺得那是個人，此刻見到他的屍身，魚婦的殘暴恐怖一覽無遺，身子都不禁顫慄起來。

子曜最害怕血腥，這時只能勉強壓抑腹中的翻滾欲嘔，努力保持沉穩鎮定，點頭說道：「此人對阿依不敬，死有餘辜。」又問道：「聽聞貴方擒去了一位商人王子，請問他生死如何？」

巴婦回答道：「受傷未死。」

子曜點點頭，說道：「那是敝兄，請問可以見見他麼？」

阿依伸手拍拍巴婦的肩頭，巴婦厲聲道：「阿依說道，那個商人王子闖入魚婦地盤，意圖偷竊阿依三珠樹上的珍珠，並對阿依不敬，理當處死！所有商人貨物都歸魚婦所有，所有商人都收為魚婦的奴僕！」

老臣樸和牛小臣直聽了，心中大駭，暗想：「果如王子曜所料，我等今日是逃不出這鬼地方了！」

子曜聞言卻露出困惑之色，望向魚婦阿依，說道：「阿依何出此言？我商人原本便是魚婦的奴僕，世世代代皆是如此；我大商車隊的所有財貨物資，原本便全數歸阿依所有。阿依只需一聲令下，我商人車隊中的一應珍奇寶貝，立即盡數奉上，供阿依挑揀享用。阿依又何須出手搶奪？」

魚婦阿依聽了，似乎顯得十分不解，伸出一隻覆滿魚鱗的手指，在巴婦的肩頭點了點。

巴婦對子曜道：「阿依不明白你的話。」

子曜沉住氣，緩緩說道：「請阿依聽鄙人解釋。我大商乃是帝嚳的後代，帝嚳諸父兄之中有一位名叫顓頊的帝王，在帝嚳之前任帝。這位顓頊帝在瀕死危難時，曾為魚婦所救，因此我大商子孫世世代代感念魚婦之大恩，永世難以報答。」

魚婦阿依瞪著一雙魚眼，直視著子曜，臉上毫無表情，也不知道她聽懂了沒有。子曜曾聽牛小臣直告知魚婦一族都是目不視物的瞽者，這時被魚婦阿依以魚眼瞪著，儘管相信她看不見自己，卻也不禁頭皮發麻，無法確定魚婦的眼睛是否真的看不見。

草屋中靜了一陣，巴婦才又開口道：「阿依要你多加解釋。」

子曜點點頭，說道：「阿依明鑒，我商人牛骨文字有此記載：『有魚偏枯，名曰魚婦。顓頊死即復蘇。風道北來，天乃大水泉，蛇乃化為魚，是為魚婦。顓頊死即復蘇。』這即是說，商人先祖顓頊帝曾受魚婦出手解救，因而起死回生。魚婦對我商人先祖有救命大恩，此事毫無疑問。在我商人先祖訓誡子孫的文字中，便不斷提醒子孫必須牢記魚婦一族的恩情，永世不可忘卻。魚婦一族若需要任何物資，只需對商王子孫開口，我等便立即奉上手中最好、最珍貴的物事。我等手中倘若沒有，便四出替魚婦尋找蒐羅，再千里迢迢送到魚婦屯，奉獻給魚婦阿依。阿依身為魚婦之長，想必熟知此典故。」

魚婦阿依沒有眉毛，做不出皺眉的表情，這時她的一雙魚眼往上拉起，從圓形變成了橢圓形。子曜望著她臉上奇特的表情，心中猜想：「阿依這模樣，不知是否和人類皺眉相似？她應該對我的這番話又是驚喜，又是疑惑，無法決定是否應當相信。魚婦一族畢竟並非常人，實在難以預料她將如何反應？」

一晌之後，阿依的一雙魚眼漸漸恢復了圓形，對著身後幾個魚婦緩緩張動口唇，好似魚類在水中呼吸吐泡一般，並未發出聲響，但顯然在徵詢她們的意見。七八個魚婦同時啟動口唇，似乎在熱烈地討論此事。

子曜心中怦怦而跳，臉上卻維持著鎮定恭敬之色；老臣樸坐在一旁，不但下裳被石頭上的青苔浸溼，頭上臉上的冷汗也早已將他的上衣浸得溼透，子曜的這番話讓他聽得冷汗直流，嘴巴微張，好似他也正與其他魚婦交談討論一般。牛小臣直則全身僵硬，完全不明白子曜說了些甚麼，也不懂得子曜說出這番典故的用意。他們二人乃是家族世代侍奉商王的小臣，對於遠古大商先祖的種種傳說、典故和文獻雖略知一二，卻從未聽過這段關於顓頊帝的故事，但都心想子曜身為大商王子，自幼赴左學就讀，自是熟知歷代先王的傳奇事蹟；顓頊帝乃是帝嚳之父兄，並非商人的直系先祖，而屬於旁系先祖；只是商人認為所有的先祖都有能力護祐子孫，也有能力降下災禍，因此寧可多多益善，不論直系或旁系先祖全數恭敬祭祀，絕不敢漏了哪一位先祖先妣，免得替自己招來禍事。

商人之中，只有小巫明白王子曜為何說出這番話，心中暗暗佩服：「子曜以退為進，故意說出商人世代皆是魚婦奴僕，如此一來那魚婦女王便有可能不會硬要把我們留下，做她的奴僕了。」

過了一會兒，魚婦阿依和其他魚婦的「討論」似乎告一段落，魚婦阿依的臉又對著子曜，巴婦開口說道：「阿依說道，她聽聞過這個傳說。魚婦的『枯巫』說道，她也曾聽聞過這個傳說。」

子曜不明白「枯巫」是甚麼，側頭望向小巫。小巫在他耳邊說道：「『枯巫』是三苗中人對大巫的稱呼。」

子曜點點頭，暗暗鬆了口氣，心想：「既然魚婦的『枯巫』都這麼說了，那麼阿依應當會相信我的言語。」眼光往一眾魚婦望去，卻看不出哪一個才是魚婦「枯巫」，每個魚婦在他眼中看來都一模一樣，毫無分別。

但聽巴婦又道：「但是阿依質問，為何這麼多年來，商人從未來到魚婦屯拜見阿依，並獻上貢物？」

子曜早已料到魚婦阿依會有此一問，當即答道：「魚婦屯之所在隱密非常，商人的文獻中雖有關於顓頊帝獲魚婦所救的記載，但無人確知魚婦屯究竟位在何方。我父王年年派牛車隊離開天邑商，四出貿易，其中一個原因就是想找到魚婦屯，好報答魚婦對我大商先祖的恩德。然而幾百年來，並未有過任何商王車隊找到魚婦屯。這回當真託先祖保佑，讓兄桑遇見了魚婦族人；而我等則更加有幸，甚至能夠來到魚婦屯，親自拜見魚婦阿依！」說著再次向阿依拜伏行禮，神色恭敬。小巫生怕他精力不足，拜倒後爬不起身，侍立在他身後，準備隨時伸手攙扶他。

阿依對巴婦望了幾眼，巴婦說道：「阿依問道，既然商人熟知魚婦對商人先祖的恩德，那個叫子桑的王子，卻為何敢來偷採阿依三珠樹上的珍珠？那個叫韋的巫，又為何膽敢對阿依不敬？」

子曜心中一凜，小心回答道：「啟稟阿依，當時我等並不在場，未能親見這兩位商人對阿依不敬的情況。依鄙人猜想，巫韋乃是服侍王后的巫者，來自井方，因此他並不通曉關於商王王族的傳承典故。至於兄桑，他想必不知三珠樹屬於阿依所有，也從未見過魚婦，不知魚婦樣貌如何，或許因此才對魚婦無禮。請阿依受鄙人一拜，身為商王之子，任何商人對魚婦一族無禮，都是我等的過錯，懇請阿依賜罰，並請阿依大量寬宥！」說著又一拜，神態真誠。

魚婦阿依臉上仍舊沒有表情，但是從其他魚婦紛紛點頭的情形來看，她們似乎對子曜的言行舉止頗為讚賞。

巴婦說道：「阿依表示明白了，你起身吧。」

小巫扶起子曜，子曜坐直了身，又對阿依說道：「我等的車上有不少絹紗和蠶絲，鄙人特意帶了一些來此，請阿依挑選留用。阿依喜歡甚麼樣的珍奇寶貝，天涯海角，我等一定去替阿依取來。」

說著對小巫示意，小巫便從包袱中取出一疋預先準備好的絹紗，呈上給阿依。那是一疋由告方進貢給大商王后婦井的上好絹紗，色作銀白，質地柔滑，摸上去有如摸著流水一般；絹紗的正面縫綴著一粒粒指頭大的珍珠，燦燦發光，華美非常。

魚婦阿依接過了，伸出滿是魚鱗的手，撫摸那細軟的絹紗，感受一粒粒圓潤光滑的珍珠，臉上似是不自禁露出驚嘆之色。其餘魚婦也紛紛圍上，伸手去撫摸那疋絹紗。

子曜留心觀察魚婦阿依的舉止和眼神，口中說道：「這種絹紗產自天邑商，由大商王室專用的作坊所織。我大商作坊裡，有多工專門養蠶取絲、勦絲成線、染線成色；最後由天邑商最靈巧的織工將不同顏色的絲線織在一起，織成美麗的圖案，再綴以從東海中取得的珍珠，一共一百八十粒。然而這並非天邑商作坊中最精美的布帛，巧手織工還能在織錦上織上人像或圖畫，這在外地是絕對見不到的。」

他對小巫示意，小巫便又呈上一幅織錦，這幅織錦上織的是一位高貴絕色的婦人，一身白衫，長裙曳地，面貌清麗動人。

魚婦阿依接了過來，細心撫摸，又湊在眼前仔細觀看，似乎甚感神奇。

子曜心想：「原來魚婦並非完全看不見，是只能看見近處的事物。」

魚婦阿依看了一陣子，伸手拍拍巴婦的肩頭，巴婦便說道：「阿依問你，這上面織的是甚麼人？」

子曜回答道：「這是我母王婦婦斆，是大邑商出名的美人。她出身兕方，與魚婦乃是比鄰。阿依若喜歡這種織錦，我讓人將阿依的容貌織在一張織錦之上，送來給阿依，掛在這堂屋之中，可不知有多好看！」

魚婦阿依似乎十分心動，微微點頭，其餘魚婦則咂著嘴，紛紛發出讚嘆之聲。

巴婦說道：「阿依問你，織一張這樣的織錦，需要多長時候？」

子曜道：「我母的這幅織錦，共花了三個月才織成。要織到至精至美，最好請阿依親自蒞臨天邑商，讓織工望著阿依的姿容，一線一線織上去。然而請阿依長途跋涉，未免不便，也是對阿依不敬。若是請織工來到魚婦屯，或許可行，但織工所用的器械十分龐大，要兩間屋子才裝得下。若要將織工和器械全數運來此地，可能要花上好幾年的工夫。」

阿依想了想，示意巴婦，巴婦說道：「阿依不會離開魚婦屯，也不願意讓閒雜人等得知魚婦屯的所在。你回到商地後，向織工形容阿依的形貌，將織錦織好了再帶回來便是。」

子曜應道：「是。阿依如此安排，萬分妥當，子曜自當遵命而行。」他初來時自知處境艱危，態度需得謙恭卑下，因此自稱「鄙人」，此時見阿依對自己好感漸增，便開始自稱己名了。

魚婦阿依和眾魚婦又張口無聲地討論了一陣子，似乎取得了共識。魚婦阿依拍了拍巴婦，巴婦說道：「阿依說道，她很喜歡你們送給她的禮物。這些絲絹她想要更多一些，一共一百疋，魚婦屯的每位魚婦都要一疋；織錦則要織上她的肖像。另外，阿依說道，海裡的珍珠，遠遠不如我們三珠樹上的珍珠圓潤光華。你們去採一車的珍珠，拿回去替阿依鑲在獻給阿依的絹紗之上。」

子曜道：「謹遵阿依之命。我等這就去採集珍珠，全數用於獻給阿依的絹紗。」

巴婦說道：「阿依說道，你多採一些不妨，多出來的，就贈送給令母吧。」

子曜躬身拜謝，說道：「多謝阿依慷慨賜贈，子曜謹代母戮向阿依致謝！」

巴婦又道：「阿依問你，你這一去一回，需要多少時候？」

子曜道：「從天邑商至此，慢行三月，快行兩月。我們回到天邑商之後，便立即開始替阿依準備上好的鑲珠絹紗，並請高手織工替阿依織肖像，務必做到盡善盡美，約需半年的工夫；趕回赤水魚婦屯，又需兩三個月。因此我估計共需一至兩年的時光，才能回到此地，奉上阿依的絹紗和織錦。」

阿依點點頭，表示滿意。

巴婦又道：「阿依說道，先前被魚婦抓住的商人，可全數放回；原先扣押的五輛牛車，車上只有些貝殼和吉金，對魚婦毫無用處，你們都帶回商地去吧。」

阿依又對巴婦示意，巴婦又說道：「阿依說道，我們岷山之上，多有金錫之穴。你們下回帶著絲絹和織錦回來此地時，可自行上山採金取錫，魚婦一族不會阻止。」

老臣樸一路聽到此處，忍不住張大了口，不敢相信魚婦阿依竟決定放過自己一行人，甚至答應釋放王子桑，歸還牛車！牛小臣直則睜大了眼，勉強才能壓抑住嘴角的笑意，子曜和魚婦阿依達成的協議，足以替車隊帶來至少上千朋貝的利益！一行人原本準備在魚婦屯激戰一場，喪命於此，沒想到竟然能夠全身而退，更獲允採集三珠樹上的珍珠，並得以上岷山挖採金錫！

子曜點頭應承，神態仍保持恭敬，面上不露半絲欣喜之色，彷彿魚婦阿依所言乃是理所當然之事，自己只是個聽命辦事的僕人，事情原本就該如此，更無半點出奇之處。

# 第三章　巫彭

魚婦阿依下令釋放了身受重傷的王子桑，以及與王子桑一齊被擒擄的五名牛伕和許多羌奴，老臣樸和牛小臣直將巫韋的屍體用麻布包了，一行人趕著被劫走的五輛牛車，安安穩穩地離開了魚婦屯。

這時天色已然全黑。車隊行出數里，再也見不到任何一個魚婦的身影後，子曜頓時感到體內從小巫那兒借來的精力已然用盡，只覺虛弱不堪，一陣頭昏眼花，勉力低喚道：「小巫！」

小巫早已留心他臉色不對，連忙將他抱下牛車，讓他跪倒在赤水邊，子曜便一下子彎腰大吐，將早上勉強吃下的米粥全都吐了出來。

牛小臣直仍舊如在夢中一般，這時才開始感到恐懼，尖聲道：「我們趕快逃離這鬼地方，以後再也不要回來了！」

子曜接過小巫遞來的手巾，抹了抹嘴，緩過氣來，回頭望向牛小臣直，正色道：「不！我們商人與他方交易，一定要恪守信諾。我答應過魚婦阿依的事情，便一定要辦到。我們不但要儘快備好絹紗和肖像織錦，送回來給魚婦阿依，往後商王車隊還須每年來一趟赤水，拜訪魚婦屯，致送重禮給阿依。」

這話一說，牛小臣直低下了頭，滿臉通紅，說道：「王子曜說得是，牛小臣直錯了。」

老臣樸則連連點頭，讚嘆道：「王子曜，我王在登位之前，也曾出門遠遊，與各方交易。他一生信守諾言，從不欺騙他方之人，為大商王族贏得了美好的名聲。您真不愧是我王之子啊！」

子曜卻又俯身嘔吐起來，並未聽見老臣樸的這番讚美之言。

老臣樸提起了王昭之子，忽然想起躺在一旁牛車上的王子桑，心中動念：「王子桑之母的地位雖不高，身屬小示，但他畢竟也是王昭之子。我曾決定將他留在魚婦屯，逕自離去，置他的生死於不顧，此事可千萬別讓他知道了。」於是他來到王子桑的牛車旁，恭敬問道：「請問王子桑安好？這回可真讓您受驚了。」

王子桑死裡逃生，早已嚇得魂飛魄散，這時聽老臣樸對自己說話，喃喃地道：「她們殺死了巫韋！還卸下了他的頭蓋骨……」

子曜才剛剛停止嘔吐，想起那片血肉模糊的頭蓋骨和巫韋慘不忍睹的屍身，忍不住又俯身大嘔，直將膽汁都嘔了出來。

小巫連忙替子曜拍背，一邊不悅地道：「王子桑，王子曜身在病中，你別再提巫韋了成不成？」

子桑囁嚅道：「我……我險些丟了性命，可比你們更加害怕魚婦啊！」

子曜只嘔得全身乏力，站不起身。小巫只好將他抱回牛車上，扶他躺倒，替他蓋好羊皮被子。老臣樸和牛小臣直站在一旁，關注地望著子曜，問道：「王子曜沒事麼？」

子曜已虛弱得說不出話來。小巫安頓好子曜後，對老臣樸道：「讓王子曜多躺一會兒便是。快上路吧！」

於是老臣樸命牛伕趕牛前行，小巫跟在車旁行走，不時擔憂地探視車內的子曜。

一行人沿著赤水行去，回到了五十輛牛車等候的平野之上。這時天色已然全黑，老臣樸和牛小臣直高聲分派羌奴輪班守衛，又讓牛伕煮食歇息。

兩個小臣忙完之後，不約而同來到了王子曜的車旁，但見車帘低垂，小巫高高地臥在車旁大樹的枝椏之上。

牛小臣直抬頭問道：「小巫，王子曜貴體如何？」

小巫低聲道：「小聲些。王子曜睡著了，別吵醒了他。」

兩個小臣走開兩步，談起今日發生之事，都露出不敢置信的神色。老臣樸道：「真沒想到王子曜小小年紀，待人處世手段竟如此高明！」

牛小臣直心有餘悸，說道：「方才若非王子曜機警，熟知典故，又能言善道，那魚婦女王絕對不會放過我們！」

小巫聽在耳中，輕哼一聲，自言自語道：「王子曜的能耐，你們只見到了十分中的不到一分！」

老臣樸和牛小臣直都對王子曜滿心敬佩，老臣樸點頭說道：「小巫說得是！王子曜委實與眾不同，聰穎過人。」

牛小臣直則道：「王子曜之才，遠遠勝過一眾大人！」

小巫露出微笑，他老早就知道，在眾多王子之中，王子曜身體雖最羸弱，才智見識卻絕不輸給任何人。

當日晚間，夜深人靜時，子曜略略清醒過來，輕聲喚道：「小巫，小巫。」

小巫一直守在牛車外的樹上，聽他呼喚，立即從樹上躍下，鑽進車帘，問道：「怎麼？你好些了麼？」

子曜虛弱地伸出手，握住小巫的手，說道：「我好些了。我真沒想到大巫㲄會派你跟來保護我，而你竟真的來了。」

小巫嘿嘿笑道：「大巫㲄的吩咐，我敢不聽從麼？」

子曜露出微笑，說道：「你當我不知道麼？定是你去求大巫㲄讓你出來的。大巫㲄多半不肯，而你死求活懇，他才終於答應，是麼？」

小巫笑道：「大巫㲄也是人啊。他知道我們是最要好的朋友，我若不跟上來保護你，定會擔心得吃也吃不好，睡也睡不著。我求他一次不成，十次不成，繼續求他幾百次、幾千次，他也只好答應啦。」

子曜笑了，緊握著小巫的手，說道：「幸好你跟來了。你今日分了這麼多精力給我，想必累壞了，早些休息吧。」

小巫笑道：「你不必擔心我，我就算將全身精力都分了給你，還是生龍活虎的。」兩個孩子相視而笑，心中都感到一陣溫暖。

小巫又道：「你方才在魚婦屯說的那番言語，當真精采已極，打死我也說不出！」

子曜苦苦一笑，說道：「我為了活命，不得不以假亂真，出言欺騙魚婦阿依，這筆債往後怕是要償還的。」

小巫安慰他道：「別想那麼多了。你願意信守承諾，日後替魚婦阿依帶回那些禮物，也算是彌補了欺騙她的過錯啦。而且我知道，你是為了救出王子桑，才執意親自去魚婦屯，試圖說服魚婦阿依放人，是麼？」

子曜輕嘆一聲，閉上那雙秀麗的眼睛，說道：「你把我想得太好了。我只不過是想活下去罷了。若不是為了活下去，我又何必千里迢迢去往昆侖求醫？」

次日，老臣樸便按照計畫，趕著牛車隊，繼續往昆侖山行去。

王子桑胸口中了魚婦的銀魚箭，傷勢甚重，所幸性命無礙。他得知此行乃是祕密送子曜去治病，卻因自己貪圖三珠樹上的珍珠而惹出這麼大的事端來，還得靠重病的弟弟子曜出頭與魚婦女王斡旋交涉，才救了自己一命，途中再也不敢造次，連話都不敢多說一句，只乖乖躲在車中養傷。

而子曜經魚婦屯一役後，病得更重了；他自從在魚婦屯外大嘔之後，便再也無法飲水進食，兩日之後更陷入昏迷，不省人事，呼吸似有若無，面上沒有一絲血色。

小巫擔心至極，不斷施展巫術，將自己的精力貫注於子曜體內，但子曜的病情卻毫無起色。老臣樸滿面愁雲慘霧，牛小臣直也不斷唉聲嘆氣，一路低聲禱祝：「祈請天帝護祐，先祖護祐，大巫護祐，別讓王子曜就這麼沒了！」

如此數日過去，一行人終於來到一泓大湖之畔。遠遠但見湖上煙霧繚繞，朦朧飄渺，隱約可見湖的對岸有座聳立入雲的高山，山頂全然掩藏在雲霧之中。

老臣樸讓牛車隊停在大湖旁的樹林之中，自己帶著牛小臣直和小巫來到大湖岸邊。他望向那片大湖和對岸的高山，比照手中的輿圖，說道：「這湖想必便是瑤池，那座山想必便是昆侖山了。」

牛小臣直吁出一口長氣，喜道：「太好了！咱們終於來到昆侖山腳下了！但是……但是該上哪兒去找巫彭呢？」他這話才說出口，湖面便傳來一陣回聲，將他的言語複述了一遍，嚇得他跳起半尺高。牛小臣直連忙閉上嘴，再也不敢出聲，他感到此地雖清靈幽靜，但四下迴蕩著一股陰森神祕之氣，顯然不是凡人應入之地。

小巫卻顯得頗為自在，在湖岸邊上蹦蹦跳跳地奔了半圈，最後回到老臣樸身旁，瞇起眼睛，抬頭望向那座高山，又往湖面掃視一周，最後說道：「巫彭知道我們來了。他一會兒就到。」

牛小臣直好生奇怪，壓低聲音問道：「你怎麼知道？」

小巫指指自己的耳朵，說道：「巫彭這麼對我說的啊。」

牛小臣直懷疑地望著小巫，他平日對巫者滿懷恭敬畏懼，但對這年方十歲的小巫並不怎麼戒慎，反而甚感好奇，追問道：「巫彭對你說話？怎地我甚麼也沒聽見？」

小巫聳聳肩，說道：「巫和巫之間，能夠用一般人聽不見的聲音說話。」

牛小臣直大感趣味，追問道：「那是怎麼做到的？」

小巫卻搔搔頭，說不出個所以然來。

牛小臣直又問道：「不管相隔多遠，都能傳話麼？」

小巫搖頭道：「如果相隔太遠，你不知道對方人在哪兒，就無法傳話了。好比大巫𣪊人在天邑商，他不知道我在哪兒，他有事交代我，也只能派隻神鳥飛來找我，向我傳話；就像巫韋不能直接對王后身邊的巫者說話，需得送那頭鴞回去傳話一樣。」

老臣楪聽小巫提起巫韋，不禁皺起眉頭，說道：「提起巫韋，他送出的那頭鴞想必已將王子曜之事告知王后婦井了。如今巫韋被魚婦女王殺死，我們回去後，卻該如何向王后解釋此事？」

小巫縮了縮脖子，似乎對王后婦井頗感恐懼，說道：「就怕王后認定巫韋是被我們殺死的。」

這正是老臣楪最擔心之事，他憂慮道：「我等奉王之命偷偷帶王子曜出來治病，王后想必已心懷憤恨；她若認定是我等害死了巫韋，那我等就更加危險了！」

小巫想了想，說道：「那塊頭蓋骨需得留著，當作證據。魚婦在那塊頭蓋骨上刻了一條蛇和一條魚，那是魚婦的族徽，可以證明巫韋是被魚婦殺死的，與我們無關。」

老臣楪也只能略略放心，說道：「說得是，但願如此。」

小巫又道：「至於該如何應付王后，我們不妨問問巫彭的意見，看看他有甚麼辦法。他就快來啦。」

小巫所言果然不假。過不多時，一個淡淡的身影漸漸凝聚在瑤池的水面之上，穿過煙霧，踏著水波，緩緩走向岸邊。及到近處，眾人才看出那是個身形佝僂的老者，滿面皺紋，一顆大頭上生著稀稀疏疏的幾縷白髮，頭上面上滿是黑斑，看來不知已有幾百歲年紀了。

老臣樸和牛小臣直都肅然起敬，正猶豫是否應向那老者跪拜為禮，小巫卻殊無恭敬之態，伸手指著那老人道：「這就是巫彭了。」

牛小臣直低聲問道：「他有多大歲數了？」

小巫說道：「彭族之人大多長壽，他們族中有個叫作彭祖的，活了八百歲。聽說這巫彭比彭祖還要長壽，總有一千歲了吧？」

牛小臣直瞪大了眼，驚嘆道：「我們凡人最多也不過活到一百歲，怎麼巫就能活到一千歲？」

小巫道：「也不是所有巫者都這麼長命。你看巫韋不過三十來歲，不也死了？」

這時巫彭已來到三人面前，他全不客套，連招呼也不打，開口便道：「王子曜的病，我不能治。」

老臣樸一呆，張開了口，還未發言，巫彭已舉起手，阻止他發話，滔滔不絕地說了下去：「我知道商王昭派你帶王子曜來此，意圖求我替他治病。然而我不能替他治病。他是王昭和婦斁之子，為何會生怪病，王昭自己應當最清楚。當年仍是王子的子昭來到昆侖山腳，見到我和眾巫圍繞著窫窳(注1)之屍，各持不死之藥，試圖將他救活。凡人目睹此景者，若不立即暴斃，便將長命百歲。我當時對子昭說，你不但能長命百歲，更有當王的命。我又對子昭說道，他若想當王，便須答應我取兕方之女為婦，立其為后，立其長子為小王（注2），我才同意助他登上商王之位。如今十六年過去了，子昭當上商王也有十五年了。你告訴我，他立婦戣為后了麼？他封婦戣的長子為小王了麼？未曾。既然未曾，那麼天帝眾巫便不再護祐他了。當初婦戣在眾巫的庇佑下，生下了二子一女。如今王昭自毀諾言，這些子女便也無法存活了。這就是為甚麼這孩子會自幼怪病纏身，命不長久之故。」

老臣樸只聽得一愣一愣地，呆在當地，完全不知該如何應對。他見巫彭說完了話，轉身欲走，連忙叫道：「神巫且慢離去，請聽我一言！」

巫彭停下腳步，老臣樸趕忙說道：「十五年前，我王登基之時，不得不遵照王族傳統，立了他身為王子時取的元婦婦井為王后，而婦井的長子子弓，自然便須封為小王了。我王若不這麼做，王族定將群相質疑，同聲反對，令我王無法坐穩王位。我王對婦戣心生歉疚，盡力讓她享受豐厚衣食，對婦戣的長子王子漁也百般疼愛，讓王子漁早早便入右學，跟隨大商最睿智的耆老師般學習；王子漁成年後，我王也時時將他帶在身邊，命他主持祭祀，協理王事，這都是我王期許王子漁未來能成為小王的一片苦心啊！」

---

注1 音「訝與」，山海經中神獸，《山海經・海內西經》：「窫窳者，蛇身人面，貳負臣所殺也。」

注2 商代「小王」即「太子」之意。

巫彭搖頭道：「無論王昭對婦斆和子漁有多麼關愛照拂，終歸無用。婦斆仍舊不是王后，子漁也仍舊不是小王。你聽清楚了，要救子曜的命，只有兩個辦法。一是將他留在這兒，跟在我身邊，我可以暫時吊住他一口氣，不讓他死去，但他這輩子便再也不能離開昆侖山。二是王昭立即廢了婦井的王后之位，立婦斆為后，立子漁為小王。王昭若不這麼做，子漁和子曜兩兄弟很快也將沒命。子曜那同胞妹妹子嫚雖不會死去，卻會慘遭厄運，受盡折磨。」

老臣樸聞言心中激動，忽然噗通一聲，跪倒在瑤池岸邊，對著巫彭連連磕頭，哭求道：「請神巫出手，救救子漁、子曜和子嫚啊！我眼看著他們出生，眼看著他們長大，他們就跟我自己親生的孫子孫女一樣！我不忍見到他們早死或受苦，求神巫出手救救他們吧！」

巫彭不為所動，只搖頭嘆息，說道：「我活了一千歲，見過的人和事可多了。要是每個人在我面前跪拜哭求，我便答應出手幫他，那我這一千年可不活得太辛苦了？不，我不能幫子漁、子曜和子嫚。能幫他們的，只有王昭自己。」

小巫在旁聽著，忽然插口道：「巫彭，你是商王大巫嗀之師，是麼？」

巫彭轉頭望向小巫，瞇起眼睛，說道：「原來是你！」

小巫心想：「甚麼叫『原來是你』？你剛才已對我說過話，不是老早知道我是誰了麼？」隨即說道：「我是小巫，大巫嗀之徒。大巫嗀清楚王昭當初對你的承諾，正努力說服王昭實踐承諾，讓婦斆成為王后，讓子漁成為小王，但仍需要一些時候才能辦到。」

巫彭向小巫上下打量，點頭說道：「不錯，不錯！很好，很好！」

小巫見他心不在焉，也不知道有沒有將自己的話聽進去，勉強忍住心頭之氣，又接下去說道：「王子曜身為大示王子，地位尊貴重要，他當然不能永遠留在昆侖，必須跟我們回去天邑商。請問巫彭，他可以撐上多少時候？」

巫彭側過頭，仍舊不斷斜眼打量著小巫，口中發出嘖嘖之聲，說道：「果然，果然！」

小巫大感不耐煩，雙手叉腰，大聲道：「大巫㱿說話，往往不著邊際，讓人聽得一頭霧水。巫彭，你可比大巫㱿更喜歡胡言亂語！」

巫彭聽這小孩兒直言斥責自己，竟然並不計較，只搖頭嘆息，說道：「我當初沒教好㱿，㱿也沒教好你！真是一代不如一代啊！」

小巫接口道：「可不是？這回出門之前，大巫㱿對我說道，見到巫彭時不必太過恭敬，因為那老頭子活了上千歲，卻沒做過幾件好事！」

巫彭聞言瞠目結舌，向小巫瞪視一陣，才道：「我沒做過甚麼好事，那又如何？你也是巫，你也沒做過甚麼好事。巫㱿整日忙著替王昭向商人先祖獻祭求福，操心王昭立誰為王后，立誰為小王，也算不上做過甚麼好事，大家誰也別說誰！你說你不恭敬我，我才不屑你對我恭敬呢！反正我對你也不恭敬，巫㱿對我也不恭敬，誰也不必對誰恭敬……」

他口中愈說愈快，一邊說一邊轉身快步跨入瑤池，消失在雲霧之中，只留下小巫在岸邊跳腳大叫：「你別走，別走！回來，回來啊！」

小巫叫了好一陣子，但巫彭早已去得遠了。

老臣樸和小巫互相望望，他們既無法說服巫彭替子曜治病，別無他策，只好回到湖邊的森林中，來到子曜的牛車之旁。只見病重的子曜仍舊昏迷不醒，於是小巫在瑤池邊上走了一圈，在昆侖山腳下找到了一種名叫「鬼草」的草藥，葉如葵，莖為赤，秀如禾；小巫記得服食這種草能讓人「不憂」，活血醒神，於是採了兩把，磨碎成汁，餵子曜喝下。

過了不久，子曜略略清醒過來，老臣樸和小巫便轉述了巫彭的言語。

子曜聽完之後，滿面憂急，說道：「巫彭說兄漁有生命危險，還說妹嫚會遭受厄運？快帶我去見巫彭，我要問問他，如何才能保得兄漁和妹嫚的平安！」

小巫一愣，說道：「王子曜，你自己病得這麼重，王子漁和王女嫚則好端端的，你先別擔心他們，想辦法把自己的病治好了才要緊啊。」

子曜搖頭道：「我的病能否治好，端視先祖是否願意降福庇佑，豈能強求？我只希望兄漁和嫚平安無咎。快帶我去見巫彭！」

小巫聽他這麼說，腦中不禁浮起王子漁和王女嫚的面貌；子漁比子曜大四歲，他不只身形高眺，面貌俊秀，而且文武雙全，才智弓戈皆出類拔萃，加上性情誠懇，待人謙善，王族上下沒有不稱讚不喜愛子漁的。子嫚乃是子曜孿生之妹，在多位王女之中，子嫚的容貌資質都最為豔麗出色，而且體健好武，擅長使戈射箭，性情爽朗，是個少見的女中豪傑，甚得王昭鍾愛。

小巫心想：「王子曜的兄妹都身強勇武，多富才智，唯獨他一個自幼體弱多病，當真可憐！」心中不禁甚為子曜感到惋惜，暗想：「王子曜的病若能治好了，憑著他的機智能耐，誰說他不能在諸多王子中佔上一席之地？」

但聽子曜再次命令老臣樸立即帶他去瑤池邊尋找巫彭，心想：「子曜對兄妹如此關心愛護，做他的兄妹何其幸哪！」

老臣樸無法拒絕王子曜的要求，只好讓牛小臣直抱起王子曜，和小巫一道，幾人再次來到瑤池邊上。這時已是午後，瑤池周圍大霧繚繞，連河岸都看不清。小巫望不見腳下，一不小心就踩進了池水裡，又趕緊退了出來。

老臣樸對小巫道：「小巫，請你再次呼喚巫彭出來相見。」

小巫先用巫和巫互通的方法，請巫彭現身，但巫彭置之不理，拒絕回應。

小巫無奈，只好站在岸邊，將雙手圈在口邊，高聲呼喚起來：「巫彭！巫彭！王子曜來見你了，你出來吧！你總不會連見都不敢見他吧！」如此呼喚了好一陣子，巫彭心腸甚硬，竟然裝作聽不見，就是不肯出來。

小巫喊得嗓子都啞了，老臣樸和牛小臣直也幫著呼喊，但他們並無巫術，聲音一發出，便被瑤池的雲霧給吞噬了，更傳不遠去。

三人正不知所措時，子曜低聲道：「小巫，你別說出來，只暗中傳話給巫彭說，我知道他是我的甚麼人。你這麼說，他就會出來了。」

於是小巫用巫者才能聽見的聲音，對著瑤池說道：「巫彭！王子曜說他知道你是他的甚麼人。你出來吧！」

過不多久，巫彭佝僂的身形果然再次出現在雲霧之中，涉水而來。他的一張老臉神色難看至極，瞪向小巫，又瞪向子曜，說道：「子曜，就算你親自來見我，也終歸無用。我說過了，我不能治你的病。」

子曜說道：「那不打緊，我不是來求你替我治病的。我是來請問巫彭，如何才能保得我兄子漁和我妹子嫚平安無咎？」

巫彭聞言頗為驚奇，凝望著他，思慮一陣，才搖頭說道：「你們兄妹三人的命運緊緊相連，無法分離。你的病治不好，子漁和子嫚的災厄便也難以消除。」

子曜壓低聲音，說道：「然而我母婦嫛，身上流的是你巫彭的血；我和子漁子嫚身上也流著你的血。你怎能不救母嫛的子女，怎能不救你自己的孫子孫女？」

巫彭聽了，老臉頓時揪成一團，貌極痛苦。忽然之間，他在湖面上手舞足蹈起來，也不知是出於羞憤，還是出於激動？

小巫、老臣樸和牛小臣直見狀都看得呆了，只見巫彭在湖上跳了一圈又一圈，不知有何意圖。足足跳了十多圈後，巫彭才終於停下，回到岸邊，面對著子曜，神色沮喪，長長嘆了口氣，悄聲說道：「既然是我自己的孫來求我，我又怎能不答應呢？」想了想，從懷中掏出一頭毛茸茸的小獸，「這是生長於冀望山的奇獸，叫作讙，能夠辟禦凶邪之氣。你將牠帶在身邊，便能暫時保住你的性命。」

子曜睜大了眼，但見那頭小獸生得極為古怪，身形彷彿一頭小貓，皮毛黃中夾著棕黑斑紋，但臉上只有一隻巨大的眼睛，臀上卻有三條尾巴。子曜小心翼翼地伸手接過了那頭小獸，捧在懷中，輕輕撫摸牠柔軟的皮毛；讙抬頭望向他，口中發出一聲呦呦的叫聲。子曜頓時心生愛憐，說道：「好奇特的小獸！」

巫彭翻起白眼，說道：「這隻讙狡詐得很，牠知道你喜歡貓類，便裝出貓的叫聲。其實牠懂得百獸之聲，熊羆虎豹的叫聲牠都能夠模仿。對了，必要時你還能將牠殺了，吃下牠的肉，能治百病。」

子曜微微一驚，低頭對讙說道：「不，我絕不會殺你，更加不會吃你的肉，即使病死了也不會！」

讙舔了舔子曜的手，意示感激。

巫彭又道：「這等奇獸，平時便不該離開牠所居的冀望山。你切莫讓人見到牠，倘若被人見到，可千萬別說是我給你的。小心帶在身邊，別讓牠被人偷走了。」

子曜對巫彭行禮道：「多謝巫彭賜讙！」又問道：「巫彭說這隻讙能保住我的性命，那麼請問我兄漁和妹嫚的災厄，又該如何解除？」

巫彭擺擺手，說道：「他們若想解除災厄，那也可以。你讓他們親自來昆侖山找我，我便出手幫他們。但是我可把話說清楚了，我只幫你們兄妹三人，其他不管甚麼人來求我做甚麼事，我可是絕對不會答應。」

子曜聽了，心想：「看來兄漁和妹嫚需得親自來一趟昆侖了。這頭讙能夠辟禦凶邪之氣，又長得如此討喜，嫚一定歡喜得緊，我回去後便送給她吧。」

子曜再次向巫彭行禮道謝，巫彭揮手道：「不必謝我，我也是不情不願的。快去，快去！」不等子曜告辭，便逕自回身走向瑤池中央，又消失在煙霧之中。

老臣樸見巫彭雖拒絕替子曜治病，但畢竟送了他一頭奇獸讙，似是暫時可保他的性命，心想自己總算達成任務，能夠向王昭交代了，於是鬆了一大口氣，放下心頭大石。子曜掛念著兄妹的安危，也掛念著自己對魚婦阿依的承諾，於是催促老臣樸儘早啟程回返天邑商。牛車隊一行人在瑤池邊上歇息了一夜，次日天才剛明，老臣樸便率領牛車隊離開瑤池，往東行去。

牛小臣直問老臣樸道：「兕方應離昆侖不遠，我們不是應該去造訪王婦婦斁的母方兕方，向兕侯取貢麼？」

老臣樸眼睛一瞟，壓低聲音說道：「這是個巨大的祕密，你可千萬別說出去。十多年前一場山崩地動，將整個兕方都給掩埋了，無人生還，兕侯全族都滅亡了。」

牛小臣直睜大了眼，說道：「那……那你為甚麼一直說牛車隊要去兕方取貢？」

老臣樸瞪了他一眼，說道：「當然是為了掩人耳目啊！」

牛小臣直搔搔頭，又問道：「你說，十多年前兕方就毀滅了，那麼王婦婦斁又怎能年年進貢那麼多的吉金和布帛呢？」

老臣樸望了遠處的子曜一眼，說道：「這都是我王回護王婦婦斁的一番苦心啊。王知道王婦婦斁的母方毀滅，無依無靠，因此才年年派我去兕方『取貢』。那些貢物，其實都是王自己的。」

牛小臣直恍然大悟，低聲問道：「那麼王婦婦斁和王子曜，他們知道……知道兕方已滅的事麼？」

老臣樸嘆了口氣，說道：「當然知道了。因此多年來他們總是低調行事，慎小謹微，凡事不強出頭，也就不易招禍哪。」牛小臣直這才明白，為何受寵的王婦總是安靜無爭，原來是刻意而為。

這時車隊中兩個王子一病一傷，一行人只能戰戰兢兢地上路。

老臣樸擔憂歸途中遭遇乖舛，和牛小臣直商量道：「這一路上，我們需得避開敵對多方的地盤，也須避開山神水靈和諸般邪祟。你熟悉道路，前路是否平順無舛？」

牛小臣直道：「我們只走大道，不走小路；天明行路，天黑前便紮營，依照來時的原路返回，應能避開所有的敵對多方。至於山靈邪崇甚麼的，這些我不懂得，跟隨車隊的巫霍又被巫韋殺死了，也無人可商量。」

每當商王車隊遠行時，商王大巫都會派遣一名地位較低的巫者跟隨車隊，負責在途中替眾人治病、驅邪、祈禱、避災等。但隨行的巫霍被巫韋殺死了，此時車隊中並無巫者，一行人彷彿在黑暗中摸索而行，甚感岌岌可危。

老臣樸轉向小巫，說道：「小巫，你身為巫者，是否能夠治病驅邪？是否能承擔起向天帝、山神、河神以及先祖禱祝，護佑車隊平安的責任？」

小巫聳聳肩，說道：「治病驅邪這些事情，我略懂一些。其餘你說的禱祝避災那些，大巫瞉還沒教過我，我不懂得。」

老臣樸和牛小臣直對望一眼，心中都想：「究竟大巫㲋派個年方十歲，諸般巫術尚未學全的小徒出來做甚麼？」但想起小巫出現之後，確實保護了王子曜，讓他未曾被巫韋找到，還能將巫彭叫出來，逼巫彭和王子曜對答，並非全然無用，也不便再多苛責。

老臣樸道：「既然如此，那麼便請你盡力保衛王子曜吧。」

小巫道：「這個自然。」又問道：「還有多少日的路程，才能抵達十羈？」

老臣樸答道：「快行也要三個月。」

小巫側頭思慮，伸出手指數著，說道：「未來九十日中，我可以向天帝和先祖祈求保佑，讓車隊不要遇上暴雨、狂風、洪水、山崩、野獸和盜匪。至於其他的種種災難，我就難以保證了。」

老臣樸和牛小臣直都道：「能夠避開你說的那些災難，就已足夠啦。」

# 第四章　井宮

回途之中，車隊諸人與來時無異，只是王子曜不必躲藏在牛車裡，而且多出了一頭讙，平添許多樂趣。子曜和小巫兩個孩子整日忙著照顧那頭小讙，玩得不亦樂乎。他們不知道讙吃甚麼，問牠當然也得不到答案，小巫便爬樹挖土，四處找東西來給牠，果子、樹葉、樹皮、樹脂、野草、菇類、肉蟲、甲蟲、田鼠、兔子全都試過了，讙不但不吃，還閉上獨眼，連看都不看；小巫便又去河裡捉魚蛙蟹貝來餵牠，讙仍舊不理會。最後子曜說道：「讙乃是奇獸，顯然不吃尋常的食物，不如讓牠自己去覓食吧。」

小巫頗感氣餒，鼓起嘴，對讙說道：「我不知道你吃甚麼，只好放你自己去找東西吃，吃飽了可要回來啊！巫彭命你留在子曜身邊，你可不能擅自跑了。」

於是子曜便將讙放下牛車，那頭讙搖著三條尾巴，一溜煙便鑽進了草叢。

牛車繼續前行，子曜和小巫擔憂地等了好一陣子，都不見讙回來。到了傍晚，才見讙忽然從道旁的草叢裡竄出，口中啣著一條巨蛇，將子曜和小巫都嚇了一跳。那條巨蛇應是蟒蛇一類，身子比成人的大腿還要粗，足有六七尺長，全身青紅相間，顯然有毒。但是巨蛇的頭已然沒了，不知讙是怎麼把牠的頭給咬掉的。

讙看來得意洋洋，將巨蛇的屍身拖到子曜的牛車上，趴在角落大啖起來。子曜不喜血腥捂住了口鼻，轉過頭去不敢看。

小巫蹲在讙的旁邊看牠吃蛇，看了一會兒，伸手從血淋淋的蛇身中挑出一團紫色的事物，用車上的飲水沖了沖，轉身說道：「你看這蛇膽多大！大巫彀說蛇膽很補身子的，你要不要吃？」

子曜皺眉道：「味道腥得緊。沒有毒麼？」

小巫將蛇膽放入口中嚐了一口，皺起臉，吐吐舌頭，說道：「毒是沒有，就是苦得很。你試試？」

子曜接過蛇膽，咬了一口，便苦得差點吐出來，拚命忍住了反胃感，硬是吞了下去，小臉皺成一團。在小巫連勸帶逼之下，他才勉強將整個蛇膽吞了下去。

自此以後，子曜每日傍晚便放讙出去捕捉毒蛇，捉回之後，讙食其肉，子曜食其膽。幾日下來，不知是因為讙確實有抵禦凶邪之神效，還是因為蛇膽之功，子曜的精氣神恢復了不少，身子也似乎健朗了許多。

老臣樸和牛小臣直二人經驗豐富，多識山川，熟悉道路，謹慎擇地紮營，加上小巫的巫術護祐，三個月後，車隊終於平安抵達了十羈。

老臣樸鬆了口氣，說道：「我們抵達了十羈，終於進入安全之地了。」

十五年前，商王昭即王位之後，便建立左中右三師，出師征服天邑商周邊的諸多小方國，歸入王畿，並在王畿四周鋪設多條寬廣的道路，不但可供單乘騎馬快馳，亦可供數十輛牛車的車隊緩行。大道之旁每隔一日路程，便擇高地設置哨台，稱為「桒陮」（音同『葉隊』），派商戍日夜看守；此外並設有稱為「羈」的旅舍，每羈之間相距五十里，離天邑商最遠的稱為「十羈」，接近五十里的稱為「九羈」，如此每隔五十里便設一羈，直抵天邑商。車隊進入十羈的地域後，離天邑商便只有十日的路程，沿途皆有由大商多戍守衛的桒陮和羈舍，安全自是無虞。

然而一行人抵達三羈時，子曜的病況忽然又重了起來，躺在牛車上無法起身。老臣樸一心想早日趕回天邑商，好向王昭稟告巫彭之言，並讓商王的小疾臣和巫醫看顧子曜的病，於是詢問牛小臣直的意見。

牛小臣建議道：「我們取道犬牧回天邑商，應是最快的道路。」

小巫聽見了，插口問道：「犬牧地近犬方，那兒安全麼？」

牛小臣直道：「犬牧是我王專屬的田獵區，若能恰好遇上我王出來田獵，那就最好不過了。」

子桑的傷勢已恢復了許多，這時也道：「沒有父王的准許，任何人都不准進入犬牧，該地自是十分安全。我們便取道犬牧吧。」

王子桑既已發話，兩小臣也順從上意，於是車隊便往犬牧開進。

這日接近正午，接近犬牧時，遠遠但見牧場口外有不少戍者持戈防守，舉著灰色的旗幟。老臣樸和牛小臣直都是一奇，對望一眼。老臣樸皺眉道：「這些戍者所舉並非我王旗幟，卻是何人有膽在此田獵？」

小巫正在車中照看子曜，感覺牛車慢下，便隔著車帘問道：「怎麼回事？」

牛小臣直道：「犬牧有人正行田獵，派了多戍把守，打的卻並非我王旗幟。」

小巫心中生起不祥之感，鑽出車帘，凝目望去，說道：「瞧他們的衣著，並非天邑商王族，倒像是他方之人。」

牛小臣直皺眉道：「若非大商王族，怎敢在此田獵？我去問問。」於是快步奔上前，對一個戍者行禮問道：「請問，是哪位王族在此田獵？」

那戍者向牛小臣直上下打量，滿面懷疑，並不回答，卻反問道：「你是何人？」

牛小臣直答道：「我是牛小臣直，奉我王之命，隨牽小臣樸赴西南方徵取貢物。」

小巫遠遠聽見，心中暗叫不好：「牛小臣直太蠢了，不該自報姓名！倘若撞上王后婦井的手下，那可就麻煩了。」

但見那戍聞言眼睛發亮，回頭對一個手下說道：「快通知侯子！」那手下高高舉起一面旗子，用力揮舞。旗子迎風展開，小巫和老臣樸都看清楚了，旗上繡的是一頭肥碩的白色老鼠。

老臣樸臉色微變，脫口叫道：「是鼠方！」

話聲才落，一個灰衣青年騎著一匹灰馬從犬牧之中快馳而來，直衝到牛小臣直面前，喝道：「王子曜何在？」這青年身形圓滾肥厚，卻生著一張瘦臉，小鼻小眼，膚色灰白，若非眉眼略嫌小氣，面貌倒也算得上端正。

牛小臣直見那灰衣青年氣勢洶洶的模樣，張大了口，一時不知該如何應對。

老臣樸看清那青年的臉面，大驚失色，叫道：「事情不好了，是鼠充！」

小巫問道：「鼠充是誰？他有甚麼可怕的？」

老臣樸急道：「鼠充本人也就罷了，但其父和其妹都是我大商王族的重要人物。」

小巫問道：「甚麼重要人物？」

老臣樸道：「鼠充之父鼠侯乃是我王十分倚賴的輔臣，鼠充之妹婦鼠則是小王子弓的元婦；婦鼠和小王子弓的大子辟，便是我王的大示大孫；子弓未來登基為王後，子辟便將成為小王，婦鼠則將成為王后了。」

小巫點點頭，說道：「原來如此。那麼鼠充為甚麼會在此田獵？」

老臣樸嘆氣道：「他自是王后婦井派出的了。鼠方和王后婦井的母方井方不但是比鄰，而且世代通婚，關係緊密。」

小巫這才嚇了一跳，驚道：「我們竟被王后捉了個正著！」

這時鼠充見牛小臣直呆在當地，支吾不答，不再理會他，策馬直衝向牛車隊，來到為首的老臣樸身前，問道：「你便是牽小臣樸麼？」

老臣樸連忙下車，跪倒行禮，恭恭敬敬地答道：「老身正是小臣樸。小臣樸拜見鼠侯子充。」

鼠充左右望望，問道：「巫韋呢？他不是跟你們作一道麼？」

老臣樸咳嗽一聲，回答道：「巫韋不幸，被魚婦一族害死了。」

鼠充微微皺眉，灰白的臉上露出不可置信之色，卻不再多問，直截了當地道：「王子曜想必在你車隊之中。王后體諒王子曜長途跋涉，已在后井宮備下盛宴，請王子曜立即前去赴宴。」

老臣樸全身冷汗，心想巫韋送出的奇禽鴸，定然已將消息傳到了婦井耳中，自己無法隱瞞撒謊，此時也已不及將王子曜藏起，只能硬著頭皮回答道：「王子曜確實在此。王后有命，自當遵從。」

小巫在旁眼睜睜地瞧著，心中暗罵：「老臣樸他們真是太大意了，竟然帶著王子曜一頭鑽進了王后設下的陷阱！」

此時鼠方五十餘名多戍已持著戈矛一擁而上，圍住了牛車隊，押著車隊改變方向，轉而向北，進入井地。

小巫又是自責，又是焦慮，整個人緊繃不已。這時子曜清醒過來，見狀問他發生何事，小巫照實說了。子曜知道已誤入虎口後，卻並不十分憂慮，反而處之泰然，安慰他道：「王后再大膽，也不會公然在井地對我下手。我們小心謹慎便是，你不必太過擔心。」

井地位於天邑商的西北方，鄰近天邑商往西直出的大道之旁，從西方返回天邑商的車隊都不免經過此地。老臣樸雖刻意避開井方，卻仍被婦井派出的鼠方中人在犬牧攔截了下來。

一行人在鼠戍的押解之下，來到了婦井的宮殿「后井宮」。后井宮以宏偉華美著名，王昭登基為王、立婦井為后的次年，便特意派遣王室多工赴井地替婦井興建這座后井宮，以彰顯王昭對王后婦井的尊重榮寵。王昭和婦井成婚甚早，王昭青年時曾遭其父王斂（小乙）流放，遠離天邑商，婦井便帶著三個幼子回到母方井方住下。王昭在外流浪了十六年，直到四十餘歲才回到天邑商，登基為王，這時婦井已三十有五，過了生育年齡，而且兩人分別已久，因此她雖受封王后，卻仍長年居於井地，並不與王昭同住天邑商。王昭感念婦井這十多年來吃了不少苦，對她深懷愧疚，因此待她極厚，不但為她建造華麗的宮殿，更賜與她豐饒的土地，並讓她擁有自己的井戍和井師。婦井也如其餘多方之長一般，定時入天邑商朝見商王，進獻黍酒和甲骨等貢物。

這時在鼠師的押解下，老臣樸的牛車隊停在了后井宮的大門之外。

鼠充對著子曜的牛車說道：「請王子曜下車，入宮晉見王后。」

子曜對小巫說了幾句話，小巫出來對鼠充道：「王子身在病中，晉見王后前必先更衣漱洗，方不失禮，請鼠侯子稍候。」

鼠充勉強壓抑不耐，說道：「王子曜請儘快，莫讓王后久候。」

子曜人在病中，這回偷偷離開天邑商，長途跋涉，自然未曾帶上王子參見王后應當穿著的正式禮服，只好向王子桑借了一套衣裳來穿。王子桑已是二十餘歲的成年人，他的衣裳套在體格瘦小、年僅十一歲的子曜身上，自然過長過大了。小巫助子曜換上子桑的禮服，替他折起袖口褲腳，又幫他穿上牛皮軟鞋，費了不少工夫，才打點完畢。

小巫低聲道：「此去或有危險，要帶上讙麼？」

子曜想了想，點頭說道：「好，讓讙藏在我懷裡便是。」

於是小巫讓讙躲進子曜寬大的禮袍之中，扶他下車。

小巫見王子桑已換上了一身白色禮服，站在一旁等候，便說道：「王子桑，你穿戴整齊，又是大人，力氣比我大，不如由你抱著王子曜進宮吧。」

子桑當然知道王后婦井對子曜十分忌憚，自己則是小示之子，王后婦井從未將他放在眼裡；倘若他抱著子曜去見王后婦井，便是將自己跟子曜攪在一起了，絕非好事，說不定還要惹禍上身，於是趕緊說道：「我胸上的傷口還疼得很，抱不動人。」

小巫瞪了他一眼，低聲自言自語道：「是誰冒險去魚婦屯救了你的性命，轉眼就忘了個乾淨！」子桑只裝作未曾聽見。

於是小巫便抱著子曜，跟在王子桑、老臣樸和牛小臣直身後，走進了后井宮。后井宮的大殿以上百條巨木築成，高大堂皇；處處雕樑畫棟，精緻壯麗，較之天邑商的商王之宮毫不遜色。

一行人走進宮門，穿過大殿，經過長長的廡廊，來到王后婦井的后室之中。后室乃是王后婦井平日燕居之所，室中的裝飾更是奢華至極；四壁垂掛著織工繁複的五彩織錦，織錦上綴著無數巨大的蚌珠美貝；地面以珍貴的雲彩石鋪成，以多種金銀美玉鑲出精緻的圖案；一旁的沉木几上呈放著數百件吉金酒器和食器，燦燦發光。眾人一跨入室中，種種貴重精美的物事一齊映入眼簾，直讓人看得眼花撩亂。

王后婦井坐在后室正中央的一塊織錦地氈之上。她是個年近五十的老婦，頭髮花白，體態臃腫肥胖，面貌平靜溫和，看似一位慈祥的老妣。她身穿大商王族貴婦慣著的紅底彩繪獸面紋絲織衣裳，頭上戴著插有三十二枚純白玉笄的后冠，頸上掛著一串圓潤晶亮的珠管項鍊，手臂上亦有一整排以青玉、墨玉、黃玉、糖玉所製的手鐲。她的身旁放了一座吉金所製的鳥架，鳥架上立著那隻人面人手的鴸，側頭注視著步入后室的賓客，眼神銳利發亮。

后室角落有個十三四歲的男孩兒，身形肥壯，臉形瘦長，雙眼甚小，正對著一群羌奴高聲斥責，聲色俱厲。老臣樸等都已認出，那男孩兒正是小王子弓和婦鼠之子，王昭和王后婦井之孫，未來的商王子辟。

鼠充走上前，向婦井行禮道：「啟稟王后，王子曜、王子桑到了。」子桑和子曜跪在后室中央，向王后拜倒為禮，一齊說道：「小子拜見我后。」

婦井擺擺手，語音慈祥，微笑說道：「兩位王子遠道而來，不必多禮，快快起身。」她望向鼠充，問道：「巫韋呢？」

鼠充上前一步，說道：「回稟王后，牽小臣樸聲稱巫韋被魚婦害死了。」說著對老臣樸投去懷疑的眼光。

婦井抬眼望向老臣樸，緩緩問道：「巫韋在途中找到你們時，還好端端的，能夠派這隻鴸回來傳話給我。他巫術高強，怎麼會就死了呢？老臣樸，你來說給本后聽聽。」她口氣溫和，但言語中的威脅懷疑之意卻再明顯不過。

老臣樸跪在當地，更不敢抬頭仰望王后婦井，身子不自禁簌簌發抖，又擔憂王后以為自己心虛，只能勉強鎮定，開口說道：「王后在上，容小臣稟報事情經過。當時巫韋來到小臣的車隊，聽聞王子桑被魚婦劫走，非常不悅，於是單獨赴魚婦屯，意圖向魚婦女王討回王子桑，卻不幸被魚婦女王所害。」

婦井望向子桑。子桑在三珠樹下受傷，之後遭魚婦擒擄，並不清楚巫韋追上車隊和搜尋子曜等情，只道事情確是如此，於是說道：「啟稟我后，正如老臣樸所述，巫韋單獨來到魚婦屯，要求魚婦交出我來。魚婦女王不但不從，還命人殺了巫韋，卸下了……卸下了他的頭蓋骨。」

牛小臣直聽見了「頭蓋骨」三個字，趕緊走上前，從懷中取出那塊巫韋的頭蓋骨，跪倒在地，雙手高舉，呈上給王后婦井，說道：「巫韋的頭蓋骨在此，恭請王后檢視。」

那頭蓋骨雖已洗淨，不再血腥，子曜仍不敢看，趕緊偏過頭去。

婦井傾聽之時，神情始終維持著淡漠平和，此時低頭望了望那塊頭蓋骨，不禁微微皺眉。

牛小臣直急急地道：「王后垂鑒，魚婦在這上面刻了一條魚，一條蛇，那是魚婦一族的族徽，王后請看這裡……」

婦井顯然並無興趣檢視那塊頭蓋骨，打斷了牛小臣直的話，揮手說道：「拿下去了。」

牛小臣直趕緊閉上嘴，快手將那塊頭蓋骨包回布裡，退了下去。他左右瞧瞧，試探著將那頭蓋骨遞過去給鼠充。鼠充面上一沉，露出嫌惡之色，更不伸手去接，指揮一個羌奴上來將頭蓋骨接了過去。

婦井不再追問巫韋之事，轉而望向子曜，面露微笑，語氣慈和，說道：「子曜，你老遠去了一趟昆侖，長途跋涉，可辛苦了。先祖保佑，你的病想必已完全治好了？」

子曜正要回答，只聽一聲尖叫倏地發起，卻是從王孫子辟所在的角落而來。眾人都忍不住轉頭望去，但見子辟手持皮鞭，正狠狠地抽打一個羌奴。那羌奴在地上縮成一團，扭動著身子試圖躲避鞭打，但頸上繫了粗繩，繩子的一端握在子辟的手中，不論如何滾動挪移，都避不開子辟的鞭擊。子曜見那羌奴全身赤裸，皮膚雪白，身形纖小，看來只有七八歲年紀。

子曜生性不喜血腥殘暴，眼見子辟狠命鞭打一個孩童，不禁深感厭惡，但他身處王后婦井的后室之中，婦井之孫、小王之子的作為，絕非自己所能置喙，於是只能避開眼光，裝作甚麼都未曾聽見看見，恭敬回答道：「多謝我后垂問。全賴先祖庇佑，小子賤體無恙。」

婦井點點頭，說道：「那本后就放心了。為了祝賀你頑疾痊癒，本后特地準備了豐盛的筵席，替你洗塵。我們井方物產豐饒，多產佳黍；最近新釀了幾卣上好的鬯(注)，正準備送去天邑商供祭祀所用，不如便先讓你們兩個嚐嚐吧。」

子桑聽說自己也受王后賜酒，甚感受寵若驚，趕緊和子曜一起拜謝王后恩賜。

注　音同「唱」，商朝祭祀、宴飲用的酒，用鬱金草和黑黍釀成。《說文解字》：「以秬釀鬱艸，芬芳攸服，以降神也。」卣（音同『酉』）、盉（音同『禾』）、簋（音同『軌』），都是器皿。

但見婦井拍了拍手，一名鬯小臣便即趨前，向婦井跪拜叩首，又向兩位王子跪拜行禮。兩個多鬯跟在其後，一個手中捧著一束新鮮的鬱草，另一個手中端著一只金盤，上面盛著搗築鬱草的玉臼、玉杵，烹煮鬱和鬯的金盉，盛鬱液的金壺，貯藏鬱鬯的金卣，以及一對金爵，爵上布滿井雷文，那是井方的慣用的族徽。

此時數名掌管王后飲食的多食趨入室中，端上兩只獸面花紋裝飾的吉金圓簋，放在子桑和子曜面前的席上。子曜見簋中盛的是「和羹」，那是以鹽和梅調味的肉羹，熱騰騰地，香味撲鼻。多食在王后婦井座前的席上呈上了同樣的一簋和羹，並在接近子辟所在的角落置了一席，也呈上一簋和羹。然而子辟仍舊忙著毒打那年幼羌奴，不但未曾理會來訪的兩位王子，更加無心食羹。

「鬯小臣」乃是商王宮中專職調煮鬱鬯之人，這時只見他在后室中央忙了起來。他先取過一束新採的紫色鬱草，放入玉臼，以玉杵搗碎，接著將鬱汁倒入金盉中，點燃柴火，以小火烹煮；煮滾之後，他將鬱液倒入金壺之中，再將以新黍釀製的美酒「鬯」倒入金盉中，以小火烹煮了一會兒，不等鬯煮滾，便將煮過的鬱液和鬯一起注入一只金卣中，兩者份量調得仔細而勻稱，製成聞名天下的「鬱鬯」。

鬱鬯乃是大商王室用以招待王族、重臣和賓客最珍貴的酒品。子曜和子桑出身王室，每當王昭宴客之時，往往命鬯小臣調煮鬱鬯獻賓，這套煮鬯的儀式他們自然看得多了。然而此時二人身在井方，坐在王后婦井的面前，觀望鬯小臣調製鬱鬯獻給自己飲用，一旁還伴隨著不斷從角落傳來、子辟鞭打羌奴的鞭擊聲和慘叫聲，都不禁感到膽戰心驚，只能假作聽不見，勉強鎮定，一邊緩緩食用和羹，一邊有禮地注視鬯小臣調製鬱鬯。最後鬯小臣持起一支以黃金為柄的瓚，從卣中舀出新鮮調製的鬱鬯，小心地注入那兩只布滿井雷紋的吉金爵中。

小巫跪坐在子曜的身後，也直勾勾地望著鬯小臣的一舉一動，心想：「王后請兩位王子飲用高貴的鬱鬯，禮重酒珍，定然不懷好意。然而，她會大膽到公然在酒中下毒麼？」

小巫低頭望望子曜身前席上的和羹，心想：「人人都分得一簋和羹，羹中多半沒有古怪。爵只有兩只，古怪一定在酒中。兩個王子若飲鬱鬯中毒而死，婦井只消怪到鬯小臣頭上，便能推諉過去了。」

這時鬯小臣臉上露出微笑，顯然對自己調製的鬱鬯甚感滿意。他雙手舉爵，恭敬地呈給兩位王子。子桑和子曜都行禮道謝，稱讚他製鬯手法純熟完美。

正當兩人舉起酒爵，準備飲下時，子曜忽然跪直身子，說道：「兄桑，這等用以祭祀先祖的上好鬱鬯，怎能只我二人獨飲，而不與我后同飲呢？」

子桑會意，生怕二人落個對王后無禮的罪名，於是放下酒爵，對鬯小臣道：「這一爵，應先請我后品嘗，才輪得到我們。」

鬯小臣持起酒爵，顯得有些不知所措，轉頭望向王后婦井。

婦井神色自若，說道：「今年井方新產的鬱鬯，本后早已嚐過了。本后既賜汝等鬱鬯，汝等儘管飲用便是，不必推讓。」

於是卺小臣仍舊將爵放在子桑面前。子桑呆了呆，只好捧起酒爵，舉爵對王后婦井行禮致謝，仰頭喝完了一爵。

子曜和小巫都凝望著他，不知他是否會就此發作；然而子桑喝完之後，胖胖的臉上露出讚嘆之色，說道：「好卺！濃郁醇厚，不愧是井方特產的鬱卺啊！」

王后婦井微微一笑，望向子曜，說道：「子曜，此卺有治癒疾病之神效，你也喝了吧。」

子曜不得不跪直身子，舉起爵，放在口邊。

就在這時，小巫眼前忽然浮現一幅景象：「一個青臉巫者一手持爵，一手持著一塊鮮紅的事物摩擦爵的內部。」小巫頓時明白過來，大吃一驚：「有毒的是這只爵！王后手下巫者預先將毒液擦在了這只爵裡！」心中大急，正想衝上前假作跌倒，打翻那爵鬱卺，忽聽一聲低低的貓叫，子曜和小巫都是一呆，頓時想起：「是讙！」

子曜感到懷中的讙不斷扭動，忽然溜到自己的手臂上，從袖口伸出鼻子聞聞嗅嗅，似乎對那爵鬱卺很有興趣。幸而子曜身上穿著子桑的衣裳，原本便過於寬大，旁人更無法看出有頭讙在他袖中鑽動。

小巫還來不及反應，子曜也來不及阻止，讙已將尖鼻伸入爵中，咕嘟咕嘟兩口，便將那爵鬱卺給喝完了，舔著嘴巴，似乎意猶未盡。小巫原本擔心讙會就此毒死，但見讙似乎並無異狀，暗想：「讙連毒蛇都吃，喝爵毒酒，想必不痛不癢。」

子曜袖子寬大，站得離王后婦井又遠，因此婦井只見到他舉爵飲卺，並未見到他袖中藏著一頭讙，已偷偷將酒喝光了。子曜不動聲色，鎮定若恆，也學著子桑讚嘆道：「好鬯！井方之鬯，果然獨冠各方！」說著放下酒爵，坐了下來。

婦井目不轉睛地望著他，見他並未有任何異狀，似乎頗出意料之外，臉上卻不動聲色說道：「你們歡喜就好了。鬯小臣，給兩位王子多添一爵。」

鬯小臣趨上前，再次以黃金瓚從卣中舀出鬱鬯，注入兩位王子的吉金爵。這回子桑仍舊乖乖喝了，子曜則再次舉爵就口，讓藏在袖子裡的讙將鬱鬯一飲而盡。

小巫暗叫好險：「巫彭當真有先見之明，送給王子曜這隻既愛喝酒，又不怕劇毒的奇獸！」

王后婦井眼見自己毒計未遂，猜想定是小巫在旁作怪，瞇起眼睛，瞪向小巫。小巫裝作若無其事，滿臉無辜，低頭避開王后的目光。

后室中眾人正僵持間，角落的子辟忽然哈哈大笑起來，說道：「終於撐不下去了吧！」

眾人的眼光再次轉向角落，但見子辟扯著繩索，將那羌奴拖到了后室中央。子曜這才看清楚了，那年幼羌奴是個小女孩兒，頭髮散亂，身上橫七豎八地布滿了血淋淋的鞭痕，簡直體無完膚。小羌女頸上仍繫著粗繩，垂著頭，跪在地上，雙手拄地，背心弓起，全身劇烈顫抖，好似在發羊癲一般。

子辟興奮至極，對著婦井叫道：「妣后！妳瞧，妳瞧，她就要變身了！」

眾目睽睽之下，但見那羌女顫抖得愈來愈快，愈來愈劇烈，陡然張口長聲尖叫起來，剛開始還是女孩兒的呼聲，之後竟轉為好似羊一般的哀鳴；她的亂髮之間突出了兩隻尖尖的羊角，身上也長出蜷曲的白毛，手腳則轉化為羊蹄。不過十個呼吸之間，那羌女竟變身成了一頭純白的小羊，正狂躁地亂蹦亂跳，卻始終掙不脫頸中的繩圈。

子辟雙眼發光，指著那頭白羊，高聲叫道：「你們瞧！羌人能夠變身為羊！我早就說過，羌人並非人類，而是畜生！現在你們可相信我的話了吧！」說著又笑又跳，用力拉扯手中繩索。那頭白羊體型甚小，被子辟的繩索箍緊了脖子，只能不斷掙扎哀鳴。

子桑、子曜和小巫都看得呆了，張大了口，說不出話來。

子辟這時才留意到室中有客，抬頭望向子桑和子曜，笑道：「原來是兩位父啊！你們瞧，這低賤羌奴死命抵抗，始終不肯變身。然而天下誰能違抗我子辟的意願？她終究變身成羊啦！羌方的人都是畜生，大家都瞧個清楚了吧！」

子辟此時剛滿十三歲，子曜身為其父子弓之弟，卻比子辟還要小上兩歲。子辟乃是小王大示大子，大商王位的繼承人，地位遠在其他王族多子之上，因此他對這兩位父毫無恭敬之心，不等他們回答，又自顧自用力拉扯繫住小羊的繩索，將牠拽倒在地，伸腳踏在小羊的身上，笑嘻嘻地道：「往後我們用羌人祭祖之前，定要先逼他們變身成羊，這樣先祖才會更加歡喜！宰！喚宰出來！讓宰殺了這頭小羊，烹煮羊羹給妣后吃！」

子曜聽了，不禁深深蹙起了眉頭。他從未見過人變身成羊，甚至連聽都沒聽說過，震驚之餘，心頭最深的感受卻是不忍。他眼見子辟狠狠鞭打折磨一個年幼羌女，強逼她變身為羊，還要當場將她殺了吃掉，心底不禁升起一股濃厚的厭惡憤怒。儘管羌人在大商境內大多為奴，生殺由主，也不時被商王當作人牲殺死祭祀先祖，但子曜仍舊無法壓抑內心的反感，暗中握緊了拳頭。躲在他懷中的讙剛剛喝了兩爵毒酒，有些醉醺醺的，但牠仍能感受到子曜的憤怒激動，偷偷從袖口探頭出來觀望情勢，口中發出嘶嘶低吼。

王后婦井愛憐橫溢地望著王孫辟，微笑說道：「乖孫，如此孝順你妣！」

小巫見子辟出來這麼一鬧，婦井似乎一時分心，忘了子曜喝下毒鬯卻並未死去之事，暗暗鬆了口氣，心想應當借子辟之機繼續打岔，於是開口問道：「請問王孫辟，大商羌奴那麼多，您怎麼唯獨知道這個羌女能夠變身為羊呢？」

子辟聽小巫問起自己這件得意之事，頓時哈哈大笑起來，說道：「你是個巫吧？這等事情，連大巫都不知道，何況你這等小巫！」

小巫陪笑道：「王孫辟說得極是！我跟隨大巫殼多年，可從沒聽說過羌人能夠變身成羊！這回托了王孫辟之福，真是大開眼界啊！」

子辟得意洋洋，說道：「我便說給你聽了，好讓你長長見識。我早先在諸多羌奴之中，留心到這個女娃兒生得白淨秀麗，於是命她來服侍我。不料她竟膽大包天，試圖逃脫，幸而我警覺，立即派人將她捉了回來，並命人當眾毒打她，以警示其他羌奴不可起心逃跑。不料她被打得快昏暈過去時，頭上竟長出兩隻角來，一下子又縮了回去！我察覺事情有異，立即將她關了起來，不給她東西吃，用水浸她，用火燒她，甚麼法子都試過了，想看看如何才能令她再次長出角來。今日我可終於成功啦！原來需得不斷鞭打她，讓她一刻也不得喘息，又不讓她昏暈過去，如此日夜不停地打上三天三夜，她便再也撐不住了，終於變身啦！」

子辟不過是個十多歲的孩子，這番話卻說得令人毛骨悚然，連小巫都感到背脊發涼，心想：「子辟這傢伙的殘忍嗜血，整個大商只怕找不出第二個人來！」

子曜更是聽得深惡痛絕，腹中翻滾，隨時能嘔吐出來。小巫知他甚深，生怕他無法忍受，后前失禮，正要岔開話題，子曜卻深深吸了一口氣，開口說道：「王孫辟天縱英明，世間絕無僅有。羌人變身為羊這等奇異之事，我等當真是見所未見，聞所未聞。子辟若不介意，請讓我將這頭羊帶回天邑商呈獻給父王，父王一定甚感稀奇。」

子辟立即搖頭道：「不成！這頭羊是我的，誰也別想帶走！而且我今日便要殺羊煮羹，請妣后享用。」

子曜望向那頭小羊，但見小羊被幾個多食壓在地上，眼中滿是恐懼驚慌，心中不忍，高聲道：「如此難得珍貴的羊，豈能不獻給父王？莫非在王孫辟心中，妣后比祖王還要貴重麼？」這話一說，王后婦井和子辟都不言語了，其餘人也不敢答腔，后室頓時陷入一片寂靜。

小巫眼看情勢不對，只得趕緊出來打圓場，搶著說道：「王子曜大病初癒，身子還十分虛弱。請王后恩准，讓我陪同王子曜回牛車臥倒歇息。」

王后婦井冷酷的眼光掃向小巫，又望向子曜，微笑說道：「回去牛車歇息？那可有多麼不便！曜，我讓人領你去辟的寢室歇歇吧。」說著不由分說，便對一個寢小臣道：「領王子曜去王孫辟的寢室歇息。」那寢小臣躬身答應了。

子曜雖仍想救那頭小羊，但他怎敢不遵從王后婦井的指令？小巫心想無論如何，還是先離開這個是非之地再說，於是拉著子曜向王后婦井行禮告退，跟著寢小臣走出了后室。

# 第五章 救羊

子曜和小巫跟著寢小臣穿過一道廡廊，來到一間華麗的寢室之外。這寢室的裝飾和王后的后室一般，滿室皆是貴重耀眼的吉金器具，金碧輝煌。

子曜站在門口，有些猶豫，不敢跨入；一來這是大示王孫辟的寢室，他不敢僭越擅入，二來他對子辟甚感厭惡，也不想進入他的寢室。

小巫當先跨入，探頭探腦地觀望了一陣，感覺寢室中並無惡意巫術，於是說道：「王子，請進來吧。」

子曜跨入子辟的寢室中，瞬間感到一陣難言的痛苦襲來，立刻手腳發軟，幾乎癱倒在地。小巫一驚，趕緊扶住他，讓他坐倒下來。子曜靠著牆角，雙手抱頭，全身顫抖，不斷喘息。

小巫有些著慌，那寢小臣見子曜臉色蒼白，額冒冷汗，也十分擔憂，問道：「王子曜沒事麼？」

小巫心想：「先將這人驅走再說。」於是說道：「寢小臣！王子曜的情狀不大對勁，你快去稟告王后，說王子曜病情加重，需得安靜休養，請眾人勿加干擾。」

寢小臣點頭答應，連忙奔去稟告王后。

小巫立即關上房門，低聲問道：「怎麼回事？」

子曜勉強忍耐，咬牙說道：「這寢室……這地方……不對……」

小巫點點頭，抬眼仔細四望，說道：「不錯，這寢室裡擠滿了冤魂邪祟。看來王孫辟小小年紀，已害死了不少人命。你別擔心，他們不是來找你報仇的。」心中忽然想：「子曜並非巫者，為何能感受到這些冤魂邪祟？」

子曜重重地喘著氣，讙從他的衣領鑽出，關懷地望著他，伸舌頭舔舐他的臉頰。小巫見了，心想：「或許是靠了讙的奇異之能，他才能感受到冤魂邪祟吧？」

子曜伸手撫摸讙的皮毛，深深吸了口氣，才感到稍稍好些了。他說道：「你說這室中擠滿了冤魂？我彷彿聽見無數人在慘叫哀號，彷彿有幾股極深極重的痛苦、仇恨、哀怨，排山倒海般地向我壓來。這些都是被子辟害死的人麼？」

小巫抬頭望望，對著空中問答了幾句，點點頭，說道：「不錯，他們都是被王孫辟殺死的羌、僕、奚、芻等奴僕，也有一些姬、妾等。大約有幾百個吧？」

子曜甚覺難以置信，搖頭道：「子辟並不比我大上幾歲，他怎能殺死這麼多人？」

小巫摸摸鼻子，說道：「我也不知道？大巫瞉時時得奉獻人牲給先王先祖享用，他手下殺死的人，只怕也沒有這麼多。你別多想了，休息一會兒，感覺好些時，我們便趕緊離開井方吧。」

子曜點點頭，緊緊抱著讙，勉強沉靜下來。讙縮在他懷中，閉上獨眼，不多時便沉沉睡去，開始打鼾。

小巫湊過去探望讙，笑道：「這隻讙當真了不得，喝了兩爵毒酒，還一副若無其事的樣子。」

子曜驚道：「毒酒？方才那爵裡的酒當真有毒？」

小巫道：「是啊。王后命一個巫者預先在爵裡抹了毒液，幸好讙替你喝下了，不然你方才已被毒死啦。」於是說出自己「見到」青臉巫者將毒藥抹拭於酒尊內壁的景象。

子曜這才知道自己逃過了一劫，對婦井的心狠手辣甚感驚怖，連忙摸摸懷中的讙，問道：「讙，你沒事麼？」

小巫笑道：「牠專吃毒蛇，自是百毒不侵。你放心吧，你看牠好端端的，比你還健壯得多呢。」

子曜點點頭，沉吟一陣，忽然開口問道：「有辦法麼？」

小巫知他甚深，明白他的心思，說道：「我知道你很想解救那個羌女，但王后和王孫辟兩個一心想殺了牠烹煮羊羹，只怕很難改變他們的心意。我們身在井方，王后甚至大膽到打算公然毒死你，咱們原本便已性命難保了，若還想冒險去救出那頭羊，只怕不送掉小命也難。」

子曜心中自也清楚，不禁黯然說道：「我只是可憐那小小羌女。」過了一陣，又道：「我可不是眼花了吧？我從未見過人變身成羊！」

小巫四下望望，湊到子曜耳邊，壓低了聲音，說道：「說老實話，那羌女能變身為羊，並非甚麼古怪特異之事。我聽大巫彀說過，他方異族之人，還有歷代大巫，很多都能變身為禽為獸。只不過商人把變身看成莫大的禁忌，一見到巫者或方族之人變身，便立即打死燒死，因此沒有人敢在天邑商左近數百里內變身，以免招來商人的憤怒殺戮。我倆在天邑商長大，自然從來沒見過人變身為禽獸了，許多人甚至連聽都沒聽說過。」

子曜好生驚異，睜大了眼，也壓低了聲音，追問道：「當真？你說歷代大巫多能變身，那麼你見過大巫㲄變身麼？他能變成甚麼？」

小巫搖頭道：「我沒見過大巫㲄變身。你想必也知道，大巫㲄和王婦婦戮都來自西南兕方。據大巫㲄所說，他小的時候，村裡幾乎人人都會變身，不只是巫者。」

子曜大感興味，問道：「他們都能變成甚麼禽獸？」

小巫說道：「甚麼都能變。熊啦，虎啦，貍啦，鳥啦，兔啦，魚啦，甚麼都行。大巫㲄跟我說過，遠古之時的多方之人，虎方的人能變身為虎，羌方的人能變身為羊，犬方、馬方、龍方、鹿方、鷹方、鼠方等等，都能夠變身為方族名稱的禽獸。各方的名稱和圖騰，就表示了他們與何種禽獸關係特別緊密；而法力高強的大巫則能隨心所欲，變化成各種禽獸。但是大巫㲄又說，今日方族中能變身的人愈來愈少了，只有大巫和少數族長直系的子孫能夠變身；而且當今之世，連懂得變身的大巫也不多了。」

子曜問道：「那麼大巫㲄可以變成甚麼？」

小巫一攤手，說道：「我也很想知道！但他從來沒在我面前變過身。他長年住在天邑商，如今又是商王大巫，不能觸犯商人的禁忌，自然不會輕易變身了。」

兩人談了一陣，窗外天色漸漸暗下，子曜感到一陣焦慮不安，說道：「我們得想法及早離開此地。多待在這兒一刻，便一刻不安全。」

小巫愁眉苦臉地道：「井方有多戍多馬，我們只有牛車，想逃也逃不快。這兒離天邑商還有一兩日的路程，倘若坐牛車慢慢行去，不被抓回來才怪。」想了想，又道：「不如我先去找老臣樸，問問他有甚麼主意？」

子曜同意了，於是小巫從門縫往外張望，見到寢室外有五六名井戍守衛。他從懷中掏出一只小木瓶，瓶中裝著半瓶灰白色的粉末。他在門縫中塞了一些粉末，撮口輕吹，將粉末吹了出去。不一會兒，門外的戍者紛紛開始打呵欠，看似感到昏昏欲睡。這粉末是大巫瞉給他的迷藥，叫作「入夢」，能讓人睏倦欲眠。小巫等了一會兒，便輕手打開門，鑽了出去。他在自己身上施了隱身咒，門外多戍中了他的藥粉，個個睡眼昏花，更未見到他的身影。

小巫沿著原路，偷偷回到后室之中。但見室中還是那些人，只是氣氛更加緊綳了些。王后婦井坐在上首，手持吉金爵，緩緩飲著鬱鬯；子辟終於不再忙著鞭打虐待羌奴，顯得意興闌珊，懶洋洋地躺在婦井的身邊；王子桑仍舊坐在賓位之上，雙手撐著頭，身子搖搖晃晃，看來醉得厲害，不知又被婦井灌了多少爵鬱鬯。那頭羌女變成的小羊四足被繩子縛住，倒掛在木架之上，猶自掙扎，還未死去；一名宰跪在一旁磨刀，幾個多食忙著在木架下堆柴生火，看來婦井和子辟打算生烤全羊。老臣樸和牛小臣直則一前一後，跪在后室當中，低垂著頭，臉色蒼白，滿面恐懼。

但聽一人尖聲問道：「你們去了昆侖瑤池，在那裡見到了誰？」

小巫聽這聲音又尖又細，微微一驚，探頭望去，但見老臣樸的面前多了一個身形瘦小的老巫，一張青臉，面目陰沉，正是之前小巫「見到」在子曜的酒爵中下毒之巫。此人乃是婦井手下巫者，名叫巫古。

小巫大驚失色，心想：「糟了，看來他正施展巫術，向老臣樸逼問關於瑤池和巫彭的事情！」他心知老臣樸和牛小臣都非巫者，無法抵抗巫者的逼問，危急之中，心生一計，趕緊在牆角蹲下，默念咒語，施展「奪身術」，試圖奪過老臣樸的身子。老臣樸正處於極度焦慮恐懼之中，一心只想逃離此地，因此小巫十分輕易便侵入了他的身子，奪過了他的心智。

小巫心中一喜：「大巫嗀教我這奪身之術，我從未使用過，沒想到這麼容易便成功了！」他趕緊在老臣樸的周圍建立起一道防護巫術，不讓巫古侵入探查他心中的祕密。巫古正施展「探心術」，幾乎已闖入了老臣樸的內心，卻察覺到老臣樸心中的恐懼慌張陡然消失，轉成一片隱密平靜，不由得一驚，正要開口質問，老臣樸卻開口說話了。

這時小巫已完全佔據了老臣樸的身心，他睜開老臣樸的眼睛，望向巫古，用老臣樸的口說道：「你要我說甚麼，我都說！不錯，我奉我王之命，偷偷將王子曜藏在車隊中，前往西南昆侖求醫。但我王暗中吩咐我，替王子曜求醫治病並非最重大的任務；我最重大的任務，是去尋找傳說中的『不死藥』！」

這話一說，婦井立即坐直了身子，銳利的眼光射向老臣樸，厲聲問道：「你說甚麼？」

巫古原本站在老臣樸身前施法逼問，眼見王后親自開口詢問，心中雖感到老臣樸的轉變十分突兀，仍趕緊讓到一旁，讓王后能夠直接質問老臣樸。

小巫情急之下，拋出了他從巫彭口中聽到的「不死藥」，沒料到王后婦井竟對此大有興趣，只能隨機應變，信口胡說一番。「啟稟王后，老臣只是個牽小臣，並非巫者，我可甚麼都不知道啊！這些都是我王告訴我的，我王說這些都是大巫彀告訴他的。我王說道，傳說西方昆侖山中，有座天帝所居的宮殿，叫作『眾神之都』；宮殿四方有九道門，守護著昆侖山上的『眾神之都』。昆侖山南方有個深三百仞的水潭，水潭旁住了一頭神獸。這神獸長得如老虎一般，但是有九顆頭。牠站在昆侖山頂，往東方望去，守護著昆侖山的東門。這道門叫作『開明門』，因此這頭神獸便叫作『開明獸』。」

王后婦井聚精會神，專心傾聽，追問道：「開明獸？牠和不死藥有甚麼關係？」

小巫其實並不知道開明獸和不死藥有甚麼關係，只是將大巫彀平時跟他說的一些傳奇故事東拼西湊，複述出來；他只約略知道這些大都與西方昆侖山有關，但是不死藥、開明獸和巫彭之間究竟有甚麼關係，他自己也糊裡糊塗，搞不清楚，這時只能信口開河，盡量多胡說一些，藉以拖延時間，盼能蒙混過去，於是說道：「這就說來話長了。天帝之都中，有個天神，叫作窫窳。他長得十分奇怪，頭是人的頭，身子卻是蛇的身子。」

說到此處，小巫忽然感到一股強烈的霸氣從門外猛然襲來，令他氣息一窒，幾乎要脫離了老臣樸的身軀。他勉強定下神來，感到一個低沉沙啞的聲音對自己說道：「你繼續說。我來救人，不關你事，我不傷你。」

小巫藉由老臣樸之眼，見到巫古雖仍站在當地，但已雙眼上翻，原本青色的臉變得一片雪白，顯然已被室外之巫以巫術震昏了過去，不省人事。他心中暗自驚詫：「好高明的巫術！來人不知是何方巫者？」

這時后室中眾人都聚精會神地傾聽「老臣樸」述說關於西方昆侖山的傳奇故事，宰停下了磨刀，多食也停下了生火，只有那頭小羊還兀自微弱地掙扎著。

小巫知道來者是個十分高明的巫者，也想到他是來解救羌女小羊的，心跳加快，手心出汗，只能勉強鎮靜，繼續說了下去：「這位叫作窫窳的天神生性殘暴，對手下嚴厲凶狠，因此遭到了臣下的背叛，被一個叫作『貳負』和一個叫作『危』的臣子聯手殺死了。這兩個叛臣殺死窫窳後，將他的屍體留在昆侖山腳下。天帝知道貳負殺了窫窳神，大發雷霆，於是將貳負關在疏屬山上，桎住他的右足，用他的頭髮將他的兩隻手反縛在身後，再將他綁在疏屬山的一棵樹上。」

小巫正說到精采處，后室眾人正聽得全神貫注，門外忽然傳來一聲暴吼，一條碩大的黑影猛地竄入室中，用力一口咬上宰的咽喉。宰正持著刀傾聽故事，根本不察咽喉被咬，頓時鮮血四濺，哼也沒哼便已斷氣。

眾人驚呼聲中，那黑影張口奪過宰手中的刀，衝向室中羌女變成的小羊，用刀割斷了繩索，啣咬著小羊的身軀，往外疾奔。這一切不過發生在幾瞬之間，眾人震驚之下，竟然誰也沒動彈半分，被小巫奪過身子的老臣樸也仍跪在當地，眼睜睜地望著那黑影竄出門外，消失不見了。

牛小臣直離門口最近，他首先打破寂靜，大聲叫道：「老虎！是……是一頭老虎！」

王后婦井不愧是見多識廣的商王之后，一晌驚愕後很快便鎮定下來，豁然站起身，下令道：「子央！鼠充！率多戍多馬多弓，追上那頭虎，將之擒殺了！」

一個身形出奇高大壯碩的青年從堂後快步奔出，高聲呼道：「井方多戍、多馬、多弓，各持戈弓，打起火把，跟我來！」

鼠充也呼喚鼠方多戍，命眾人打起火把，乘馬持戈，跟著那高壯青年奔出了后室。

小巫藉由老臣樸之眼望向那高壯青年，見他正是王后婦井的中子（注）、小王子弓之弟子央。他身任王昭親戍之長，以壯碩武勇聞名天邑商。

小巫心想：「王子央平日居於天邑商，負責保衛我王，不知為何今日卻在井方？莫非我王出征去了，不在天邑商？」

子桑原本已醉得幾乎要倒，經此一嚇，頓時清醒過來，全身縮成一團，簌簌發抖；子辟則又驚又怒，跳起身，瘋了般地狂吼道：「那頭老虎搶走了我的羊！我要去抓牠回來，將牠殺了！」

婦井生怕愛孫受傷，連忙伸手拉住子辟，說道：「天色已黑，外邊太過危險。你留在宮中，讓子央和鼠充去抓回那頭老虎便是！」

但子辟素來驕縱慣了，更不理會妣后，甩手掙脫了婦井的手，大步衝出門去。

小巫眼見情勢混亂，趁機脫離老臣樸的身子，從門角醒了過來，快步衝入后室，拉起猶自跪在當地老臣樸和牛小臣直，低聲道：「跟我來！」

老臣樸尚未完全清醒過來，呆著不動，牛小臣直連忙將他架起，扶著他避開在室中奔走的多戌，三人趁亂退到門邊。

小巫低聲道：「我們去找王子曜，趕緊離開這兒！」一見二小臣紛紛點頭應下，他便搶先一步衝了出去。

這時子曜仍留在子辟的寢室中，忽聽外面傳來呼喊吵鬧之聲，不知發生了甚麼事，便推開門，往外張望。但見原本守在門外的多戌都已不見人影，后室方向則不斷傳來驚呼叫喊之聲。他見小巫去了許久還未回來，擔心他遇上危險，便抱緊了讙，小心翼翼地走出寢室。

才走出幾步，便見王孫辟瘋了般地向寢室衝來，大聲喝問：「我的戈呢？我的弓箭呢？」

子曜不知他為何急著取戈和弓箭，寢室附近的多戌又都已奔了開去，連忙退開幾步，冷靜答道：「王孫的戈和弓箭，想必都在寢室之中。」

---

注　關於「中子」的稱呼，根據甲骨文，商人的排行分為大、中、小，「大」應指最長著，「中」為次長者，其餘一律稱「小」或是不加稱詞。青銅刀《三句兵》上的銘文便有「大父、中父」和「大兄」的字樣。也有學者認為「大、中」可能是商朝貴族繼統的區別字，由排行「大」者先繼位，再往下推至排行為「中」者。稱兄長也有「大兄」、「中兄」、「兄」等分別。故事中子弓在諸多王子中居長，因此所有王子王女都稱他為「大兄」，子央次長，則被稱為「中兄」。

子辟瞪了子曜一眼，隨手將他推開，衝入寢室，取下掛在牆上的弓箭和金戈，正要奔出，忽聽背後傳來一聲低沉的虎吼。

子辟一驚轉身，但見寢室正中竟伏了一頭體型巨大的老虎，滿身黑黃斑紋，深棕色的眼睛直盯著自己，虎口微張，露出一對尖銳的虎齒，口邊猶有血跡，正是方才闖入后室、救走小羊的那頭老虎！

子辟脾氣暴躁，性情殘忍，卻並非勇敢善武之人；他原本想像自己持弓乘馬，跟著中父子央和母兄鼠充率領多戍、多馬、多弓去追殺那頭老虎，胸有成竹定然頗為驚險有趣，卻並不會真正遇上危險。此時眼見那頭老虎就在自己寢室之中，離自己不過數尺遠近，只嚇得連叫都叫不出聲，呆在當地，臉色一白，手腳發軟，更無法移動半寸。

子曜這時仍站在寢室門口，也嚇得目瞪口呆。他剛剛才從寢室出來，清楚知道這頭老虎方才並不在寢室之中，牠卻是從何處冒出來的？

正不知所措時，懷中的讙忽然從他的袖子鑽出，睜著獨眼望向那頭老虎，發出一聲低沉的虎吼，接著猛然往前一跳，落在子辟的肩頭。

子辟早被老虎嚇得呆了，忽然聽見背後又傳來虎吼，接著感覺一頭獸物落在自己的肩頭，頓時慘叫一聲，雙眼翻白，當場嚇昏了過去，仰天跌倒在地。

讙從子辟的肩頭躍下，奔跳上前，來到那頭老虎身前，和老虎鼻子湊著鼻子，彼此聞嗅嗅，好似兩個好友在商量著甚麼事情一般。接著老虎點了點頭，望向子曜，讙也回過頭，睜著獨眼望向子曜，眼中滿是求懇之意。

子曜又是驚訝，又是疑惑，不知這兩頭獸物彼此怎會如此友好，牠們又想求懇自己甚麼？

就在這時，小巫忽然出現在子曜身後，探出頭來，急急說道：「沒問題，王子曜答應你了，你快逃走吧！」

老虎低下頭，似乎意示道謝，接著便衝出門外，縱入井宮的庭院，轉眼消失在黑暗之中。

子曜忍不住問道：「我答應了牠甚麼？」

小巫急衝上前，跨過子辟的身子，俯身抱起一個小小的身軀。子曜這才發現老虎離去後留下了一個人，正是那個曾變身為羊的羌女，這時已變回了人形。小巫一手抱著羌女，一手在她身周指指點點，那女孩兒突然消失了，變成了一個包袱。

小巫低聲對子曜道：「老虎方才闖入后室，救出了小羊，將她帶來此地，求你帶她逃走。我將她變成了一個包袱，你快讓牛小臣直將這包袱放到你的牛車上。快！」

子曜這才略略明白事情經過，此時老臣樸和牛小臣直已雙雙來到子辟寢室門口，子曜鎮定下來，說道：「牛小臣直，這包袱裡是我剛剛換下的髒衣裳，你快替我放上牛車去。」

牛小臣直一呆，說道：「方才有頭老虎……老虎出現在后室中！」

子曜點頭道：「小巫已跟我說了。你快去！將髒衣裳留在王孫辟的寢室中，屬大不敬，切不可延遲！」

牛小臣直不敢辯駁，接過小巫手中的包袱，快步奔去。

老臣樸滿面驚慌，著急地道：「王子，此地太危險了，我們趕緊回去牛車，儘快離開此地吧！」

子曜和小巫對望一眼，子曜年紀雖輕，頭腦卻很清楚，知道自己要救那個能變身成羊的羌女，今夜便絕對不能匆匆忙忙地逃脫，否則定然難脫嫌疑，於是說道：「天已黑了，我們無法上路，今夜無論如何都得留在井地了。王后受到了驚嚇，我得去向她問安。」

小巫說道：「且慢。我得先讓王孫辟清醒過來。」於是跪在子辟身邊，低聲念咒，一邊念，一邊扶他站起身。子辟睜開眼睛，發現自己手持弓箭金戈，站在自己的寢室當中，一時茫然無措。

小巫提醒他道：「王孫辟，快拿好了弓箭金戈，王子央和鼠侯子充他們就要出發去追老虎啦！」

子辟在小巫的咒術影響之下，將方才在寢室中見到老虎之事全數忘了，只剩下滿腔的激怒和亢奮，高聲叫道：「那頭可惡的老虎，待我去將牠擒回殺死！」

這時王后婦井已帶著多戍趕到子辟的寢室之外，正見到子辟拿著弓箭金戈快奔而出，忙對多戍下令道：「快追上王孫辟！我已命子央留下等候子辟，汝等務須保護子辟的安危！」多戍應聲快奔而去。

她轉頭望見子曜站在寢室之中，心想這小子怎地還活著，怒氣暗生，喝道：「子曜，你身為王子，竟不挺身保護王孫辟麼？還不快追上去！」回頭對跟在身後的子桑喝道：

「你也去！」

子曜向來體弱多病，年紀又小，如何能跟隨井師去追逐老虎？他連自己都保護不了，又如何能保護子辟？但在王后的命令之下，子桑和子曜兩個王子只能齊聲答應，硬著頭皮，乖乖跟了出去。多戍牽來兩匹馬，子桑和子曜被多戍扶上馬鞍，在子央一聲令下，井方之師便大舉出動，往老虎消失的南方森林追去。眾人打著火把，出了井宮，進入叢林搜索。

小巫知道自己需得跟上保護子曜，但又不能被王后婦井看見，於是等井師出動之後，才悄悄對老臣僕道：「你趕緊回去車隊，準備天未明便啟程，趕回天邑商。我會在天明前帶王子曜去跟你們會合。」

老臣僕知道事態緊急，低聲答應了。小巫便快步奔出后井宮，悄悄沒入黑暗之中。

幸而央師和井師人多，行進不快，小巫不多時便找到了子曜的馬。但見子曜身子單薄，坐在馬背上顛顛簸簸地，雙手更握不緊轡繩，數度險些跌下。小巫快步奔上前，一躍跳上馬背，坐在子曜身後，伸手抓住馬韁，同時扶住了子曜。

子曜見小巫跟了上來，大大鬆了口氣，低聲道：「多謝你！我險些便跌下馬去啦。」

小巫一笑，說道：「不必客氣。」

兩個孩子都不擅長騎馬，幸而那匹馬頗為馴服，也不需他們如何駕馭，自己便知道跟著其他馬匹往前小跑而去。

行出一段，兩人的馬落後了一大截，身旁再無其他多戍或多馬。小巫低聲道：「我剛才已交代了老臣樸，要他天未明便準備好讓牛車隊啟程，趕回天邑商。我們得想辦法脫離井師，去跟他們會合。」

子曜點點頭，說道：「然而老虎根本不在樹林裡，他們搜了一圈後尋之不得，只怕很快就要收師回去了。」

小巫心生一計，說道：「不如這樣，我們讓讙到前面去，發出老虎的叫聲，將他們一路往前引去。」

子曜眼睛一亮，笑道：「好主意！不如讓讙也發出羊叫聲，騙他們追入森林深處。」

讙聽他們談起自己，從子曜的衣領探出頭來，獨眼的瞳孔在黑暗中放得極大，整隻眼睛都晶亮亮地，看來十分興奮。於是小巫對讙細細囑咐了一番，要牠先學虎吼，再學羊鳴，試圖將井師引入森林深處。讙聽得不斷砸嘴，顯得自信滿滿。

子曜卻擔心讙的安危，叮囑道：「你得小心謹慎，必須在離井師數丈之外，方可發出虎吼羊鳴。不然他們縱馬衝上，四下將你圍住，你可要被他們逮個正著了。」

小巫笑道：「不必擔心！他們要找的是一頭虎和一隻羊，見到一頭狸貓，再笨也不會去捉牠。而且讙可在暗中視物，既會爬樹，又能鑽洞，靈活得很，他們就算想捉，也捉不到牠。」

讙昂起頭，顯得十分自得。

子曜只得放心，拍拍讙的頭，說道：「好了，你去吧！」

讙從他的衣領中竄出，一躍落地，迅速消失在樹叢中。

# 第六章 斃虎

子曜和小巫催馬快行，追上子央率領的井師。但見一群多馬停在一片空地上，為首的子央跳下馬來，正俯身檢視地上的足跡。子央身形高大壯碩，頦下留著蓬鬆的鬍鬚，形貌粗獷威武；他跟隨其母婦井在井方長大，從孩童時起便身高體壯，力大無比，長大後更以勇悍善戰著稱，一眾井戍對他都又是欽服，又是敬畏。子曜和小巫遠遠望著子央，也都暗自生畏，屏息不敢出聲。

就在這時，一名鼠方之戍縱馬奔來，說道：「啟稟王子央，鼠侯子充在前方聽見虎吼，請王子快來！」

子央立即跳上馬，指揮多戍、多馬、多弓，跟著那名鼠戍而去。

子曜和小巫對望一眼，強忍著偷笑，隨後跟上。

一行人在森林中彎彎曲曲地馳了一陣，在一處空地與鼠充之師會合了。子央和鼠充討論之下，決定朝著虎吼聲的方向追去。

井師和鼠師又行出一段，前方果然又傳來虎吼之聲。子辟大為興奮，說道：「我聽見了，老虎就在前方不遠處！」

子央熟悉井方地形，說道：「前方不遠便是井澤，需得小心前行。」

鼠充較有智計，說道：「我等可分散開來，排成一列，緩緩包圍而上，將老虎困在澤邊。」

子央點頭道：「可行。」

子辟興奮得幾乎坐不住，不斷叫道：「快，快！別讓老虎跑了！」

於是井師和鼠師在子央的指揮下，分散成長長的一列，繼續在樹林中摸黑前行，往井澤掩去。不多時，面前果然陡然開朗，出現一片沼澤，浸潤在清淡的月光之下。

一行人緩緩來到井澤邊緣，火把照耀下，但見一個影子伏在澤邊，俯身低頭，似乎正在喝水。多戍緩緩圍上，那影子聽見聲響，回過頭來；眾人瞧清楚了，那顯然並非老虎，卻是個身形結實、濃眉大眼的少年。少年見到井師包圍而上，似乎毫不驚訝，站起身，抬起頭凝望著多戍，神態沉穩。

子央好生懷疑，上前喝道：「你是何人？半夜時分，在此做甚？」

少年並不回答，眼光向一眾王子、鼠充和多戍掃去，最後落在子辟的身上，流露出火一般的仇恨怨毒。

子曜和小巫都暗自猜想：「這少年多半是羌人，大約素知子辟殘忍好殺，因此對他充滿仇恨。」

這少年單獨一人，個子不算高大，手中也無武器，但子辟在他的注視之下，卻感到一股難言的寒意，忍不住叫道：「父央，鼠充！妣后命你們全力保護我！」

就在此時，那少年忽然大吼一聲，猱身往子辟衝去。他才奔出兩步，便開始變形，變化得太快，眾人都尚未看清楚，少年已轉換為一頭巨大的老虎，張牙舞爪，直往子辟撲去。

子曜和小巫都張大了口，他們一直以為虎吼是誰所發出，那頭真的老虎早已遠遠逃走，豈知老虎竟會出現在眼前，而且是由一個少年變身而成！

這時老虎已猛然撲上，直往子辟咬去。子辟驚慌尖叫起來，接著只聽一聲慘呼，卻是鼠充聽得子辟呼喚，縱馬上前保衛子辟，正好擋在了子辟身前，老虎這一撲，便撲在了鼠充身上。鼠充跌下馬來，老虎一口咬住他的咽喉，將他壓在地上，鼠充手腳亂揮亂抓，但咽喉被咬，發不出半點聲音來。

子辟只看得目瞪口呆，全身僵硬，雙手更無法握住弓戈，啪啪兩聲，弓戈分別跌落在地。

子央和多戌都震驚已極，但子央身為王親戍長，多次率師出征他方，身經百戰，此時臨危不亂，高聲下令：「舉弓！」

多戌多弓聽見子弓的呼喊，這才鎮定下來，一齊舉弓搭箭，在子央的一聲令下：「射箭！」數十枝箭如雨點般向那頭老虎射去。

老虎已被包圍，無從躲避，身上頓時中了七八枝箭，虎吼震天。也有不少箭落在了鼠充的身上，但他已被老虎咬得半死不活，多中幾枝箭也並無分別。

子央叫道：「虎已受傷，持戈圍攻！」

多戌持戈高喊，散成扇形，圍攻而上。老虎怒吼一聲，不顧箭傷，陡然撲前，咬上一個戍的咽喉，那戍慘叫一聲，頓時斃命。多戍看在眼中，紛紛喝叱躲避，後面的子桑和子辟也嚇得驚呼起來，慌忙逃命。老虎左撲右擊，又咬死抓傷了五六個戍，凶猛無比。

子央怒道：「一群廢物！連頭獸物都收拾不下！」又叫道：「多戍齊上，四面圍虎，將虎給我殺了！上！」

多戍發一聲喊，持戈圍繞而上，將老虎圍在圈中，一步步上前，接近老虎時，十多枝戈一齊往虎刺去。那老虎再勇猛，也不可能避開多戈齊擊，利戈在牠身上刺出一個個血洞，鮮血如泉水般不斷噴出。

多戍眼見老虎受傷極重，勇氣倍增，圍著老虎輪流擊刺，不多時老虎便遍體鱗傷，血流滿地，頹然倒地，再也無法動彈了。

子央跳下馬，大步上前檢視，但見那頭猛虎橫躺於地，只剩下了一口氣，於是舉起大鉞，一揮而下，一下子便將虎頭斬了下來。他俯身拾起虎頭，高舉面前，與虎頭相對而視，冷笑道：「看你還能不能發狠！」他身形高大，一手高舉虎頭，衣衫上濺滿了鮮血，看來又是勇猛雄偉，又是猙獰可怖。

小巫和子曜目睹這血腥的一幕，都不禁嚇得全身發抖，彼此緊緊靠在一起。

這時鼠方多戍搶上探視鼠充，但見他被老虎咬上頸部，身首幾乎分離，已然斃命。鼠方多戍紛紛哭號起來。

子央提著虎頭上前探視，眼見鼠充死狀甚慘，不禁心有餘悸，對鼠戍下命道：「快收拾了鼠充遺體，帶回井方。」又對井戍下令道：「用草蓆包起虎屍，拖了回去。」他將虎頭繫在馬鞍旁，下令道：「收師！回往井宮！」

就在此時，左首草叢中忽然傳出一聲羊鳴。子辟眼見老虎已然斃命，再無可畏懼之物，當即叫道：「是那頭羊！中父，快去幫我捉回那頭羊！」

子央已有三十來歲，是個擁有封地、獨當一面的商王大示之子，更是子辟的中父，然而子辟乃是商王大示大孫、小王大子、未來的商王，因此即使子辟只有十三歲，子央卻不敢違逆子辟的命令，當即說道：「謹遵王孫辟之命。多戉聽命！虎屍暫時留在澤邊，多戉分成三股，從三面包圍上去，一定要捕捉到那頭羊！」

多戉、多弓、多馬當即分成三股，打著火把，循著羊叫聲追逐而上。

子桑、子曜和小巫跟在子央身後不遠處，子桑低聲咕噥道：「黑夜森林之中，怎麼可能找得到一頭小羊？」

子央聽見了，回頭瞪了子桑一眼。子桑嚇了一跳，生怕子央告訴王后和子辟自己口出怨言，倘若今夜當真找不到羊，他們多半要怪罪於己，於是趕緊高聲說道：「王孫辟說要捉羊，我們便跟著中兄一塊兒去捉。不管林有多深，夜有多黑，一定要捉到了才回去！」

子央撇撇嘴，冷笑道：「你可忠心得很哪。」

子桑漲紅了臉，不敢再出聲。

於是一行人繼續在荒野叢林之中追尋羊蹤，羊叫聲斷斷續續地傳來，一時在東，一時在西，總離眾人十多丈之遙。

小巫心想：「這回一定是讙了。那頭小羊已回復了人形，被我變成一個包袱，讓牛小臣直放上了牛車。但是那頭虎卻為何會出現？牠原本已潛入了井宮，大可等井師入林之後，再慢慢逃走，牠卻故意跟了上來，還故意被子央殺死。這是為了甚麼？」

他心中認定那頭老虎是故意來送死的，因為他知道那並非真的老虎，而是由一個少年變身而成。少年顯然還是個法力高強的巫者，這巫者不但能夠變身為虎，還能從遠處震昏巫古。但是他為何故意現身，並故意讓子央殺死自己？

小巫心中懷著一團疑惑，就在此時，忽聽子央大叫一聲：「虎頭呢？」聲音中滿是驚恐。小巫探頭望去，但見原本綁在子央馬鞍之旁的虎頭竟然不見了，只剩下滿是血跡的麻繩。

子央伸手持起麻繩，饒是他素來勇猛大膽，這時也不禁感到毛骨悚然，一時不知該如何是好。

小巫卻感受得到巫者的意圖，明白虎頭為何會消失不見——那少年巫者變身成虎後，虎頭被子央斬斷，令他無法在死後回復人身，因此運用死後的剩餘巫術，讓虎頭掙脫了繩索，意圖尋回自己的身子。然而巫者既已死去，巫術消退減弱，虎頭掙脫後能否找到虎身，也是未知之數。

就在這時，前方傳來小羊的高聲鳴叫，叫聲連連，頗為緊急，似乎遇上了甚麼危難。子辟心急，叫道：「小羊一定是被荊棘纏住了，我們快追上去，趁機將牠捉住！」縱馬當先奔去，子央生怕子辟遇上危險，顧不得再尋虎頭，只好也策馬緊追而上。

子央和鼠師、井師沿著井澤循聲追上，追出一段，來到了森林深處，頭上枝葉茂密，即使打著火把，也已看不清前路。

子辟在一堆樹叢前停下了馬，子央來到他身旁，問道：「見到羊了麼？」

子辟甚是氣惱，說道：「我明明聽見羊叫聲是從這個樹叢裡傳來的，追到這裡後，卻甚麼也沒見到！」

就在這時，忽然一陣狂風吹過，多戍手中的所有火把同時熄滅，烏雲也遮住了原本清明的月亮，四下一片漆黑，伸手不見五指。接著但聽滴滴答答聲響，竟開始下起雨來。

子曜一驚，小巫低聲道：「別擔心，是我召喚夜風，故意吹熄了火把，又召喚烏雲，讓這裡下一會兒雨。」他一扯馬韁，掉轉馬頭，趁黑奔出一段路，才對子曜說道：「他們入林已深，這兒鄰近井澤，枝葉潮溼，加上落雨，要重新點起火把，可得費點工夫。他們被困在樹林深處，至少要花上大半夜才能覓路回去。我們得抓住機會，出林與牛車隊會合，趕緊離去。」

子曜低聲道：「此地離井宮已遠，我們卻該如何尋路回去？」

小巫道：「我可以一路觀望星象，辨別方向。」

子曜想起讙，問道：「那麼讙呢？」

小巫道：「你不必擔心牠。讙原本便住在深山密林之中，晝伏夜出，這小小叢林自然難不倒牠。我之前跟牠說了，要牠繼續引井師在林中繞圈子，直到天亮。我們天未明便出發，逃離井方。」

子曜擔憂道：「讙如何找得到我們？」

小巫笑道：「牠老遠就能聞到你的氣味，也知道我們將去往天邑商。半日之內，牠便會追上來的。」

小巫果然有辨別星相之能，一邊望著夜空，一邊策馬往北而去，不多時便脫出了森林，回到井方。兩人不敢接近后井宮，放慢馬蹄，遠遠避開后井宮，找到了在井方邊緣等候的牛車隊。

這時天還未亮，老臣樸和牛小臣直早早便叫醒了牛伕和羌奴，讓他們候命待發。見小巫和子曜到來，便立即命車隊悄悄啟程，筆直往天邑商趕去。

子曜掛心那個羌女，對牛小臣直道：「我衣衫都淋溼了，需得立即更衣。我之前交給你的那包衣衫放在何處？」

牛小臣答道：「包袱已放在王子平日睡臥的那輛牛車上了。」

子曜和小巫跳上車，關上車帘，小巫施展法術，那包衣衫頓時變回了羌女。

羌女躺在車板上，氣息虛弱，睜著一雙黑漆漆的眼睛望向子曜和小巫，眼中含淚，低聲道：「多謝你們帶我逃走，救了我的性命。」

子曜見她身上滿是傷痕，好生不忍，擔心地問道：「妳還好麼？」

羌女虛弱地點了點頭，閉上眼睛。

小巫低聲道：「我們儘快帶她回天邑商，大巫設一定能救治她身上的傷。」對羌女道：「這兒地方太窄，我帶妳到我的車上去躺下。等會兒我拿些食物給妳吃。」

羌女並不睜開眼睛，只點了點頭。於是小巫又將她變回一堆衣衫，抱起放回自己的車上。羌女安安靜靜地躺在車上，不多時便睡著了，彷彿一頭受傷靜養的小羊。小巫取了食物回來時，她已然睡熟了。

這一頭，子曜的五十輛牛車隊行進甚慢，而另一頭的井方之師整夜被困在森林之中，直到日中才回到后井宮，得知子曜車隊逃離消息。井師個個骯髒疲倦，驚嚇過度，即使傷亡不多，也無法立即出發追趕老臣樸的牛車隊。王后婦井雖憤恨惱怒，卻也無可奈何。

果如小巫預料，不到日中，讙便已追了上來，悄悄跳上子曜的牛車，縮在他的身旁，呼呼大睡。子曜這才放下心，他昨夜整夜騎馬奔波，徹夜未眠，也累得狠了，躺倒在車上，立即沉沉睡去。

牛車隊直行出一百餘里，到達一羈，才停下休息。老臣樸知道他們已離開了井方的勢力範圍，但仍不敢輕忽，命羈舍提供一輛馬車，兩匹好馬，讓牛小臣直駕車，小巫隨行，護送王子曜先行回歸天邑商。

馬車在大道上馳出數十里，大道東方盡頭出現了一座大城，拔地而起，雄偉壯觀，這就是商人遷殷後大舉興建的都城——天邑商。

四十餘年前，先王盤庚率領上萬王族及人眾遷離舊都奄，來到洹水以南的殷地，決定在此建都。盤庚命人眾加深洹水，挖壕防禦，並動用大量人力，以巨石築建六丈高的城牆，城呈正方形，長寬各二十里，並在城中心建造高大的宮室宗廟，宮廟外圍為民眾居住之地，再外圍則是王族陵墓和多工之坊。商人將這座大城稱為「大邑」、「天邑」或「天邑商」。此時天邑商人口已超過十萬，乃是當時天下最繁華的大城。居眾約半數是商人，其餘則是居於城中的他方族人。城四面設有四門，由常備的八千商戍守衛，每日會時（注）關閉城門，白日則無門禁。天邑不但是大商都城，更是方圓數百里內最大的市集，城門內鋪設寬三丈的石板大道，每日出入城門的他方之人多以千計。城中日日皆有十餘個市集，商販雲集，有的販賣禾黍粱麥、雞豕魚蝦，有的販賣竹籃陶罐、織錦絲麻，也有的販賣牛馬家畜、奴隸俘虜等，交易興盛，熱鬧非凡。

子曜的馬車從西門進入天邑商，直驅王宮。牛小臣直心情激動，當場落下淚來。小巫拍拍他的肩頭，笑道：「你哭甚麼？難道你不相信王子曜能夠平安回到天邑商麼？」

牛小臣直抹去眼淚，說道：「王子曜有天帝先祖護祐，自然平安大吉了。我只沒想到自己能活著回來！」

小巫點頭道：「我也沒想到你能活著回來。」

牛小臣直全身一跳，鬆手放脫了馬韁，幾乎跌下馬車。小巫見他嚇得厲害，連忙道：「我隨口胡說的，你可別當真啊！」

子曜輕斥道：「小巫切莫胡言！牛小臣直一路奔波辛苦，盡忠職守，你不可平白嚇唬他。」

小巫吐了吐舌頭，不敢再說。

進入城中之時，子曜也感到恍若隔世。他想起一年多前，自己離去之前，母戮和妹嫚生怕他不能活著回來，雙雙拉著他的手，哭得多麼傷心；兄漁則眉頭深鎖，頻頻交代他注意自身安全。子曜想起母和兄妹，不由得歸心似箭，不斷撫摸讙的皮毛，心想：「母和嫚見到我，一定高興極了！」

牛小臣直駕馬車來到婦斁之宮外，讓人進去傳話。小巫扶子曜下車，不多時，一個侍者奔出迎接，說道：「王婦在寢室中歇息，請王子曜快進去見她。」

子曜急著見到兄妹，問道：「兄漁呢？妹嫚呢？」

侍者答道：「王子漁和王女嫚跟隨我王和王婦婦好出征去了。」

小巫聽了，心中動念：「我王果然出征去了，不在天邑商，因此王子央才會在井方停留。」

子曜聽聞父王帶了兄漁和妹嫚一起出征，甚感驚訝，問道：「父王出征去了？出征何方？」

侍者答道：「聽說往東征伐夷方去了。」

小巫插口問道：「你說王和誰一同出征，是王婦婦好麼？」

侍者點頭道：「正是王婦婦好。同時出征的還有侯告、侯雀、亞禽等幾位王侯。」

小巫和子曜對望一眼，商王十多年來連年出征，幾乎未曾停歇。出征本身並不出奇，奇的是他近年來極為倚重年輕的王婦婦好，出征時往往命婦好為王師前導，甚至讓她獨領一師；而婦好也從未令王昭失望，她善用王師多馬的迅捷、多弓的遠襲，每戰必勝，所向

注 甲骨文中「會時」指黃昏時分。

披靡，讓他方望風心怯。

小巫和子曜當著侍者之面，不好多談，子曜咳嗽一聲，說道：「小巫，你採的那包草藥，可別忘了帶走。」

小巫點點頭，從車中取出一個大大的包袱，扛在肩上，說道：「請向王婦婦斁問安，我得趕緊回去大巫之宮啦。」

兩人這一路上朝夕相處，共經患難，這時要分開了，都感到好生不捨。子曜道：「小食（注）之後，天黑之前，你來我寢室坐坐，毋一定要親自向你道謝。」小巫擺擺手，笑道：「你若有好吃的分給我吃，我當然要去啦。」

子曜知道小巫身為巫者，因須時時與天帝神靈打交道，必得嚴謹維持己身的清潔淨純，不但一輩子不能婚取，飲食規矩也極為嚴格，每日所食必須清淡而簡潔，有時甚至一整日只能喝清水，因此小巫一直十分嚮往王族的酒肉美食。子曜微笑道：「你來吧，我給你準備你最愛吃的牛脩和羊羹，還有梅飴。」

小巫舔舔嘴唇，說道：「你別說了，我愈聽愈餓！」又道：「我今夜要是來不了，我們明日在左學見便是。」說著將包袱揹在身後，蹦蹦跳跳地去了。

牛小臣直望著小巫的背影，不禁搖頭，說道：「大巫㱿多麼莊嚴肅穆，怎地收了這樣一個頑皮的小徒！」

子曜不禁笑了，說道：「他才十歲啊。等他年紀大些，說不定便會穩重起來了。」

子曜送別小巫之後，便獨自來到母斁的寢室之外。如同老臣樸對巫彭所言，王昭對婦斁十分眷顧，給予她豐厚的衣食僕從，所居之宮也十分精緻。然而婦斁之宮若與壯麗華美的后井宮相比，自是遠遠不及的了。而且這婦斁之宮中顯得說不出的蕭條冷清，只因婦斁長年臥病在榻，不喜吵擾，原本王昭賜予在宮中服侍的一百多個羌奴姬妾，幾乎全被婦斁遣走了，如今只剩下五個羌奴負責打掃宮室庭園，另有三個貼身侍女照顧婦斁的起居。因此偌大一座宮殿幾乎沒有人聲，冷清寂寞已極。

這時子曜輕輕掀開門帘，悄聲進入母斁的寢室。他習慣輕手輕腳，因為他知道母斁不喜噪音，稍稍大一點的聲響，便會讓她受驚，整日頭疼不適。

婦斁的寢室極為素淨，毫無裝飾，也無任何金玉之器，只在角落放著一方竹榻，婦斁睡在其上，身上蓋著一條薄薄的錦被。竹榻和錦被都是婦斁從西南兕方帶來的，已用了十多年，顯得頗為陳舊。寢室中安靜得似乎連灰塵落地的聲響都能聽得見，室中洋溢著一股冰涼的藥味。

子曜來到母斁的榻邊，見她仰臥於榻，雙目緊閉，眉頭微蹙，清麗無暇的臉龐顯得既憔悴又動人。

子曜跪在母的身邊，輕聲道：「母，曜回來了。」

---

注 商人一日二餐，「大食」約當於現代的早餐，於早上七至九時進食；「小食」約當於晚餐，於下午三至五時進食。

婦斁輕輕嚶嚀了一聲，勉強睜開眼睛，見到愛子，頓時雙眼發光，嘴角露出微笑，勉強舉起一隻瘦弱的手。

子曜趕緊握住了她的手，微笑道：「是我，曜回來啦。」

婦斁張開嘴，卻發不出聲音。

子曜輕聲道：「我沒事，我很好。我見到巫彭了，他將我的疾病全驅走了。母請放心吧。」

婦斁又笑了笑，點了點頭，緩緩閉上眼睛。子曜知道母斁精神氣力不足，每日睜開眼睛的清醒時候不多，更別說與人對談了。自從他有記憶以來，母斁便從未開口說過一句話，他也只見過母斁起身走動過一次，那時兄漁剛剛八歲，大病一場，母斁掙扎著起身，來到子漁的寢室中探病，並陪伴終夜。

其餘時候她總是留在自己的寢室中，只有每日大食、小食時會坐起身，由貼身侍女餵她喝下小半碗稀粥。她的胃口一直很小，近年來更是愈發清瘦，奇的是她愈是瘦弱，便愈顯美貌。商人以戎稱霸天下，偏好體態健壯、面色紅潤之婦，婦斁的白皙纖瘦絕非商人所喜，然而即使如此，婦斁仍是天邑商公認的絕色美女，所有見過她的人，無不對她的容色驚豔讚嘆，難以忘懷。

子曜在母斁身邊坐了一會兒，等她沉沉睡去，才輕輕起身，離開了母斁的寢室。

子曜才走出幾步，便有位車小臣趨前稟報道：「啟稟王子曜，王宮剛剛來人通報，我王出征歸來，命多子多女前去東門迎接。」

子曜微微一驚，心想：「當真巧了，父王剛好今日歸來！」答道：「子曜得命，立即前去。」趕緊回到自己的寢室，梳洗更衣，坐上車小臣備好的馬車，來到天邑商東門。

這時已有數百個王族、王子王女、輔佐小臣、多庶民眾聚集在東門旁的大道之上，引頸觀望。大道兩旁搭起兩列高台，左首供重臣站立，右首則供王子王女站立。在小臣的指引下，天邑商的王族重臣、王子王女一一登上高台，依照身分排列而立，等候迎接王昭。

子曜年紀雖小，但因其母婦斁身為王婦，因此他的地位僅次於王后婦井的三子和同母兄子漁，而此刻這四位王子都不在迎接之列，子曜得以立於右首的高台，居十多位王子王女之首。

在眾多王族王子的注目下，留守天邑商的小王子弓一身雪白衣裳，騎著白馬馳過大道，在親戍擁護之下，出東門迎接王昭。

昃時過後（注），但見一輛白色的馬車飛快地從門外的大道馳來，在小王子弓騎馬隨侍下，抵達天邑商東門。馬車上端坐著二人，正是大商第二十二位商王王昭，和以戰功聞名的王婦婦好。王昭及婦好皆全副戎裝，容光煥發；王昭年齡已有五十來歲，身形高大，相貌堂堂，留著濃密的長鬚，彷若天神；王婦婦好約莫二十來歲，體態健美，容貌樸實，神色冷肅，渾身上下散發著一股懾人的霸氣。前來迎接的王族小臣、多子多女、多庶民眾皆高聲歡呼，聲震天地。

注「昃」指太陽偏西，約等於下午一至三點。

子曜立於諸多王子之首，也向著王昭的馬車揮手歡呼，但馬車很快就駛過去了，只見得到王昭的背影。子曜雖是王昭親子，但王昭即位後廣取他方之婦，子女眾多，這時已有三十多個王子王女，因此子曜見到父王的機會並不多，加上他自幼體弱，原本便難以得到父王的青睞。大商以武力稱霸天下，商王自然希望王子個個體型高大健壯，勇猛善戰，對弱小多病的王子往往不屑一顧。王昭本身擁有大商王族最理想的偉岸體格，也最鍾愛與自己形貌相似的王子，而子曜顯然並非其中之一。

子曜心中很清楚自己的處境：「即使父王尊愛母斁，准許老臣樸偷偷帶我去昆侖求醫，但這並不表示父王對我有多麼重視，或當真關心我的死活。」

這時他站在高台之上，遠遠望著父王高大的背影，心底不免黯然猜疑：「這有如天神一般的王，當真是我的父麼？」

只見王昭的馬車直往王宮馳去，一路接受天邑商多庶民眾的歡呼，最後終於進入了王宮大門。迎接的人群逐漸散去，子曜正要走下高台，低頭見到一個面熟的多馬長，忙向他招手，問道：「多馬長！請問王子漁、王女嫚在何處？」

多馬長抬頭見到是王子曜，回答道：「回稟王子曜，我王率領的是中師，最先抵達天邑商。王子漁、王女嫚在左右師之中，左右師仍留在夷方，負責押送俘虜和財貨，約莫一旬之後才會回到天邑商。」

子曜甚是失望，他原本期待能立即見到兄漁和妹嫚，可惜他們並未跟著父王一同歸來。他下了高台，跨上馬車，讓車小臣將他送回婦斁之宮。

子曜穿過陰暗寂靜的長廊，回到自己的寢室。他獨自坐在寢室中，忽聽門外發出微響，一個五十來歲的老婦人出現在門口。這老婦膚色黝黑，滿臉坑疤，甚是醜陋，正是長年跟隨服侍婦嫈的侍女朱婢。

朱婢見到子曜，立即淚目雙流，衝入室中，一把抱住了子曜，哭道：「王子曜！你可回來了！」

由於婦嫈體弱多病，子曜兄妹三人可說是朱婢一手帶大的。她性熱如火，對婦嫈忠誠無比，對三個王子王女更是疼愛逾恆，視如己出。

朱婢滿面關愛疼惜，仔細觀望子曜的頭臉身子，見他氣色遠勝昔日，忍不住露出微笑，滿懷希望地問道：「王子曜，你告訴王婦巫彭將你的病都治好了，是真的麼？」

子曜知道自己瞞不過她，搖了搖頭，老實說道：「我不想讓母嫈擔憂，才這麼說的。」於是將巫彭的言語全數告訴了朱婢。

朱婢嘆了口氣，老臉上滿是悲哀，嘆息道：「這些事情，王婦怎會不明白呢！一切正如王婦所料。然而巫彭願意給你一頭讙，保住你遠離災難，也算盡到心了。」

子曜想起自己對魚婦阿依的承諾，說道：「朱婢，有件事情想請妳幫忙。我在赤水邊的魚婦屯見到了魚婦阿依，答應送給她一些禮物，需得儘快備妥，送回魚婦屯。」

朱婢聽子曜提起魚婦屯和魚婦阿依，臉上竟然毫無驚訝之色，彷彿這是理所當然、再尋常不過之事，只問道：「甚麼禮物？多少內容？」

子曜道：「禮物是一百疋綴上三珠樹珍珠的上好絹紗，以及一幅織上魚婦阿依肖像的織錦。請妳將織工找來，我可以向他描述魚婦阿依的長相。」

朱婢說道：「不必了。我知道魚婦阿依的長相。」

子曜不由得睜大了眼，脫口說道：「妳見過魚婦？」

朱婢顯得頗為自得，說道：「我是巴人，我長大的村子就在魚婦屯之旁，從小看著魚婦阿依長大的，怎會沒見過她？」又道：「不熟悉魚婦的人，會以為她們長得都差不多。我熟悉魚婦，知道阿依長相的特殊之處，可以跟織工講述得清清楚楚，不會織錯。」

子曜好生驚訝，同時大感慶幸，說道：「幸好妳熟悉魚婦的樣貌，要是由我來述說，織出來的圖像無法完全與魚婦阿依肖似，阿依見了定會大大不快。那麼此事就勞煩妳了。三珠樹的珍珠由老臣樸保管，向他取便是。需要多少朋貝，儘管去母斁的庫房取用。」

朱婢說道：「你放心，交給我吧！」又囑咐子曜好好休息，才告退出去。

子曜知道父王剛剛歸來，一定不會急著召見王子王女；即使要召見，也絕不會召見自己，因此早早便換下了正式的白衣白裳，穿上就寢的便服。這時天色已黑，多食替他送上小食後，便退了出去。

子曜獨自坐在寢室中，緩緩吃著王室精緻的炙牛和羊羹，心頭不禁升起一股難言的落寞孤寂。他這一路上飽受病苦折磨，多經乖舛危難，全沒想到自己能夠活著回到天邑商，回到母斁的宮中；更加沒想到自己活著回來後，竟是這般淒涼孤獨的光景。

這時讙不知從何處鑽出，來到他腳邊，依著他挨挨蹭蹭。子曜撫摸著讙的皮毛，心頭稍稍舒坦了一些。他知道讙習於晝伏夜出，眼看天色已黑，便對牠道：「這是我母婦斁之宮，庭園佔地廣大，你自己出去覓食吧，小心別讓人瞧見了。」

讙搖著三條尾巴，如影子般從窗戶鑽出，消失在夜色中。

子曜眼望窗外，滿心期盼小巫會到來，同旅途中時那般，陪伴自己談天說地。他特意讓多食準備了小巫最愛吃的牛脩、羊羹和梅飴，等待小巫到來，然而直到天色全黑，小巫都未曾出現。

子曜嘆了一口氣。他回想此行經歷，心中不免甚感失落：「我長途跋涉一趟，卻仍治不好身上的病，母戮的病體和兄漁、妹嫚的災厄也同樣未能解除。巫彭說要扭轉情勢，唯有等父王實踐他的諾言；然而要父王廢除婦井和大兄的王后、小王之位，改立母戮和兄漁，簡直是天方夜譚！」

他出神地想著心事，滿心滿腹憂愁。過了不知多久，讙悄沒聲息地從窗外竄入，口中啣著一條赤色的小蛇，在寢室角落大啖起來。吃完之後，讙來到他的身旁，睜著獨眼望向他。子曜伸手輕撫讙柔軟的皮毛，卻仍無法壓抑心頭強烈的悲涼和惶惑之感，彷彿一團沉重的陰影壓頂而至，令他透不過氣來。

# 第七章　大巫

卻說小巫送子曜回到婦斁之宮後，便收起了笑臉，心頭一沉。他知道自己這回擅作主張，趕去西南保護子曜，犯了不知多少條巫祝的規定，這時既然回來了，也只能硬著頭皮去見大巫嗀，向他請罪。

他揹著包袱來到大巫之宮，從側門進入，見到一個少女跪在內院刷洗修整龜甲，正是大巫嗀最親信的小祝（注）。

小巫將包袱放下，上前招呼道：「小祝，我回來啦。」

小祝抬頭望向他，一頭黑亮的秀髮以麻繩紮在腦後，露出一張俏麗的橢圓臉龐。她的雙眼細長秀美，眼神深邃明亮，在小巫臉上身上打了個轉，秀眉微蹙，嘴角一撇，說道：「大巫嗀早就知道你今日會回來。他可氣壞了，日夜叨念你不聽話，自作主張，擅自溜出去保護王子曜！你可慘了，等著被大巫嗀處罰吧。」說完又低下頭去，繼續刷洗龜甲。

小巫吐吐舌頭，上前攬住她的脖子，說道：「小祝姊姊，別不要這麼無情嘛。大巫嗀最疼妳了，妳去幫我說幾句好話，讓他別罰我罰得太重，好麼？」

小祝用手肘將他頂開，斥道：「你少來啦。這回大巫嗀簡直氣得七竅生煙，你離開的這幾個月裡，他沒有一日不發怒，臉色難看得和一頭饕餮一樣。他氣到這等地步，我去勸他也是沒用的。」

就在這時，小巫放在門邊的包袱忽然動了動。小祝頓時警覺，轉頭望向包袱，問道：「包袱裡是甚麼？」

小巫拍拍頭道：「我差點兒忘了。」上前打開包袱，小祝看清楚了，那是個六七歲的小女孩兒。膚色雪白，雙目黑亮，神色沉穩，渾不似個幼童，正是小巫和子曜從井方救出的羌女。

小巫對羌女道：「別怕，我帶妳來到我住的地方了。這是小祝，她人很好的。」

小祝見包袱中藏著的是個小女孩兒，臉色頓緩，又見羌女的臉上身上布滿了傷疤，怵目驚心，心生憐惜，起身上前，伸手握住了女孩兒的手，柔聲問道：「妳怎地傷成如此？快進來室中坐下歇歇。妳餓了麼？」

羌女吸了一口氣，抬頭望著小祝的臉，說道：「多謝小祝。我沒事，我不餓。我要見大巫觳。」

小祝見她言語清楚老成，與她的年齡完全不符，微微一怔，抬頭望向小巫，眼中帶著懷疑之色。

小巫聳聳肩，說道：「這事說來話長。她是羌人，我們在井方遇見她，她說要跟我們回天邑商，拜見大巫觳。」

注　古代稱事鬼神者為巫，祭主贊詞者為祝。祝也是通鬼神之人，在此書中身為巫的助手。

小祝知道事情絕對沒有這麼簡單，仍舊望著小巫，等他說下去。

小巫心想自己瞞不過她，只好說道：「我們行經犬牧，遭鼠侯子鼠充攔截，被押到井方的后井宮。到后室拜見王后婦井時，正見到王孫辟用各種方法虐打這個羌女，逼她變身成羊，還打算將她烤來吃了。後來一個能變身為虎的巫者出現，救出了她，並請王子曜幫忙將她藏起，於是我們便帶著她離開井方，今晨才匆匆趕回天邑商。」

小祝聽完這一番奇險，睜大了眼，伸手掩住口，滿面不可置信，說道：「我立即去通報大巫嗀。小巫，你好生招待客人。」說著便快步奔進宮內去了。

小祝離去後，羌女抬頭環望一周，問道：「此地便是商王大巫之宮？」

小巫道：「正是。」

羌女問道：「你說這是你住的地方？」

小巫道：「是啊。我是大巫嗀之徒，我從出生以來就住在這兒。」

他一邊回答，手上一邊忙了起來；先以一塊白布擦拭一座方几，接著在几上鋪上一片乾淨的竹席，又去水槽洗淨了一只陶杯，盛了清水，另以陶碗舀了一碗米粥，擦淨碗邊，將陶杯和陶碗小心翼翼地放在竹席上，左右對稱，擺放整齊，又添上一枝木杓，調整木杓的位置，直至碗、杯和杓呈一直線，才對羌女說道：「未到食時，只有清水米粥待客，不成敬意，恭請貴客享用。」

羌女盯著小巫的一舉一動，顯然在仔細打量審度這個年紀幼小的大巫嗀之徒。小巫此時已有十歲，身形雖瘦小，但還是比羌女大了三四歲，比她高了一個頭。他在羌女的注視下，甚感不自在，忍不住翻起白眼，說道：「有甚麼好看的？妳到底吃還是不吃？」

羌女在几旁坐下了，說道：「盛情招待，感激不盡。我見你舉止得宜，待客規矩，心中好生讚賞。」

小巫嘿了一聲，神色頗為得意，說道：「我自懂事以來，便日日服侍大巫彀的起居飲食。大巫彀嚴謹挑剔，一絲不苟，所有飲食用物都必須潔淨無比。我雖遠遠比不上小祝細心謹慎，但也能夠服侍得讓大巫彀多數時候都滿意。」

羌女道：「原來如此。」

她持起木杓，緩緩吃起粥。現在換成小巫觀察她的一舉一動；但見她直身跪坐，腰挺背直，吃粥時手肘收起，不發出半點聲響，舉止優雅得度，顯然不是個地位低下的羌奴。

小巫笑道：「妳說我待客得宜，妳倒是為客合矩。」

羌女微微一笑，說道：「下回你來羌方，且讓我招待你，請你享用羌方獨有的羊脂茶和羊奶酪餅。」

小巫只聽得饞涎欲滴，笑道：「有好吃的東西，我一定去！」

不多時，小祝回來了，神色嚴肅，對羌女道：「大巫彀請貴客入內相見。」又對小巫道：「大巫彀命你也一起來。」

於是羌女和小巫跟在小祝身後，經過一條長廊，來到長廊盡頭的一間圓形石室。這是商王大巫所居的「神室」，牆身以五尺見方的巨石築成，屋頂為圓拱形，以木條搭製，離地有二十尺高；沿著屋頂有一圈窄窄的戶，透入微弱的日光。石牆邊緣放置著大商王族祭祀所用的種種吉金祭器、酒器、戎器，隱約能見到列鼎鐘鼓、爵角觚觶（音同『姑置』）、尊卣壺罍、戈矛戟鉞，伏藏在暗影之中。

神室當中放著一塊方形白色麻氈，氈上坐著一個身形修長的巫者，一身白衣，筆直黑亮的長髮披在身後，面貌清俊出奇，令人一見之下便再難移開視線。他的臉型瘦長白淨，一對眸子呈奇異的淡紫色，乍看之下看不出年齡，似乎只有二十來歲，然而他氣度沉穩恢宏，卻絕對不像個二十來歲的年輕人。這便是現任商王大巫——大巫觳。

正如牛小臣直所言，大巫觳莊嚴肅穆，不苟言笑，是個人見人畏的巫者。十五年前，他跟隨婦斁來到天邑商，扶持王昭登基為王後，便擔任王昭的專屬貞人，替王向天帝、先祖卜問吉凶禍福，靈驗無比。他同時也是一位巫醫，能以神藥咒法治療各種常見之疾和鮮見之病。商人祭祀禮儀極為繁複，何時應當以何種祭禮祭祀哪位先王、先祖、先妣，以至於對日月風雲、山岳河川的種種祭祀禮儀，他都熟悉無比，因此商王昭對他愈來愈倚重，大大小小事情都必先請問巫觳的意見。王昭登基三年後，便正式封巫觳為商王大巫，成為大商百巫之首，負責主持王室的一切貞卜祭祀、婚取喪葬。

大商王族歷來從不出巫者，早年所用之巫多為非王族的商人平民；而自先王盤庚遷都至殷後，對巫者的需求大大增加，盤庚不滿足於任用商人平民之巫，認為他們的巫術不夠強大，遂開始起用來自他方的巫者。自盤庚開此先例後，繼任的小辛、小乙和現任王昭身邊的巫者皆由他方進貢，經商王試用滿意之後，方始任命重用。王后婦井重用的巫韋、巫古，王昭身邊的巫觳、巫箙、巫爭、巫亘等，都來自臣服於大商的多方，並非商人。

這時羌女跟在小祝身後，走入了神室。她雙手交叉胸前，一膝跪倒，向大巫設俯首為禮，竟是巫與巫相見的禮節。

小祝和小巫見到了，都是一怔，心中皆想：「她是個巫者？」

大巫設望向羌女，清俊的臉上並無半分驚訝之色，只回禮說道：「羌方釋比大駕光臨，本巫未曾遠迎，還請恕罪。」

小巫和小祝忍不住對望一眼，他們都知道「釋比」乃是羌人對大巫的稱呼，心中更是驚疑不定：「羌方的大巫，竟是個只有六七歲的小女孩兒？」

兩人也上前以巫禮參見大巫設，之後便趨至大巫設的左右，直跪伺候。

羌女起身後，閒跪於大巫設面前的一塊圓形毛氈之上，開口說道：「多謝大巫設賜見。大巫設眼光高明，令人敬佩。不錯，我乃羌方釋比，亦為羌伯之女，名姜。」

大巫設問道：「請問釋比為何受困井方，遭王孫辟所擒？」

姜回答道：「我奉父王之命，赴天邑商拜見商王大巫設，途中遭井師突襲，同行族人或死或遭擒，我也淪為井方之奴。我隱藏身分，試圖逃脫，卻不幸落入子辟的魔掌，險些喪命。」說起子辟，姜的臉色似乎比平時更加蒼白了些。

大巫設問道：「我聽小巫提起一位能變身為虎之巫，曾出手相救於妳。請問那位巫者又是何人？」

小巫微微一呆，心想：「我可還沒向大巫報告此行的經過啊。他怎會知道那個能變身成虎的少年巫者？」

姜低下頭，神色哀淒，說道：「那是虎侯之子，我的未來之夫。」

小巫聽到此處，再也壓抑不住好奇之心，插口問道：「那位能變身成虎的巫者，他當真死了麼？」

姜眼泛淚光，點頭說道：「他確實死了。」

小巫懷疑道：「他的巫術如此高強，怎會這麼容易就被子央手下的多戉多弓殺死？」

姜微微搖頭，伸手抹去眼淚，說道：「他年少未成，巫力有限。那夜他二度變身為虎，耗損了太多的精氣，虛弱不堪，因而最終無法抵抗子央手下多戉多弓的圍擊。」

小巫又問道：「他當時為何不逃走？我們讓讙模仿虎吼之聲，將子央、鼠充他們引入森林深處，他大可趁機逃走啊。」這件事在他心中困惑已久，忍不住繼續追問下去。

姜輕嘆一聲，說道：「那是因為他一心殺死子辟，替我報仇，因此才不顧一切追了上去。」

小巫仍舊不解，問道：「但是妳並沒有死啊，他為何要替妳報仇？」

姜微微搖頭，咬牙道：「他得知子辟如何凌虐於我，憤恨不已，因此立誓要替我雪恥。我勸他不必計較，他卻堅持要殺死子辟，方能洩恨。但他未曾料到自己變身後精氣不足，不但未能殺死子辟，更死在了子央手中。」

小巫聽到此處，略略明白了，張口還想再問，但見大巫箣橫了自己一眼，只好趕緊閉上嘴。

大巫箣對姜說道：「釋比專程來天邑商尋找本巫，不知所為何事？」

姜抹去眼淚，振作起來，正色說道：「大巫嗀應當知曉，我羌人在天邑商，不是人牲，便是奴妾，因此我只能暗中來此拜見大巫嗀，告知一件重大的祕密。」她說到此處，停下不語，目光望向小祝和小巫，顯然在暗示這個祕密只能告知大巫嗀一人。

大巫嗀擺擺手，示意二人迴避。小巫和小祝只能乖乖站起身，行禮出室，小祝輕手關上了神室的石門。

小巫和小祝兩人站在神室的門外，互相望望，都極想知道姜究竟有甚麼重大的祕密要對大巫嗀述說，但石壁粗厚，石門沉重，他們連半點聲響也聽不見。

小巫忍不住道：「我真不敢相信，那小女娃兒竟然是個巫者，而且還是羌方的釋比！」又壓低聲音，加了一句：「原來羌方的釋比如此無用，難怪羌方總是被大商打敗，羌人遭商師俘獲，淪為羌奴了。」

小祝嘿了一聲，說道：「你別小看人家。她的外貌雖是個小女孩兒，或許巫術非常強大也說不定。」

小巫搖頭道：「甚麼巫術非常強大？她在井方被王孫辟捉住，打得半死不活，撐不下去而變身成羊，還差點被王孫辟當場宰了要獻給王后吃呢！要不是那頭老虎出現將她叼走，加上王子曜於心不忍，決意將她救離井方，她早就變成一頭烤羊啦！說不定我們還會被逼著吃她的肉呢。要是她真的法力強大，又怎會落到這等下場？」

小祝奇道：「你說她被迫變身成羊，還險些被吃掉？真有這回事？」

兩人閒著無事，小巫便將在井方發生的種種情事詳細說給小祝聽。

小祝聽完後，神色一變，責備道：「你們真是太大膽了！竟敢從王后的手中救人，還不告而別，偷偷逃回天邑商！」

小巫爭辯道：「我有甚麼辦法？是王子曜想救她呀！再說，我們若不偷偷逃走，王后又怎會放過王子曜？」

小祝嘆了口氣，說道：「總之，王子曜的病情算是暫時壓下來了，這是好事。那頭讙需得小心藏好，絕不能讓人見到。至於王子漁和王女嫚，等他們回來天邑商後，大巫嗀或許也會讓他們去一趟昆侖，請求巫彭賜予護祐。」

小巫沉吟道：「但那終究不是解決之道。依照巫彭所說，我王需得立婦斁為后，立王子漁為小王，他們兄妹三人的疾病災難才會真正解除。」

小祝搖頭道：「這談何容易？你自己親眼見到了，王后婦井勢力雄厚，氣燄囂張，她不但有自己的封地，有千人之師，還有三個驍勇善戰的子。小王子弓就不必說了，子央和子商兩個王子都是擁有百里封地和數百之師的一方之侯，加上王后婦井的盟友鼠侯、犬侯和伯甫等多方侯伯，我王就算有心廢王后、廢小王，另立他人，也絕難成事。」

小巫聽小祝列出王后手中掌握的多師和盟友，心知她嫻熟王族諸事，見識遠勝於己，只能鼓起嘴，無言以對。過了一會兒，他忽然想起一事，說道：「我王這回出征夷方，未曾召集井師，也未曾讓子央隨行，卻讓婦好、侯雀、亞禽、王子漁、王女嫚隨師出征，莫非我王想擺脫對王后的倚靠，培養自己的勢力？」

小祝微微點頭，露出贊許之色，說道：「不錯，你觀察入微，我王很可能正是如此盤算。侯雀是我王親弟，向來忠於我王；亞禽是王族遠親，地位雖不高，但自幼受我王一手扶植，勇猛善戰，對我王忠心耿耿；至於王子漁和王女嫚則是王婦婦斁的子女，都還年少，這回雖只是隨師歷練學習，但我王栽培他們的用意卻再明顯不過。此外，婦好能征善戰，近來很受我王寵愛重用，亦不可忽視。」

小巫皺起鼻子，說道：「說起婦好這位王婦，我總覺得她怪怪的，彷彿藏著甚麼不可告人的祕密。」

小祝臉上露出複雜的神色，說道：「我王多婦之中，王后婦井老辣可怖，婦斁隱密靜默，婦好年紀最輕，勇武多才，卻最讓人看不透。」

兩人正談論時，石門忽然打開了，大巫𣪊緩步走了出來，說道：「小祝，羌方釋比今日在此過夜，妳帶她去客室休息。明日清晨，親送釋比從北門離開天邑商。小巫，命多食替釋比送上會食（注），之後便來此見我。」

小巫和小祝答應了，大巫𣪊便回入神室去了。

姜緩緩從神室走出，神色平靜，完全看不出她方才跟大巫𣪊說了甚麼，此刻心情又如何。

小祝依照大巫𣪊的指示，領姜去客室歇息，小巫也命多食替姜送上會食，自己戰戰兢兢

注 商朝「會」指黃昏時分，「會食」指黃昏時用的餐。

兢地回到神室，等著領受大巫㱿責罰。

當小巫來到神室時，但見地上陳放著數十片用於貞卜的龜甲，大巫㱿負手坐在龜甲之前，低頭凝視著龜甲，並不言語。

小巫心想自首從寬，自己還是乖乖招供才是上策，於是不等大巫㱿開口責問，便在他面前跪下，將自己偷偷溜出天邑商、跟上車隊、保護子曜、巫韋被殺、造訪魚婦、巫彭送讙、回途中子曜遭王后婦井劫持、迫飲毒酒、解救羌女、見虎被殺、伺機逃回天邑商等經過詳細說了。

大巫㱿閉目而聽，一言不發。小巫說完之後，拜伏在地，說道：「小巫年幼無知，頑劣忤逆，此行過犯甚多，請大巫降罰！」

大巫㱿睜開眼睛，神情肅穆，卻並無惱怒之意。他凝望了小巫一陣，才開口道：「我找你來此，並非意在聽你敘述此行經歷。你這一路上發生的所有事情，我早已清楚知曉。我找你來，是要讓你看看這些龜甲。」說著伸出一隻細長潔白的手指，指向放在兩人之間的那堆龜甲。

小巫一呆，甚感驚奇，他知道商王對貞卜一事萬分謹慎嚴密，龜甲在貞卜完畢並刻上卜辭之後，便由史臣歸類收藏，極少取出查閱，一般人也絕對不能得窺貞卜的內容和結果。他小心翼翼地問道：「請問大巫㱿，您要我堪閱這些貞卜過的龜甲？」

大巫㱿雙手攏在寬大的袖子中，說道：「不錯，這些都是往年曾用於貞卜的龜甲，我特地請史尹替我找出來的。你仔細一片一片堪閱。」

小巫殼見龜甲依序排列，便拾起左首的第一片龜甲，見上面的卜辭寫著：

「戊辰卜，王，貞婦鼠娩。余子。」

小巫暗想：「此卜問婦鼠之娩，生出的是不是王之子孫。婦鼠是小王元婦，她只有一子，卜的應當是就是王孫辟吧？」抬頭望向大巫，問道：「這是卜問婦鼠分娩是否順利，並確認生下的是否商王子孫。卜的應是王孫辟，是麼？」

大巫殼點點頭，示意小巫繼續看下去。

小巫拾起之後的五片龜甲，見上面分別刻著：

「貞婦鼠娩，余弗其子。四月。」

「己巳卜，王，婦鼠娩，子余子。」

「戊午卜，王，貞勿御子辟，余弗其子。」

「庚申卜，王，余祐母庚，庚弗以婦鼠子。用。八月。」

最後一塊寫著：「乙巳卜，启，貞王弗其子辟。」(注)

小巫愈看愈心驚，說道：「這些……這些大多是我王親自貞卜的，問的都是同一件事情，而答案都……都是一樣的。」

---

注本書中的甲骨卜辭大多引述真實卜辭，此處關於商王武丁貞卜婦鼠和子辟的卜辭皆為真實，出自殷墟出土的武丁時期之甲骨，此後不再一一引述。

大巫散點了點頭，說道：「此事極為重大，因此我王多次親自卜問，不假巫者或貞人之手。只有最後一次，我王請了前任大巫启代為貞卜。由於我王自己已貞卜了太多次，都是同樣的結果，因此他才命大巫启再次貞卜此事。」

小巫低頭望向那些龜甲，一片片重新讀了一次，沉吟一陣，說道：「我王竟然貞卜了這麼多次，看來我王清楚知道……知道王孫辟不是小王子弓的親子！」

大巫散再次點頭，說道：「不錯。每位王婦分娩之前，每位王子王女出生之後，我王照例都會貞卜該子女是否他的親生子女。這是因為許多王婦都擁有自己的封地，並不與王同住。你明白麼？」

小巫身為巫者，年紀又小，其實並不很明白這些夫婦之事，試探著問道：「是不是與王同住，生出的才是王的子女；不與王同住，生出的就不是王的子女。是這樣麼？」

大巫散點點頭，說道：「大抵如此。總之，王孫辟出生時，正是我王剛剛登基後的第二年，也是王子弓被立為小王後的第二年。在此之前，我王遭其父王小乙放逐，在外流浪了十六年。他離開天邑商時，王子弓只有四歲，跟著其母婦井回到井方定居；而我王回來時，王子弓已是個二十歲的青年了。在我王回到天邑商之前，王子弓在王后婦井的安排下，取了井方之鄰、鼠侯之女婦鼠為婦。當婦鼠之子出生時，我王非常關心，多次卜問婦鼠分娩是否順利，因為她生下的倘若是子，便將是小王大子，也是我王的大示大孫。」

小巫接口道：「也就是未來王位的繼承人。」

大巫散點頭道：「正是。可以想見，我王因此對婦鼠分娩生子極為重視。」

他又取出幾塊龜甲給小巫看，但見上面刻的都是王昭卜問婦鼠分娩是否「嘉」，小巫知道「嘉」就是生子的意思；又有一塊刻著：「貞婦鼠子不死」。

小巫低頭檢閱一片片的貞卜龜甲，忍不住說道：「我王對婦鼠之子，當真關心得很！」

大巫散點點頭，說道：「然而就在婦鼠之子出生後，我王開始聽聞一些流言，說婦鼠雖是王子弓之婦，但鼠侯對其女素來溺愛，百般順從，因此即使在與王子弓成婚之後，婦鼠仍舊住在鼠方，並未遷至井方與王子弓同住。因此我王生起疑心，懷疑此子是否真是小王子弓之子。」

小巫瞪大了眼睛，說道：「如果王孫辟不是小王子弓之子，那麼他是誰之子？」

大巫散望向他，反問道：「你說呢？」

小巫嘟起嘴，說道：「我怎麼知道？我那時都還沒出生哪！」

大巫散望著他，說道：「你身為巫者，在你出生之前的事情，你也應當能夠知道才是。」

小巫忍不住爭辯道：「我又沒有前任大巫的記憶，怎會知道那麼多年前發生的事情？除非大巫散將您的記憶轉傳給我。」

大巫散搖頭道：「我遲早會將自己和歷代大巫的記憶全數轉傳給你，但是此刻時機未到。」忽然話鋒一改，說道：「鼠充死後，鼠侯和婦鼠派了使者來，堅持要王孫辟去鼠方參與葬禮，甚至想讓他擔任主祭。你認為這是甚麼意思？」

小巫搔搔頭，說道：「多半因為鼠充是為了保護王孫辟而死的吧？而且鼠充乃是王孫辟之母婦鼠之兄，是王孫辟的近親尊長；王孫辟為了感激鼠充捨身相救，同時為了對母兄致敬，去參與他的葬禮，也不為過啊。」

大巫瞉臉上露出詭異而無解的笑意，不再言語。

小巫望著大巫瞉的神情，忽然脫口道：「大巫的意思是……莫非王孫辟之父竟是鼠充？」

大巫瞉既不肯定，也不否認，伸手執起一只兕形吉金爵，喝了一口鬱鬯，讚嘆道：「井方釀造的鬱鬯，果然天下無匹！」大巫瞉來自兕方，所用吉金器物大多為兕形或有兕面紋飾。

小巫對喝酒毫無興趣，只感到不可置信，說道：「可是鼠充和婦鼠，他們……他們是兄妹啊！」

大巫瞉放下兕形酒爵，緩緩說道：「兄妹通婚的習俗，不只在鼠方，在很多其他方族都十分盛行。上古傳說中的伏羲和女媧，便是以兄妹而結成夫婦；還有古時因躲避洪水而倖存的葫蘆兄妹，也是以兄妹結為夫婦，繁衍子孫。」

小巫生長於大商，在大商境內，商人無不嚴格遵守兄妹不婚的規定，因此他很難想像鼠充和婦鼠可以通婚並生下孩子，而這孩子竟是王孫子辟，大商王位的繼承者！

他呆了半晌，才又問道：「這些事情，我王全都知曉？」

大巫瞉點點頭，說道：「依我預料，我王在得知鼠充的死訊後，便將下令禁止小王子弓前去參與鼠充的葬禮。」

小巫問道：「那麼王孫辟會去麼？」

大巫殼沉吟道：「不一定。他即使去了，我王也絕對不會讓王孫辟擔任葬禮之主祭，以免落人口實。」

小巫若有所悟，說道：「我王多次貞卜，結果都是一樣，因此他早就知道王孫辟不是小王子弓之子，而是鼠充之子。那麼……那麼我王想必不願意讓王孫辟登上小王之位，是麼？」

大巫殼再次舉起兕形爵，飲了一口鬯，不置可否。他放下酒爵後，說道：「小巫，鼠充葬禮將於數日後舉行，我要你代我前去參禮。」

小巫聞言一愣，他從未參與過這等重大方侯的葬禮，感到責任重大，問道：「我在葬禮上需要做些甚麼？」

大巫殼道：「我王將派一位王子前去主禮。我會交代那位主禮的王子，請他確保鼠方遵守商人的葬儀，不可僭越。你甚麼也不必做，回來之後，向我報告你所見的一切便是。」

小巫恭敬應承，眼光不禁又落在面前那些貞卜龜甲之上。

神室之中陷入寂靜，兩位巫者都不再言語。

# 第八章 射宮

次日清晨，子曜天未亮便已起身，洗面篦髮，穿上一套雪白的短衣短裳。他想了想，將謹裝入一個平日裝食物的竹籃之中，揹在背後，出了婦斁之宮，徒步來到位於王宮東側的左學。

子曜因自幼體弱多病，五歲時雖已正式進入左學，但三天兩頭發病，一年裡幾乎大半日子都無法赴學。如今他病癒歸來，身子較往昔健朗得多，自應遵照王子的規矩，繼續赴左學。

大商王族極為重視王族子女的教育（注），王昭登基後，更在王宮內的東側建造了一座新學，稱為「左學」，並規定王族多子、多女、多生五歲便需入左學，學習射箭、操戈、文字、樂舞和種種王室的制度儀規。年長學成之後，地位較高的多子便可轉入位於王宮西郊的「右學」，學習祭祀之儀和師戎之道。祀與戎，乃是維繫大商王族武功威勢和繁榮富庶的兩件首要大事；王室多子之中，有資格登上商王之位者，有資格分封領地者，以及有資格領師出征或擔任輔政之卿者，都必須嫻熟祀戎之道。而在「右學」中表現優異、出類拔萃之王族子女，往往能得到商王的青睞，或受召出征，或受封職位，或受命輔政。

子曜今年將滿十二歲，依年齡地位來說，應已可被選入右學深造；但他人小力微，使戈和射箭這兩項始終過不了關，因此仍舊留在左學。

這時他來到左學門外，見到已有五十多名多子多女多生跪坐於堂上，似乎正在等候甚麼人。這群子女的年齡從五歲至十五歲皆有，個個一身白衣，儀容整齊，神態肅然。能夠進入左學者，大多為大商子姓王族，其中以現任商王的子女地位最高，其次則是歷代商王的直系後代。除了王族子孫之外，歷代功臣之子孫亦能入左學，如開邦功臣伊尹的後代，也可在左學就讀。

如今卻另有一特例，那便是坐在角落的小巫。他既非王族，也非功臣後代，而是個商人孤兒，父母不明，自幼被大巫轂收認為徒，一心將他栽培成下一代的商王大巫。在大巫轂的請求下，王昭特准小巫五歲進入左學，與王族多子多女多生一起學習。據說這是因為王昭期盼能培養出一個商人出身的商王大巫，不必倚賴方族進貢的巫者，才開此特例。小巫和子曜年齡相近，一個病弱人微，一個出身貧賤，同病相憐，因此成為莫逆之交。

子曜在門外脫下鞋子，小心放好，悄聲步入堂中，來到小巫身旁坐下，低聲問道：「何事如此嚴肅？是在等候甚麼人麼？」

小巫低聲道：「我也不知道？聽師貯說，好像有位重要人物到訪。」

---

注 商朝設左右二學教育王族子女，乃出自《禮記．王制》，甲骨文中也多次出現「教」和「學」等字眼。另，據史學家考證，商王族採父母雙系制，子女在傳承父方的先祖之外，同時也傳承母方的先祖。商王之子女稱為「多子」、「多女」，王子之子稱為「王孫」，王女之子則稱為「多生」，應是日後「多甥」之濫觴。

多子多女多生又等候了一陣子，才見一個矮矮胖胖，生著一團圓臉的中年人來到堂前，正是左學之長師貯。他並非出身王族，地位低微，雖身為左學之長，但性情謹慎，從來不敢得罪左學中的眾王族子女，對身分較高貴的王子王女更是照顧得無微不至。多子多女多生都知道他膽小而勢利，往往欺到他頭上，對他殊無敬畏。

這時師貯的圓臉上帶著一貫的安撫笑容，勉強擺出權威之態，咳嗽一聲，說道：「多子、多女、多生！今日我王之師、三卿之一、大商耆老師般將來左學，有重大事情向汝等宣告。多子多女多生須恭敬聆聽，切不可輕忽！」

眾王族子女意識到事態有異，齊聲答應了。

又等待了好一會兒，一名白髮老者拄著拐杖，緩緩步入左學正堂。子曜認出，那正是父王之師、三卿之一、大商耆老兼右學之長師般。師般在天邑商地位崇高，平時左學多子多女多生根本連見都見不到他的面，這時他特意來左學對他們訓話，顯是為了十分重大之事而來。

白髮老人師般來到堂前，盤膝坐下，對多子多女多生掃視一周，才開口發話：「多子多女多生！我商人始祖契，因輔佐大禹治水有功，受封於商地，賜姓子氏。經十四世，我商人子孫繁衍，土地擴張。當時夏桀暴虐，大乙成唐（注）出師征伐夏桀，遷九鼎於亳，建立大商。至今我大商王位已傳了十世、二十二王，威勢強盛，四海賓服。」

師般的語音厚重單調，彷彿鼓聲般低沉迴響。這些關於商人始祖的傳說和大商王族的史事，多子多女多生都早已耳熟能詳，正聽得昏昏欲睡時，忽聽師般話鋒一轉，說道：

「我王此番征服夷方歸來，見到夷方中人多擅弓箭，戰陣之中對我師造成甚大的傷亡。我王有感擅操於弓箭之重要，認為多子多女應個個熟習弓箭之術；因此我王今日將親赴射宮，考察左學子女的箭術。」

此言一出，多子多女和多生都極為驚詫，眾人嗡的一聲，低聲議論起來。子曜暗自驚憂，心想：「我最不擅射箭，豈知父王恰好選在今日來考察箭術！」正擔憂時，圓臉師貯來到堂前，說道：「謹遵師般指令。多子多女多生！我等立即步行前往射宮，恭候我王。」

於是左學子女趕緊起身，魚貫走出左學大堂，各自穿鞋，在師貯的帶領下，離開王宮，步行前往射宮。射宮位於王宮的東北方，約千步之遙。

小巫和子曜兩人走在一起，故意落後了一段。子曜低聲問道：「我替地為你準備了牛脩、羊羹和梅飴，你怎地沒來？」

小巫吐吐舌頭，說道：「我也想去啊。但是大巫骰捉著我說了許多話，說完天都已經黑了。你身子好些了麼？」

子曜拍拍身後的書篋，悄聲說道：「好多了。我帶了讙來。」隨後又問道：「那羌女

注文獻中商朝的開國君主為「成湯」，然而甲骨文中並沒有「湯」這個字，指稱「成湯」時皆稱「大乙成唐」。「大乙」為商朝祭祀先王時使用的廟號，「唐」為專名。關於商王傳遞，史家並無統一見解，書中採用的傳遞順序請見「商王世系表」。

如何了？」

小巫心想羌女的事情說來話長，於是只道：「我慢慢再跟你說。她沒事，小祝今晨已送她離開天邑商了。」

子曜放下心，點了點頭。小巫見他俊美的臉上仍帶著憂色，問道：「怎麼啦？」

子曜微微搖頭，說道：「沒甚麼。」

小巫對他十分了解，猜中了他的心事，暗想：「子曜體弱多病，最不擅射箭，今日初回左學，就得在他父王面前射箭，要不出醜也難。他定是擔憂此事，卻不願說出口。」於是伸手拍拍他的肩，說道：「別擔心，我王知道你才從外地回來，身體剛剛痊癒不久，不會太過強求的。不如這樣，我們就說你身體仍舊虛弱，不能上場射箭就是了。我去請求師貯，他定會願意幫你說話的。」

子曜聽他猜中自己的心事，暗暗感激，說道：「多謝你。我……我的身子要是健壯一些就好了。」

小巫心想：「子曜聰明又有見識，但就吃虧在身子不好，總是居於劣勢，永遠不能在諸多王子之中展露頭角，更無法贏得我王的歡心，難怪他為此苦惱。這回他老遠跑了一趟昆侖，卻只得到了巫彭送的讙，保住了一條命，仍舊治不好體弱的老毛病。」心中暗暗為子曜感到難過，卻也不知該如何勸慰。

二人一邊說著，一邊已跟著師般、師貯和左學子女來到了射宮。

射宮並非一座宮殿，而是個四面開放的場地，正中是個數十丈見方的箭場，南方置了一排矮几，几上放了十把大大小小的弓，几旁的箭桶中盛著一束束的箭，箭簇乃是專供王族使用的吉金箭簇；北方十丈之外立了十個方形的箭靶。矮几之後設有數排座位，正中間的座位已鋪上織錦坐氈，顯是為王昭準備的。

師貯生性謹慎，他先扶著師般在觀箭台上坐定，奉上酒尊，接著便見他矮胖的身形穿梭於射宮之中，忙著檢視弓箭、箭靶，確定一切皆已安排妥當。之後他又去查看觀箭台上為王準備的織錦坐氈，忽然皺起眉頭，思慮一陣，匆匆去射宮後找出另一個坐氈，放在王的坐氈之旁。

一切準備就緒後，師貯讓多子多女多生在觀箭台之下分散坐好，指著遠處的箭靶，說道：「待會我王到來後，你等便一一上前射箭，由年紀最小的十位開始。和平時一樣就好了，不必緊張。大家可別讓我王失望啊！」

多子多女多生齊聲答應了。

小巫趁機說道：「師貯，王子曜大病初癒，身子還很虛弱，今日可以不上場射箭麼？」

師貯低頭望向子曜，他自然知道子曜乃是王婦婦斁之子，在諸多王子中地位甚高，當下和顏悅色地道：「王子曜身在病中，體力不足，今日便別上場射箭了，坐著休息吧。我會向王稟告的。」

子曜大大鬆了一口氣，趕緊說道：「多謝師貯！」

小巫對他一笑，兩人心中都想：「幸虧師貯體貼明理。」

多子多女多生在射宮中等候了一陣子，便聽馬蹄聲響，四名戍者快馳來到射宮之旁，一身雪白戎服，正是商王親戍。

師般和師貯趕緊上前迎接，但見為首是個身形壯碩出奇的青年，約莫三十出頭年紀，正是王后婦井的中子央。小巫和子曜對望一眼，心中都想：「中兄也趕回天邑商了。」

兩人腦中浮起前夜子央率領井方和鼠方多戍入林追殺老虎的情景，各自打了個寒顫，又擔憂子央見到他們，會質疑他們在井方時為何不告而別，擅自逃回天邑商；幸而子央神情嚴肅，眼光掃過一眾多子多女多生，似乎並未留心到他們二人。

左學子女見到中兄央，都肅然起敬；子央少年時便以勇武雄壯、戈藝超卓聞名，因是王后的次子，其餘多子多女都稱他為「中兄」。子央離開右學之後，便成為王之親戍，跟隨王昭四出征戰，立下無數戰功，極受王昭的倚賴寵信。他不但擁有自己的封地，更被任命為王親戍長，舉止間難掩驕傲自得，盛氣凌人。

子央雖位高權重，但對王昭之師、三卿耆老、右學之長師般卻十分尊重，這時翻身下馬，對師般恭敬行禮，說道：「子央拜見師般。敬告師般，父王、王婦婦好駕到！」

師般聽了，頗為驚訝，脫口問道：「王婦婦好也來了？」

子央道：「正是。王婦婦好隨父王同來射宮，觀看多子多女射箭。」

師般自覺失禮，忙躬身說道：「師般得旨。」不禁回頭望了師貯一眼，心想：「師貯好乖覺，他方才特意取出第二塊坐氈，就是預料到王婦婦好將與王同來。」

師貯站在師般身後，滿面陪笑，這時見到師般望向自己的眼神，臉上一紅，並未出聲。他自然留心到子央對師般萬分敬重，對自己卻不屑一顧，連正眼也不瞧他一眼，不禁有些訕訕然，心中暗自惱怒：「子央驕恣跋扈，竟如此蓄意忽視貶低我！」

這時師般站起身，說道：「多子多女多生！快準備敬迎我王。」一眾王子王女趕緊排成數列，在射宮門口跪倒在地，準備迎王駕。

不多時，兩輛馬車來到了射宮之旁，第一輛車上坐著兩人，正是王昭和王婦婦好。二人先後下車，來到觀箭台上就座，接受多子多女多生的敬拜。王昭剛剛出征夷方大勝歸來，自是意氣昂揚，神采煥然；至於王婦婦好，天邑商無人不知婦好勇武剽悍，戰功彪炳，這時見到她親臨射宮，都不禁深受震懾，不敢仰視。另有一個黑黑矮矮的臣子跟隨在王昭的馬車旁，那是最受王昭信任的三卿之一傅說，這時也來到觀箭台上，侍立於王昭身後。

第二輛馬車上則坐著兩位王子，第一位已屆中年，面目方正，氣度雍容，留著短鬚，正是小王子弓；另一位王子面目俊秀，身形修長，只有十五歲年紀，卻是王婦婦戮大子王子漁。

小巫見到小王子弓，想起昨夜大巫嗀給他看的那些貞卜龜甲，心中不禁動念：「小王子弓一張方臉，面目開闊，和王孫辟的尖鼻小眼確實不像。」

子曜見到同母兄漁，心中大喜：「兄漁回來了！妹嫚大概也回來了吧？不知她人在何處？」

子漁在人群中見到子曜，也喜出望外，但他此時跟隨在父王身旁伺候，不能和胞弟私下敘舊，只對著子曜點頭微笑。

多子多女多生敬拜完畢後，王昭神色莊嚴肅穆，摸著長鬚，說道：「多子多女多生！我大商之師威震天下，乃因我師勤於磨練，勇於征戰。余望多子多女多生個個精擅弓箭，往後如王婦婦好一般，在戰場上殺敵無數，威震他方！」

多子多女多生齊聲答應，忍不住望向王婦婦好；只見她神情冷漠，眼望遠方，一言不發，對眾人的注視恍若未覺。

王昭轉向跪坐在一旁的小王子弓，說道：「弓！你擅長弓箭，上去替多子示範弓箭之術。」

子弓站起身，向王昭恭敬行禮，說道：「謹遵父王之命。」

在諸多王子之中，子弓年紀最長，早早便受封小王，地位尊崇。他雖不如二弟子央高大壯健，不如小弟子商氣勢逼人，但卻是外表最堂皇、舉止最溫雅的一位王子。他二十歲之前，因父昭遭流放，不得不跟隨其母到井方暫居，因此他是在井方長大的。井方粗獷尚武，他和兩個弟弟子央、子商自幼便操戈射箭、騎馬田獵，三兄弟皆勇猛善武，子弓尤善弓箭。王昭登基之後，二十歲的子弓受封為小王，隨即進入左學、右學，正式接受王子的教育。他聰明穎悟，諸般王室規矩、樂舞弓戈、祭祀儀式，很快便熟習精通；離開右學後，他便開始輔助父王處理政務，在王昭出征時留守天邑商，掌理政務。子弓性情沉穩厚重，能文能武，人人都稱讚他是個舉止合宜的小王，將來必是一位稱職的商王。

這時在多子多女多生的注視之下，子弓先向天帝和先祖行禮，再向王昭和王婦婦好行禮。之後他仔細挑撿了一把弓，又小心地選了一枝箭，搭在弓上，瞄準半刻，颼一聲射出，正中靶心，引得眾子女都發出驚噫讚嘆之聲。

子弓接著又抽出一枝箭，緩緩瞄準射出，又中靶心；如此一連射出十箭，箭箭都離靶心甚近。子弓以「弓」為名，果然箭藝超卓。

眾王子王女齊聲喝采聲中，子弓放下弓，對著天帝先祖行禮，又對王昭、王婦及師般、師貯行禮，舉止恭謹，神態優雅，眾王子王女盡皆欽佩嘆服。

師般摸著白色的鬍子，滿面贊許之色，說道：「多子多女多生！汝等當以大兄小王子弓為範！」他轉向師貯，說道：「小王示範完畢，可讓多子開始射箭了。」

王昭卻忽然舉起手，說道：「且慢。」他回過頭，對坐在身旁的子漁道：「漁，你也去試試。」

眾人的目光都集中在子漁身上。但見子漁從容地站起身，行禮說道：「謹遵父王之命。」他身形修長，面貌俊逸，眉目間透露著幾分王婦婦斆的秀氣，和小王子弓的端方堂正形成強烈的對比。

多子多女都面面相覷，甚感訝異。子漁年方十五，剛剛成年，尚未離開右學，但他受王昭重視的程度卻是有目共睹；王昭不時命他代行對先王先祖的祭祀，這回甚至帶他一同出征夷方，顯然對他寄予厚望。

這時子漁在多子多女的注目之下，緩緩走到几前，依樣行禮過後，便隨手拿起一張弓，隨意抽出一枝箭，拉弓搭箭，一箭射出，正中靶心。他毫不停頓，立即又抽出一枝箭射出，連珠而發，十箭皆中靶心，竟是比子弓射得還要更快更準。

多子多女歡聲雷動，子曜只看得心蕩神馳，暗暗叫好。他想起自己隨老臣樸去昆侖求醫之前，總見到兄漁在母斁宮中苦練弓箭，直練到手指皮破血流，仍不肯停止。兄漁的苦練顯然卓有成效，箭藝突飛猛進，幾乎到了出神入化的地步，這回在父王、王婦婦好、小王子弓和左學多子多女面前大大露臉，子曜心中萬分為兄漁感到驕傲，暗想：「兄漁暗中苦練弓箭多年，只為了有朝一日能夠揚眉吐氣，一展長才。他果然做到了！」

這時師般咳嗽一聲，左學子女的歡呼聲頓時停止。師般淡淡地道：「王子漁年紀輕輕，箭藝尚可，猶待切磋苦練，方成大器。」語氣輕描淡寫，毫無稱許讚美之意。

子曜甚是敏銳，察覺到師般的神態言語中對兄漁頗為不滿，甚至有意貶抑兄漁，暗想：「兄漁仍在右學，師從師般；師般為何對兄漁如此輕貶？他是否認為兄漁身為王弟，不應搶了大兄的風頭？還是因為師般擁護大兄弓，不願意見到其餘王子勝過了大兄？」

師般更不耽擱，又對師貯道：「快命多子多女多生開始射箭。」

師貯答應了，來到左學多子多女之前，臉上雖仍帶著笑容，神色卻顯得頗為緊張，說道：「多子多女多生，請依年齡排序，由最幼者先上場射箭。」

多子多女齊聲答應，十個年紀最幼的子女站了出來，恭敬地向師般行禮，依次來到射台之前，如子弓子漁那般，先對天帝和先祖行禮，又對王昭和王婦婦好行禮，才執弓搭箭，開始射箭。

子曜坐在師貯身旁，並不上場，望著多子多女一一上前射箭，心中只想去找兄漁，和他敘舊一番；但父王和王婦婦好就坐在觀箭台上，他自然不敢失禮妄動。

第一群王子王女都只有六七歲年紀，連弓都拿不穩，更別說射箭了，自然射得七零八落，不忍卒睹。婦好眼睛雖望向箭場，卻視如不見，臉上毫無表情；王昭興致甚好，露出微笑，摸著鬍鬚，說道：「這個年紀，能拿得起弓就很不錯了，還得繼續苦練啊。」

師般和師貯都躬身道：「我王訓誡得是。」

下一輪的十名子女年紀較長，大多已有八九歲，射得就比前一群好些了，有幾枝箭射中了箭靶，王昭鼓掌說道：「不錯，不錯！凡射中箭靶的，余皆有賞！」

第三群王子王女都是十歲以上，小巫也在其中。他穿著巫者的服飾，在多子多女中顯得十分突兀。

王昭微微皺眉，問師貯道：「那孩子是誰？」

師貯連忙解釋道：「啟稟我王，那是小巫，乃大巫㱿之徒。我王特准他與多子多女一起入左學。」

王昭恍然道：「不錯，不錯。余記得這回事。他在左學表現如何？」

師貯道：「聰慧敏捷，才智出眾。他今年十歲了，若是王子，明年便可入右學。」

王昭顯得頗為驚訝，說道：「你說他的表現勝過其餘王子王女？」

師貯道：「正是。不但如此，他每日左學結束後，還得回去大巫之宮，跟隨大巫㱿學習巫祝占卜之術，每夜都要過了夕時才能就寢。」

王昭點點頭，說道：「大巫㱿一心培養這孩子，希望他能成為下一任商王大巫，真是用心良苦啊。」

這時一排十個射者都已開始射箭，有八人射中了箭靶，其中一個正中紅心，正是小巫所射。十人繼續射箭，小巫接連幾箭都射到靶上，雖非箭箭中紅心，但亦離紅心不遠，遠遠勝過其餘同年齡的多子多女。

王婦婦好原本對多子多女射箭漠不關心，這時見到小巫射箭，卻似乎稍稍留上了心，身子坐直了些，目光集中到小巫身上。

王昭十分高興，鼓掌說道：「大巫之徒箭術甚佳，賞貝一朋！」

師貯忙招手讓小巫過來。小巫受寵若驚，左右望望，確定師貯是在呼喚自己，才快步來到王昭身前，雙手交叉胸前，躬身為禮，說道：「小巫拜見我王。」

王昭見他以巫者之禮相見，微微一笑，說道：「你是大巫之徒，卻在左學表現如此之佳。你叫甚麼名？」

從小到大，大巫嗀和其他眾多巫祝都只喚他「小巫」，幾乎沒有人稱呼過他的名，但小巫知道自己確實有名，回答道：「回稟我王，小人名『載』。」

這時婦好低下頭，雙眼注視著小巫，臉上仍舊淡淡地沒有表情，只靜靜地打量著這個十歲的孩子。

王昭哈哈大笑，從懷中取出一枚朋貝，遞過去給他，說道：「射得好！繼續認真練習啊！」

小巫生平第一次受王賞賜，趕緊伸手接過，臉上不自禁露出開懷的笑容，說道：「謝我王賞賜！」退了下去。

子曜甚是為他高興，笑嘻嘻地望著小巫，對他眨了眨眼。小巫將那枚朋貝握在手中，不斷撫摸，兀自欣喜不已。

之後其餘多子多女輪番上前射箭，每十人中射得最好的，王昭都有賞賜，多子多女都興高采烈，笑逐顏開。

最後王昭留意到子曜，問師貯道：「那個子是誰，為何不上去射箭？」

師貯趕緊回答道：「回稟我王，那是王子曜。他大病初癒，氣力不足，今日原本不能來左學的，但他一心向學，還是來了。我怕他的身子受不住，因此讓他坐著休息，不上場射箭了。」

王昭想起自己派老臣樸暗中護送子曜去昆侖治病之事，點點頭，似乎有些後悔自己多問了這一句，咳嗽一聲，說道：「多子多女整日待在左學，你需留意他們的身體，誰患了疾病，定須請小疾臣醫治；倘若遇上大疾，則需告知大巫㱿，請大巫㱿替他們袪邪，嚴重時須替他們向先祖舉行御祭，祈求先祖保佑他們平安無恙。」

師貯恭敬答應了。

王昭站起身，面對多子多女，又道：「今日箭試十分精采。盼多子勤加練習，增進箭術，未來隨余出征，威震多方！」

左學子女齊聲答應。

於是王昭和王婦婦好相偕離開座位，多子多女多生一齊跪拜恭送。

正當王昭和王婦婦好跨出射宮時，門外忽然傳來急促的腳步聲，一名王之親戍從門外奔入，跪倒說道：「啟稟我王，巡戍收到警示，準備用於人牲的三十羌奴，逃走了一批。」

王昭微微皺眉，問道：「逃走了多少？」

那戍回稟道：「有七個，都是……都是孩子。」小巫心中一跳，立即想到了姜：「莫非……莫非是姜出手救了同伴？」又想：「今日清晨，小祝明明送她出了天邑商北門，她自身難保，應當不會跑回城中救人吧？」

王昭神色凝重，高聲道：「余今晨貞卜，請示先祖是否於乙酉日舉行肜祭（注）於大乙成唐、祖乙和小乙三位先王，用三十羌及三十羊為牲，卜象乃是大吉，因此這場祭祀必得在乙酉日完成，三十個羌牲一個也不能少。多子多女多生，這正是你們展現箭藝的大好時機！全數拿起弓箭，跟隨中兄央追捕逃羌！羌俘將用作人牲，一定要捉活的！」多子多女多生聽王命令自己去追捕逃羌，俱都又是驚訝，又是興奮，高聲答應，紛紛拿起弓箭，躍躍欲試。

師貯心細，見子曜顯得有些惶惑無主，便關懷地對他說道：「王子曜，你病體未復，應善加保重，留在此地別去了。」

子曜原本無心去追甚麼逃羌，當即點頭應承。

不料王昭卻道：「子曜也一起去吧！不用帶上弓箭，徒步跟去見識一下也好。」

子曜聽父王親口這麼說了，雖滿心不願，也只能恭敬答應。

子央身為王親戍長，心知那些逃走的羌俘都只是年幼的孩童，並無危險，明白王昭命多子多女參與追捕羌俘，只不過是想讓他們增長些運用弓箭的實戰經驗罷了，當即大步來到多子多女的前方，高聲道：「多子多女多生，聽中兄號令，合力捕捉逃俘！」

多子多女多生正在興頭上，各自舉起弓箭，踴躍答應。子央翻身上馬，當先馳離射宮。多子多女跟在子央的馬後，奔出射宮，來到箭場外的獵場之上。這獵場半為高大樹林，半為矮小樹叢，多有野豬野雉等禽獸藏身其中，乃是大商王族專用的狩獵之地。

子央在獵場邊上勒馬而止，舉起象徵著王親戍長權柄的大鉞，正要對多子多女發號施令，忽見一人騎著白馬追了上來，竟是小王子弓。

子弓奔到子央身前，勒馬而止，說道：「中弟，父王命我跟隨相助。」

子央臉色一沉，冷笑道：「不過捕捉幾個逃羌，何須小王親自出手？」

小王子弓臉上帶著溫和的微笑，說道：「捉捕逃羌，想來並不須為兄出手。為兄只不過是跟來觀賞中弟大展神威罷了。」

子央聽他話中帶著譏刺之意，哼了一聲，對多子多女道：「跟我來！」

小巫和子曜處於多子多女之中，自然聽見了子弓和子央的對話。小巫吐吐舌頭，低聲

注肜音同「容」，商代祭祀名。乙酉日：商人以天干地支記日，以一百二十日即四個月為一週期。甲骨文卜辭記日期，通常寫下月份和以天干所記的日，但並不記年。商人確實有以羌人為「人牲」祭祀祖先的習俗，有關羌牲的文字多次出現在甲骨文中，每次獻祭的人數從一兩個至三百個不等，商人似乎認為羌牲乃是奉獻先祖的上佳祭品。羌人在商地大多為奴，甲骨文中亦有不少羌奴逃脫、商王派人捕獲的記載。

說道：「看來小王和王子央兄弟倆，似乎並不怎麼友好啊？」

子曜悄聲道：「大兄弓和中兄央兩個從小便水火不容，彼此競爭激烈。如今大兄身為小王，中兄成了王親戍長，位高權重，兩人仍是表面和氣，暗中互爭不斷。」

小巫甚是不解，低聲問道：「有甚麼好爭的？大兄已身任小王十多年了，中兄也都有自己的封地了，還爭甚麼？」

子曜搖頭道：「可能他倆自幼便你爭我奪，互不相讓，早已習慣如此，即使年紀大了，也無法改變。」

小巫笑道：「可不像你和王子漁，兄弟之情深厚，從不爭吵。」

子曜微笑道：「兄漁對我何等關愛照顧，我們自然不會爭吵啦。」

正說話間，前面的親戍探子奔了回來，向子央稟報道：「有人見到逃羌躲在前面的樹叢之中！」

子央雙眉一豎，舉起大鉞，高聲喝道：「跟我來！」

# 第九章　襲央

眾親戍和多子多女多生徒步跟在子央的馬後，來到一排矮樹叢之前。子央指揮親戍散開將樹叢圍住，豈知還未圍成圈，樹叢中陡然竄出三個全身赤裸的小人，看來都只有七八歲年紀，衝過圍戍的開口，往森林中狂奔而去。

小王子弓立即舉弓，三箭射出，極精極準，兩枝箭正正射中其中兩個逃羌的小腿，那兩個孩子一齊驚呼尖號，滾倒在地。第三箭卻落空了，那第三個羌奴鑽入樹叢，轉眼不見影蹤。

子央見狀一挑眉，顯然不願見到子弓在眾人面前出此風頭，一口氣無處發洩，對身旁的親戍喝道：「還不快捉住了這兩個逃羌？」

幾個親戍趕緊衝上，七手八腳地將那兩個年幼羌俘捉住了，用粗索綁起。子曜偷眼望去，但見他們年紀都甚小，心中暗生憐憫。

子央對一個親戍道：「將這兩個逃羌先押過去給我王過目。報告我王，我等正繼續追捕其餘五個逃羌，一個都不會放過！」那親戍應聲去了。

子央對其餘親戍下令道：「繼續追捕逃羌，在左近樹叢一一搜索！」親戍齊聲答應，分散而去。

子曜和小巫互相望望，小巫手中雖持著弓，但方才事情發生太快，他連弓都未曾舉起，更別說試圖射箭了，子曜更是呆在當地，甚麼都沒做。兩人正覺得自己蠢笨得可笑時，忽聽一聲呼喊，一個親戍在遠處叫道：「在這裡了！」

子央和子弓此時都已下馬，與眾親戍一齊循聲追上，來到一叢矮樹之旁，四散圍住，彼此呼嘯傳信，一時呼喊聲、號角聲此起彼落，四下滿是肅殺之氣。

忽聽子央高呼一聲：「在這裡了！」縱馬猛衝上前，舉戈往一棵矮樹上刺去。但見一團白影從樹上飛躍而下，落地後連滾了數圈。

子弓反應極快，早已舉弓，連著三箭向那團白影射去，那白影在地上滾動飛快，靈敏至極，竟接連避開了子弓射出的三箭，三箭都射入了土地之中。

但聽有人叫道：「是個羌女！」

子曜見到那團白影果然是個女孩兒。她回頭一望之際，只見一雙大眼睛又黑又亮，正是羌方釋比，曾變身為羊的姜！

子曜和小巫都震驚至極，屏住氣息，只見她在地上又滾了幾圈，爬起來時，忽然以四肢一齊奔跑，快捷異常。

子央也已認出了她，大叫道：「是她！是那個會變身成羊的羌女！」

眾人只道自己眼花，聽子央的呼喊，定睛瞧去，才看清那女孩兒果真已變身成了一頭小羊！小羊全身雪白，頭上長著初生的角，四腿修長矯健，一轉眼便鑽入了樹叢。

子央又驚又怒：「這頭羊不知如何逃出井方，竟跑到天邑商來撒野了！」叫道：「快取繩網！這是王后要的羊兒，一定要捉住了！」

八個親戍快步上前，四人一伙，手中持著一張繩網，分開前後左右圍住樹叢，在子央一聲令下，一齊向樹叢拋出兩張巨大的繩網。樹叢中一陣抖動，落葉四散中，那頭小羊衝了出來，看似已被繩網纏住，不料牠卻奮力往前一衝，竟然衝破了繩網，直撲向子央。

子央大驚，舉起大鉞準備斬下，卻已太遲。那頭羊在半空中轉化成一頭斑紋燦爛的花豹，張口直往子央的咽喉咬去。

子弓距離子央最近，不暇思索，立即舉弓往花豹射出一箭，危急之中準頭甚差，但花豹不得不閃身避箭，未能咬上子央的咽喉，只咬到了他的肩膀，從他左肩卸下一大塊肉來。子央慘叫一聲，跌下馬去。

花豹立即猱身撲上，再次去咬子央的咽喉。但這時子弓離豹子甚近，又舉弓射去，豹子扭身避開，這箭擦過牠的身側毛皮，在牠的身軀上留下一道血痕。

子央畢竟是個身經百戰的師長，即使肩頭受傷、跌倒在地，仍及時拔出腰間吉金佩刀，奮力往那頭豹子斬去。花豹揮出前掌，將他手中金刀打飛了出去，低頭又去咬他的咽喉，顯然意在致他死命。

然而就因為子弓那一箭，加上子央這一刀，耽擱了幾瞬的工夫，多戍已圍了上來，舉戈搭箭，準備往豹子攻去，但顧忌子央被豹子壓在身下，不敢發箭。眼下情勢，那豹子即使咬死了子央，牠自己也不免喪命於此。

豹子顯然清楚己身逆境，忽然伸出爪子，往子央的臉上狠命一抓，接著便扭身一躍上樹，鑽入枝葉之中。多戌舉弓射去，但枝葉茂密，箭根本無法穿過，紛紛跌下。子弓生怕箭落下誤傷多子多女，忙下令道：「快止箭！」

多戌停下弓箭，各自警戒地抬頭觀望頭上的枝葉，但那頭豹子早已不知去向。

五十多名左學子女都嚇得臉色發白，全身發抖，手中的弓全都跌到了地上。他們只道自己是來追拿幾個年紀幼小的羌奴，怎想到竟會目睹人變身為豹，狂撲咬傷中兄央這血腥恐怖的一幕？

子央既受重傷，小王子弓便自然而然地成為眾戌之首，多戌都望向他，等他發號施令。

小王子弓二十歲便受封小王，王昭出征時總命他留守天邑商，坐鎮王室，因此他從未隨王出征，征戰經驗遠遠不如子央。此時他臉色煞白，顯得有些慌亂，呆了半晌，才鎮定下來，清了清喉嚨，下令道：「來人，快將王子央帶回射宮施救！多子多女多生，跟我返回射宮！」

多戌得令，趕緊將子央沉重巨大、覆滿鮮血的身子推上一張草蓆，草蓆二角穿上粗索，繫在子央和子弓的馬鞍上，用兩匹馬將子央拖回射宮。多子多女多生聚成一堆，簌簌發抖，跟在子弓的身後。

子曜和小巫也在其中，子曜平時一見到鮮血便頭昏欲嘔，而子央的傷勢又極為血腥可怖，這時他只感雙腿無力，幾乎無法行走。小巫在旁扶住他，兩人落在後頭。

子曜擔憂地道：「中兄他……他能活命麼？」

小巫心有餘悸，低聲道：「我不知道？剛才那頭豹子，真的……真的是她！」子曜心中甚感惶恐，他全然未曾想到，自己一念仁善，偷救回來的柔弱羌女竟能變身成豹，並且險些殺死了中兄！他咬著嘴唇，猶疑道：「羌女之事，我該向父王坦承麼？」

小巫搖頭道：「你先別說甚麼。井方發生的所有事情，大巫嗀全都清楚。大巫嗀倘若認為我王應當知道，自會如實向我王稟告。」

子曜點了點頭，但仍舊難以壓抑心頭的驚惶恐懼，以及深深的罪惡感。

王昭和婦好見到一行人回到射宮時，不禁大驚失色。他們原本只等著子央捉回最後幾個逃羌，沒想到見到的卻是小王子弓倉皇無主地趕回，帶著身受重傷、半死不活的子央，和一群嚇得魂飛魄散的多子多女。

王昭極為震驚，霍然站起身，叫道：「來人！快去大巫之宮，請大巫嗀來救治子央之傷！」他皺眉問子弓：「這是怎麼回事？」

小王子弓鎮靜下來，他知道事情重大詭異，於是來到王昭身前，低聲說道：「容我私下向父王稟報。」

王昭見他似有隱情，便命婦好、子漁和其他親戚迴避。婦好面無表情地走下觀箭台，來到子央身旁，查看他的傷勢。子漁則來到弟弟子曜身邊，拉著弟弟走到角落，低聲詢問：「你還好麼？發生了甚麼事？」

子曜道：「我還好，兄漁不必擔心。」卻不敢多說。子漁轉頭望去，見子弓跪坐在王昭身前，低聲對王昭說起話來，兩人面色都十分凝重。子漁猜知事態隱密重大，明白子曜不宜多說，便不再問。但他熟知弟曜的性情，察覺他暗懷愧咎憂懼，忍不住壓低聲音，問道：「事情跟你有關？」

子曜漲紅了臉，微微點了點頭。

子漁臉色轉為沉肅，伸手緊緊握住了子曜的手臂，低聲道：「曜，你聽好了！不管你做了甚麼，絕對不可承認！母斁和我們兄妹的境況原本便十分不利，你切不可連累了母！」

子曜心中明白，母斁長年臥病，自己兄妹三人一直在王后婦井的迫害下掙扎生存，如今兄漁終於贏得了父王的歡心，地位逐漸鞏固；自己倘若惹出甚麼事來，引得父王憤怒降罪，那麼連累的可不只是母斁，也將拖累了兄漁，辜負了兄漁這許多年來的心血和努力。他點點頭，低聲道：「我明白。」

就在此時，王昭忽然臉色大變，抬頭在人群中環望，說道：「叫子曜過來！」

子曜一驚，臉色發白，望了子漁一眼，子漁對他微微點頭。子曜趕緊趨前，來到王昭面前，跪倒行禮，說道：「子曜拜見父王。」

王昭問道：「子曜，昨夜老臣樸來向余報告，說你們在井方也見過一個能夠變身成羊的羌女。真有此事？」

子曜忐忑不安，生怕父王發現自己偷偷將羌女帶回天邑商一事，連累了母斁和兄漁，腦中飛快地將事情經過想了一遍，暗忖：「當時中兄央也在井方，我說的話不能與中兄所見有任何違背之處。無論如何，只要不說出我救了羌女，將她偷帶回天邑商之情便是。」

他鎮定下來，回答道：「回稟父王，方才在林中見到的羌女，我等確實在井方的后室之中見過她。當時王后請我和兄桑飲酒，我們見到王孫辟不斷鞭打這個羌女，羌女受不住鞭打，終於變身成羊。子辟正準備將羊殺死烹煮時，一頭老虎闖入后室，將羊救走了。之後，我們跟隨中兄央前去井宮外的樹林追捕那頭老虎，到了井澤邊上，那頭老虎忽然衝出攻擊子辟，不料卻咬死了鼠充。中兄央殺死了老虎，但那頭小羊卻逃逸不見了。」他原本機智聰敏，這番話說來清楚順暢、條理分明，輕易隱瞞了自己救走小羊、故意讓讙引子央進入森林深處、偷帶羌女回到天邑商的種種內情。

王昭點了點頭，臉色凝重，眼光往多子多女掃去。但見除了子曜和小巫之外，人人臉色蒼白，畏縮顫抖，心想：「這些多子多女中，只有子曜和小巫兩個較有膽量。」

他卻不知，這兩個孩子並不驚慌害怕，不過是因為他們在兩日之前才見過更加恐怖的情景：在深夜樹林之中，他們目睹少年變身為虎咬死鼠充，又目睹子央殺死老虎，其驚心動魄之處，比之今日天光白日之下羌女變身為豹攻擊子央更勝十倍。加上二人幫助過姜，對她有救命之恩，相信她不會胡亂攻擊自己，因此恐懼之意大減，反而更擔心自己偷帶姜回到天邑商之事被人發現。

就在這時，一個修長潔白的身影飄入射宮，正是大巫㱿；一個清秀纖小的白衣少女跟在他身後，卻是小祝。大巫㱿一跨入射宮，射宮中原本人心惶惶的情緒頓時沉靜安穩下來。巫㱿身為商王大巫，渾身上下都環繞著高深的巫術，他一出現，種種邪祟立即遠離迴避，射宮中終於恢復了平定鎮靜。

大巫㱿低頭見子央倒在血泊之中，左肩被豹子咬去了一塊肉，臉面亦被豹抓得血肉模糊，全身血跡斑斑，清俊的臉上也不禁露出驚訝之色。他望向王昭，王昭道：「大巫㱿，快請替央治傷！他是被豹子咬傷的。」

大巫㱿又望向小巫，小巫漲紅了臉，以巫者之聲對大巫悄悄說道：「咬傷王子央的那頭豹子，便是王子曜在井方救出，昨日拜見大巫㱿的那個羌女姜變成的。」

大巫㱿的眼神中露出一絲隱約的怒意，只有跟在他身後小祝留心到了。她聽了小巫的言語，也不禁吃驚，暗想：「我今晨才親自送釋比姜出了北門，沒想到她竟躲在附近，伺機搶救羌牲，引子央出來，更藉機攻擊！大巫㱿敬她是客，對她好生禮遇，信任有加，她卻違背了對大巫㱿的承諾，大巫㱿想必甚感不快。」

大巫㱿表面上不動聲色，對小祝點頭示意，小祝定下神，立即從包袱中取出藥物布條，攤開放在子央身旁的地上。大巫㱿跪倒在子央身旁，開始替他處理傷口，止血、清洗、縫傷、敷藥、包紮，手法極為熟練。小巫也來到小祝身旁，二人跪在大巫㱿身後，幫忙拭血遞藥。射宮中一片寂靜，所有人的眼光都集中在大巫㱿身上。

小王子弓眼見弟央被豹子咬傷，情狀淒慘，不知是恐懼多些，還是嫌惡多些，臉色十分難看，遠遠站在一旁；子曜害怕血腥，垂下眼睛不敢多看，深怕自己又犯病嘔吐。子漁見了，上前攬住子曜的肩頭，低聲道：「別怕，兄漁在此。」

子曜心頭感到一陣溫暖，稍稍鬆了一口氣，對子漁投以感激的目光。子漁並不知道子曜做了甚麼，只知道他未曾對父王招供出自己犯下的罪過，對他贊許地點了點頭。

王昭走上前探視子央，皺眉問道：「有得活麼？」

大巫觳神色凝重，回答道：「容我向王詳稟。」

他包紮告一段落，回頭對小祝和小巫道：「檢查王子央身上是否尚有其他的嚴重傷口，替他清理身上血跡，換上乾淨衣裳。」小祝和小巫齊聲答應了。

大巫觳站起身，和王昭一起走開幾步，來到射宮角落的安靜處。

大巫觳道：「啟稟我王，王子央肩頭和臉上皆非致命之傷，好好醫治休養，應可活命。但攻擊王子央者乃是羌方大巫，羌巫在他的傷口施了巫術，若不阻止，傷口不但不能恢復，還會繼續潰爛下去，致其死命。」

王昭著急道：「絕不能讓央喪命！大巫觳，你能解除他身上的巫術麼？」

大巫觳微微搖頭，說道：「須得將他與完全巫術隔絕，直到傷口自然復原，方有希望痊癒。而唯一能夠完全隔絕巫術的，只有地底深處。」

王昭靈光一閃，說道：「王宮地囚！」

大巫觳點頭道：「正是。王子央傷勢不輕，要等傷口復原，至少需半年的時光。然而我王將以何藉口將王子央下囚？又該如何告知王后和其他王族？」

王昭面色沉沉道：「子央需躲避巫術之傷等情，絕對不可流傳出去。畢竟數十年來，從未有巫者敢在天邑商境內變身為禽獸，甚至攻擊商王之子。此事倘若廣為人知，定將引起莫大的恐慌。」

大巫瞉道：「我王所言甚是。倘若他人問起，我等須盡力隱瞞此事。今日見到豹子攻擊王子央的多戌及諸多王子王女，本巫將對他們施展巫術，讓他們忘卻所見。請王先讓多子多女回左學去吧。」

王昭點頭道：「如此甚好。」他轉過身，對師貯道：「師貯！領多子多女回去左學，一會兒大巫瞉將去替他們鎮驚祛邪。多戌！保護多子多女回入王宮。」師貯和多戌答應了，帶著五十個多子多女匆匆離開射宮。

王昭似乎想起甚麼，又道：「小巫！子曜！你們兩個留下。」

小巫和子曜兩個原本已準備跟著師貯離去，聽王昭如此下令，只得如履薄冰地留在當地。

多戌、師貯和左學多子多女離去後，王昭神色轉為凝重，回到僻靜處，對大巫瞉說道：「老臣樸從西南方歸來，昨夜向余稟報了在井方發生之事。」

大巫瞉點頭道：「小巫也已向我稟報此行經過。」他知道老臣樸所見不如小巫多，王昭想必有許多事情並不知曉，如王后試圖毒殺子曜、子曜暗中救出羌女等情，心想：「這些隱情此時不宜多說，須等到適當時機，再向王詳細稟報。」

王昭皺起眉頭，說道：「那羌女當真能變身成羊？后井宮中很多人都見到了？」

大巫瞉道：「正是。當時后井宮中有十多個井戍和小臣，人人都見到了。」

王昭顯得十分憂慮，又道：「余聽老臣樸和子曜說道，一頭老虎出現在王后宮中，救走了羊？子曜還說，那頭虎被子央殺了？」

大巫轂道：「正是。據小巫所言，那頭虎乃是一個少年變身而成。他現身解救羌女，自己卻死於王子央之手。」

王昭臉色一變，低吼道：「又一宗變身異事！余怎能容忍這等邪祟一再發生！」

大巫轂躬身道：「方族之人皆知商人禁忌，百年來無人敢在天邑商百里之內變身為禽獸。這回羌女在井方變身，乃因遭王孫辟百般凌虐毒打，抵受不住，才受逼變身，並非刻意。至於那頭虎，則是為了解救羌女，才現身井方。」

王昭勉強壓抑怒氣，踱了幾步，又回到大巫轂身旁，臉上的憤怒轉為深深的憂慮，說道：「此事絕不單純。今年春季，余出征夷方之前，虎侯曾派人向余稟報，說他的獨子將取羌伯之女為婦。余心想虎方位於大商東南，羌方位於大商西北，虎方若與羌方聯手，將對天邑商形成夾擊之勢，必成商之大患，因此反對虎方與羌方通婚。虎侯又派人來稟，說道他將派其子親自來天邑商見余，向余懇求。」

大巫轂微微點頭，說道：「王是否猜想，在井方救走姜女、殺死鼠充的，正是虎侯之子？」

王昭點了點頭，說道：「余確實如此懷疑。余曾聽聞，虎侯子孫中多有能變身為虎者。」

大巫轂道：「那麼變身為豹的羌女，應當便是虎侯子的未婚之妻、羌伯之女了。以本巫所知，羌伯之女正是羌方釋比，亦即羌方大巫。」

王昭顯得又是疑惑，又是惱怒，說道：「余只道羌人溫和馴服，能變身成羊也就罷了，卻沒想到羌方大巫竟能變身為豹，而且凶殘至此，幾乎致央於死地！」

說到此處，王昭和大巫穀一齊回頭，望向受傷的子央；子央躺在射場土地上之，身上傷口雖經過清洗、敷藥、包紮，看來仍舊十分入目驚心。

大巫穀道：「由此看來，羌伯之女不知何故遭王孫辟所擒，飽受虐待，險些喪命；虎侯之子為了解救羌伯之女，闖入井方相救，又死於王子央之手。如今羌伯之女跟來天邑商，顯然意圖殺死王子央，為她的未婚之夫虎侯子報仇。」

王昭眉頭深鎖，點頭道：「不錯，事情應當便是如此。那羌女不是已在井方逃逸無蹤了麼？怎地又跑來了天邑商，出手攻擊央？這羌女身為巫者，十分危險，她還在左近麼？」

大巫穀閉上眼睛半晌，才睜開眼，說道：「她已離城遠去了。本巫已施展巫術，讓她往後再也無法踏入天邑商。她只要一踏入天邑商，便將立即變身為羊，暴露她的身分。」語氣中帶著一分淡淡的惱怒。

王昭點了點頭，思慮一陣，說道：「關於央的傷勢，余打算如此處置：他誤殺虎侯之子，此事絕對瞞不過虎侯。商方與虎方一戰，只怕無法避免。余可昭告天下，說這都是子央躁進，誤殺虎侯子之過，因此余要將他關進王宮地囚之中，以示懲戒。」

大巫穀清俊的臉上並無表情，只微微揚眉，說道：「我王如此處理，對內無私，對外公誠，實屬合宜。然而虎侯之子變身為虎、攻擊王孫辟在先，王子央對虎反擊，不過是為了保衛王孫及自衛。倘若重懲王子央，王后定將不快，其餘王族也將質疑王之決定。本巫以為，我王此時不應多樹內敵。」

王昭搖頭道：「央是余親子，對余來說，救活他的性命比甚麼都重要，就算令王后不快也顧不著了！至於其他王族，余只需宣告子央替大商帶來了巨大的禍患，因此必須遭受懲罰。余若不將他下囚，往後哪個王子都可隨意殺死他方侯伯的子女，那麼他方侯伯豈不都要造反了？」

大巫㱿不再爭辯，只道：「我王所言甚是。王子央傷勢嚴重，需得儘快將他送入地囚，方可保住他的性命。」

王昭點點頭，說道：「余理會得。」

他回頭望向師般和傅說，招手讓二人近前來，說道：「子央在井方時，誤殺虎侯之子，罪行重大。余決定將子央下囚，以示懲戒。兩位卿以為如何？」當下簡單敘述了井方發生之事，卻蓄意隱瞞了羌女變身成羊、虎侯子變身為虎、攻擊子辟和咬死鼠充等情。

傅說道：「我王多年來不斷出師征服鄰近小方，對於周邊強大之方則力圖安撫，期與他方和諧相處。虎侯乃是東南最強大之方主，王子央誤殺虎侯之子，只怕令我王多年來的努力付諸東流。我王決定將王子央下囚懲處，實為明智之舉。」

王昭點了點頭。傅說向來極重道理，不講人情，自從他受王昭重用以來，便時時進諫王昭，據理直言，耿介坦率，即使所言將惹惱王昭或得罪其他王族，也毫不顧忌。

王昭望向師般，問道：「恭問余師有何意見？」

師般也持贊成之議，說道：「子央冒失躁進，誤殺友方方侯之子，替大商樹敵，確實應當從重懲罰。」

大巫嗀見兩位王卿都這麼說，微微皺眉，暗想：「這兩位卿者都喜用重典，聽聞我王提議嚴懲王子央，竟皆持贊成之議。傅說向來直話直說，那也罷了；師般也表贊成，自是因為他大力擁護小王子弓，一見到任何除去王子央這個威脅的機會，便趕緊將他推落井底，毫不猶豫。」

他心中暗暗感到不安，轉開話題，問王昭道：「羌方既與虎方同盟，大商又重重得罪了虎方。那麼乙酉日的肜祭，是否仍用羌牲？」

王昭神色凝重，說道：「余今晨貞卜以三十羌牲祭祖之吉凶，卜象為吉。余既已向先祖稟告請示此事，肜祭仍須如期進行。」大巫嗀躬身應承。

傅說道：「我王所言甚是。用羌牲祭祖之舉，大商行之有年，並非新創，亦非刻意樹敵羌方。倒是王孫辟在井方虐待羌女，那才是大大得罪了羌方；王子央又殺死虎侯之子，重重得罪了虎方。如今羌女出現在天邑商，一心殺死王子央，自是為了替虎侯子報仇。依愚臣所見，這一切都由王孫辟而起。他若不曾擅自捉住羌女，痛加虐待，虎侯之子也不會出現相救，最終被王子央誤殺而死。」

王昭聽傅說將責任歸於子辟身上，明白他所說有理，不由得長嘆一聲，說道：「這許多事情都發生在井方后井之宮，余卻該如何才是？」說著不自禁望了一眼站在一旁的小王子弓。

子弓臉色蒼白，木然坐在當地，初來時的雍容溫雅似乎消退了一些。

傅說道：「愚臣以為，我王應召王后婦井入天邑商，質問此事。虎侯之子在井方被殺，井方無論如何都需負全責。再說，王孫辟年方十三，卻不留在天邑商，按王族規矩赴左學，原也不妥。」

王昭又嘆了口氣，說道：「王后和婦鼠只知道寵溺子辟，要子辟回來天邑商入左學，簡直難如登天！」想了想，又道：「肇禍的源頭是子辟和子央，與王后婦井並無關聯。她年紀大了，溺愛大示之孫，原是無可厚非。余將子央下囚，對此事做出的懲罰應已足夠，不需牽連他人。」

傅說和師般聽王昭偏袒回護王后婦井，不願意將任何罪過加在她頭上，都不再發言。

這時王婦婦好忽然站起身，眾人眼光都望向她，以為她要對此事表達意見。然而她並未走向王昭、大巫嗀和二卿，卻來到子央的身旁，觀望小祝和小巫替子央清洗血跡。小巫跪在小祝身旁，未曾察覺王婦婦好來到身後，忽然回頭時，見到王婦婦好就站在自己身旁半尺處，嚇了一跳，趕緊讓開。

王婦婦好低頭凝望著子央，對他臉上肩上猙獰的傷痕毫不懼怕，連眉頭都不曾皺一下。

王昭望向婦好，問道：「婦好，妳對此事有何想法？」

婦好朗聲道：「王子央受傷甚重，是否應讓他先住進大巫之宮，由大巫嗀照料他至完全恢復，再關入地囚，方無生命危險？」

王昭望了大巫嗀一眼，大巫嗀微微搖頭。王昭知道子央身受巫傷，不可拖延，當即搖頭道：「子央誤殺虎侯之子，大大得罪了虎方。他雖受重傷，余卻不能輕縱其罪，應當立即將他關入地囚之中。」

婦好直起身，神色漠然，說道：「一切由我王定奪。」

王昭點了點頭，說道：「來人！待子央治傷完畢，便將他關入王宮地囚！」幾名王之親戍答應了。

傅說問道：「那麼王孫辟呢？」

王昭聽傅說再次提起此事，無法迴避，只好轉頭望向小王子弓，高聲說道：「弓！你命子辟立即回到天邑商，繼續上左學，一日也不可缺席。」

子弓面露為難之色，對王昭躬身說道：「父王明鑒，子辟向來只聽母后和婦鼠的話，絕不會聽從我的指令。請父王親自對母后下令，讓她送子辟回天邑商吧。」

王昭原已料到他會這麼說，不禁搖頭嘆息，說道：「弓啊弓，你連自己的子都管不住，往後如何治理大商？」

子弓低頭不語。

王昭想了想，說道：「好吧，余這便派人去井方，將子辟接回天邑商。肜祭就要舉行了，他身為大示大孫，原也應當回來參祭。等他回來之後，便讓他繼續入學。師般，你命師貯負責盯著他日日返學，認真學習，不可懈怠。」

師般躬身答應。

王昭望向婦好，但見她仍站在小祝和小巫的身後，望著他們替子央清洗更衣。王昭留心她的眼神並未望向子央或小祝，卻始終停留在小巫的身上，心中一動，走上前，柔聲道：「婦好，我們回去吧。」

婦好移開目光，眼中露出一絲一閃即逝的悲涼。她點了點頭，於是王昭與婦好相偕上了白色馬車，回往王宮；子弓、子漁、傅說和師般也跟隨離去。

# 第十章 虎屍

此時留在射宮的，便只剩下大巫嗀、小祝、小巫、子曜和躺在地上的子央五人，以及站在射宮門口的五六名王之親戌。

王昭和王婦等人離開後，子曜終於鬆了一口氣，如釋重負，忽然察覺背後的竹籃子動了動，這才想到自己一直將讙揹在身上。讙原本晝伏夜出，睡了一整天，直到午後才醒了過來，不停扭動，顯然想要脫出竹籃。子曜坐立難安，不知該如何掩藏。

這時大巫嗀對那幾個守在射宮之外的親戌說道：「王子央的傷口已包紮完畢，汝等立即將他送到王宮的地囚中去，交給囚衛處置。告訴囚衛，我王要將他關在最深的地囚之中。」

眾親戌答應了，合力將王子央巨大的身子搬上一輛牛車，離開了射宮。

大巫嗀望向子曜，說道：「王子曜，放牠出來吧。」

子曜臉上一紅，心想：「大巫甚麼都知道，原也瞞不過他。」於是打開竹籃，將讙放了出來。

小祝見到那頭讙，睜大了眼睛，滿面驚喜之色，說道：「獨眼三尾，真的是一頭讙！」對讙伸出手，讙上前聞嗅了一陣，便任由小祝撫摸自己的皮毛。

子曜見讙和小祝如此親近，不禁露出微笑，說道：「是巫彭送給我的。」

小巫嘟起嘴道：「喂，讙！我一路照顧你，你怎麼從來沒對我這麼好過！」他正想湊過去撫摸讙，大巫㱿卻發話了，他道：「小巫，我有事交代你去辦。」

小巫趕緊垂手肅立，等待大巫㱿吩咐。

大巫㱿道：「你前夜曾跟隨王子央入林獵虎，我要你立即啟程去往井方森林，將那頭虎的屍身帶回天邑商。」

小巫先是一呆，問道：「為甚麼要將虎屍帶回天邑商？」

大巫㱿皺起眉頭，似乎不樂意他如此好問，但仍耐著性子說道：「虎方中人非常重視葬儀，人死後一定要將屍體埋入土中，如此死者的靈魂才能潛入黃泉，繼而重生。虎侯很快便會得知其子死於井方，而婦井乃是我王之后，虎侯定會對大商興師問罪，他對我王的第一個要求，必是送回其子的遺體。因此你必須儘快回到井方森林，找到虎屍並將之運回。我會在大巫之宮準備一具石棺，用以保存虎屍。」

小巫雙手亂搖，慌忙說道：「我現在趕去井方，到達時天都要黑了。黑夜森林之中，我怎麼找得到老虎的屍體啊？」

大巫㱿道：「就是要你趁黑夜去找，才不會被井方中人見到。王子曜的讙剛剛醒來，牠嗅覺靈敏，又能在暗中視物，能夠助你找到老虎的屍身。」望向子曜，說道：「王子曜，請你將讙借給小巫一夜，可以麼？」

子曜見大巫㱿開口向自己借讙，如何能拒絕，連忙答道：「自然可以。」說著抱起讙，遞過去給小巫。

小巫無可奈何，只能接過讙，滿面哀怨之色。小祝在旁忍不住噗哧一聲笑了出來。

大巫褮瞪了小巫一眼，說道：「快去快回。」

小巫只好抱著讙，拖著腳步，離開了射宮。

子曜好生擔心，忍不住問道：「小巫單獨赴井方，不會有危險麼？」

大巫褮微微一笑，說道：「小巫年紀雖小，卻是個巫者。巫者單獨來往天邑商和井方，絕非難事，王子曜不必擔心。」又道：「王子曜沒有讙在身邊，不免回復昔日的體弱多病之身。我已在你身上施以巫術，保護你今夜無災無咎，無病無痛。」

子曜道：「多謝大巫褮。」又道：「我該回去左學了。」

大巫褮道：「讓我送王子一程。」說著當先走去。

子曜跟在大巫褮的身後，小祝則跟在子曜身後。三人默默離開射宮，沿著步道回向王宮。子曜望著大巫褮修長的背影，心中對他滿懷敬畏，不敢褻瀆。

大巫褮一直送子曜回到左學門口，子曜正要向他行禮告別時，大巫褮卻走入左學，對師貯行禮。師貯不知他為何而來，也趕緊回禮。大巫褮面對著一眾多子多女多生，暗念咒語，施放巫術，讓他們忘卻方才見到羌女變身成豹的情景。

不過一眨眼的光景，巫術便已完成。大巫褮說道：「射宮外的叢林中多有虎豹之類，方才王子央遭到豹子攻擊，你們可都見到了？」

眾王子王女紛紛點頭，心有餘悸。師貯其實並未跟去追捕逃羌，這時竟也連連點頭，說道：「那頭豹子忽然從樹叢中鑽出來，撲向王子央，當真嚇人得緊！」

大巫穀道：「我王有命，多子多女多生應勤練弓箭，多參與狩獵，往後遇上虎豹之類，便不會驚恐慌張，能夠從容抵抗禽獸的攻擊。」

師貯和多子女一起稱是。

子曜站在大巫穀身後，小祝之旁，眼望著這一切發生，心中恍然：「大巫穀對他們施以巫術，讓他們忘記了見到姜變身成羊、又變身成豹之事。」他偷偷瞄了小祝一眼，但見小祝目不斜視，俏麗的臉龐上一片淡然，彷彿甚麼都未曾發生一般。

大巫穀對師貯行禮，走出左學。經過子曜身邊時，忽然低下頭，在他耳邊低聲說道：「他們不應記得此事，你卻必須記得。」

子曜還未會過意來，大巫穀已舉步離去，小祝也緊緊跟在他身後去了。

師貯見子曜站在門口，便對他招手說道：「王子曜，快進來吧。」

子曜趕緊脫鞋入室，在角落坐了下來。他心中想著大巫穀對自己說的那兩句話，完全不明白是甚麼意思，暗自咀嚼思索，心不在焉地在左學待了一個下午。

左學結束之後，子曜快步奔回母戮之宮，但見兄漁已在他的寢室等候了。

子曜興奮至極，衝上前抱住兄漁，叫道：「兄漁！你回來啦！你的箭術當真高明，今日技驚全場，我真以你為傲！」

子漁笑道：「我的箭術算不得甚麼，不必大驚小怪。」伸手扶住子曜的雙肩，向他打量，滿面歡喜，說道：「你可終於從昆侖平安回來了！母掛心得很，我和嫚也擔心得要命，每夜都替你向先祖祈禱。巫彭將你的病都治好了麼？」

子曜想起巫彭的言語，心頭一沉，於是關上寢室的門，和子漁相對而坐，將巫彭的言語全都告訴了子漁。

子漁聽完後，皺起眉頭，沉思良久，才道：「你說父王曾答應過巫彭，要封母斁為王后，並封母之大子為小王？」

子曜點點頭，說道：「巫彭正是這麼說的。他還說，父王一日不實踐這個諾言，母斁的身子便不會好起來，母斁的子女也會遇上種種疾病災難。他給了我一頭讙，能夠暫時保護我的性命，但你和嫚需得親自去昆侖見巫彭，他才能保佑你們遠離災難病咎。」

子漁問道：「那頭讙呢？」

子曜道：「大巫殼借走了，讓小巫帶去井方一夜。」

子漁皺起眉頭，在室中踱步，說道：「讙若被王后捉住，或是出了甚麼意外，你可就要沒命了！」

子曜其實也很不願讓讙離開自己的身邊，但他無法拒絕大巫殼的要求，也不相信小巫會出甚麼大錯，讓讙被王后捉去或發生何等意外，於是說道：「大巫殼既然派小巫去辦這件事，便表示他相信小巫有能力將它辦好。小巫不會弄丟我的讙的。」

子漁年紀只比子曜大上四歲，但他身為婦斁長子，自幼受王昭重視，時時跟在王昭身邊，閱歷見識都遠遠勝過身弱病多、足不出戶的子曜。他明白眼前局勢極為險峻，思慮再三，才沉聲問道：「曜，巫彭的言語，還有誰知道？」

子曜道：「小巫知道。老臣樸和牛小臣直也知道。」

子漁皺眉道：「大巫骰原本便清楚母斁的來由，小巫與你交好，也可以信賴。但是，老臣樸和牛小臣直若將這些內情說了出去，王后立即便會下手取母斁和你我的性命！」

子曜想起自己在王后婦井宮中的情景，打了個寒顫，說道：「王后曾打算用毒酒毒死我，幸好讙救了我。」於是將婦井之宮中發生之事全都告訴了子漁。

子漁側頭，鎖眉沉思，說道：「你親眼見到羌女變身成羊，虎侯之子變身為虎？」今日在射宮時，他留在王昭身邊，並未跟隨中兄央、小王子弓和多子多女去捕捉逃羌，因此未見到羌女變身為豹的一幕。

子曜點頭道：「不錯，我親眼見到那少年變身成虎，咬死鼠充。那羌女不但能變身成羊，還能變身成豹。今日險些咬死中兄央的豹子，就是那羌女變身而成。」回想起種種血腥驚恐的場面，身子不禁微微一抖。

子漁點點頭，說道：「也難怪你受到驚嚇。其他多子多女都見到了麼？」

子曜道：「見到了。但是大巫骰剛剛去了左學，施巫術讓他們將今日所見全都忘卻了。」

子漁沉吟道：「因此知道變身之事的，只有父王和大巫骰？」

子曜道：「大兄弓可能也記得。」他想了想，鼓起勇氣，說道：「兄漁，我聽小巫說過，他方之人能變身為禽獸，並非罕見之事，只不過在天邑商絕少見到。小巫說道，各方的名稱和圖騰，就顯示了他們與何種禽獸之間有著緊密的關係，如羌方之人能變身為羊，虎方之人能變身為虎，犬方之人能變身為犬等等。他方之人平日甚少變身，只有在遇上生命危險時才會變回原形，試圖逃脫。他還說，許多他方大巫都能變身成不同的禽獸。兄漁，世上竟有這等古怪詭異之事，我當真想也想不到！」

子漁拍拍他的肩頭，說道：「不必害怕。即使他們能夠變身成禽獸又如何？我們商人有尖銳的吉金矛和弓箭，甚麼凶猛的禽獸都能殺死。就算是最殘惡的虎豹熊羆，也傷害不了我們！」

子曜聽子漁這麼說，不但未曾感到心安，反而更感疑懼，忍不住小聲問道：「兄漁，我們商人也能變身麼？」

子漁皺起眉頭，似乎極不贊許子曜有此一問，立即回答道：「當然不能了！」

子曜見他神色不豫，仍堅持問下去：「師貯教過我們，說商人的先祖乃是玄鳥所生。那麼我們的父祖能夠變身成玄鳥麼？」

子漁緩緩搖頭，語氣嚴厲，說道：「曜！你被最近發生的異事嚇壞了，才會問出這等愚蠢的問題。我們商人當然不會變身為禽獸。我們商人是人，我們有吉金神器，有通天巫祝，能夠上天賓見天帝和先祖，祈求天帝和先祖護佑商人子孫，因此商人才能夠宰制天下，稱王中土。能不能變身為禽獸，對我們根本無關緊要。那不過是他方蠻荒之人的無用伎倆，你完全不必放在心上。」

子曜聽子漁這麼說，心中疑問大增，一來不明白他此言的用意，二來也震驚於子漁言語神態和以往溫和的兄長大不相同。

他還想再問，子漁卻顯然不想再談論此事，說道：「子曜，你一念善心，偷偷帶回那羌女，卻替自己帶來這許多未知的禍事，實在太過輕率愚蠢。你以後行事需得更加謹慎，切不可只憑一念助人之心，便去做下一件後果不明之事。我們母子四人處境岌岌可危，不容我們犯下任何錯誤。知道了麼？」

子曜漲紅了臉，低頭答應了。

子漁又道：「你帶回羌女之事，千萬不可讓人知道，免得旁生枝節。」

見子曜神色黯然，子漁放緩了語氣，說道：「嫚跟著左師一起回來，應當還在歸途中。等她回來了，我們兄妹三人再一起詳談。我去歇息了，你也早點就寢吧。」

於是子曜送子漁出了寢室，望著他快步離去的背影，心中忽然感到一股難言的空虛和失落。他和子漁素來親近，但自昆侖治病歸來後，一年多時候未見，他卻感到兄弟之間似乎多了一層隔閡，彷彿有許多言語無法說出，不像以往那般可以毫無顧忌地暢談所有心事。

子曜惆悵地換下衣裳，躺在床榻之上，只感到異常疲倦，滿心盼望讙能陪在自己身旁，但想起讙正引領小巫去井方尋找虎屍，又不禁為小巫擔憂起來。

子曜勉強閉上眼睛，昏昏沉沉中，眼前忽然出現一片碧藍的天空，點綴著片片浮雲……這是他幼年時經常做的一個怪夢，他猛然一驚，立即坐起身，睜大了眼，再也不敢入睡。

當夜夜深時，忽有王戍來到神室之外，稟報道：「王召大巫嗀覲見。」

大巫嗀通常徹夜不眠，此時他正在神室中靜息祈禱，得王昭召喚，當即來到王昭的寢宮覲見。

但見王昭披衣坐在寢榻之上，神色驚惶，見他到來，便說道：「大巫嗀！余今夜心神不寧，半夜時分，忽然夢到一頭大虎的屍體，一驚清醒，全身冷汗淋漓。余想請大巫嗀貞卜，余所夢是否虎侯子之屍？此事是否為禍？」

大巫嗀點點頭，當即命在外伺候的小祝備妥貞卜所用的神器，包括數塊整理過的龜甲，一個金火爐，少量柴火，金製鑿子，以及刻辭用的金刀等。

一切準備就緒後，大巫嗀對天帝膜拜，誦念咒語，又對大商先公先王膜拜，誦念禱詞，接著命小祝點燃置於金火爐中的柴火，親自拿起龜甲，用金刀在龜甲上刻了整整齊齊的一行字：

「子丑卜，貞：王夢虫殪大虎，隹禍？」

接著大巫嗀取起一柄金鑿，持著龜甲，以金鑿鑽鑿龜甲的反面；龜甲堅硬，要鑽出一個小小的口子而不令龜甲崩裂，乃是十分困難的功夫。大巫嗀乃是貞卜的高手，這時以金鑿在龜甲上鑽鑿出了一個大小適中的口子。他持起龜甲，反覆觀望，點了點頭，表示滿意，對小祝說道：「開始吧。」

小祝將火爐端到大巫彀的身前，大巫彀以一支金夾夾住龜甲，將之放在火爐之上，口中喃喃祝禱，雙眼凝望著在金爐上灼燒的龜甲。灼燒一陣後，龜甲發出劈啪聲響，鑽鑿之處開始產生裂紋。大巫彀以金夾將龜甲移開火爐，放在一塊雪白的綢布之上。他閉目念咒，誦音良久，才睜開眼睛，仔細觀察裂紋，對王昭稟道：「啟稟我王，天帝先祖示意，我王之夢並非禍事。」

王昭點了點頭，說道：「甚好。並請大巫彀貞卜此夢是否為祥。」

於是大巫彀又反過來卜此夢是否吉祥：

「王占曰：隹羊？」（注）

大巫彀占卜完畢，稟道：「啟稟我王，此卜為祥。」又道：「王夢大虎之屍，當與今日在射宮發生之事有關。我王夢見虎屍，貞卜結果表示乃是吉祥之事，並非禍患，請我王勿憂。」

注　甲骨文中，「㞢」是「有」的意思，「殪」是死去的意思，「隹」即「惟」，有詢問之意。第一個卜辭的意思為：「王夢到一隻死去的大虎，這是禍事嗎？」。「羊」即「祥」，則問是否吉祥。此處關於商王武丁夢虎的卜辭皆為真實，出自殷墟出土的武丁時期之甲骨。

王昭又問道：「虎侯之屍應仍在井方，能尋回否？」

大巫殸也想知道小巫能否尋回虎屍，於是繼續以各種方式貞卜：「惟虎？」「ㄓ虎？」「ㄘ其虎？」「殸貞：其有虎？」「殸貞：ㄘ其虎？」

貞卜完畢後，大巫殸稟道：「經本巫反覆貞卜，虎屍應能尋得，並無禍事。」

王昭又問：「倘若找不到了，會帶來災禍麼？」

大巫殸於是貞卜：「虎，其ㄓ咎？」「虎ㄘ，咎？」答案是有咎。

王昭皺起眉頭，又問道：「虎侯會否因尋不回其子之屍，而決定攻打天邑商？」

此時夜已深，王昭命寢小臣點亮了油燈，大巫殸繼續替王昭貞卜，稟報道：「此卜為凶。虎侯唯有一子，喪子之痛極為沉重，因此很有可能率師攻打天邑商。」

王昭顯得十分擔憂，抱負著手臂，說道：「虎方師眾強大，倘若全力攻打天邑商，王師抵擋得住麼？」

大巫殸臉上露出的淡淡笑意，說道：「王請勿憂。虎侯子之屍，本巫定有辦法尋回。尋得之後，暫且勿讓虎侯知道。虎方極重視葬禮，認為人死後必須入土，方能進入黃泉並重生，因此只要其子之屍留在天邑商中，虎侯便不敢攻打天邑商，以免毀壞其子之屍。」

王昭點點頭，說道：「大巫殸所言甚是。然而，大巫殸卻將如何尋得虎屍？」

大巫殸道：「本巫自有辦法。」他頓了頓，望向王昭，語重心長地道：「本巫以為，我王眼下之患，不在虎方，而在天邑商內，盼王留意。」

王昭明白他意有所指，卻有心迴避。他打了個呵欠，說道：「夜已深，余倦了。待余解除虎方之患後，再徐議此事吧。」

大巫骰知他不願多談此事，於是恭敬行禮，告辭離去。

卻說小巫抱著讙離開射宮，一邊走，口中一邊咕噥：「大巫骰實在太可惡，天都快黑了，竟讓我單獨一人去井方森林裡找回虎屍！老虎可有多重，我怎麼搬得動啊？若只須找回虎屍那也罷了，偏偏虎頭被王子央斬了下來，我還得找到虎頭，連同虎身一起運回來！虎頭在眾目睽睽之下消失，我又要上哪兒找去？」

咕噥歸咕噥，但他畢竟是大巫骰之徒，大巫骰有命，他絕對無法違抗，只能乖乖遵辦；加上他是個巫者，即使尚未學全所有的巫術，法力也不見得很高強，卻比一般十歲孩童能做的自然多上許多。他第一件事，便是去天邑商大城之外的「牛家」找牛小臣直，打算向他討一輛牛車。

大商王室以牛拉車運貨，以牛耕田，以牛為食，以牛為牲獻予天帝先祖神靈，牛隻的用量十分巨大，因此城外不遠處便是一座佔地數百頃的養牛場，養了上千頭牛，由五十多位牛小臣主理養牛事宜，隨時供應王室所需。牛小臣們居住之處稱為「牛家」，那是一排簡陋的茅草屋，位於牛場邊上，牛棚之旁。

小巫找到了牛小臣直，告知自己想借一輛牛車。牛小臣直問他有何用處，小巫道：「大巫命我去井方運些物事回來天邑商，天明前需得趕回。」

牛小臣直擔憂地道：「天都黑了，這兒離井方甚遠，天明前要回來，牛車怎麼趕得到？我還是借輛馬車給你吧。」

小巫連忙搖手，說道：「馬車尊貴，向來只供王族乘坐。我這是去幫大巫嗀運貨，怎能動用馬車？」

牛小臣直道：「你替大巫嗀辦事，便是替我王辦事，那有甚麼不可以？」

小巫心想：「當真運貨也就罷了，但我這是去運送虎屍，骯髒血腥得很，絕對不成。」只能一口拒絕。

牛小臣直想了想，又道：「不如這樣，讓我趕輛馬車，跟你一起走一趟吧。」

小巫不禁心動，暗想：「若有牛小臣直跟我一起來，不但能幫我看著馬，又能幫我搬老虎，可有多省事！」但他想大巫嗀命令自己去尋虎屍，可沒說自己可以找人幫忙，而且此行隱密，多帶一個人總是多一分風險，於是搖搖頭說道：「不必了。你借我一輛牛車，已經幫了我很大的忙。我自己去就行了。」

牛小臣直見他這麼說，更堅持要借馬車給他，說道：「我的牛跟慣了我，脾氣倔得很，一定不肯聽你的話。而且你半夜上路，牛晚上必要睡覺，你是絕對驅趕不動牠們的。我還是借輛馬車給你，配上一匹老實的馬吧。回來後我將馬車清洗一番，誰也不會知道的。」不由分說便快手替小巫備好了馬車，並囑咐他一路小心，快去快回。

於是黃昏時分，小巫獨自趕著一輛馬車離開天邑商，往西北而去。他口中低聲念咒，讓馬車行在道上，不致偏離，心中盡力回想前夜跟隨子央和鼠充進入森林時的路徑。他和所有的巫者一樣，對日月星辰的位置非常敏銳，能夠藉由星宿的位置分辨方向；虧得這本領，那夜在井方時情勢雖混亂，小巫仍能夠藉著觀星辨別方位，帶著子曜從森林中脫出，並找到老臣樸的牛車隊。

當夜天色全黑時，小巫已趕著馬車來到了井方境內。他避開井方的邊界，依原路回入森林，走上一條小徑。幸而這條小徑常有人行，還算寬敞，馬車能夠駛入。但是深入林中之後，小巫便再也看不見星星，無法認路，只能對讙說道：「該你上場啦。我甚麼都看不見，也認不得路。請你幫我找出那頭老虎的屍體，回來告訴我，領我去尋。我得將老虎的屍體搬上馬車，運回天邑商。」

讙的獨眼在黑暗中發光，一扭身跳下車，便消失在黑暗之中。

小巫坐在馬車上等候，口中喃喃念著咒語，試圖驅退毒蛇、猛獸、蟲蠍、蚊蚋等等一切危險或討厭的事物。

等了許久，他隱約聽見遠處傳來隆隆之聲，起初他還以為是打雷，但他記得當夜夜色晴朗，並無烏雲；接著他感到馬車微微顫動，這才醒悟：「那是馬蹄聲響。」

他甚覺古怪：「深夜時分，甚麼人會騎馬在井方的森林附近出沒？」

他跳下馬車，伏在土地之上，以耳貼地傾聽，聽出森林邊緣約有一百多匹馬快馳而過，心中甚感驚異：「大半夜的，何方之師會來到此地？是井方麼？」

他心中好奇，記清了馬車停留之處，對那匹馬說道：「你別亂走，我很快就回來。」

馬低頭閉眼，似乎已睡著了，也不知有沒有聽見他的囑咐。

小巫沿著馬蹄聲奔去，來到森林邊緣，果然見到許多乘馬從樹林旁的大道上奔過，打著火把，旗幟上畫的是一個犬頭。

小巫皺起眉頭，心想：「是犬師！犬師為何會在半夜來到井方？」

他躲在樹叢中偷看，但見犬師過去之後，又有一師到來，這回打的旗幟卻是一個「甫」字。

小巫知道甫是位於天邑商西方的甫方之侯伯，多年來負責替商王徵收西方的農作貢物，甚得王昭信任。甫方並不以武力聞名，但為了抵禦西北犬戎的侵襲，也擁有自己的師。

小巫心想：「小祝說過，犬侯和伯甫都是王后婦井的盟友。如今犬師、甫師都來到井方，莫非有甚麼陰謀？和王后婦井交好的，還有鼠方；加上婦井之子子央和子商，集結在一起，便是一股強大的勢力。」

他警覺勢態嚴重，但畢竟年幼，想不出這些師為何在此時集結於井方，心想：「我回去再向大巫㱿報告此事便是。眼下還是找到老虎的屍身要緊。」

小巫正要離開，忽聽頭上傳來一聲尖銳的鳥鳴。他聽出那是鴟梟的叫聲，一抬頭，果見一頭巨大的夜梟從樹枝上撲下，雙翅展開足有五尺寬。黑暗之中，但見那夜梟降落在一團黑影之上。

小巫定睛望去，才發現那團黑影竟是一個人！

這人的頭大得異常，整個身體圓滾滾地，好似一個小球疊在一個大球之上一般。那頭夜梟落在大頭人的肩膀之上，收翅而立，體型比那人的大頭還要大，好似這人的肩膀上多長了一個頭似的，看上去極為古怪。

小巫沒料到黑暗中還藏著另一個人，跟自己一樣躲在這兒偷看多師聚集井方，趕緊縮了縮身子，鑽到樹叢之後。就在這時，那大頭人回過頭，往他的方向望來；但見大頭人的眼睛和那頭夜梟的眼睛一般，在黑暗中閃閃發光。小巫全身一震，險些被那兩對古怪的眼睛震懾住，趕緊念起大巫㱿教給他的護身咒語，盡力抵禦。

這時一抹月光照下，小巫看得清楚，那大頭人咧嘴而笑，好似剛剛遇見甚麼大喜之事一般。但他的笑容十分不自然，彷彿凍結在他的臉上，或是戴著一副無法除下的面具，令他的臉上永遠都掛著這副詭異而生硬的笑容。小巫並不識得他，但猜想此人定然是個巫者，只不知是何方之巫。

大頭人往樹叢中掃視一圈，也不知有沒有發現小巫。他望了一陣，終於收回目光，舉步離開。但見他從樹叢中牽出一匹馬，上馬快馳而去。那頭夜梟始終穩穩站在他的肩頭，隨著大頭人消失在夜色中。

小巫又躲了一陣，道路上既無其他的馬匹經過，似乎也無別的巫者隱藏，於是悄悄脫出樹叢，尋路回到馬車之旁。但見讙已回來了，蜷曲在馬車上，睡得正熟。

小巫喜道：「你回來啦？找到了麼？」

讙聽見他來，獨眼半睜，打了個呵欠，點了點頭，懶洋洋地跳下馬車，引領小巫進入森林深處。

前天夜裡在井方樹叢中發出虎吼羊鳴，不斷將子央和鼠充等人引入森林深處的，正是讙的傑作。讙對這林中的地勢頗為熟悉，很快便領小巫來到一個低窪處，呦呦叫了兩聲。

小巫低頭望去，甚麼也看不見，只好捲起袖子，攀下低窪，撲鼻便是一陣臭味。他心想：「虎已死去幾日，虎頭自已開始腐爛了。」

他忍著噁心，在樹叢中摸索，果然摸到了一團毛茸茸黏答答的東西，正是那個被子央斬下的虎頭。他心想：「當時虎頭掙脫了子央馬旁的繩索，意圖找回虎身，但死後巫術不足，想是滾落了這處低窪後，便再也無法出來，畢竟沒能找到原身。」

小巫皺著臉，伸手推了推虎頭，感到十分沉重，他抱之不動，於是將虎頭慢慢滾出低窪，推到高處，才將虎頭抱起來，走上原路。這路感覺比來時長得多了，他抱著沉重的虎頭，走上一會兒便覺得十分疲累，得將虎頭放下休息一陣子，才能繼續走。如此走了許久，才終於回到馬車旁。他吸了一口氣，奮力將虎頭抬起，放在車上，坐倒在地，喘息不止。

讙上前咬咬他的褲角，示意要領他去另一處。小巫心一沉，暗想：「這只是虎頭，還有虎身哪。」

他振作精神，對讙道：「好了，帶我去找虎身吧！」

於是讙又領他來到井澤邊上，找到了半泡在澤中的虎身。虎身腐爛得更加厲害，加上泡了兩日的水，自是更加沉重。小巫只好用繩子綁住老虎的身軀，一路走走停停，使勁拖回馬車旁，勉強將虎屍推上後座。

這一拖一推，直花了他大半夜的工夫。小巫只累得氣喘吁吁，全身筋骨如要散開一般。他勉強爬上馬伕之位，提起馬鞭，在馬屁股上打了一下，說道：「懶馬，醒來啦，我們得回家了！」

那匹馬醒了過來，滿不情願地舉蹄往東方行去。小巫抱著讙，駕著馬車，載著臭氣沖天的虎屍，向天邑商馳去。

# 第十一章　鼠葬

抵達天邑商時，天色還未亮起，連小巫自己都不敢相信，他竟能這麼快便達成任務，找到虎頭、虎身，並且運回了天邑商。他驅趕馬車來到大巫之宮外，正準備敲門，小祝已開門走了出來。她顯然整夜未眠，在門邊等候，聽見馬蹄聲響，便趕緊上前開門。

小巫將馬車駛入門內，停在院中。小祝聞到腐爛虎屍的氣味，皺起眉頭，說道：「怎地這麼臭！」

小巫苦笑道：「我一路聞著回來，都還沒抱怨呢，妳就先開口了！」

兩人一邊說，一邊合力將老虎的屍身搬進大巫之宮後的庭院中，放進大巫預先準備好的石棺裡。虎身放進去後，小巫又去馬車上抱起虎頭，將虎頭也放進了石棺中。兩人用力搬起沉重的棺蓋，蓋在石棺之上，這才鬆了一口大氣。

小祝望向那輛馬車，皺眉說道：「這馬車是專供王族使用的，弄得如此骯髒腥臭，你得趕緊送回去，讓牛小臣直洗刷乾淨了。」

小巫緩過氣來，說道：「我這就去還車。」心想：「還得將讙還給子曜，但子曜多半還在睡覺，等天明之後再還給他吧。無論如何，這馬車都得儘快先送去給牛小臣直。」

小祝打了個呵欠，說道：「幾日後將舉辦盛大的肜祭，我們得預先準備，事情還多著呢。我先去睡啦。」

小巫忙了一夜，此時自然也累得狠了，巴不得早些躺下，好好睡上一覺。他趕著馬車來到牛家，這時天色仍黑，他不敢大聲呼喊，生怕吵醒其他的牛小臣，於是悄悄將馬車停在馬廄旁，繫好了馬，逕直來到牛小臣直的住處外。正要跨入，忽然撲鼻而來一陣血腥味，小巫心中一凜，趕緊縮身躲在暗處。

他等了一會兒，但見一個人影從牛小臣直的住處跨出，一身白衣，正將一柄吉金小刀收入懷中。小巫趕緊屏住呼吸，不敢稍稍動彈。那人左右望望，才舉步離去，十分小心謹慎。

小巫藉著微弱的月光，看出那人身形修長，面貌俊秀，穿的是王子的服色，乍看之下似乎是子曜，但身形比子曜高大成熟，卻是子曜之兄子漁。

小巫不知為何，感到一陣不祥，一顆心直墜到肚子底下。等子漁遠去之後，他才鼓起勇氣，來到牛小臣直的門邊，探頭望去。一望之下，大驚失色，但見牛小臣直伏在地上，一動不動；老臣樸坐在一旁，頭往後仰，喉頭有個長長的切口，鮮血流了一身，已然斷氣。

事情果如他的直覺所料，但他仍震驚不已，掩著口，退開幾步，背心靠牆，勉強站穩，難以接受眼前所見的情景：「子漁竟殺死了老臣樸和牛小臣直！」

他慌亂地思來想去該如何是好，突然通透：「子漁剛剛回到天邑商，子曜一定告訴了他巫彭的言語。子漁怕老臣樸和牛小臣直將巫彭的話洩漏出去，危害到婦斅和他們兄妹的性命，因此來殺死他們滅口！」

小巫努力鎮定下來，回想往事：「我們在井方時，巫古便曾施展巫術，向老臣樸逼問巫彭之言，幸而被我攔阻了下來。他們二人知道巫彭所說的祕密，確實危險。但兩人對婦斆忠心耿耿，此行一路上盡心保護子曜，老臣樸更是看著他們三兄妹長大的，子漁怎麼狠得下心殺死他們？」

他想到此處，又不禁生起一股強烈的後悔自責：「我早先若答應讓牛小臣直跟我一起去井方尋找虎屍，或許他便能逃過一劫了！」

小巫坐倒在地，勉強忍著不哭出聲來。他定下神，喃喃念誦禱辭，替老臣樸和牛小臣直的鬼魂禱祝，希望他們的靈魂能順利升天。禱祝完畢，他才長長地吸了一口氣，逼迫自己站起身，走到馬車旁，確定馬韁已繫好，又親自提水將馬車洗刷了一遍，才離開了牛家。

他回到大巫之宮，來到神室之外，生怕吵醒大巫豰，不敢敲門，只跪倒在門外。他伏在地上，咬著嘴唇，無聲地哭了起來，不一會兒便因心力交瘁而昏睡了過去。

小巫只睡了一會兒，便聽見有人在身旁說話。他揉揉惺忪的睡眼，睜開眼，見到大巫豰修長的背影就在眼前。他嚇了一跳，趕緊爬起身，但見大巫豰正與一個頭髮花白、面目陰沉的老者說話，小巫認出那是王昭十分信任的小臣史尹。小巫發現自己仍舊躺在神室外的牆腳邊上，大巫豰站在神室門口，正與史尹對話。

大巫彀問道：「鼠侯使者要求小王子弓去參與鼠充的葬禮，我王如何說？」

史尹道：「我王自然不允了。鼠侯使者頓時變了臉色，我只好出來打圓場，在一旁說道：『鼠侯乃我王重臣，鼠充乃鼠侯大子，王族理當派遣王子參與鼠充葬禮。倘若小王不克前往，那麼當派哪位王子前去？』我王便問我子桑如何。」

大巫彀道：「子桑已有二十多歲，從未建立任何戰功，也未在天邑商任職，又是小示王子，只怕鼠侯嫌他地位不夠。」

史尹道：「我正是如此回答我王。我王思慮一陣，於是決定派王子商和王子桑同去。」

大巫彀點了點頭，說道：「我王英明。王子商乃王后小子，大示王子，小王親弟，又已有自己的封地，地位自是足夠了。」

史尹又道：「鼠侯使者勉強應允，但接著又要求王孫辟參加葬禮。」

大巫彀微微搖頭，說道：「我王定然也不允。」

史尹道：「大巫這回猜錯了。我王雖不情願，但王婦婦好忽然在旁開口，說應當讓子辟前去。」

大巫彀微微皺眉，抿嘴不語。

史尹點頭道：「我也覺得奇怪。但我王對婦好言聽計從，聽她開口如此說了，便未表示反對。」

大巫彀道：「那麼三位王子王孫何時出發？」

史尹道：「今日午後便啟程。我來此請問大巫㱿，決定派哪位巫者前去？」

大巫㱿道：「我打算讓小巫前去。」他轉過頭，望向縮在一旁的小巫，說道：「你一會兒去梳洗進食，午後便跟隨三位王子王孫啟程去往鼠方，參與鼠侯子鼠充的葬禮。」

小巫連忙行禮答道：「謹遵大巫㱿之命。」

史尹告辭退去。大巫㱿望向小巫，說道：「進來。」

小巫連忙跟著大巫㱿進入神室，待大巫㱿坐定後，他便將昨晚找到虎屍、見到多師在井方集結的事情說了。

大巫㱿伸手摸著下頦，說道：「你找回了虎屍，很好。原來不只王子商，犬師和甫師也到了。」

小巫想起小祝說過子商乃是王后婦井的助力，若有所悟，說道：「原來因為王子商已回到了天邑商，我王才會派遣他去參與鼠充的葬禮。」又想起那個躲在黑暗中、肩頭站著鴟梟的大頭巫者，於是對大巫㱿道：「我見到一個大頭巫者，帶著一頭巨大的鴟梟，也躲在井方樹林邊緣偷窺，我險些被他發現了。」

大巫㱿閉上眼睛，說道：「那是黑暗之巫。原來他也在暗中窺伺，不知他的主人是誰？」

小巫還想再問，大巫㱿卻反問道：「你今日清晨回來後，為何不回自己的居室，卻睡在我的門外？」

小巫答道：「我今日清晨去牛家還車時，見到……見到老臣樸和牛小臣直被王子漁殺死了！」他想起老臣樸和小臣直慘死之狀，心中難受，忍不住又掉下眼淚。

大巫殼神色漠然，臉上既無傷感，也無驚訝，只點了點頭，說道：「是王子漁下的手麼？我知道了。」

小巫甚感不忿，說道：「他怎能狠心下這毒手？他……老臣樸對他們母子如此忠心……」

大巫殼舉起手，阻止他說下去，只道：「王子漁也是不得已。此事不必告知子曜。你午後便需趕去鼠方，快去準備了。我已讓史尹對王子商轉述我的指示，葬禮之上，你不必多言，一切由王子商作主便是。」

小巫只能恭敬答應，行禮退出。然而他對老臣樸和牛小臣直之死仍舊耿耿於心，難以釋懷。

當日午後，小巫預先備了馬車，吩咐馬伕到王宮門外恭候三位王子王孫。

子桑地位較低，早早便到了；子商也準時來到，他早年便被分封外地，這卻是小巫第一次見到他。子商身形矮壯，約莫三十來歲年紀，個子雖不高，但氣度儼然。小巫知道他是王昭和王后婦井的第三子，小王子弓和中子央之弟，往年曾隨王昭出征譚方、基方、缶方、羌方，戰功彪炳，在諸多王子中頗負戎事之才。此時他已有自己的封地，但仍不時留駐天邑商，協助王昭處理政事，訓練商師，以及隨王出征。

眾人等了一會兒，王孫辟卻一直不見人影。子商讓人去催請，子辟卻仍拖拖拉拉，遲了許久才出現在宮門口，更滿面怨怪，顯然極不情願去參與鼠充的葬禮。

子商見狀皺起眉頭，但也不好責備子辟，只道：「出發吧！」

於是子商、子桑同乘一車，子辟、小巫同乘一車，四人出發去往位於天邑商西北的鼠方。小巫不敢跟子辟同坐，於是擠在馬伕之旁。子辟在車上無聊，不斷往外亂扔石子，過了一會兒，又呼呼大睡起來，小巫自也不敢招惹他。

一行人於傍晚時分抵達鼠侯宮殿，下了馬車，走入鼠侯之宮。但見宮中燈火通明，一個白髮老人坐在一方織錦地氈之旁，低頭默哀。氈上躺著一個年輕人的屍體，雙目緊閉，臉面灰白乾淨，但是頭和身子已不完全連接在一起了，正是鼠充。他咽喉和胸口上的傷口雖已經過清洗修補，又換上了乾淨的衣衫，仍能見到一片怵目驚心的虎爪傷痕，深入筋骨，血肉模糊。

小巫親眼見到鼠充被老虎咬死，這時見到他的屍體，也不禁打了個寒顫。他偷偷望向那老者，心想：「這想必便是鼠侯了。聽大巫彀說，鼠充是他唯一的大示之子，老年喪子，肯定傷心得很。」

這時一個體態婀娜的少婦走出宮門。她年齡未過三十，一身雪白的長裙直曳至地，眼中含淚，咬緊嘴唇，勉強壓抑著不哭出聲來。這婦人頭上疏著高髻，髻上並無佩戴任何裝飾，一張橢圓形的臉潔白滑嫩，面目冶麗，全身散發著一股難掩的嬌貴之氣。小巫心想：「這貴婦應當便是鼠充之妹，小王子弓的元婦婦鼠了。」

婦鼠望向來者，見是子商、子桑、子辟和一個年幼巫者，姣好的臉上露出困惑之色，向宮內說道：「父侯，諸位王子王孫到了。」

鼠侯回過頭來，看清來人，頓時露出憤怒不滿之色。他勉強壓抑怒氣，站起身，走出鼠宮大門，跪倒在地，迎接兩位王子和一位王孫。婦鼠則站在門口迎接，並不跪倒；她乃是小王之婦，地位比子弓的小弟王子商、小示王子桑高，又是王孫辟之母，依照商王禮制，父母不跪拜子女，即使子為商王，父母亦不對子女跪拜。

見禮完畢，鼠侯開口便問：「小王子弓呢？」

來到鼠方的三位王子王孫之中，以子商的地位最高，此時他上前一步，回答道：「大兄弓有要事處理，父王命他留在天邑商，不克前來。」

鼠侯忍不住發怒，高聲道：「鼠充乃子弓婦兄，為了救他之子而死。鼠充的葬禮，他竟不親自到來？」

子商神態沉穩而高傲，對鼠侯的發怒責問完全不為所動，說道：「鼠方多年來臣服於我大商，乃是我大商之臣。大兄弓身為小王，他是否參與臣下的婚禮、葬禮、祭禮等種種儀式，由父王視臣下的功績親疏而定。父王既然認為大兄弓不必親臨，那他便不必親臨。父王命我來此主持鼠充的葬禮，莫非鼠侯認為我子商的地位不夠麼？」

鼠侯握緊拳頭，他一輩子效忠商王，此時老年喪子，得到的卻是商王的冷漠相待！他正要發作，婦鼠卻伸手按住了他的肩頭，說道：「父侯且莫激動。王子商奉我王之命前來主禮，我等應當滿懷感激，誠心歡迎才是。」

鼠侯聞言一甩手，拂袖大步而去。

婦鼠臉上帶著歉意，走上前來說道：「父侯喪子悲痛，舉止失度，請弟商大量寬宥。」

子商點了點頭，表示接受她的致歉，但仍斜眼望向鼠侯的背影，臉上猶有不豫之色。婦鼠見了，心中一寒，暗想：「子商能征善戰，鼠方並無得罪子商的實力。小王子弓和王后婦井是我們鼠方的靠山，但王昭畢竟能夠全權控制子弓的行止。等到子弓登基為王，子辟成為小王後，我們鼠方才能無所畏懼了。」她知道自己此刻必須放柔身段，於是又向子桑點頭示意，招手讓子辟近前。

子辟自從來到鼠侯之宮後，便滿臉不耐煩，側身而立，不願意面對鼠充的屍體。婦鼠叫了他幾回，他才不情不願地走上前來，喚了聲：「母。」

婦鼠愛憐橫溢地撫摸子辟的頭髮，低聲說道：「你在井方時，膽子可太大了，竟然半夜跟著子央、子桑他們出去獵虎！」語氣中又是埋怨，又是疼惜。

子辟翻了翻眼，說道：「妣后讓我去，我就去啦。獵虎多麼精采刺激，我怎能錯過！」

婦鼠望向氈上鼠充的屍體，泫然欲泣地說道：「可你的母兄，卻不幸慘被老虎咬死。你怎不想想，倘若被咬死的是你，母和妣后將有多麼傷心？」

子辟滿不在乎地道：「我是天命所屬的未來商王，怎麼會死？老虎當然是咬不死我的。」

他這話說得太過狂妄，雖出自一個十三四歲的王孫之口，他人可以當作童言童語，一笑置之，但他的兩個父子商和子桑聽了之後，都不禁皺起眉頭。小巫在井方時已見識過子辟的專橫傲慢，倒也不感驚訝。

婦鼠留意到子商和子桑不以為然的神情，回護地道：「子辟所言，何錯之有？自從子辟出生以來，經我王和大巫多次貞卜，次次確認子辟乃是我王大示大孫，未來之王，天帝、先王、先祖共相護祐，無災無病，長命百歲。區區一頭老虎，自然傷不了他！」

子商嘿了一聲，望了鼠充的屍體一眼，說道：「婦鼠所言甚是。只可憐了鼠充啊！」言下之意，自是鼠充沒有子辟那麼幸運，並非大商王位的繼承人，不過是個鼠方鼠侯之子，地位低下，無法得到天帝、先王、先祖的護祐，因此才被老虎咬死。

婦鼠聽了，難忍怒氣，豎起柳眉，肅然道：「王子商人在鼠地，何出此言！」

子商微微一笑，說道：「鼠方多年來歸服大商，以換取商王之師的保護。我人在鼠方又如何？莫非妳打算動用鼠方之師劫持我，甚至對我動手麼？」

婦鼠瞇起眼睛，眼神冷酷，嘴角卻露出微笑，說道：「王子商真會說笑。在兄充的葬禮上出此輕率之言，不怕招致逝者之鬼的詛咒麼？」

子商也面帶微笑，說道：「商王子孫受到天帝、先王、先祖和大巫的護祐，要抵禦鼠方之鬼的詛咒，想非難事。」

婦鼠挑高眉毛，說道：「既然如此，何不妨試試？」

雙方情勢緊繃，劍拔弩張。就在這時，一個頭戴尖帽的巫者走上前來，行禮說道：「啟稟我侯、侯女、三位王子王孫，時辰就快到了。鼠侯子之陪葬品在此，請各位過目。」

這是鼠方的巫者，專門負責主持鼠侯家族的葬禮；他見雙方唇槍舌箭，情勢火爆，趕緊上前來岔開話頭。

婦鼠對巫者點了點頭，巫者便命幾個鼠方家臣上前來，呈上許多吉金所製的酒器，包括觚、爵、尊等，陳列在鼠充的遺體之旁。小巫也取出商王特賜的一套陪葬吉金酒器，陳列在鼠方自備的陪葬品之側。

子商走上前檢視諸般陪葬，說道：「一共五套？太多了。」

鼠侯這時已走回鼠充遺體之旁，低頭檢視陪葬品，聽子商這麼說，再次動怒，高聲道：「五套如何算多？充為我子，原應繼承鼠侯之位。身為方侯，理當享用十套陪葬酒器！」

子商搖頭道：「然而如今鼠侯仍是你，並非鼠充。鼠充從未擔任過鼠侯，只不過是鼠侯之子。依照慣例，方侯之子只能享用兩套陪葬酒器。」

鼠侯大怒道：「我子為了救商王大孫而死，有功於大商，我王竟不准他死後享用多幾套陪葬酒器麼？」

子商舉起手，試圖安撫他，但神色仍舊堅決不移，說道：「大商葬制乃由先王所定，子孫後代不可任意更改。否則倘若惹惱了先王，降災降咎，引致狂風暴雨、洪水乾旱、饑荒疾病，禍延千里，你們鼠方可擔當得起麼？」

鼠侯無言以對。商人對先王先祖的極端敬畏恐懼，他方之人往往難以理解；鼠侯雖長年學習模仿商人的規矩，按時祭祀崇拜先侯先祖，但並非真如商人那般，對先祖的意志絕對服從，毫無懷疑。此時他只能盡力辯駁：「即使鼠充未曾成為鼠侯，但他曾任鼠師之長，享用四套祭器，也不為過。」

子商搖頭道：「只有父王近身之戍，因守衛父王而喪命者，或是大方師長，方能享用四套祭器。鼠充並非父王近身之戍，鼠方也非大方，因此四套祭器絕對不合葬制。小巫，此乃商王大巫殼之意，是也不是？」

小巫哪敢加入他們之間的爭辯，只能躬身說道：「王子商已如實轉述大巫殼的指示。」

子辟聽他們絮絮叨叨，不斷爭辯陪葬酒器的多寡，早已大感不耐煩，乾脆坐倒在地，伸手拍著地面，啪啪作響。

鼠侯和子商一齊轉頭，望了子辟一眼，心知二人不能沒完沒了地爭論下去，於是各讓一步，子商提議道：「既然鼠充是為了未來商王而喪命，那麼或許適合用三套陪葬酒器。小巫，你認為大巫殼會許可麼？」

小巫忙道：「一切由王子商定奪。」

鼠侯雖不情願，但也只能點頭同意，命人收走了兩套酒器，剩下兩套鼠方備辦的酒器，加上子商從天邑商帶來的一套，一共三套。鼠侯仔細檢視挑撿各樣吉金器具，命人細細擦拭光亮，才表示滿意。

鼠方巫者說道：「啟稟我侯，陪葬禮器既已準備就緒，葬禮是否就此開始？」

鼠侯臉色十分難看，他既不滿小王子弓未親自到場，更加不滿子商對陪葬品的數量斤斤計較，但知道自己無力扭轉改變局勢，不願耽擱了葬禮的時辰，揮手道：「開始吧！」

於是鼠侯和婦鼠就主喪之位，子商、子桑和子辟居大賓之位。

此時婦鼠忽然對子辟招了招手，說道：「辟，你過來，站在母身旁。」

子商臉色微變，立即阻止道：「不成！子辟乃是大商王孫，不宜在鼠方居主喪之位，如此將大大貶低他大商王孫的身分！」

小巫想起大巫殼給他看的卜辭，暗想：「婦鼠如此堅持，看來子辟真是鼠充之子也說不定！」

婦鼠並不理會子商的反對，仍舊繼續對子辟招手，口中說道：「子辟在鼠方出生，在鼠方長大，自然是此地的主人。人不忘本，乃是天經地義，有甚麼貶低不貶低的？」

子商走上一步，右手扶著腰間的吉金佩刀，神色肅然，喝道：「子辟留在原地！婦鼠，妳若再喚他過去，別怪我不守賓客之道！」

婦鼠對子商的威脅恫嚇毫不理睬，仍舊對著子辟微笑，哄著他道：「辟，母兄充自小看著你長大，你來母身邊站一會兒，也不枉了母兄疼你一場。」

子辟卻搖頭道：「我不過去。快些開始吧！我今晚還要趕回天邑商去呢。」

婦鼠聽子辟這麼說，微感不悅，低斥道：「辟！母兄充可是為你而死，你對他怎能毫無感恩之心？」

子辟聳聳肩，神色顯得全不在意，甚至帶著三分煩躁不耐，說道：「我是未來的商王，臣下為我而死，那是理所當然之事，我為何要感激他？」

婦鼠柳眉豎起，一時氣得說不出話來。這時反而是鼠侯走上前來，伸手按上婦鼠的肩頭，意味深長地望了她一眼，搖了搖頭。婦鼠這才勉強忍下這口氣，轉過頭去，咬著嘴唇，怒得不肯望向自己的愛子，滿腔怨恨全數投射在王后婦井的身上：「我讓子辟跟在他妣后身邊一段時候，他便對自己的母如此疏遠了！既不聽我的話，又對他的母兄毫無感恩之情！這一定都是那面善心惡，陰險可恨的婦井教他的！」

鼠充的葬禮便在鼠方之巫的主持下開始了。鼠方長久以來都是大商附屬，受到商人的潛移默化，種種婚取喪葬儀式都與大商禮俗非常近似。巫者一邊禱念，一邊替鼠充在頸中戴上一串玉飾，又將數塊上好白玉分別放置在鼠充的手掌中和口中，接著指揮多巫，合力將鼠充的遺體抬起，放入一只厚重的黑木棺中，置於右側，仰天而臥；棺內左側置放了他生前最喜愛的各種衣裳、飾品、戈弓、鬲盉等日常用物。之後巫者在鼠充的屍身上灑下一層赭色的粉塵，用以保佑死者的靈魂。

這時但聽哭泣之聲此起彼落，數名鼠戍押著十多個少女來到棺旁，少女的手腳都以繩索綁住，個個滿面驚恐，啼哭不止。當先的少女盛裝打扮，容色秀美，頭上插著一叢以玉石裝飾的骨笄，口中尖呼不斷：「放開我，放開我！我不要死！」

眾人都不需詢問這些少女是誰：鼠充正當壯年，身旁自然收有眾多姬妾。陪葬的通常不會是有身分地位的婦，而是他最寵愛且地位低下的妾；也只有他最寵愛的妾，才得以與他同棺陪葬，其餘的十多名姬妾，便只能在墓坑中殉葬了。

婦鼠冷眼望向那些寵妾，面露不屑之色。

鼠侯皺眉道：「將她的口堵住了！」

一個鼠戍走上前來，將一團布塞入當先那個妾的口中。那妾再也叫不出聲，雖仍奮力掙扎，卻如何掙得開繩索的綁縛？兩名鼠戍合力將她推入黑木棺中，讓她側臥於棺的左側，面對著鼠充。妾望著已死去三日的鼠充面孔，滿心恐懼絕望，知道自己這一生見到的最後一樣事物，便是這張死去的臉面。

鼠方巫者念完禱詞之後，幾個鼠戍便合力蓋上了棺蓋。黑木棺仍微微搖動，那個陪葬的妾顯然仍在棺木中掙扎不已。

十個羌奴合力將棺抬起，來到鼠宮之後的鼠族墓園，以粗繩將木棺降入預先挖好的墓坑。之前經過多番討論增減的三套吉金酒器，此時也被一一被放入了坑中。接著便是殉葬了——三頭鼠充心愛的獵犬，十多名姬妾，以及鼠充生前的宰、多食、馬小臣、寢小臣、羌奴、衛戍等共二十多人，全以繩索綁牢，被鼠戍拉到墓坑之旁。陪葬犬較為容易，巫者直接以棍棒將犬打死，推入坑中；陪葬人牲則較為繁複，須由一名巫者先行躍入墓坑，由鼠戍押著一個個殉葬者，依序跪倒在墓坑邊上，坑邊的鼠方巫者舉起金鉞，一一斬下陪葬者的頭顱，陪葬者頸部鮮血狂噴，頭顱則跌入坑中。坑中巫者熟於此道，身手俐落，每當一個頭顱跌下，他便伸手接住，將頭顱放入墓坑邊壁上預先挖好的橫坑之中，整整齊齊地排成一列；二十多名陪葬者都斬完後，無頭的屍體便扔入墓坑旁的另一坑中埋葬。

子商在旁望著，微微皺眉；他認為一個侯子的葬禮，用了超過二十位陪葬者實在太多，不符合葬制；但他更在意的是陪葬吉金酒器的多寡，他已逼迫鼠侯減少至三套，算是達到了維護商人葬制的目的，此時便未曾開口挑剔指責。

陪葬儀式結束之後，巫者攀出墓坑，接著鼠方巫者便指揮羌奴將墓坑填滿土，以粗木樁夯實。主喪的鼠侯和婦鼠跪在墓旁哭泣哀號，在場擔任大賓的三位王子王孫也跟著默哀，恭請兩位主喪節哀，之後便告辭離去。

一場鼠侯之子的葬禮到此結束，只剩鼠方巫者留在鼠充的墓旁，徹夜祈禱，確定鼠充的靈魂在明日太陽升起之時，能夠隨著太陽升入天上，進入死後的冥界。（注）

小巫回到天邑商後，便將所見向大巫㱿報告了。大巫㱿聽完之後，沒有說甚麼，只點了點頭。

小巫心頭一直懷著一團疑惑，這時忍不住問道：「大巫，鼠方並非大方，為何婦鼠能成為小王元婦？」

大巫㱿道：「你問得好。鼠方方圓不過百里，地域甚小，人口也只有數千；在天邑商的周圍，如此大小的多方不下數十個，比之在天邑商數百里外、佔地千里、人口過萬之方，鼠方確實是個不怎麼起眼的小方。這樣一個小方卻能讓其女成為大商小王元婦，全肇因於時勢和機運。」

---

注 關於鼠充葬禮的描述，從陪葬酒器的數量、殉葬之人犬、殉葬者斬首列於坑中，以至將一名寵妾綁縛之後同棺殉葬等情，皆參照商代貴族墓坑的考古發現。

小巫問道：「甚麼時勢和機運？」

大巫瞉道：「當年王昭還是王子時，遭其父小乙流放遠地，其婦婦井只好帶著三個幼子回到井方定居。井方和鼠方乃是世代通婚的比鄰，子弓十四歲時，婦井便遣人去鼠方為子弓求取鼠侯之女。鼠侯見子弓不過是個流放王子之子，地位低微，原本十分嫌棄，不願答應；但是看在鼠方與井方數代的交情之上，加上婦井軟逼硬求，鼠侯才勉強同意了。」

小巫恍然道：「原來如此。」

大巫瞉道：「然而鼠侯對自己這個美貌出眾的愛女百般疼惜嬌寵，婚後並未讓她遷至井方與子弓同住，卻讓她留在鼠方，只准子弓偶爾來鼠方探訪婦鼠，與她短暫相聚。雖是新婚夫妻，這兩個少年男女不但毫無感情，甚至連見面的機會都不多，而婦鼠的地位顯然遠遠高於父遭流放、依母而居的子弓。鼠方之人都知道，每回子弓來鼠方探訪婦鼠時，婦鼠只要有一丁點兒不高興了，便立即當面唾罵斥責子弓，甚至將他趕出鼠方。子弓無可奈何，只能逆來順受，忍氣吞聲。」

小巫想起婦鼠的言語神態，說道：「原來鼠侯和婦鼠都是這麼勢利的人啊！當年他們對小王子弓如此輕視無禮，今日可要後悔了吧？」

大巫瞉微微一笑，說道：「可不是？誰料得到六年之後，王子昭竟然回到了天邑商，出乎意料地登上了商王之位，而子弓也順水推舟地成為了大商小王。婦鼠在王昭登基不久後生下了子辟，成為商王的大示大孫，未來的商王。小王子弓的地位一步登天，婦鼠的地位也水漲船高，頓時重要起來；她不但將是子弓登基後的王后，更是子辟登基後的王母。

然而這對夫妻之間仍舊和他們新婚那時一般毫無感情，甚至極少相見。」

小巫點了點頭，說道：「子辟並非小王之子，那是絕對沒錯的了。我在鼠充葬禮上觀察婦鼠的神態舉止，子辟看來大有可能真是鼠充之子。」

大巫斅不置可否，只將雙臂攏在袖中，不再言語。

# 第十二章　肜祭

鼠允下葬後的次日清晨，大巫㱿來到天邑商公宮覲見王昭。

這座公宮乃是王昭平日處理政事之所，由他最信任的三卿——傅說、師般和侯雀總理王事。傅說負責徵收王田農獲、牛羊多畜和他方進貢，並掌理王宮飲食器用、宮殿建築、吉金器物冶鑄等一切與王族起居和王宮運作有關的事務。侯雀則掌理王師，整頓兵馬弓戈，負責保衛天邑商及出征他方；師般則掌理左右二學，負責教育王族多子多女多生，培養下一代的王族人才。

這時三卿中只有傅說在此，王昭坐在王座之上，聽取傅說報告多方當歲進獻之穀物、龜甲、玉石、布帛的數量；王婦婦好坐在一旁，閱讀傅說刻於牛骨上的進貢紀錄。

王昭見大巫㱿親自前來，頗感驚訝，忙招手說道：「大巫㱿親臨公宮，不知有何相教？」

大巫㱿上前稟告道：「啟稟我王，小巫昨夜在井方，見到犬方之師和甫師在井方集結。」

王昭聽了，並不以為意，說道：「犬侯和伯甫，都是余所信任的臣子。他們聚集井方，多半只是去田獵罷了。」

大巫彀道：「若是田獵，何須在半夜抵達？」

王昭道：「倘若有何異狀，王后定會向余報告。是了，鬯小臣剛剛回來稟報，說他去井方徵取新釀之鬯時，王后命他來報，說她將親自送酒至天邑商，並將參與乙酉日的彤祭。」

大巫彀皺起眉頭，說道：「王后親自送酒入天邑商？為何如此鄭重？」

王昭道：「彤祭乃是大事，王后前一陣子身有微恙，已有數月未曾親來天邑商朝見了。她這回能夠親來，自是好事。或許她有關於犬侯和伯甫的消息，因此決定來向余當面稟報。」

大巫彀直覺事情不對，但他眼見王昭對王后無比信任，毫無懷疑，心知自己無法動搖王和王后之間的關係：他們畢竟是少年結髮，同甘苦、共患難了數十年的夫妻，他們所生的長子子弓更是未來的商王，自己無論如何不能多說一句錯話。他望了一眼坐在一旁的婦好，婦好仍舊低頭閱讀龜甲上的刻字，似乎完全未曾留意大巫彀和王昭的對話。然而大巫彀能夠感受得到，她正暗中留神傾聽，且對此事十分關注。

大巫彀微微一凜，決定不再談論此事，於是說道：「我王所言甚是。關於乙酉日之彤祭，所用羌牲都已備妥，我已指示多巫多祝預做準備，當日將以三種祭法奉獻三十羊及三十羌。」

王昭點頭道：「甚好。」忽然想起一事，又說道：「子曜的病既已痊癒，那麼他也應當參與這次的彤祭。你讓巫祝去婦斁之宮通知，要子漁和子曜一起參加彤祭。」

大巫殼道：「謹遵王命。」

就在此時，兩個衣著華麗的王侯匆匆奔到天邑商公宮門外，氣急敗壞，焦急萬分。王昭抬頭望去，但見來者正是他最信任的兩個臣子——侯雀和亞禽。侯雀已有五十來歲，身形略顯肥胖；他是王昭之同母親弟，多年來對王昭忠心耿耿，王昭登上王位之後，便封雀於肥沃廣大的雀地，並讓他擁有雀師，同時擔任商王三卿之一。亞禽約莫二十來歲年紀，黝黑精壯，鬚髮蜷曲，他是子姓王族遠親，出身禽方，以勇猛善戰著稱；王昭一手培養他成為禽師之長，之後更讓他繼承了其父的亞禽之位。

亞禽劈頭便道：「啟稟我王，禽戍收到消息，虎侯集結了萬眾之師，正準備開往天邑商！」

王昭大驚，站起身來，說道：「真有萬人？」

侯雀稟道：「我派雀女去虎方探哨，見到確實有超過萬眾，集結於南虎城外。」

王昭深深皺起眉頭。他即位十五年來，出征周圍較小之方無往不利，卻自知並無征服遠處強大之方的實力，因此採取懷柔之策，與諸多大方貿易通婚，彼此相安。如今子央誤殺虎侯之子，得罪了強大的虎方，虎侯準備大舉攻伐天邑商，實是王昭即位後面臨的最大危機。他向婦好望了一眼，但見她神色凝肅，顯也感到勢態危急。

大巫殼在旁傾聽，心想：「虎方這麼快便舉師到來，看來虎侯為子報仇之心十分熾烈。」於是說道：「啟稟我王，虎侯子之屍已於今晨尋得運回，現存於大巫之宮。」

王昭聽了，定下神來說道：「甚好。我等掌握了虎侯子之屍，虎侯便不敢輕率攻打天邑商。然而，他仍可攻打天邑商周圍的大商屬方和左近城鎮，奪走今歲的貢物，造成莫大的傷亡損失。」

侯雀問道：「虎侯要的只是其子之屍，我們倘若歸還了其子之屍，他便會願意退師麼？」

王昭和大巫嗀一齊搖頭，大巫嗀道：「他若得回其子之屍，那便無所顧忌了，定將立即率師攻打天邑商，為其子報仇。」

王昭也道：「虎侯子之屍不可貿然歸還，需留以自保。雀，你的雀地首當其衝，你認為我等當如何抵禦虎師侵襲？」

侯雀稟告道：「雀以為，王兄應派王師和雀師聯手迎上，將虎師攔截於大河支流，不令彼等渡河北上。」

王昭轉頭望向婦好，問道：「婦好，妳認為呢？」

婦好低頭沉思一陣，才抬起頭，說道：「好認為，大商應當出師攻打羌方。」

王昭和侯雀、亞禽一齊望向婦好，難掩驚詫之色；她的言語太過出人意表，眾人一時不知該如何反應。

婦好在王昭等人的注目下，冷靜地道：「虎侯聚集師眾，自是為了率師北來，為其子之死問罪。王子央殺死虎侯之子，不論是出於保衛子辟，或是無心之失，都不能抹滅虎侯喪子於商的事實。如今我王只有兩條路可行：一是出師與虎方大戰一場，殺死虎侯，殺盡虎師，永絕後患。」

王昭搖頭道：「虎師驍勇善戰，商師並無必勝之算。那麼第二條路呢？」

婦好道：「那便是王派好率領萬人之師，開往西北，攻打羌方大城。虎方和羌方原本有意通婚結盟，羌方有難，虎方定會趕往西北相救，如此便無暇來攻天邑商，向我王興師問罪了。我等只需在途中埋伏突襲，便能輕易消滅虎方之師。而那個肇事的羌女想必也將趕回羌方相助守衛，我等出師羌方，便可一舉將她擒住，以她要脅虎方，或是乾脆趕盡殺絕。」

王昭和侯雀、亞禽互望一眼，都明瞭了婦好計策的高明之處：虎師強大善戰，商師倘若與其正面交鋒，傷亡必眾，且難保必勝；但若將虎師引往北方去搶救羌方，那麼商師便可在多處設伏，伺機擊潰虎師。而那個多番惹事的羌女，也確實應該早日解決了，以除後患。

王昭點了點頭，轉向大巫殼道：「此事重大，須請大巫殼為余貞卜。」

大巫殼道：「謹遵王命。」他命守候在宮外的小祝入內，備妥貞卜所用的龜甲、金火爐、柴火、金製鑿子和刻字用的金刀等神器。

王昭道：「余欲貞卜：命婦好率三千商師，另召集萬旅，征伐羌方之吉凶。」

大巫殼敬諾，對天帝和大商先公先王膜拜，誦念禱詞咒語。小祝點燃了金火爐中的柴火，大巫殼持起龜甲，用金刀在龜腹甲上刻下一行字：

「辛巳卜，登婦好三千，登旅萬，呼伐羌。」

大巫𣪊以善貞聞名，幾乎日日替王貞卜。然而今日卜問之事關乎是否出師征伐羌方，乃是王之大事，他比平日更加謹慎恭敬。這時他以金鑿在龜甲反面鑽鑿出了一個圓形的小孔，持起龜甲反覆觀望，感到滿意了，才以金夾夾住龜甲，置於火爐之上灼燒，口中誦念祝禱之詞。

龜甲在火上發出劈啪聲響，鑽鑿之孔的邊緣被灼燒出數道裂紋，所有人都凝神注目於那片在火中燃燒的龜甲；眾人皆知，以龜甲貞卜乃是巫祝最神祕的儀式之一，巫者藉由觀察龜甲在火中灼燒出的紋路，以得知天帝、先祖和諸多鬼神的心意。一位法力高強，能夠通天地、達鬼神的巫者，可在貞卜的過程中不斷與鬼神溝通，以其誠心和法力，令鬼神的意志完整地呈現在龜甲灼燒的紋路之中，從而讓王者獲得應當遵循的答案。

燒灼了約莫十個呼吸之久，大巫𣪊將龜甲移開火爐，置於一塊白色綢布之上，閉目禱祝良久，才睜開眼睛觀察裂紋，最後稟道：「啟稟我王，天帝先祖的意思皆同。此卜為吉。」

婦好點了點頭，似乎早已預知貞卜結果必當如此。王昭和侯雀、亞禽互相望望，都認為勢在必行，不可拖延。於是王昭說道：「天帝先王既然屬意如此，余自當遵辦。余命王婦好率三千王師，召集萬旅，以亞禽、侯雀為協，即日出征羌方！」

婦好躬身說道：「婦好領命！」

侯雀和亞禽也一齊躬身領命。

大巫斅坐在一旁，神色平靜，但小祝看得出來，大巫的袖口微微顫動，顯示他對王昭此舉極感擔憂，卻無從相勸，只能靜觀待變。

貞卜婦好伐羌的四日之後，便是乙酉日。

剛過日中，王族子弟齊聚於「大室」。這是天邑商王宮中最大的一間宮室，長寬各六十丈，四周圍以雙層廊柱，柱粗二尺，頂高五丈，能夠容納五百人，所有王族重大聚會和盛大祭祀都在此室舉行。室門正對南方，室外便是一個一丈高的祭壇，稱為「祖丁旦」，乃是王昭即位後特地為其祖祖丁所建的祭壇。祖丁在位並不長，只有九年，但他卻是先王中十分重要的一位。祖丁多謀善戰，團結商人諸多部族，準備大舉南遷，進入大河流域。然而其弟南庚集結王族保守勢力，堅決不肯遷都，最後聯手害死了祖丁，自任為王。為了擺脫祖丁的勢力，南庚倉促決定遷都至東方近海的「奄」。遷都不久，祖丁子虎甲便殺死了南庚，在混亂中自立為王；之後又發生兄弟相爭，虎甲弟盤庚、小辛、小乙相繼即位，之後才傳至小乙之子王昭。

因此在祖丁之後共傳了五王：祖丁弟南庚、祖丁之四子虎甲、盤庚、小辛和小乙，之後才傳位至王昭。王昭和祖丁這兩位商王，在接任王位上雖相隔了五王、六十年，血緣上卻是直系祖孫。商人最重視直系先祖，因此王昭即位之後祭祀最多的，便是先父小乙和先祖祖乙兩位先王，以及他們的配偶妣己和妣庚。

今日舉行的肜祭雖在祖丁旦舉行，卻並非祭祀祖丁；該日為乙日，依例只能祭廟號為乙的先王，因此今日祭的是大乙成唐、祖乙和小乙三位先王。大乙成唐乃是傳說中大商之開邦之王，地位崇高，對商人至為重要；祖乙為王昭的四世祖，小乙則為王昭之父。

眾巫祝已在祖丁旦上設置了祭台，雖是日正當中，祭台四周仍插滿了火把，火焰熊熊燃燒。祖丁旦正中立了一個人高的巨鼎，這便是天乙神鼎，乃先王盤庚為了祭祀商之開邦君主大乙成唐所鑄，是諸多吉金神器中最巨大貴重的一座。旦下則陳列了九只古鼎，正是大乙成唐滅夏後從夏王宮取得的九鼎，象徵著大商掌制天下的無上權威。

祭台之前，大巫殸正襟危坐，雙手平放膝頭，清俊的臉龐在火光照耀下顯得異常神祕。他身穿細綢所製的雪白衣裳，綢上鑲著金銀千鱗，即使坐著不動，也不斷閃閃發光；頭上戴著繡有無數神紋的高冠，顯示他正擔任這場祭典的主祭。

祖丁旦之下，王昭坐在大室門口的禮台之上，正面對著祖丁旦。王后婦井坐在王昭的右首，王婦婦好已受命徵召師眾出征，王婦婦斁重病纏身，都不克參祭；四位地位較低的婦：婦周、婦良、婦爵、婦來坐在王昭和王后婦井之後，其後是小王子弓和小王元婦婦鼠，再其後則是王孫辟和王子漁，顯示出這兩位王子王孫不同尋常的地位。其餘百餘位王族皆已到齊，分家族團團坐在大室中。子央這時已被關入地囚，子商則受封外地，屬於外封王族，與自己的元婦和多子坐在一處。

禮台之下，坐在諸多王子之首的，是個身形瘦弱、面貌俊美的王子，正是王子曜。由於婦斁乃是王昭三位王婦之一，更是王昭即位之前所取之婦，身分尊貴，因此子曜的地位遠在其餘王子之上。他之前體弱多病，依商王族規定，患疾有恙者不可參與重大祭祀，因此這是他第一次參與王族肜祭。其餘王族很少見到子曜，此時見他忽然出現在重大祭典之上，不免交頭接耳，竊竊私議。子曜雖年輕削瘦，但面目承襲了其母的清靈俊美，加上才智聰慧，獨坐眾人之前，自有一股不凡的氣質，讓人不敢小覷。

然而他孤身而坐，形單影隻，卻難掩淒涼之感。他的家族並非只有他一人，但其母婦斁長年體弱氣虛，又無法言語，因此從不參與大商王族的祭祀；其兄子漁與王孫辟並排坐在王昭之後，其妹子嫚則尚未回到天邑商。子曜雖身屬王族中十分顯貴的一支，勢力卻顯得頗為孤弱單薄。

子曜不去理會餘人的目光，端坐不動，勉力維持沉穩鎮定，心中卻極端忐忑不安。他其實非常不想參與肜祭，因為他知道這回的肜祭將殺死許多羌俘獻祭，而他最恐懼厭惡的，正是血腥殺戮。他擔憂自己會受不了觀望殘忍的人牲儀式而嘔吐昏厥，曾想過偷偷帶著讙一起來參祭，但又想起肜祭的場合極為莊重肅穆，身周坐滿了其他王族，一不小心就會被人見到讙，於是只好讓讙留在自己的寢室中，單獨來到大室參祭。即使只是短暫與讙分別，子曜已感到渾身難受，虛弱無力，彷彿隨時能被病魔壓倒吞噬。

不多時，一位巫者手持金鎚，緩步來到大室側的一只金鐃之前，高舉金鎚，猛然敲擊金鐃的中心。厚重低沉的鐃聲緩緩傳遍大室，眾王族知道肜祭就將開始，頓時安靜下來。

一片肅靜之中，一名白衣少女手捧珍貴的吉金天乙爵，從大室中走出，正是小祝。她緩緩登上階梯，來到祖丁日之上，將盛滿井方新釀之鬯的天乙爵呈奉給大巫瞉。大巫瞉伸指沾酒，向虛空灑出三次，之後接過酒爵，一飲而盡。這不是一般的鬯，而是只有大巫才能飲用的「巫酒」；巫酒比一般的鬯要烈上十倍，裡面混有雲實、麻蕡、莨菪子等藥草，能讓大巫心動神搖，魂魄飛升入天，賓見天帝和先祖，向他們求問釋疑，祈請保佑。

大巫殼喝完巫酒之後，閉上雙眼，身子微微顫抖，巫酒顯然已開始發生作用。但見大巫殼陡然俯身低頭，再次坐直身抬起頭時，臉上已多了一副面具：那是一張巨鳥的臉，圓眼尖喙，既莊嚴沉肅，又猙獰詭異。面具後的大巫殼開始低聲唱頌，聲調起初微弱低沉，逐漸轉為高亢悠揚；就在這時，坐在祭台之下的群巫群祝忽然同時開始擊鼓，鼓聲充斥整座大室，震得屋頂的灰塵紛紛跌落。

大巫殼隨著鼓聲一躍而起，在祖丁旦上翩翩起舞，舞姿快捷優美，一絲不苟，懾人心弦。祖丁旦上的天乙神鼎冒出縷縷白煙，鼎上雕刻精美的神獸圖形，彷彿也在煙霧中緩緩舞動起來。

大室中所有王族都抬頭望向祖丁旦，眼光聚集在大巫殼的身上。但見他舞步嫻熟順暢，舞姿高雅絕美，都不禁讚嘆出聲，衷心欽服，彷彿見到大巫殼在咒語和巫舞中逐漸跨入亡靈的世界，賓見先王先祖，當面祈求諸位先王先祖護祐所有商人子孫。

眾人皆知，大巫殼乃是百年來歷代商王大巫中法力最高強的一位。王昭登基後不久，便任命巫殼為商王大巫，命他全權負責王族的一切祭祀祈禱貞卜之儀。大巫殼法術精湛高深，神態虔誠謹慎，舉止優雅合度，不論貞卜或祭祀從未出過任何差錯，因此多年來已受到大商王族上下一致的尊崇敬重。

子曜耳中聽著大巫悠揚迷人的歌聲，眼中看著他曼妙的舞姿，黑亮柔順的長髮在空中橫飛而過，身旁眾王族無不看得如癡如醉，讚嘆不已，子曜也深受震動，心想：「我從未參加過王族祭祀，這竟是第一次見到大巫𣪊吟歌起舞！我只知道大巫𣪊面貌英俊，異乎常人，卻沒想到大巫𣪊的歌聲這般動聽，舞姿這般輕靈，當真是美到了極點！」

隨著大巫𣪊懾人心魂的歌舞，祖丁旦下的一群巫祝也開始擊鼓起舞，鼓聲隆隆，群巫齊舞。王室成員受到巫鼓和巫舞的震懾，一齊陷入祭祖的虔誠和狂熱之中，也跟著拍掌搖晃、高聲唱喊起來。

忽然之間，鼓聲驟然停止，大巫𣪊也停下舞步，直直立在祖丁旦之上。但見大巫𣪊高舉雙手，高聲道：「獻祭！」

多位巫祝從祖丁旦後拉出了將在今日肜祭所用的一百頭羊，以及三百名羌牲。這些羌牲有老有少，有男有女，全數裸身跣足，手腳都以粗繩綁住，長長地連成一串。羌牲們都垂著頭，神色漠然，並無驚懼悲哀之色，因為他們事先已被巫祝灌下了藥酒，讓他們陷入半昏迷的狀態。

王昭原本打算用三十羊和三十羌為牲，然而如今虎師壓境，婦好率師伐羌，王昭心中多了一層憂慮，為了確保先王先祖協力保佑大商，臨時決定增加至一百羊、三百羌，乃是有史以來使用羌牲最多的一次大祭。

子曜望向那些即將被用來做為人祭的羌奴，心中一陣緊揪，又是恐懼，又是難受，暗想：「小巫說方族之人在遇上危險時，才會變身禽獸。這三百個羌俘就將被用作人牲，遇上這等生死關頭，不知他們會否變身為羊？」又想：「對我來說，看羊被殺，自是好過看人被殺。但是即使變成了羊後再行獻牲之祭，也並不能稍稍減輕他們的恐懼和痛苦。」

他只要想起人牲這回事，便全身冷汗直冒，頭昏欲嘔。大商王族的多子多女長年參與王族祭祀，看多了祭祀時牛牲、羊牲、人牲血流滿地、斬首獻祭的情況，自是毫不稀罕，似他這般懦弱怕血的，可說絕無僅有。

待百羊、三百羌就位之後，大巫殼朗聲說道：「今乙酉日，大商王昭暨王后婦井、多婦，小王子弓、小王元婦婦鼠暨諸位王子，以三百羌、一百羊，獻祭於大乙成唐、祖乙和小乙三位先王，恭請三位先王享用祭品！一百羊以卯法獻供，三百羌牲將分採伐、卯、褒三法，獻供於先王。多巫就位！上牲！」

台下十多位地位較高的巫者聚集在祭台之前，地位較低的群祝忙著準備諸多獻牲的器具，有專伐人首的吉金大鉞，有專門將牲劈成兩半的吉金斧，也有各類用以盛血、烹牲的吉金鼎，還有金卣、金罍、金爵和金尊等飲酒之器。

商人敬鬼神，重祭祀，王族按日祭祀祖先，不時加入對天帝、山川、日月等神靈的禱告和獻祭。然而如今日這般連殺一百羊、三百羌獻祭之大型人祭儀式，也並不多見。因人牲眾多，而需祭拜的三位先王又各有所喜，大巫殼決定將羌牲分成三股，一百牲以「伐」獻祭，即斬首；一百牲以「卯」致祭，即將羌牲剖成兩半；最後的一百羌牲則為羌女，以「褒」致祭，即以烈火焚燒。

巫祝們口中吟唱著敬告先王的禱詞，手中忙著斬、剖、綁、燒多羊和多羌獻祭，祭台之前一片繁忙，但井井有條，一絲不苟。獻羊牲的儀式較為單純，巫祝將羊隻綁起，割斷咽喉，讓羊血流盡，盛入金卣，陳列於祖丁旦的祭台之上；羊肉則解剖成塊，炙烤過後，先獻祭於祖，再分予王族食用。

人牲的獻祭則較為繁複。行使「伐」法者，由力大的巫者專職執持吉金神鉞，斬下羌牲的頭顱，旁邊配有兩名祝者，手中捧著精緻的金卣，負責盛接牲血；每接滿一卣牲血，祝者便奔去將牲血倒入祖丁旦前的九只古鼎之中。鼎中原已注滿由井方進貢的上好之鬯，鼎中一加入牲血之後，便有多食忙著用金勺舀出殷紅的血鬯，注入吉金酒爵酒尊，捧去給參與祭禮的眾王族和佐臣享用。

負責「卯」法的巫者則讓牲者躺在石板之上，手腳牢牢綁住，以快刀將人牲從咽喉直至腹部剖開，取出內臟，在火上略微烤炙之後，便放在金豆中，陳列於祖丁旦的祭台之上，供先王享用。

行使「褒」法的巫祝，則將羌牲綁在直立的木柱之上，羌牲腳下堆滿柴火，巫祝點火燃燒，讓羌牲活活燒死。

大室中的商王族和佐臣並不參與執行牲法，他們的任務僅限於到場觀禮、飲用牲酒和食用炙羊。對他們來說，祭祀中最重要之事莫過於飲酒。商人無不好酒，然而商王為了節制殷王族日夜酗酒的惡習，規定平日不可多飲，每日最多一爵。唯有在舉行重大祭祀之時，所有參與祭禮的王族皆可毫無限制地飲酒，酒中摻入了「伐」法羌牲的鮮血，對他們來說，更加鮮美可口。

子曜不喜飲酒，眼見其他王族多子都搶著去祭台前取過裝了血酒的吉金爵，狂飲不止，他卻只坐在當地，低下頭，盡量不去看多巫多祝執行牲法人祭。不知是因為這些羌人原本就不能變身成羊，還是因為服了藥酒或其他原因，所有用作人牲的羌人羌女都未曾變身，一一分別遭巫祝施行伐、卯、褒等牲法獻祭。羌牲即使已服過藥酒，劇痛臨體時仍不免清醒過來，哀哭聲、慘叫聲此起彼落，淒厲悲絕，慘烈無比。

子曜身為王族，不能就此離席逃走，又不能公然掩耳不聽，掩鼻不聞。羌牲臨死前的慘呼哀號之聲盈耳不絕，血腥焦屍的氣味撲鼻而來，他撐了一陣子，便再也抵受不住，伸手掩口，哇的一聲嘔吐出來。

他這一嘔吐，坐在他身後的王族都看得清清楚楚，許多王族婦人子女都掩嘴偷笑，出言譏刺數落：「婦斁之子，果然和婦斁一樣病弱無用！」「王子之中如他這般膽小無能的，當真少見，卻仍不知羞恥，佔據高位！」

男子大多已喝得醉醺醺地，只道子曜是喝了太多酒才嘔吐，都指著他哈哈大笑起來，出言嘲弄：「小孩子不會喝酒，便別喝太多啊！」「這摻了羌牲之血的井鬯珍貴無比，你不會喝就別喝，喝了又嘔吐出來，當真是暴殄天物！」

也有王族趁機落井下石，指著子曜喝道：「肜祭大典之上，竟公然嘔吐，褻瀆先祖神靈，該當何罪？」

子曜一一聽在耳中，但此時無暇理會他人的嘲笑指責，他一開始嘔吐，便再也無法停下，一連嘔了十多次，將胃中所有東西都嘔了出來，連黃水都嘔盡了。只感到全身虛弱，忽然眼前一黑，就此昏厥過去，不省人事。

對子曜來說，昏厥是最無奈，也是最徹底的逃避。

他眼前不再見到羌牲被巫祝殺死的殘酷景象，鼻中不再聞到血腥和人肉燒焦的氣味，感到自己遠遠離開了大商王宮的大室，飛升到清澈的碧藍晴空之中。天空的碧藍是他喜歡的顏色，他厭惡赤色，厭惡流血殺戮，厭惡死亡。他感到涼風快速拂過自己的臉面，心頭暢快無比。他希望自己一輩子永遠不要見到流血，永遠不要見到殺戮。

他低下頭，留意到地面上似乎有些宮殿房舍，仔細望去，隱約認出是商王宮殿。他能夠分辨出天邑商公宮、天邑商皿宮、大室、王之寢宮等主要宮殿。他見到大室之外有個高起的旦，旦前立著一排九只大鼎，鼎旁聚集著許多人，鼎中煙霧繚繞。他心中好奇，往那排大鼎飛去，地面上諸人的面目漸漸清晰，他降落在位居正中的那只鼎上，注意到鼎中的酒水呈暗紅色；又見到旦前多名巫祝正以各種牲法殺羌獻祭，血流遍地，頓時想起：「今日肜祭，要殺死三百羌牲！」

他無法忍受這血腥的場景，仰頭鳴叫，展翅飛去。

他飛出老遠，才鬆了一口氣。低頭俯望，只見大地一片青綠，一條河流蜿蜒其間。他見到一頭小羊沿著河流放蹄快奔，夢境恍惚之中，他感到那頭小羊似曾相識，於是往地面撲落而去，就近觀察那頭小羊。只見小羊的毛又白又軟，微微蜷曲，頭上長著兩根初生的小角，模樣極為可喜可愛。

子曜感到自己對小羊滿懷愛戀，從空中癡癡地望著小羊在青草地上快奔，心中無限的溫暖欣慰。

他隨即驚覺，這頭小羊便是自己從井方后井宮中救出的姜！她是羌伯之女，也是羌方釋比；她不只能變身成羊，更能變身成凶猛的豹，險些咬死了中兄央。他想到此處，猛然一驚，眼前的羊消失了，河流和青綠的大地消失了，碧藍晴空也消失了，只剩下一片黑暗。

子曜並不知道，他昏倒之後，小巫便立即搶上，將他抱起，悄悄離開大室，奔入不遠處的大巫之宮。

小巫數夜前曾赴井方森林尋找虎屍，清晨時分才趕回天邑商，之後又跟隨子商、子桑和子辟等赴鼠方參與葬禮，直到夜深才回到天邑商。他想起讙還在自己這兒，擔憂子曜沒有讙的保護，身體又逐漸虛弱下來，於是將讙藏在懷中，送去婦斅之宮。他想子曜多半已熟睡，便沒有吵醒他，將讙留在子曜的寢室後，便自離去。

之後數日，他忙著協助大巫彀準備彤祭，一眾巫祝個個忙得焦頭爛額，小巫完全沒有空閒去左學，也沒有空閒去找子曜。

到了彤祭這一日，小巫處於一眾巫祝之中，忙著執行祭儀，但他熟知子曜厭惡血腥，也知道這是他第一次參與彤祭，一直留心著子曜的情狀。當彤祭進行到進獻人牲時，小巫遠遠見到子曜嘔吐昏倒，便趕緊衝上前，將他抱離大室，慌亂中不知該去哪兒，心想應當帶他去最安穩妥當、無災無咎的所在，便將他抱到大巫彀的神室之中，關上了石門。

小巫感到子曜的身子寒冷如冰，連忙取過一件羊毛表裘替他蓋上。他發現讙並不在子曜身邊，好生擔憂，心想：「讙呢？他怎麼沒將讙帶在身上？」又想：「子曜奉王命來參加肜祭這等王室重大祭典，自然不敢將讙帶來了。沒有讙在身邊，又面對這許多血腥殺戮，難怪他會嘔吐昏倒！」

於是小巫趕緊奔回婦斁之宮，在子曜的寢室中找到了熟睡的讙，將牠帶回神室，放在子曜的懷中。讙見到子曜昏厥了過去，顯得頗為擔心，不停地舔舐子曜的臉，但子曜雙目緊閉，並未清醒過來。

小巫忙了好一陣，不敢再耽擱，在神室門口設下幾個咒語，便關上石門，奔了出去，回到大室中，繼續協助祭典。

注　商代的人祭和人牲現象十分普遍，甲骨文卜辭中透露了數十種殺人牲的方法，包括斬首、解剖、擊斃、劈砍、焚燒、土埋、水沉、陳列、曝乾、烹煮等，讀起來頗為恐怖，很難相信孔子盛讚稱美的三代之一、中國正史一部分的商朝，仍處於如此原始野蠻的狀態。此處描述了其中三種殺人牲法，皆有甲骨文根據。詳情可參閱王平與顧彬所著之《甲骨文與殷商人祭》。
商人對祖先鬼神的崇拜，在現代人看來可能頗感陌生；商人祭祀時往往擊鼓、跳巫舞並大量飲酒，與周朝文質彬彬、尊禮重樂的祭祀氛圍大相逕庭。請參見《詩經．商頌》中的〈那〉、〈烈祖〉等詩篇，從詩句中可窺見商人對祖先的恭敬崇拜和祭祀時的狂熱情景。

# 第十三章 逼宮

大室之中，肜祭仍繼續進行，眾巫祝此時已進獻了一百名羌牲給先祖，正要開始奉獻下一批羌牲時，天上忽然傳來一聲尖銳的鳥鳴，一個巨大的黑影從天而降。商王族眾人大都已喝得爛醉，但那叫聲太過刺耳，黑影太過龐大，還是有人發覺了，抬頭仰望，一望之下，紛紛伸手指向天際，驚呼起來。

其餘王族這才抬頭觀望，眾目睽睽之下，但見那黑影竟是一隻巨大的雉（注），比平時見到的要大上數倍。那隻雉在裝滿牲酒的九只古鼎上盤繞數圈，倏然下降，收翅落在當中那只鼎的鼎耳之上，仰天鳴叫，叫聲淒厲而悠遠。

大巫瞉抬起頭，直望向那隻黑色巨鳥，心中震驚：「此雉從何而來？」他知道自己必須立即反應，以避免王族陷入恐慌，於是對著古鼎跪倒，高呼：「恭迎先王降臨！」

商人奉玄鳥為先祖，此時在祭祀先祖的祭儀之中，巨鳥忽降，大巫瞉將其當作先王降臨，自是理所當然之事。

眾王族從未見過這等異象，又聽大巫瞉口稱這是先王降臨，盡皆驚詫敬畏不已，一齊

---

注 音同「至」，一種野鳥。

跪倒拜伏在地，不敢仰視，原本嘈雜混亂、爭飲牲酒的大室霎時陷入一片詭異的沉靜，好似酒醉之人陡然被潑了一頭冰水一般，進入半清醒、半震驚的狀態，僵在當地，無法動彈。

那隻雉在鼎耳上停留了一陣，低頭向匍匐一地的商人王族子孫掃視一周，才展翅飛去，高入雲霄，再也看不見了。

大巫㱿鎮定如恆，指揮巫祝如常完成人牲祭祖儀式。其餘王族的酒意全消，誰也不敢再繼續飲酒，只乖乖地坐在大室之中，低聲議論方才發生的異象。

祭祀告一段落時，大巫㱿來到王昭和王后婦井面前，跪倒說道：「今日祭祀時，有雉落鼎耳之異象，請王勿驚勿憂。本巫今夜將齋戒沐浴，虔誠敬祈，明日清晨天一亮，便立即為王貞卜此事之吉凶。」

王昭神色嚴肅中帶著幾分驚懼，說道：「有勞大巫㱿！」

在獻了兩百羌牲之後，便已過了昃時，到了王族進小食之時。大巫㱿宣布祭儀暫停，讓王族歇息並進小食。他下了祖丁旦，來到小巫身旁，低聲問道：「你將王子曜帶去了何處？」

小巫見大巫㱿神情緊急，嚇了一跳，連忙答道：「我將他帶去了神室，讓讙陪著他。」

大巫連面具和帽子都來不及脫下，便快步奔入大巫之宮，進入神室。但見子曜縮成一團睡在地上，猶自未醒。

大巫豰回頭望向隨後跟來的小巫，問道：「他沒離開過這兒？」

小巫從未見到大巫如此嚴肅焦慮，臉色也白了，戰戰兢兢地道：「我送他來此，見他全身發冷，便替他蓋上羊毛表裘，並找了讙來，把讙放在他懷裡，之後我就回去大室參與祭祀了。他……他仍昏迷未醒，應當沒有離開過吧？」

大巫豰質疑道：「羊毛表裘？他身上並沒蓋著羊毛表裘。」

小巫甚感惶恐，說道：「就是您冬季常用的那一條啊。我明明給他蓋上了，怎地不見了？」匆忙在神室之中到處尋找，卻如何也找不到。

大巫豰眼光一掃，說道：「讙也不在此地。」

小巫更加疑惑，說道：「我明明將讙抱了過來，放在子曜懷中。讙見到子曜昏厥過去，方才還一直擔心地舔他的臉，怎麼會自己離開了呢？」

大巫豰皺起眉頭，說道：「不必找了。你留在這兒陪伴王子曜。彤祭尚未結束，我得回大室去了。」說完便快步出了神室。

當子曜驚醒過來時，只覺眼前一片昏暗，甚麼都看不見。但聽耳旁一個聲音說道：「你沒事麼？」

子曜認出是小巫的聲音，頓時放下了心，轉頭望去，藉著昏暗的燭光，果見小巫瘦小的身形坐在自己腳邊，尖尖的小臉上滿是擔憂之色。

子曜仍感到十分暈眩，雙手捧著頭，緊閉雙眼。小巫伸手去摸他的額頭，觸手冰涼，皺起眉頭，說道：「你多躺一會兒，別起身。」

子曜閉著眼，問道：「現在是甚麼時候了？這是哪兒？」

小巫道：「已經天黑很久啦。這裡是大巫的神室。」

子曜點點頭，摸摸懷中，睜眼驚道：「咦？讙剛才還在我身旁，牠怎地不在了？」

小巫心中也滿是疑惑，但勉強掩飾，說道：「是啊，剛才我將讙抱來此地陪伴你，但是一會兒牠又不見了，想是出去捉蛇吃了吧。」

子曜開口低聲呼喚，不多時，一個黑影從神室屋頂邊緣的一排戶中鑽了進來，奔入子曜的懷中。

小巫奇道：「你能夠呼喚讙？」

子曜微笑道：「我試著呼喚牠幾回，牠高興的時候，便會回來我身邊；不高興的時候，便完全不理會我。」

小巫抬頭望向接近屋頂的一排戶，若有所思。子曜撫摸著懷中的讙，感到一陣溫暖舒坦，精神也好得多了。他問小巫道：「自從射宮一別之後，我已有好幾日未曾見到你了。那夜大巫派你去井方找老虎，可找到了麼？」

小巫想起腐爛的虎屍，皺起臉說道：「找是找到了，但實在噁心得要命。我帶著讙回去井宮外的森林，讙很快便找到了虎頭，那可恐怖了，虎頭都快腐爛啦。虎的身子還在沼澤旁邊，泡了幾日水，腐爛得更加厲害。我花了好大的工夫，才把虎頭和虎身搬上牛車，運了回來。」

子曜聽了，想像那般景況也不禁甚感反胃，嘆口氣道：「可辛苦你了。找到就好了。」

小巫想起自己那日清晨回到牛家時，親眼見到牛小臣直和老臣樸慘死的情狀，他太清楚子曜的脾性，他連看動物被殺都會難受，更別說見到親近之人被殺了。子曜若得知親兄子漁下手殺死了忠誠善良的老臣樸和牛小臣直，定會哀傷痛苦至極，難以承受。又想起大巫㱿命自己勿對子曜說出此事，於是轉過頭去，盡力甩開腦中那兩具死屍的景象，想辦法轉移話題，問道：「這是你第一次進來神室吧？」

子曜點了點頭，舉目四望，但見圓形的室中放滿了各式各樣的吉金武器、禮器、酒器，都是供王族祭祀之用。吉金神器在商王族中乃是最神聖、最貴重之物，代表著商王的無上權力和財富，也代表著商王獨一無二，能夠跨入天帝、先祖和山川神靈的世界，祈求祂們保佑商人的神力。即使如子曜這般地位較高的王子，也很少有機會接觸到這些貴重而神祕的吉金神器。

小巫拉著他的手，說道：「來，我帶你到處看看！」隨手執起地上的一盞金油燈，領子曜來到一只人高的方鼎之旁。

子曜抬頭觀望那鼎，說道：「這鼎上的圖案好生奇怪，左右兩頭虎，中間夾著一個人頭，不知是何意義？」

小巫搔搔頭，說道：「大巫㱿還沒教過我，我也不知道。」

子曜沉吟道：「人被兩頭老虎分吃了，這是一種人祭麼？」

小巫道：「應當不是吧？你看這人臉上帶著笑，不像是要被老虎吃了的樣子。」

子曜道：「說得也是。那他站在兩頭老虎中間做甚麼？這兩頭老虎是他養的麼？老虎又為甚麼對著他張大口，一副想將他吞下去的模樣？」

小巫笑道：「你再問我，我也不知道啊。下回大巫彀有空，我問問他吧。你在左學學成之後，定可去右學就讀，想必能學到各種關於吉金神器和祭祀的事。」說著又拉著子曜去看另一個三足圓鼎，鼎上雕鑄的花紋是兩頭虎，身周圍繞著繁複的夔紋（注），極為生動細緻。兩個少年手持油燈，在神室中東摸摸西瞧瞧，如同進了藏寶室一般。

不知看了多久，外面忽然響起隆隆鼓聲，小巫側耳傾聽，說道：「肜祭就快結束啦。」

不多時，門外傳來腳步聲響，兩人猜想定是大巫彀回來了，互望一眼，都知道自己不應在神室中亂逛亂瞧，子曜趕緊過去躺回榻上，小巫也趕緊端著油燈，在他身邊坐下。

不多時，一個白色的身影如鬼魅一般飄了進來，正是大巫彀。

他此時已取下面具，清俊的臉上醞釀著一股沉鬱的肅殺之氣，雪白的衣衫上還沾著幾滴人牲的鮮血。他眼光寒冷，直望著兩個孩子，劍眉微蹙，輕啟薄唇，問道：「王子曜，身子好些了麼？」

子曜連忙答道：「回稟大巫彀，我好多了。」

大巫彀的眼神在子曜的臉上游移，子曜的臉頰上陡然一陣冰冷疼痛，彷彿被潑了一臉冰水一般，不禁發起抖來，心中升起一股不祥的惡兆。

然而大巫散並未說出甚麼不祥之語，也未責備他在肜祭之上嘔吐昏厥，只淡淡地道：「小巫，你送王子曜回去婦嫀之宮，今夜便留在那兒陪伴他，不必回來了。」

小巫一呆，連忙答應。子曜鬆了口氣，起身向大巫散恭敬行禮告別，忽然想起兄漁，說道：「我是否應當回到大室，和兄漁一道回去？」

大巫散卻搖搖頭，說道：「不必等候王子漁。」

子曜不敢多問，便在小巫的陪伴下離開了神室。

二人回到婦嫀之宮時天色已黑，子曜命小食臣送上會食，兩人飽餐了一頓。

然而過了許久，子漁卻尚未回來。子曜甚是擔憂，問起宮中寢小臣，都說子漁今晨去大室參與肜祭，之後就未曾歸來，不知去了何處。

子曜去探望母嫀，見她睡得甚熟，便未曾吵擾。他回到自己的寢室，和小巫相對而坐，兩人都感到一陣不安，卻又說不出來為何有此不安之感。

子曜憂慮地道：「我今晨和兄漁一同前去參與肜祭，如今肜祭早已結束，他為何還未回來？」

注　夔紋是常出現於商周青銅器、漆器和玉器上的裝飾花紋。夔（音同『葵』）是傳說中一種似龍的動物，形象是一角、一足、開口、卷尾。

小巫也不知道發生了甚麼事，心中甚感惶惶。

他今日在大室中見到參與肜祭的王昭、王后婦井、小王子弓、王子漁等人，察覺他們的面色都十分凝肅，雖坐在一處，也都隨著祭儀飲酒食肉，彼此卻既不言語，也不相望，似乎有意互相迴避目光。

小巫心想：「那夜我見到犬師、甫師在井方聚集，已向大巫報告了這件事，大巫想必已告知我王。那個帶著夜梟的大頭巫師，多半也回到天邑商向他的主人報告了。不知那大頭巫師的主人是誰？王后婦井又有何陰謀？」

他不願讓子曜更加擔心，因此未曾跟他說起這些事情，只勸他早早就寢，自己坐在屋角守衛，心中思潮起伏：「不知，今夜究竟會發生甚麼事？」

神室之中，大巫轂眼望著子曜和小巫相偕離去，心頭一陣難言的冰冷。他緩緩換下肜祭時所穿的雪白細綢金銀千鱗袍服，這時小祝悄悄進入神室，來到大巫轂的身後，輕聲道：「大巫轂。」

大巫轂並不回頭，只問道：「如何？」

小祝說道：「王子漁已平安離開天邑商了。」

大巫轂默然點了點頭。小祝又道：「您讓我用蟠虺匜觀看我王、王后和小王的情況。我王已回到天邑商公宮，正與傅說談論王婦婦好出征羌方之事。」

大巫轂問道：「王后呢？」

小巫道：「正如大巫觳所料，王后現在婦好宮中，會見鼠侯、犬侯、伯甫、子商和子畫。」

大巫觳閉上眼睛，輕輕吁出一口氣，又問道：「那麼小王呢？」

小祝端過一只鑄著蟠虺紋的吉金匜，裡面呈著淺淺的清水，說道：「小王已回到了小王宮中。大巫觳請看。」

這時大巫觳已換好了衣衫，緩緩來到吉金匜之前，低頭望去。清水中浮現清晰的影像，那是一座宮殿，正是小王子弓所居的「小王宮」。

小王宮位於天邑商王宮東側，乃是城中第二大的宮殿。子弓身為大商王位的繼承人，王昭和所有王族對他都極為重視。在他受封小王之後，王昭便在城中替他另起了這座氣派的小王宮，以昭顯小王的顯赫地位。小王宮中備有和商王同樣的諸多小臣，負責照顧小王的生活起居、飲食衣物、車馬弓戈，供小王子弓隨意差遣；並設有許多作坊，專門替小王準備製作各式衣食器物；另有數十位掌管政事的小臣在小王宮中辦公，負責替小王處理諸般政事。

然而大巫觳卻知道，小王子弓性情內斂保守，雖感激父王替他建造這座宮殿，給予他諸多小臣、作坊和僕役，卻並不樂意享用。他勉強居住於此，擺出的場面完全符合他小王的身分，私底下卻只希望自己能夠住在簡單樸實、舒適稱心之所，可以跟一些與自己心意相通的人相處，不必整日撐起小王的架子，出入見到的都是各般小臣，從早到晚都忙於處理各項政務。

這時大巫Ꜳ凝望著吉金匜中的清水，靜靜觀望。

但見子弓才回到小王宮的門口，門衛便趨上前來，在他耳邊低聲稟報：「耆老師般來訪，已在內宮中等候多時了。」

子弓顯得十分驚訝，快步跨入內宮，果見一個白鬚白髮的老者端坐在客位上等候，正是師般。

子弓連忙上前對師般恭敬行禮，說道：「弓拜見師般！」

師般神色凝肅，說道：「小王！為師特意來此見你，你應當明白為師的意圖。你必須儘快做出決斷了！」

子弓的神色顯得十分為難，說道：「多謝師般提醒。然而此事一時難以決斷，弓還須深思熟慮。」

師般凝望著他，問道：「你還在猶豫甚麼？」

子弓沉吟一陣，才回答道：「我在等人。」

師般微微皺眉，說道：「我知道，你在等伊鳧（音同『符』）！他何時才回來？」

子弓道：「應該這幾日會到。」

師般嘆了口氣，說道：「你何必等他？你應當明白自己的地位和分量。猶豫遲疑，可要錯過了大好時機！」

子弓敬拜道：「多謝師般指點。弓知道時機緊急，不可錯過。然而此事重大，我必得徵詢伊鳧的意見，方能決定行止。」

師般長嘆一聲，遲緩站起身，持起拐杖，說道：「我去了。但盼伊鳧能說服你！」

師般前腳才離去，一個瘦長的人影便竄入了子弓的內宮，臉上滿是促狹的笑容。這人極高極瘦，不但身形有如一隻白鶴，連面容也極似禽鳥，勾鼻小目，怪異而滑稽。

子弓無法掩飾內心的歡喜，跳起身，上前和那高瘦之人雙手互握，激動難已，埋怨道：「伊鳧！你回來多久了？為何此時才出現？」

伊鳧笑道：「我在等師般那老頭子離去啊。他若見到我，又要對我說教了，囉嗦個半天，沒完沒了。」

子弓嘆道：「別這麼說。師般也是為了我好。」

伊鳧一邊搖頭，一邊搖著手指，模樣十分可笑。他說道：「你這麼說，是對，也是不對。師般為你好，大力在我王面前稱讚你，將你誇到天上去。然而他這麼做對你有甚麼好處？難道不只是讓王昭對你更生疑忌？」

子弓默然。

伊鳧在室中負手踱步，他走路的姿勢也頗為怪異，好似一頭白鶴在池中漫步，低頭尋找水中的游魚獵物一般。他揮手道：「不說師般那老頭子了。這兒近況如何？我去舊都亳祭祀老祖宗伊尹，誰知途中遇上大河氾濫，一來一去竟花了大半年的工夫！天邑商都發生了些甚麼事？」

大巫𣪍紫色的眸子凝視著水中伊㫚的影像；他知道伊㫚並非大商王族，而是大商開邦功臣伊尹的後代。伊氏一族數百年來受到王室的尊重禮遇，子孫皆可和王子王女一般，自幼入左學習文學武。然而伊㫚當年卻並未入左學，而是與子弓一起離開天邑商，兩人一同在井方長大，關係極為密切。伊㫚最盼望的，便是有朝一日，他能如同當年伊尹輔佐大乙成唐一般，輔佐下一任的商王子弓。

但見子弓嘆了口氣，說道：「這幾日發生的事情可多了。」於是說了子辟在井方凌虐羌女令其變身，虎侯子化身為虎咬死鼠充，以及子央誤殺虎侯子等情。

伊㫚皺起眉頭，說道：「鼠充被老虎咬死了？我王如何處置？」

子弓道：「父王禁止我去參與鼠充的葬禮，但是讓子辟去了。」

伊㫚撇撇嘴，說道：「我王不准你參與鼠充葬禮，這是理所當然之事。因為他老早知道子辟不是你的子，而是鼠充之子。」

子弓滿面痛苦，伸手按著額頭，說道：「你別說了！此事太過令人羞愧，我連聽都不想聽！」

伊㫚問道：「那子央呢？」

子弓道：「子央在射宮之外，被那個羌女變成的豹子攻擊，受了重傷。父王說他誤殺虎侯之子，罪過太大，必得重罰，將他關入了王宮地囚之中。」

伊㫚睜大了眼，脫口道：「當真？我王竟將子央關了起來，這可大膽得很！你母后如何反應？」

子弓道：「母后為此大怒，她召集了犬侯、鼠侯等人，藉著入貢新釀的井鬯，親自來到天邑商，準備威逼我王。」

伊鳧一拍大腿，說道：「好個王后！你準備好了麼？」

子弓奇道：「準備好甚麼？」

伊鳧道：「王后的用意還不清楚麼？她自是打算逼王讓位給你啊！」

子弓眉頭緊皺，說道：「方才師般來找我，正是為了此事。但是……但是父王正當壯年，絕對不會願意退位，母后不見得能成功。」

伊鳧閉目沉思一陣，說道：「無論如何，你都得立即行動，奪取王位。等到我王對你的疑忌加深，可就太遲了。」

子弓壓低聲音，說道：「我見到一個進諫我王的時機，但我想先徵詢你的意見。今夕王肜祭時，有隻野雉飛來，降落在鼎耳之上。我想藉此諫王敬天畏祖，勤政修德。」

伊鳧眼睛一亮，拍掌說道：「好極！野雉擾亂祭祀，自是不祥之兆。你必得藉此機會訓誡我王，讓他自認罪過，這正是讓他自願退位的大好藉口！」

子弓道：「那麼我該如何進言才是？」

伊鳧臉上露出得意的微笑，說道：「你聽我道來。」

子弓將頭靠近伊鳧，說道：「願聞其詳。」

大巫散凝望著吉金匜中的子弓和伊鳧二人，抿起嘴，微微皺眉。就在這時，一個王之親戍匆匆趕來神室之外，拜倒急稟道：「大巫敔！王在公宮，有急事召見！」

大巫敔吁出一口氣，目光移開吉金匜，靜靜地對小祝說道：「王后要動手了。」小祝憂心忡忡地看向大巫敔，默然無語。

肜祭之後的晚上，將近夜半時分。

大巫敔來到天邑商公宮，但見宮中火燭明亮，映照著牆上細緻而華麗的壁畫。王昭坐在王位在之上，抱著雙臂，顯得又是疲倦，又是憂惱；二卿傅說和師般坐在王昭的左側，王昭平日倚重的另兩臣侯雀和婦好則因出征羌方，不在天邑商，賓位上坐著的卻是王后婦井。四人臉色都十分難看，似乎剛經過一場激烈的爭執。

大巫敔緩步走入，上前對王昭行禮，說道：「我王召喚本巫，不知有何吩咐？」

王昭望向他，臉上滿是求助之意，說道：「王后質疑余為何將子央關入地囚。請問大巫敔，余該如何向王后解釋此事？」

大巫敔還未開口，傅說已道：「我已向王后解釋過，王子央誤殺友邦虎侯之子，引致虎方集結萬人之師逼近天邑商。若不懲處王子央，我王如何向友邦交代？」

王后婦井坐在賓位，神色冷肅，直望著王昭，說道：「一派胡言！我王竟相信這等荒謬之言！子央並未殺死虎侯之子。他殺死的只是一頭虎，這跟虎侯之子有何關係？」語氣咄咄逼人。

王昭望向大巫敔，大巫敔平靜地道：「王后，那頭虎確實是人所變成，而那人確實是虎侯之子。」

婦井聽大巫豰說得斬釘截鐵，難以辯駁，於是揚眉道：「無論那是一頭虎，還是虎侯之子，總之那頭老虎咬死了鼠充，又試圖傷害子辟。子央若不殺他，難道要讓子辟白白被他咬死？我大商寧可讓王孫遭人屠殺，卻不敢因自衛而反擊侯伯之子？難道我大商便如此得罪不起虎方？」

傅說按捺不住，說道：「王后！這一切都肇因於王孫辟啊。他蓄意虐待羌女，令其在多人面前變身成羊，引致虎侯之子現身攻擊子辟。更嚴重的是，許多人親眼見到羌女變身成羊，見到虎侯子變身成虎！我大商最忌諱方族之人變身為禽獸這等妖邪之事，自從先王盤庚遷至天邑商以來，天邑商方圓百里之內，嚴禁他方之人變身。王孫辟之舉，大大違反了我王族祖訓！」

婦井卻撇得一乾二淨，說道：「甚麼子辟逼迫羌女變身，這等無稽之事，根本不曾發生！誰見到羌女變身成羊了？這都是那些低賤的羌奴、戍者胡亂編造的，根本沒有的事！」

此話一出，王昭和傅說都不禁一怔，對望一眼，不禁再次望向大巫豰。

大巫豰臉色凝重，並不望向王昭或王后，卻望向門外。

王后婦井的嘴角露出一絲淺笑，說道：「我不明白我王的意思，看來我王也並不希冀我明白。既然如此，多說何益！」她拍了拍手，五人從門口走了進來，個個全副武裝，手持弓戈。

王昭望向天邑商公宮門口的五人，正是鼠侯、犬侯、伯甫、子商和子晝，前三者是王昭一向倚重的方侯，後兩者則是王之親子和王族之子。王昭此時才倏然驚覺，這些人手中各自握有數百之師，而自己身邊卻空虛無人！不但侯雀、婦好率領了上萬精銳王師離開天邑商，連自己一向信任的親戌之長、親子子央，也被自己關入了地囚。然而最讓王昭驚訝的是，這五個方侯、王子竟有膽量支持王后婦井，公然跟自己作對！這表示王后婦井的勢力遠在自己的估計之上，她能夠號召控制的師眾，想必已不止這五個方侯與王子。

王昭震驚憤怒之餘，不由得想起：「大巫殼之前的警示全是真的，可恨余未曾聽信！余對王后太過信任了！」

王昭望向大巫殼，但見他面無表情，鎮定如常；師般神色沉重，但似乎並不驚訝；傳說的臉色極為難看，顯然未曾料到王后婦井竟大膽召集這些方侯王子之師，齊聚天邑商威脅商王。

王后婦井面帶微笑，好整以暇，緩緩說道：「本后聽聞我王派遣婦好、侯雀和亞禽三人召集上萬王師戍馬，出發攻打羌方。為了保衛天邑商，保衛我王，本后特意帶了井方之師來此，並召了忠於我王的鼠方、犬方、伯甫和子商、子晝，命他們率師進駐天邑商。此時我等多師已分布在王宮周圍，供我王差遣。」

王昭臉色陰沉，清楚知道己身處境極為不堪，手下重師都已派出城去，而王后婦井則掌握了天邑商的師權，自己完全在她的挾制之下，毫無抵抗之能。他忍不住輕哼一聲，說道：「王后好手段！」

婦井見王昭明白自己的處境，老臉上露出得意的微笑，說道：「本后對我王忠心無比，我王不必有任何擔憂懷疑。然而我王倘若能聽從本后幾句忠言，那就再好不過了。」

王昭冷冷地道：「妳有甚麼話，直說便是。」

王后婦井冷然說道：「我的忠言很簡單，一共只有兩件事。第一，召回侯雀和婦好，立即解除他們的師權！」

王昭搖頭道：「此事萬萬不可。侯雀和婦好帶領王師出征羌方，目的正是引開虎方之師。虎方已在東南集結萬人之師，隨時會攻打到天邑商城門之外。妳和妳手下這些雜眾之師能夠抵擋得住麼？倘若無法抵擋，不仰賴婦好和侯雀這兩名善戰的王師之長，妳能憑恃甚麼與虎方交戰？」

婦井臉色一沉，說道：「本后的第一句忠言，我王便不肯聽！然而這第二件，我王可必得聽入耳去。」她頓了頓，才道：「賜死婦斆，放逐子漁和子曜！」

王昭暗暗震驚，心想：「莫非她已得知了巫彭之事？」

他沉默一陣，才道：「妳即使身為王后，也不能隨意賜死其他王婦。余可以同意軟禁婦斆，讓她不得離開婦斆之宮。至於子漁和子曜，他們是王之親子，豈能毫無罪名過錯，便加以放逐？」

婦井冷然道：「子曜來我井宮作客時，曾意圖毒死我。這罪名夠不夠？」

王昭瞪著她，心中清楚：「根據大巫散給余的密報，明明是妳試圖毒死子曜未遂，如今卻反過來指控他意圖毒死妳！」只說道：「無憑無據，何能服人？」

婦井道：「老臣樸和牛小臣直兩個，便是證人。然而他們已被子曜殺死滅口，死無對證了。」

王昭向大巫𣪊望去，大巫𣪊道：「老臣樸和牛小臣直二人，確實已死去。」卻未說出他們乃遭子漁殺害。

婦井喝了一口鬱鬯，繼續說道：「老臣樸親口供稱，子曜從西南歸來時，蓄意停留井方，企圖藉機對本后下毒，而指使子曜下毒者，正是其兄子漁。子漁和子曜意圖謀害本后，惡行巨大，放逐並不足夠，罪應處死。我王若不答應，相信子弓一定會首肯的。」

王昭聽她將話說得如此直白，心中雪亮，自己若不答應，婦井很可能將命手下多師將自己囚禁起來，逼他讓位給小王子子弓；或是乾脆下手殺死自己，讓小王子弓名正言順地接任商王之位。子弓登基為商王之後，自會聽從母井之言，爽快地殺死這兩個曾威脅到其小王地位的弟弟，那時他們的下場只有更加悲慘。

王昭心中也很清楚，婦井此時大佔優勢，卻留下自己的性命不殺，甚至願意跟自己討價還價，只有一個原因：她忌憚在天邑商之外由婦好和侯雀率領的萬人王師，怕他們回到天邑商後，將殺她示懲。

王昭原本以為婦井會替子央求情，要自己將子央放出地囚，豈知婦井竟連提都沒提起子央。王昭這才明白，婦井最大的目標乃是消除敵人婦斁一家，以及穩固子弓的地位；子央雖是她的親子，但在這場權力鬥爭中卻無足輕重。

王昭吸了一口氣，說道：「好！余同意軟禁婦斁，同意將子漁和子曜下囚，等候審判。然而征羌王師既已出發，不可違逆祖意，輕率召回。」

王后婦井見王昭願意妥協，嘴角露出微笑，說道：「如此甚好。那麼我將參與明晨的貞卜。貞卜之後，便請我王實踐諾言。」說著望了大巫㱿一眼。

大巫㱿始終未曾發言，臉上也如戴了面具一般，毫無表情。然而在場的所有人都心知肚明，王后婦井這是在暗示大巫㱿，要他將肜祭中的異象歸罪於婦斁一家，好讓王昭有足夠的理由懲處婦斁和其二子。

王后婦井站起身，臉上露出滿意的笑容，緩步離去。她才跨出宮門，鼠侯、犬侯、伯甫、子商和子畫便率手下多戍跨入公宮，擋住宮門，顯然無意讓王昭離去。

王昭臉色十分難看，望向這五人，冷然道：「余欲回寢宮休息，快讓開了！」

犬侯雙手叉腰，毫不動搖，說道：「為保衛我王，我等恭請我王今夜在此歇息。」又對傅說和師般道：「二卿也請留下。」

傅說和師般對望一眼，他們都非戍者出身，無力抵抗，只能俯首聽命。

這時大巫㱿站起身，說道：「明日將有重大貞卜，本巫需回神室齋戒沐浴，預做準備。」

犬侯、鼠侯等互相望望，雖不願放他離去，但不敢得罪大巫，只能道：「大巫㱿請便。」

大巫㱿來到王昭身前，跪倒行禮，離王甚近，顯然在等候王的指令。

王昭湊上前，低聲道：「余身邊既無親戍，亦無王師，留在此地，只會繼續受彼等挾持逼迫。」

大巫㱿點點頭，說道：「有本巫在此，我王不必擔憂己身安危。然而巫者不能破誓參與干戈，王身邊須有忠誠戍者護衛。本巫是否立即派人通知侯雀和婦好，令其班師回返天邑商？」

王昭搖頭道：「不，王師已去三日，回返需時太長。請大巫通知亞禽，讓他率少數禽戍連夜趕回，護送余離開天邑商。」

大巫㱿微微一怔，說道：「王要離開天邑商？」

王昭道：「正是。」

大巫㱿問道：「然而是否應召回王師？」

王昭再次搖頭，說道：「不，不可與王后之師正面衝突。虎方大敵在外，若雙師交鋒，必致兩敗俱傷，難禦外敵。待余與王師會合後，再定行止。」

大巫㱿不再言語，臉上露出憂慮之色，敬拜應諾，起身離開公宮。

# 第十四章 入囚

次日清晨，王昭在鼠侯、犬侯等的監視下，來到王宮大室。這時居於天邑商的王族皆已聚集於大室之中，等候大巫觳貞卜關於肜祭時野雉落鼎鳴叫之兆相。王族居於天邑商者約有三百多人，擁有封地、散居於天邑商周圍的王族則有上千人。今日來此觀看貞卜的只有居於天邑商的王族，其餘王族在分封之後，除了進貢或商王召見外，並不能擅自進入天邑商。

王昭坐在大室的首位，神色凝重。他知道在貞卜之後，自己便必須聽從婦井的「忠言」，下令軟禁婦斁，並將子漁和子曜下囚；他也知道在虎方的威脅解除、王師回到天邑商之前，自己都將處於婦井的挾制之下。即位十五年來，他內用三卿，治理天邑；外建王師，征討多方，可說是個文治武功皆燦然有成之王。然而他卻料想不到，自己擔任商王十五年來面臨最嚴峻的挑戰，竟然來自他自己的王后婦井，以及自己的大子弓！

王族坐定之後，小王子弓忽然站起身，對著王昭說道：「敬稟父王，子欲進一忠言，盼父王垂聆。」

王昭昨日已接受了婦井的「忠言」，這時聽說小王也有「忠言」要進，心下大惱：「弓這小子太過可惡，竟然落井下石，欲趁機逼余答應其他的條件！」他向婦井怒目而視，但見她微微揚眉，似乎並未預料子弓有此進言之舉，心想：「難道這是子弓自作主張，並非出於婦井的指使？不知他又有何『忠言』要進？」當下點點頭，說道：「小王有何忠言欲進，余願聽聞。」

子弓說道：「昨日肜祭時有雉飛來，落於鼎耳，高聲鳴叫，擾亂祭禮，這應是先王來向父王直言訓誡之意，盼王垂鑒。」

王昭和所有商人一般，對先王恭敬崇拜至極，聽了子弓之言後，神情嚴肅，立即跪倒，說道：「昭恭聆先王訓誡。」

子弓說道：「先王曾如此訓誡子孫——先祖在天上監視地上的子孫，最重視的是子孫是否敬祖行善。人之壽命有長有短，並非先祖故意令人短壽，而是因人胡作非為，自取短命早死，肇因在於其不從善行，不服祖降之懲。先祖給予人壽之長短，皆符合其德行。唯有不敬先祖的妄人敢說：『先祖能奈我何？』父王！你既繼承王位，便應敬勉執行王之職責。諸位先公先王，沒有一位不是我大商先祖，祭祀時不應厚此薄彼，對於王自身的直系諸祖：小乙、祖丁、祖辛等諸位先王，祭祀不應比其他先王更加豐厚。」(注)

子弓這番話說得非常不客氣，等同以小王的身分指責現任王昭，以子責父，委實大膽至極。這些年來，王昭性格強悍，身邊能臣眾多，出師征伐四方，戰功彪炳，在其他王族眼中已逐漸成為威脅。許多王族中人並非王昭直系先王之子孫，而是旁系先王的子孫，王昭祭祀時偏重自己的直系先王，便不免貶低忽視了旁系先王，令許多王族心中暗感不快。這時眾王族多臣等聽了子弓的指責之言，都紛紛點頭，表示贊同。

這時大商耆老、三卿之一的師般站起身，敬拜說道：「小王子弓所言甚是！先王皆為大商始祖契的子孫，自大乙成唐以來已有三百餘年，王位傳了二十有二代。先祖所立之規矩不可破壞，對先王之祭祀不可偏私，王位之傳遞，更加不可擅自改變祖宗的規矩。」

王昭對師般拜倒，說道：「謹承余師教誨。」心中暗暗惱怒：「師般乃余之卿，心卻向著子弓！子弓的這番話，多半是師般教他說的。師般擔憂余不顧祖制，試圖換下子弓，另立子漁為小王，擅改祖傳規矩。想必在這件事情上，他是偏向婦井和子弓。然而，又有誰會站在余這邊？」

他的眼光落在大巫散的身上，心中清楚，整個天邑商中，只有大巫散知道他是如何登上商王之位的；也只有大巫散明白為何王昭必須立婦斁為后，立子漁為小王。王昭倘若自毀諾言，欺騙巫彭，災難將不會獨獨降臨在婦斁和其子女身上，更加降臨在王昭身上，甚至降臨在整個天邑商之上。

王昭知道自己此時只能倚賴大巫散了。於是他對大巫散拜下，說道：「肜祭時野雉落鼎鳴叫之兆，小王已說出肇因，不需另行貞卜。子弓直言進諫，匡正余過，有功於大商王

---

注　子弓說的這段話，大體出自《書經．高宗肜日》篇。篇中敘述高宗武丁（即王昭）之子祖己（即子弓）藉由肜祭時雊雉（雊為鳴叫之意，雉為野雞一類的鳥）落鼎的異象，訓誡其父應「惟先格王正厥事」，即「此為先王告訴我王，應當修正其事」。後世解讀，認為此篇可能是商朝確實發生過的事，後經西周史官改寫，將原文用「先」處改為「天」，反映周人敬天，重視天—王—民的對應關係；而商人敬祖，重視帝—祖—子孫的關係。

族。余願恭請大巫𣪊選擇吉日，貞問余提早退位，讓小王子弓即位為王之吉凶。」

此言一出，全族震動。眾人都沒想到王昭有這等氣魄，竟自己提出讓位之議！婦井也不禁動容，心想：「好個王昭，竟主動提出讓位之議！難道他有恃無恐，認為大巫𣪊絕對不會讓他退位？」

師般則露出喜色，心想：「事情若能有如此進展，自是大佳。」

其餘王族則望望王昭，又望望小王子弓，心中動的都是同一個念頭：「王昭智勇雄霸，天下少有，而小王子弓絕對沒有王昭的雄才大略。倘若由子弓提早接位，但王昭未死並留在天邑商，那麼子弓這王位絕對坐不穩。子弓若當真成為商王，對大商究竟是福是禍，對王族究竟是福是禍？」

眾人竊竊私議中，大巫𣪊淡淡地道：「王位繼承，乃王族大事。以本巫淺見，大商祖制，王位的傳遞無論是父傳子或兄傳弟，倘若現任之王正當盛年，無病無咎，則無提早讓位之先例。我王倘若真有此意，本巫自可替王貞卜，然而是否應當行此貞卜，亦須徵求王族的意見。」

三百多名王族彼此望望，陷入一片寂靜，誰也不敢率先開口。眾王族前一日都參與了肜祭，喝得醉醺醺地，也都見到了野雉落鼎鳴叫的異象；今日他們天未明便起身，齊聚大室，只不過是想觀看大巫𣪊貞卜關於野雉落鼎之吉凶，全未料到情勢竟會發展至此地步。他們這才意識到，王昭和王后婦井之間的爭鬥已不再是暗潮洶湧，而是明刀明戈、你死我活的衝突了。

由於勢態太過出乎意料，此時誰也不敢出頭表態。素來支持王昭者噤不敢言，因為主張進行讓位貞卜的正是王昭自己；素來反對王昭者也同樣不敢出聲，因為他們摸不清王昭此刻的實力，猜不透王昭是否故意拋出貞卜讓位之議，好引出所有反對他的王族，一網打盡。

一片沉默之中，王后婦井開口說道：「我王正當壯年，有天帝先祖護祐，定將長命百歲。讓位之議，暫不應提。」

王族聽王后這麼說，都鬆了一口氣，心想：「對婦井來說，身為王后，自比身為王母更加尊貴一些。」

不料婦井話鋒一轉，接著道：「今日王族諸位在此，容本后告知一件大逆不道之事。數日之前，我請王子曜來井方試鬯，他竟聽從其兄子漁之議，在鬯中下毒，企圖毒死本后！」

這話一說，王族再次陷入震驚，大室中一片死寂。

王族紛紛望向王昭，但見他並不反駁，也不言語，似乎默認了此事。

婦井見眾人都不敢出聲質疑，便接下去道：「我王得知之後，震怒不已，決定將子漁和子曜兄弟關入地囚，永不得釋！」

王族譁然，但聲浪很快又被壓了下去。兩名井戍大步上前，對王昭行禮，高聲道：「謹遵我王之命！」離開大室，往婦斅之宮去了。

王昭望著那兩名井戍的背影，握緊了拳頭，勉強壓下心頭的洶湧憤慨。

就在這時，大室門外傳來一聲震天暴吼，一個高大蜷髮的師長手持闊斧衝至門口，定睛一看，正是亞禽。他身後跟著三十名精銳禽戍，各持闊斧和三叉戟，氣勢洶洶。原來亞禽前夜收到大巫㱿派人送來的緊急通報，便立即率領禽戍連夜快馬趕回天邑商，保護王昭。

亞禽和禽戍形貌粗獷勇猛，眾王族見了，都心驚膽跳，心想今日一場慘烈廝殺應是免不了的了。

不料王昭霍然站起身，高聲說道：「本王為彌補己過，將立即離開天邑商，協同婦好、侯雀、亞禽，親征羌方！」

王后婦井並未料到這一著，一時不知該如何反應。王昭趁著王后婦井遲疑之際，在王族眾目睽睽之下，大步走向大室門口。

王后婦井回過神來，尖聲叫道：「且慢！我王親自出征，乃是邦之大事。此事曾貞問過天帝先祖之意麼？」

王昭停下腳步，回頭望向婦井，又望向大巫㱿，沉穩地道：「此事余已請大巫㱿向天帝先王貞問過了。」

眾人的眼光全都聚集在大巫㱿身上。大巫㱿自然知道時機緊急，當此情境，自不可能當場進行繁複的焚燒龜甲貞問之儀，等到貞問完畢，王后婦井早已召集多戍阻絕大室的出路，王昭也絕對無法離開了。於是他說了生平第一個謊言：「我王所言甚是。本巫已遵照王意貞問天帝先王之意，我王親征之卜象為吉。」

王后婦井一時無話可說，站起身咬牙說道：「然而我王離都遠征，豈可倉促而行？應當多留半日，召齊隨行侍者，備妥行旅多物，方可啟程。」

王昭把握機會，立即說道：「王后所言不錯，此行當有萬全準備。傅卿乃殷之重臣，多年來掌理天邑商大小諸事，乃是余最得力之助手，定能替余做好一切準備。傅卿！你隨余而去。」

傅說在人群之中，聽了王昭的召喚，立即起身，趨至王昭身旁。

王后婦井還想再說，王昭卻已轉過身，在亞禽的護衛下，踏出大室，離開王宮，直出天邑商。

而當井戉在清晨時分闖入婦斁之宮，宣告子漁和子曜意圖「毒殺王后」的罪名，王命將二人下囚之時。子曜見狀全然呆了，臉色煞白，不知所措；小巫在旁見了，也張大了口，一句話也說不出來。

一個井戉喝問道：「王子漁在何處？」

子曜只能老實回答道：「兄漁不在這兒。他昨夜……昨夜並未回來。」

兩個井戉不由分說，上前架住了子曜的臂膀，將他拖出了寢宮。

小巫看在眼中，知道自己不能阻止，只能快步跟在子曜身邊，低聲安慰他道：「不要擔心，大巫㱿一定會有辦法救你的！」

子曜慌亂之中，感到讙從衣袖中鑽出，溜到了地面。小巫甚是警覺，立即將讙抱起，藏入懷裡。

子曜完全未曾料到這等巨大橫禍竟會陡然降臨在自己身上，腦中急速動念：「這究竟是怎麼回事？我雖人微言輕，但父王對兄漁一向重視，怎會下令將兄漁也下囚？」

他眼見除了捉拿自己的井戍之外，宮中也多了數十名王之親戍，將婦斁之宮團團圍住。子曜好生擔憂，暗想：「父王雖甚少來造訪母斁，但對母斁一向尊重。他們會對母不利麼？」他即使已遭擒擄，仍高聲對多戍喝道：「你們聽好了，誰也不准侵擾我母！」

一個王戍說道：「王子曜請勿擔心，我王下令封閉婦斁之宮，軟禁婦斁，我等絕不敢傷害王婦。」子曜這才略略放下心。

兩個井戍架著他出了婦斁之宮，在王宮中走出好長一段路，才終於停了下來。

子曜一抬頭，發現自己已來到王宮地囚之外。那是一棟粗石所製的矮屋，門簷矮小，門內黑沉沉地，十分陰森。子曜從未來過此地，只知道這是先王盤庚將都城遷至天邑商後所建，用以禁閉罪大惡極的王族罪犯。當時王族之間彼此傾軋，爭權嚴重，盤庚為了警戒王族，特意闢建了這個深有三層的地囚，將意圖謀反的王族關在此地，昭示天下：「任何王族意圖挑戰王權，我便將他囚禁在這深入地底的地囚之中，讓他又餓又冷，直到老死在其中！」

對商人來說，被殺死並不可怖，因為他們相信自己死後，會被先祖接到天上相聚，永遠居於天界之中。然而被扔入深入地底三層的地囚，在囚中挨凍挨餓，求生不能，求死不得，直到年老而死，卻是無法想像的苦痛折磨。

這時子曜望著地囚的門，心中好生驚懼，暗想：「我當真得入囚麼？」兩個囚衛從地囚之門走了出來，懷疑地望著瘦小蒼白的子曜。

一個井戍道：「這是王后的犯人，王后下令將他關入地底最深的那間石囚。」

一個身形胖大的囚衛答應了，說道：「交給我吧！」伸出大手，將子曜拉了過去。

兩個井戍離去後，那胖大囚衛低頭盯著子曜，嘖嘖兩聲，說道：「又一個王子！」一手握著他的手臂，另一手便開始脫他衣衫。

子曜驚叫道：「你做甚麼？」

那胖大囚衛一派輕鬆地道：「入囚之前，囚犯都要剝光衣裳的。別掙扎了，省省力氣吧！也替我省省力氣。」說著便與另一名囚衛合力脫下了子曜身上只有王族才能穿著的白衣白裳，直脫到一絲不掛。

王戍知道子曜王子的身分，對他還算客氣，但這些囚衛可顧不了這麼多，聽說他是王后的犯人，便將他當作犯人處置。

子曜身子在寒風中微微顫抖，兩個囚衛一前一後，押著他攀下一道木梯，領他走過一段陰暗的甬道，又落下一段很長的木梯。子曜感到自己已深入地底三層，身周愈發陰暗潮溼，空氣凝滯，十分氣悶。

落到第三層的地底後，腳下已凹凹凸凸，不再是石板地，似乎進入了一個天然的地底甬道。走出好長一段路，胖大囚衛終於停下腳步，從腰間取出鎖匙，打開一扇柵欄，另一名囚衛將子曜推入一間石囚之中，關上柵欄，鎖了起來，接著便大步離去。

柵欄關上之後，石囚中陡然暗了下來。囚衛將火把留在了遠處，只有隱約微弱的光線透入囚中。這地囚是個天然的洞穴，深入地底，不知當年先王盤庚如何發現了此穴，加上柵欄，將之改造成了一間地囚。子曜抬頭望去，但見四面都是粗糙嶙峋的天然石壁，穴頂有三丈高，頂壁上有個窄窄的洞口，看來可能是通風口，常人絕對無法攀爬上去。

子曜呆在當地，不敢相信自己竟無端獲罪，陡然從慣居的寢宮落入地底石囚，這輩子不知還能不能見到天日？他頹然坐倒在地，只覺一切都荒唐至極，他想起那個井戍宣告自己的「罪名」，心想：「父王怎會相信王后的一面之詞，以為兄漁和我會意圖毒害王后？」

他想起在肜祭中見到王后婦井，記得她的臉色十分陰沉，心想：「我偷偷逃離井地，定然惹惱了王后，她很可能因此決定對我下手。但她竟能牽連到兄漁和母斁，事情便沒有那麼簡單了。父王絕對不會任人欺侮兄漁和母斁，除非……除非父王受到了某種威脅。」他愈想愈擔心母斁和兄妹的安危，悲從中來，不禁啜泣起來。

正哭得傷心時，忽聽角落傳出一聲冷笑。

子曜全沒想到這石囚中還有別人，嚇得直跳起來，尖聲問道：「是誰？」

角落無人回答。

子曜凝目往角落望去，只見到角落盤踞著一團巨大的黑影，那若是個人的話，身形想必極為高大。子曜鼓起勇氣，靠近幾尺，藉著微弱的光線向那人打量去。但見他確實是個人，高大壯健，全身赤裸，長髮披散，臉上傷疤縱橫，正是子央。

子曜甚是驚詫，脫口叫道：「中兄！」

那人果然便是子央。數日之前，子曜親眼見到他遭羌女所變的豹子抓傷，也得知父王為他在井方誤殺虎侯之子發怒，不顧他身受重傷，堅持將他下囚。只沒想到，他竟也被囚禁在這深入地底的王宮地囚之中！

子央平日威風凜凜，高傲自得，這時全身赤裸，重傷未癒，委頓於黑暗陰冷的地囚之中，與他往昔的風光相比，眼下的情狀委實悲慘卑微至極。

子曜知道中兄自視甚高，眼中向來只有競爭對手小王子弓，絕對未曾留意過他這個瘦弱多病的異母之弟；既然子央並未開口詢問，他便也未曾說出自己是誰。他回想往事，中兄央在射宮外受豹子攻擊、身受重傷、繼而下囚，算算已是六日前的事情了。他偷偷望去，但見子央左邊的肩頭包紮著層層白布，仍有少量鮮血滲出，臉上的豹爪之痕雖顯得十分猙獰可怖，但已開始結疤了。他對中兄央滿懷敬畏，又壓抑不住關心之情，小心翼翼地問道：「中兄，你的傷……你的傷還好麼？」

子央仍舊不出聲，只舉起右手臂，握緊拳頭，手臂上肌肉繃現，足有天乙神鼎的一條腿那麼粗，子曜只看得雙眼圓睜，忍不住低頭望望自己的手臂，只見自己的手臂蒼白虛弱，有如乾枯的樹枝一般，跟子央的壯臂完全無法相比。

子央忽然仰頭咧嘴，哈哈大笑起來，狀若瘋狂；他笑了一陣，陡然暴喝一聲，舉起右拳往石壁上打去，打一拳便暴吼一聲，只打得砰砰作響，一連打了二十多拳還不停止，似乎想將石壁都打凹了。

子曜嚇得捂住耳朵，縮在石囚一角，緊閉雙眼不敢去看，卻又忍不住好奇，偷偷眼睜一線，只見子央的右拳上滿是鮮血，石屑和血肉四處飛濺，有不少濺到了子曜的臉上。

打了不知多久，子央才終於停下，呼呼喘息，忽然轉過頭，對著子曜狂吼道：「下個打的就是你的頭！你等死吧！」

子曜縮成一團，不敢動彈，也不敢出聲，心想：「我被關進這石囚，已經夠糟的了，豈知竟還跟癲狂中兄關在一起，想必命不長久！」又想：「王后自是故意的。我在囚中被發了瘋的子央打死，別人也不能怪罪於她；父王就算發怒，也不能追究到王后頭上。」

幸而子央雖威脅要打子曜，卻並未真正動手。可能打石壁已打得太累了，忽然仰天躺倒，昏睡過去，發出響亮而沉緩的鼾聲。

子曜吁了口氣，心中籌思：「我在此地不知需待上多長時候，若要保住性命，便得與中兄和平相處。他隨時能打死我，我得小心謹慎，切莫惹他發怒。」

傍晚之時，一個囚衛走來囚外，將兩只陶碗放在柵欄之外，說道：「吃吧！」

子曜早已餓壞了，見到有人送食物來，稍稍振奮，上前持起陶碗一看，但見裡面只有半碗清水，水上浮著一兩粒酸掉的米粒。

子曜大為失望，問道：「這……就這些？」

囚衛哼了一聲，說道：「你不吃，我就收走了！」

子曜趕緊說道：「我吃！」忽聽身後子央移近前來，一把搶過他的碗，仰頭喝光了，接著又拿起另一只碗，也一口便喝光了。

子曜哪敢跟他爭搶，心想：「這一碗水，喝不喝都差不多。他即使喝了兩碗，也遠遠不足以充飢。」於是一聲不吭，坐回角落。

到了晚間，子曜飢寒交加，心中擔憂母兄的安危，加上沒有誰在身邊，身子又逐漸陷入虛弱病餒。他再也忍耐不住，又抽抽噎噎地悶哭了起來。他這一哭，立即引起子央的暴怒，抓起身邊的空陶碗，猛然向子曜砸去，喝道：「哭甚麼哭！我得在這鬼地方已待了多少時日，哭有甚麼用！你再哭，我立即打死你！」

那陶碗嗆啷一聲，在子曜的頭旁砸得粉碎。子曜嚇得要命，趕緊收淚，一聲也不敢出。

子央卻仍繼續發怒，口中喝道：「你得到父王母后的寵愛，憑的是甚麼？不就因為你比我早出生？我甚麼地方不及你了，你可以安穩地做你的小王，我卻落入暗無天日的囚牢，受盡屈辱苦楚！虐待羌女惹惱虎侯子的是你的子，受傷毀容的卻是我，還因此而被父王發令下囚！你等著吧！總有一日我要把你關入這地牢中，讓你嚐嚐我吃過的所有苦頭！」他一邊狂吼，一邊又開始瘋了般地猛搥石壁。

子曜聽在耳中，知道子央怒斥發洩的對象正是其兄小王子弓。他素知他們兄弟不和，如今二人的地位處境天差地遠，雖是同父同母所生的王子，卻一個安居小王宮，一個身處地底囚，心中也不禁惻然，暗暗為中兄央抱不平。但當著子央發怒之際，他自然半句話也不敢多說。

子央仍舊用力搥著石壁，整個地囚都震動起來，壁頂石屑紛紛墜落，彷彿就將倒塌。震天的搥擊聲終於將兩個囚衛引了過來，一個喝道：「吵甚麼！快給我停下！」

子央怒發如狂，仍舊搥個不止。一個囚衛破口大罵，舉起木桶，向著囚室潑入一桶冷水，全潑在子央和子曜的身上。

子央大怒，衝到柵欄前，作勢要毆打囚衛，那囚衛趕緊躲得遠遠地，另一個囚衛又往子央的臉上潑了一桶水。子央後退閃避，這才停止搥壁。

兩個囚衛咒罵了幾聲，才相偕離去。

地囚中又只剩下子央和子曜二人。子央似乎冷靜了下來，子曜也嚇得不敢作聲。兩人各佔一個角落，石囚中陰寒寂靜，氣氛冷得直如要結冰一般。

子曜見子央喜怒無常，雖想出聲安慰，但也知道自己說不出任何足以安慰他的話語，只能噤聲不語。

# 第十五章 相依

夜晚降臨，寒氣陡增，子央和子曜兩人全身赤裸，又被潑了水，子曜冷得全身發抖，牙齒格格打戰，子央雖身體健壯，也不禁冷得肌膚起了一片疙瘩。

就在這時，頭上忽然傳來一陣啾啾之聲，似乎是隻老鼠。

子曜冷得無法動彈，子央抬頭望去，忽然咒罵一聲，低喝道：「甚麼人？」

子曜這才勉力抬頭望去，但見一個人頭從壁頂狹窄通風窗口鑽了進來，往石囚內探望。黑暗中看不清那人的面目，只看得見頭顱甚小，似乎是個孩子，子曜第一個想到的就是：「小巫來探望我了！」

但聽那人輕聲喚道：「兄曜，兄曜，你在這兒麼？」

子曜一聽那聲音，立即認出是誰，好生驚喜，跳起身叫道：「嫚，是妳！妳回來了！」

從通風口外探頭進來的果然便是子曜之妹——子嫚。她也認出子曜的聲音，喜道：「兄曜！你真的被關在這兒！我給你送吃的來啦！」

子曜聽到她最後一句話，雙眼發光，喜道：「好妹嫚，多謝妳！我快餓死了！」

子嫚的頭縮了回去，在通風口邊摸索著甚麼，只聽得一陣窸窸窣窣之聲，過不多時，便有個黑影從通風口緩緩落下，子曜趕緊湊上前伸手去接，接住後才發現那是只陶罐。原來子嫚用粗繩索綁著陶罐的一隻耳朵，將陶罐緩緩降入石囚中來。

子曜趕緊打開木塞，往陶罐裡望去，竟是大半罐米粥。他高興極了，繩索都沒解開，舉起陶罐便想喝，忽然留意到一旁的子央，呆了呆，抬頭問子嫚道：「還有麼？」

子嫚道：「我帶來了兩罐粥，不知夠不夠？」

子曜喜道：「太好了！應當夠了。」解開陶罐上的繩索，走上幾步，將陶罐放在子央的身前，說道：「中兄請先食用，還有一罐。」

子央在黑暗中直瞪著他，略一遲疑，便伸手拿起陶罐，仰頭吃了起來。

子曜抬頭對子嫚道：「嫚，請妳將另一罐也吊下來。」

子嫚收回繩索，過不一會兒，又吊下一罐米粥。子曜肚子雖餓，但他向來少食，吃了小半罐便吃不下了，於是將剩下的粥遞過去給子央，子央又幾口便吃得乾乾淨淨。

子曜依次將繩子綁在陶罐耳上，讓子嫚將兩個陶罐都收了回去。子嫚見兩罐都吃個精光，問道：「兄曜，你當真餓得狠啦。他們都給你吃些甚麼？」

子曜嘆息道：「他們一整日只給我一碗水，碗裡泡著幾粒酸米。妳若未曾送食物來，我只怕今夜就要餓死冷死在這兒了。」他心中掛念著母和兄，忙問道：「母沒事麼？兄漁呢？」

子嫚道：「兄漁失蹤了。婦井派人在城裡大舉搜捕他，至今尚未找到。我猜想他在王戍包圍母斁之宮之前的那夜，就已預先出城去了。」

子曜放下了心，暗想：「兄漁多半預先收到風聲，得知婦井要出手對付我們，因此彤祭一結束，就預先逃出城去了。」又問道：「母平安麼？」

子嫚道：「母都平安。婦斁之宮外布滿了王戍，不准任何人出入，但他們並未侵擾母斁。你也知道，母斁從來不離開寢宮，軟禁不軟禁，對她來說其實毫無差別。」

子曜嘆了口氣，問道：「那妳呢？妳是何時回到天邑商的？」

子嫚道：「我昨日才回到天邑商，一回到婦斁之宮，便也被關在宮裡，不能自由出入。」

子曜奇道：「那妳如何能出來送食給我？」

子嫚笑道：「這還不容易？我是從咱們小時候常常一起鑽的那個牆洞溜出來的。」

子曜笑了，又問道：「這地囚深入地底，妳又怎能找到此地？」

子嫚道：「我聽人說過，王宮地囚深入地底，守衛嚴密，連大巫觳都無法施巫術保佑囚中之人。我心想地囚不管多深，一定都有通風口，否則關在裡面的人不是很快就悶死了麼？於是在地囚附近搜索一番，終於找到了一個地洞。我鑽進地洞，發現一條細長的甬道，一路鑽進來，到了盡頭，感到下面有個空曠而深邃的洞穴，往裡面呼喊，果然你就被關在這兒！」

子曜道：「原來如此。多虧了妳，還攜著兩罐米粥鑽過甬道！」

子嫚一笑，說道：「是母讓我來的。她知道你被關在這兒一定要挨餓受凍，因此命朱婢準備了米粥和繩索，讓我帶進來送給你。我還替你帶了張羊皮被來，你夜間裹在身上，白日便藏在角落裡，別讓人發現了。」說著從通風口塞入一團物事，跌落下來，正是一張羊皮被。

子曜接住了那張羊皮被，觸手雖比平時所用粗糙簡陋得多，但他卻如獲至寶，立即將羊皮被裹在身上取暖，身子才終於不發抖了。他感激地道：「子嫚，謝謝妳！也請代我拜謝母斁關愛之恩！」

子嫚道：「不必謝我。我會告訴母找到你了，讓她放心。」忽然問道：「地囚裡黑漆漆地，我甚麼也看不見。有人跟你關在一起麼？」

子曜道：「有的，就是中兄央。子嫚，請妳明晚多帶一張羊皮被來給中兄，好麼？」

子嫚啊了一聲，說道：「中兄！」靜了一會兒，說道：「這張被是母偷偷給我的。他們盯得很嚴，母斁宮中吃的用的，都得經過王戌的同意才能取用。我不敢向他們索取，明日我將自己那條羊皮被拿來給中兄吧。」

子曜喜道：「多謝妳啦。」

子嫚道：「兄曜，我盡量每晚來探望你，只不過有時地囚周圍守衛森嚴，我怕被他們見到，就不能來了，但能來的時候我一定來。兄曜，你多保重，母很掛念你。還有，大巫㱿派小祝偷偷來找我，告訴我大巫㱿正想辦法救你出去，可能需要一段時日。你一定要堅強，努力撐著，不能放棄，知道麼？」

子曜心中感激，說道：「請妳跟母說，曜一定會堅強，請母放心。並請代我拜謝大巫㱿，曜感激不盡！」

子嫚道：「我會轉告母和大巫觳的。」頓了頓，又忍不住問道：「兄曜，究竟發生了甚麼事？」

子曜回想在婦井宮中發生的種種事情，明明是王后婦井意圖毒死自己，卻變成自己意圖毒害王后，顯然出於王后的蓄意誣陷，意在除去母斁和自己兄弟這些眼中釘。他猜想王后婦井多半已得知了巫彭的言語，因此決意對自己母子四人下手；而巫彭之言太過隱密，此時有中兄央在一旁，他自然無法宣諸於口，於是說道：「此中詳情，大巫觳全數知悉。大巫觳若是太忙，妳可詢問小巫，他會告訴妳的。」

子嫚道：「好，我去找小巫。兄曜，你才剛剛治好了病，可要保重身子啊！」

子曜聽她提起治病，感到自己的身子比平時虛弱得多，想起讙不在身邊，動念想請子嫚把讙帶來囚中陪伴自己，但又想起巫彭曾交代讙不能讓任何其他人見到，此地不但有中兄央，還有囚衛不時出現，於是便忍住了未曾提起，只道：「我會保重的。」

子嫚不敢多待，收拾了陶罐，悄悄地去了。

子央一直沒有出聲，直到子嫚去遠之後，才開口問道：「那是誰？」

子曜回答道：「那是我的妹，子嫚。」

子央哼了一聲，說道：「她偷偷來此探望你，膽子可不小！」

子曜微笑道：「左學諸多王子王女之中，沒有誰比嫚更機智勇敢的了。她待我一向極好。」

子央冷笑一聲，說道：「你等著瞧吧！她最初還會來看你，等她得知你永遠也出不去後，就別指望她會繼續來了！」

子曜聽了，也不禁甚感憂慮，說道：「我……我真的永遠出不去了麼？」

子央道：「你是子曜，婦斁的小子，是麼？」

子曜道：「正是。」

子央道：「你得罪了我母后婦井，是麼？」

子曜歎道：「是的。」

子央嘿然道：「那你這輩子就別想出去了！」

子曜一顆心直沉到肚子底下，但他轉念又想：「大巫嗀法力高強，嫚說大巫嗀會想辦法救我出去，事情應當仍有轉機。」他無心和子央爭辯此事，於是反問道：「中兄，你因殺死……殺死那頭老虎而獲罪，你的母后為何不請父王放你出去？」

子央臉色鐵青，只哼了一聲，並不回答。

子曜心中忽然十分可憐他。自己是遭王后婦井陷害才落入地囚，子央卻是父王親自下命關進來的；母斁對自己關心備至，讓嫚偷偷送食物和羊皮被給自己，子央之母婦井卻對他無情無義，只偏愛大子弓，任由子央在地囚中吃苦受罪。子曜想起自己可能跟子央一般，一輩子都被關在這陰暗潮溼、腥臭骯髒的地囚之中，不禁同病相憐，緩緩挪到他身邊坐下，將羊皮被分了一半給他披上。

子央卻忽然暴怒起來，用力將他推開，喝道：「誰要你同情！給我滾遠一點！」

子曜被他一推，頓時滾出老遠，頭砰的一聲撞到石壁之上，只感到頭昏眼花，哇的一下，開始嘔吐。他沒有讙在身邊，身子漸漸衰弱下去，稍一滾動撞擊，便支撐不住了，大嘔起來。

子央沒想到他如此不禁事，一推就飛出老遠，還嘔吐起來，不禁暗感過意不去，口中卻冷冷地問道：「你怎麼了？」

子曜乾嘔不止，好不容易才緩過氣來，說道：「不……不要緊。我沒事。」

他早先餓過了頭，方才一下子吃得太飽，又被子央猛力一推，腹中翻滾難受，終究還是將剛剛吃下的米粥全數嘔了出來。他感到全身虛脫，坐不起身，縮著身子就地躺著，再也說不出話來。

子央緩緩移動身形，來到角落探望子曜，但見他臉色蒼白如紙，哼了一聲，叱道：「沒用的東西！」卻伸手替他拉好羊皮被，退回原處躺倒，閉目睡去。

自從那夜之後，子央和子曜每日最盼望的時刻，就是夜晚子嫚前來探望送食了。子嫚有時來不了，但是最多隔一夜，次夜就會再來。她也實現了諾言，第二次來就替子央帶了一張羊皮被，讓他夜晚可以裹著取暖；她偶爾還會偷帶一些薄酒，讓二人喝下暖暖身子。

子曜問子嫚曾否找到大巫縠或小巫，子嫚答道：「我偷偷去了大巫之宮，只找到了小祝。我問她大巫縠何在，她說大巫縠在神室中閉關，不見任何人。又說小巫被大巫縠派出城去辦事，已離開好幾日了，不知何時回來。」

子曜好生擔憂小巫，但想小巫身負巫術，又有大巫毄護祐，自當平安無虞。他心想：「大巫毄特意派小巫離開天邑商去辦事，或許就是為了保護他，讓王后無法向他報復。我將讙交給了小巫，不知他是否將讙也帶出城去了？」

他感到身子愈漸虛弱，滿心希望讙能回到自己的身邊，但此時自己身陷地囚，又和子央關在一起，讙在此地太容易被人發現，還是由小巫幫他照顧著較為妥當。

這些時日中，子央對子曜時而呼喝叱罵，時而冷言冷語，但他心中畢竟清楚，自從子曜來到地囚之後，自己在囚中的生活便大有改善，不但多了個人作伴，還靠著子嫚的接濟得以吃飽穿暖，這份恩德不可謂不小；而子曜對他的種種關懷照顧，也讓他深感於心。即使子曜仍不時默默掉淚，不時餓倒病倒，讓子央看不下去，但他也只皺著眉頭責罵子曜幾句，並不曾真的動拳頭打人。子央自然知道，自己一拳打下，以子曜瘦弱的體格，即使不當場斃命，也定會身受重傷，再難恢復。

白日漫長無事，冷餓交加，子曜和子央為了忘記凍餓和枯燥無聊，偶爾也會說說話，聊聊天。子央冷漠寡言，因此說話的大多是子曜。他年紀已有十二歲了，但自幼多病，在空虛寂靜的婦戮之宮長大，原也沒有甚麼精采的經驗可以述說，只能說說自己和小巫在左學中調皮搗蛋，把師貯氣得瞪眼跳腳的劣跡。但師貯圓滑世故，不敢懲罰身為大示王子的子曜，只能按捺怒氣，苦口婆心地訓誡勸告，從不曾責罵處罰他們。

子央多半靜靜聽著，偶爾冷笑，偶爾不屑地喝斥幾句。然而對他來說，能夠聽見人說話，儘管是個沒見過世面的少年的童言童語，也好過獨自一人被禁閉於此，安靜寂寞得令他幾乎發瘋。

子央聽子曜反反覆覆說的都是些左學中的瑣事，有一日忍不住道：「你的生活也未免太平淡無趣了，難道你就從沒見識過甚麼大事麼？」

子曜不願讓他瞧不起，於是說道：「我去過西南魚婦屯，見過魚婦阿依。」當下約略說了自己在魚婦屯的經歷。

子央聽得半信半疑，說道：「世間哪有這種長得半人半魚的怪物？」

子曜道：「確實有的，不但古書上提到過，我也親眼見到了。兄桑、小巫、老臣樸、牛小臣直他們也都見到了。」

子央嘿了一聲，說道：「看來你的膽子還滿大的。下回父王出征魚婦屯，捉回幾個魚婦做為人牲，倒也有趣。」

子曜最害怕殺戮，聽子央提起人牲，不禁回想起肜祭時多巫多祝屠殺三百羌牲的殘酷血腥，忍不住又乾嘔了起來。

子央問道：「怎麼了？」

子曜老實說道：「我被關進地囚的前一日，參加了王族肜祭，見到……見到巫祝殺死三百羌牲。我只要一想到那情景，便十分噁心難受。」

子央皺眉道：「你這人可真古怪了。半人半魚、卸去人頭蓋骨的魚婦你倒不怕，以羌牲獻祖這等尋常事，卻害怕成這樣？」

子曜嘔了好一陣，才緩過氣，說道：「我不喜歡血腥殺戮。肜祭時我不但嘔吐，還……還昏厥了過去。」

子央聽了，忍不住哈哈大笑起來，覺得此事滑稽已極。

子曜悻悻然道：「這有甚麼好笑？我幼年體弱多病，從未參加過祭祀。第一回參與肜祭，就見到巫祝殺死三百羌牲，這還不夠血腥恐怖麼？」

子央搖頭道：「巫者將人牲奉獻給先王，讓羌牲在天上服侍先王，祭祖儀式崇高潔淨，有甚麼血腥的？你沒見過真正的血腥。征戰的殘忍流血，可比羌牲獻祭慘烈幾百倍！你聽我說……」

子曜最怕戰爭，幾乎想捂住耳朵不聽，但子央已開始說了。子曜對子央心懷敬畏，不敢不聽。

但聽子央說道：「……我成為王之親戍之後，第一次出征，便是跟隨父王和王婦婦好出征土方，我負責貼身保衛父王。不料那天夜裡，土方埋伏忽然從四面八方圍上，殺入父王的營帳，父王之師幾乎被土方殲滅。我和十多名親戍圍成一圈，護衛父王，浴血苦戰，奮力抵擋土戎的攻擊，苦撐了半夜。幸而王婦婦好在前做導，得報後立即回頭搶救，王師才終於突圍，大敗土方，殺死土人五百，擒回俘虜三百。第二日天明之後，我回到父王的營帳檢視，只見到滿地都是殘肢肉塊，鮮血積得直能淹過我的小腿。」

子曜想像那驚險慘烈之狀，勉強忍住反胃之感，暗想：「中兄央見過這等大場面，那夜目睹老虎攻擊咬死鼠充，自然不當一回事了。」

子央說得高興，又繼續說道：「征服土方之後，父王又與侯雀聯手，攻打湶方、敦方，出師五千，殺敵逾千，獲俘六百。接著攻打醜方，殺敵三千，這回沒有俘虜。」

子曜光聽這些戰爭殺戮便頭暈眼花，勉強聽完子央敘述一場又一場的血戰，終於找到機會岔開話題，問道：「中兄，為甚麼父王出師打敗醜方後，並未帶回俘虜？」

子央聳聳肩，說道：「我聽父王說道，醜方之人邪祟汙穢，血液不淨，不能用來祭祀先祖，因此全數殺了。」

子曜甚覺奇怪，問道：「父王連年出外征戰，為的就是征服他方，令其朝貢，不時帶回俘虜，分送給王族做為奴僕，並用來祭祀先王先祖。既然醜方的人不能用來祭祀，那為甚麼要派這麼多戍去攻打醜方？」

他這一問，子央也答不上來，說道：「我也不知道？大概因為醜方所居之地多有吉金之穴吧。」

子曜點點頭，說道：「我聽師貯說過，先王多次遷都，就是為了尋找離吉金穴較近的地帶，好開採吉金，運回天邑商，用以鑄造更多的吉金神器。」

子央對這些過往的歷史既不熟悉，也無興趣，擺擺手，說道：「總之，這幾年我跟隨父王東征西討，征服了無數他方。父王少年時曾被先王小乙放逐離開天邑商，跟著族人四出貿易，運送吉金，因此他志在四方，好戰喜功。」

他話鋒一轉，顯得有些遲疑，續道：「然而令我驚訝的是，王婦婦好比父王還要更加好武。過去五六年的征戰，幾乎都是由王婦發起的。她說服父王貞卜攻打某方之吉凶，一旦卜象為吉，她就鼓動父王立即出師攻打該方，擄回大量的戰俘，分送給王族，或用來充做人牲祭獻給先公先王，好令王族支持她不斷出師征討他方。」

子曜微微一怔，這是他未曾聽過的事情，甚覺古怪，忍不住問道：「中兄說近來父王出征，大都是受到了王婦婦好的鼓動？王婦為何如此熱衷征戰？」

子央搖搖頭，說道：「想來王婦婦好和父王一般胸懷大志，一心建功立業，因此喜好征戰。」

子曜甚少見到王婦婦好，只知道她勇猛好武，能征善戰。他問道：「婦好是個甚麼樣的人？」

子央沉吟道：「我所知也不多。我只知道她出身大商王族，在左右二學就讀時表現優異，由師般推薦給父王，很快便得到父王的信任重用，出征時往往讓她獨領一師。我雖多次隨父王出征，但近來父王協同婦好出征時，大都命我留守天邑商，因此我對婦好的性情行事也知道得極少。」

子曜甚感好奇，忽然想起另一件事，小心翼翼地問道：「中兄，我問你此事，盼你勿要介意。王后雄據井方，擁有自己之師，權力極大，連父王都讓她幾分。她難道不曾設法救你出去？」

子央搖搖頭，又是沮喪，又是氣憤，恨恨地道：「母后不會救我的。這許多年來，我靠著忠誠和戰功，贏得父王的信任倚重，受封於央地，並在父王身邊擔任親戍之長。但是在母后眼中，又有誰比子弓更加重要？她只求能保住子弓的小王之位，倘若必須犧牲我，那也顧不得了。」說著不禁咬牙切齒，憤恨難已。

子曜知道自己問到了子央的傷心事，生怕他又發瘋發怒，只能盡力安慰他，伸手拍拍他巨大厚實的肩膀，說道：「中兄，你戰功彪炳，對父王忠心耿耿，一時受到冤屈，受此折難，以後定然有洗雪冤屈的一日。虎侯子之事，乃我親眼所見，當時你不殺他，他便會殺你，我大商王子豈有不能保衛自己之理？相信父王將你關起，只是一時權宜之計，為的只是安撫虎侯。父王在對付了虎侯之後，定會立即放中兄出去，重新重用中兄。」

子曜雖不知姜在子央傷口下了巫術，以及王昭將子央關入地囚的真正意圖，但這番話說得入情入理，離真相並不甚遠。也不知子央是否聽信了子曜的勸解之言，只重重喘息，顯然正勉強壓抑心頭的憤恨不平。

他喘了好一陣子，才鎮靜下來，似乎下定決心，抬起頭望向子曜，緩緩說道：「曜，有件事情，我想請託於你。」

子曜從未聽他對自己說話如此客氣，頗感受寵若驚，說道：「曜若有能幫得上中兄之處，你儘管說，我一定盡力。」

子央緩緩說道：「在我獲罪之前，有個很要好的婦，來自覃方。」

子曜的年紀比子央小上太多，只隱約記得聽兄漁說起過，在某次王室的宴席之上，來了個身形高眺、容貌美麗出眾的覃方女子，當時所有的王族青年都對她十分傾慕，但她眼高於頂，最後挑選了體格最健壯、武藝最高強的商王中子央為伴，讓其他王族青年都只能暗暗扼腕，不敢露出半絲嫉妒不滿之色。

子曜問道：「她叫甚麼名？」

子央道：「她叫婦嬋。下回嫚來，你可否請她幫我探問一下，我想知道婦嬋近況如何。」

子曜忙道：「嫚今晚若來此，我便請她幫忙探問。」

子央低下頭，說道：「多謝你了。」

子曜望著子央的側面，心中暗暗驚奇；他只道子央性情粗率、頭腦簡單，卻沒想到他還有這番款款柔情，對一個女子如此掛念於心。

當夜子嫚來送酒食給他們時，子曜便託子嫚幫忙打聽關於婦嬋的近況，子嫚答應去了。

又過幾日，子嫚回來時，說道：「中兄，我聽說了一些關於婦嬋的事情，跟你說了，你可不要生氣。」

子央關心情切，雖勉強鎮定，語音仍難掩焦躁，說道：「妳快說吧！」

子嫚遲疑一陣，才道：「婦嬋的父母知道你闖禍遭囚，生怕她受到牽連，將她關了起來，不讓她見任何人。一個月後，王后又下令讓她離開天邑商，將她嫁給了告方的侯告。據聞侯告協助父王和婦好征伐夷方有功，派人來向父王求請一位王女為婦。父王出征未歸，王后便自作主張，送了婦嬋去告方，成為告侯之婦。」

子曜只道子央聽了會發怒，沒想到他並未露出怒色，只顯得有些木然，淡淡地道：「原來如此。」

子曜觀望他的臉色，心想：「他心中很掛念著婦嫥，知道她等候自己也歸無用，嫁去告方雖非她所願，至少能保得她平安，因此並未發怒。看來中兄央是個重情講理的人。」忽然想起自己好心救了姜，帶她回到天邑商，不料她竟變身為豹攻擊中兄央，令他身受重傷，甚至毀容，心中甚感歉疚。

自從子央聽聞了關於婦嫥嫁去告方的消息後，他便陷入沉默，整日一句話也不說。數日之後，他的瘋病忽然嚴重起來，時時用雙拳擊打石壁，偶爾還用頭去撞石壁，只撞得滿頭鮮血，模樣極為恐怖。

子央瘋得厲害時，子曜只能縮在牆角，努力躲避他的拳打腳踢；等他發完瘋，坐倒抱頭哭泣時，子曜便戰戰兢兢地靠近前，用偷偷存下的薄酒替他清洗拳上和額上的傷口，撕下羊皮被替他包紮，並且低聲安慰，勸他振作起來。

數月過去了，等到子央瘋病稍稍好轉之後，換成子曜大病一場。子央大為焦急，日夜守在他身旁，抱著他替他保暖，又不斷鼓勵他：「你一定可以撐下去的。你不是答應過你的母，你會堅強起來，努力撐下去麼？嫚不是說過，大巫㱿正設法救你出去麼？」又警告他：「我不准你放棄！你若就這麼死去了，我絕對不放過你！」然而子曜大多時候都在半昏迷當中，也不知是否聽見子央的言語。

子曜受子央之母王后婦井所害，才身陷地囚；而子央則是因子曜偷帶羌女姜回到天邑商，才受姜所變之豹偷襲而身受重傷，繼而入囚。兩兄弟雖同為王昭之子，但既不同母，年齡又相差甚遠，往年幾乎從沒見過面，對彼此不但完全不認識，更處於你死我活的敵對之方。此時兩人一同被關在這黑暗骯髒的地囚之中，一病一傷，境況悲慘，竟然相濡以沫，互相照顧體惜起來。子央在重傷絕望之中，得到子曜的關懷安慰，彷彿在黑暗中見到一絲光明，讓他勉強撐過這段艱難的時日；子曜原本多病虛弱，在失去讙後，更是回到往年病骨支離的狀態，不時嘔吐昏暈，若非子央盡心照顧，幾乎便要喪命於這地囚之中。

即使兩人都不知道自己這輩子能否脫離地囚，但都只能勉強振作，盡力鼓勵彼此生存下去。

# 第十六章　伐羌

此時，在旨方和毌方之間的丘陵地帶，數百個營火旁圍繞著上千個帳篷，蔓延整個山谷。這是商王萬人之師駐紮之地，商師在此略做修整，準備大舉進攻羌方。

一個黑黑矮矮的臣子來到主帳之外，對守衛的王戍道：「小臣傅說受我王傳召，特來覲見。」

王戍見他是王昭三卿之一的傅說，連忙說道：「傅卿！我王已等候多時，快請入帳。」掀開帳門，讓傅說進入帳中。

傅說跨入帳中，但見婦好全身戎裝，立於王帳之中，正與侯雀、亞禽等一起觀望一張畫在羊皮上的輿圖，商討戰略；王昭則側身坐在王帳的角落，默然飲酒，並未參與討論。

傅說來到王昭身前，正欲跪倒行禮，王昭卻擺手道：「此地並非天邑商王宮，不必多禮。傅卿且坐。」

平時王昭出征，傅說大多留在天邑商，輔佐小王子弓處理諸般政務。這回王后婦井威脅王昭，霸佔了天邑商，王昭臨時決定召傅說跟隨自己出征，名義上是讓他負責運送師糧，事實上則是害怕傅說遭到王后迫害。

這時傅說在王昭身旁坐定，說道：「我王是否欲知糧草運送情況？且容愚臣稟報。」

王昭卻搖搖頭道：「余召傅卿來見，並非為了垂問糧草運送這等小事。你平日處理天邑商大小事務，無不井井有條。此番王師糧草由你負責運送，怎會有誤？你且陪余飲一爵酒吧。」

傅說聽王昭這麼說，微微一怔，但也只能俯首答應。於是王昭命侍者呈上兩只酒爵，與傅說對飲。

王昭飲了一口酒，舉酒爵指向遠處的侯雀，說道：「這麼多年來，侯雀始終對余忠心耿耿，著實難得。」

傅說心知王昭有感而發，說道：「我王所言甚是。自王登基以來，侯雀一直是我王最得力的臂膀。」

王昭沉浸於往事之中，又道：「雀是余的同母親弟，只比余小一歲。我們自幼一起長大，兄弟情誼深厚。當年余遭父王放逐時，是雀替余守住了余的財產，甘冒著觸怒父王的危險，親自護送婦井和三個幼子平安抵達井方，不讓他們受到其他王族的欺侮迫害。」

傅說聽王昭提起王后婦井，心中一跳，小心翼翼地道：「患難之中猶能挺身而出，傾力保護我王婦子，侯雀可謂忠厚仁善至極。」

王昭道：「可不是？余在外流浪多年，回到天邑商後，得知雀對婦井和三子盡心照顧，感激非常；登基之後，便封雀為侯，讓他統領廣大的東方雀地，並擁有自己之師，以護衛大商東壁；其後更封侯雀為三卿之一，輔佐余處理政事。你說，余這麼做，合乎祖制，合乎道理麼？」

傅說道：「臣曾聽聞，有些王族認為我王偏寵侯雀，對侯雀的封賞太過優渥。臣並不如此認為。對我王有功者，自應大肆封賞，毫不吝嗇，方能令侯伯多臣盡心為我王效力。」

王昭點頭道：「余也認為如此。」

就在這時，忽聽一個尖銳的女聲說道：「請問王婦，羌方大城城牆堅實，城周羌河環繞，河水甚深，我等如何才能攻入？」

王昭和傅說一齊轉頭望去，只見那女子身形精瘦結實，皮膚黝黑，目光銳利，正是侯雀之女雀女。

但聽婦好答道：「羌河雖深，卻並不寬廣，渡河卻非難事。我等只需預先準備木板、木橋，便能輕易過河。讓多戍帶上擊木，便能撞開城門，攻入大城。我擔心的不是攻不下羌方大城，而是讓羌伯趁亂逃逸；此役最緊要之務，乃是擒住羌伯和羌方釋比。子央誤殺虎侯子，釋比身為虎侯子的未婚之婦，一定不會放棄對我大商報復。此女不除，我大商便不得安寧。」

侯雀、亞禽和雀女都點頭稱是。

雀女滿面欽佩地望向婦好，讚嘆地道：「王婦深思熟慮，我等一應供王婦驅使！」

王昭欣賞地望著雀女，喝了一口酒，說道：「難得這雀女，和其父一般，也是一名能征善戰的女將！」

傅說點頭稱是。王昭又望向站在雀女身旁的亞禽；亞禽抱著雙臂，靜靜聆聽，並不出聲。亞禽擁有北方危族的血統，身形高大，髮鬚蜷曲，面貌較一般商人粗獷得多。王昭面露微笑，說道：「亞禽手下之師以勇猛暴虐出名，善使三叉戟和闊斧，長於衝鋒，多據前陣，左近之方無不聞而生懼。」

傅說道：「亞禽乃是我王親自提拔重用的王族之子，對我王忠心耿耿，確是我王的得力手下。」

王昭又喝了一口酒，說道：「侯雀為了與鄰近的禽方結盟，早早便讓雀女與亞禽成婚，可謂大有遠見。余遭流放時曾路過禽方，那時亞禽還只是個孩子。余注意到亞禽壯健勇猛，與眾不同，登基後便將他接回天邑商，悉心栽培。三年前其父死去，余便讓他承襲亞禽的封號，掌理禽方。這一步，余可是做得對了。雀女和亞禽兩夫婦皆為我大商戰將，真是相得益彰啊！」

傅說道：「亞禽和雀女皆勇健英武，夫婦二人確為良配。禽方一系分宗已久，原本與我王關係疏遠，但我王高瞻遠矚，早早便開始栽培亞禽，亞禽又與雀女成婚，對我王的忠心絕無可疑，手下禽師全供我王驅使，可說是我王的另一隻臂膀。」

王昭點點頭，神色陡然黯淡下來，說道：「如今仍舊忠於余的，便只剩下侯雀、雀女和亞禽這寥寥數人了！」

傅說明白他的心事，知道他想起了在天邑商公宮中發生之事——他最親近信任的王后和大子弓、小子商竟聯手背叛於他，同時背叛他的還有他素所信任的鼠侯、犬侯、伯甫及子晝，王昭對此想必滿心憤恨，無法釋懷。

王昭此時已喝得有些醺醺然，一腔怨懟終於傾瀉而出，說道：「傅卿！余當真後悔！後悔余太過信任王后婦井，怎料得到她竟如此滿懷惡心，竟與師般、小王子弓聯手，反噬余一口！余身為尊貴的大商之王，卻不得不狼狽地逃離天邑商！」

傅說勉力安慰道：「我王不必過憂。我王手上擁有婦好所率之王師，還有雀師和禽師，王后手下師眾絕非我王之敵。」

王昭嘆了口長氣，說道：「此言雖不錯，但余絕不能率領王師回返天邑商，與井師、鼠師、商師和畫師等大戰一場。如此必將重傷我大商元氣，更將令他方恥笑我商王族夫婦反目，自相殘殺，再也不會對大商王族懷有尊重崇敬之心。」

傅說心中自也清楚這一點，倘若背叛者是他人也就罷了，王昭定將下手屠滅叛徒，絕不會心軟；但叛變者竟是王后和小王，王昭絕對無法下手殺死自己的元婦和大子，因而陷入這棘手的困境。

傅說轉頭望向婦好，低聲道：「愚臣以為，當此危機之際，王婦婦好的地位至關重要。她是我王最親信的王婦，也是王師之長，能夠助王抗衡王后的勢力。」

王昭點點頭，說道：「余何嘗不知？然而婦好膝下無子，即使余廢了婦井的王后之位，也不能立婦好為王后。似她這般出色的王婦，又是子姓王族，竟然只生了二女，真是不得先祖護祐啊！」

傅說道：「王婦婦好年紀尚輕，或許將來仍能生育也說不定。」

王昭點頭道：「余原本從未深想此事，如今王后叛余，余必得借重婦好之力，方能逆轉情勢。婦好若能有子，那麼事情就容易一些了。」

傅說心想：「那麼王婦婦斁呢？我王若廢了王后婦井，便需另立一位王后。我王向來重視婦斁和其子子漁，如今卻又想借重婦好之力對抗王后。偏偏婦好無子，即使封她為后，也不知該由誰來做小王？」又想：「立王后、立小王的決定，乃是我王家事，我絕對不能多說一句。倘若說錯了話，定將給自己帶來莫大的災難。」他雖性情耿直，卻也懂得謹守分寸，絕不介入王昭和其王后、王婦之間的衝突，於是並未答腔，持起酒爵，飲了一口酒。

另一邊，婦好詳細命令眾人分頭準備攻城器物，最後下令道：「明日攻城，由我親領中師，亞禽和禽師任前鋒，侯雀率領雀師及統領左右二師，負責包圍大城。雀女跟隨我，聽我指令。」眾人恭敬聽命。

王昭在火光下望著婦好的臉龐，但見她指揮若定，心中甚覺安穩。他對傅說道：「這幾年來，余多次讓婦好率師出征，她不但擅長戈矛弓箭，更懂得擬定戰略，能夠率師服眾，因此每戰必勝。在天邑商時，婦好也參與輔佐王事，認真勤勉，處事得宜。婦好不但是一位難得的師長，更是一位絕佳的輔佐。」

傅說點頭稱是，他聽王昭不斷誇讚婦好，心中愈發生起一股不祥之感；他眼見婦好權勢日漸加重，即使她對大商確有重大貢獻，但她膝下無子又充滿野心，往後實是禍福難料。

王昭平日甚少對臣下說起自己的私事，此時出師在外，心情抑鬱，忍不住對傅說多說了一些。他又道：「婦好出身大商王族，雖也是子姓，但與余的血緣關係甚遠，上溯十幾代都沒有共同的祖妣。就一個婦來說，婦好沉靜寡言，不愛花巧裝飾，容色平凡，衣著樸素，在多婦之中可謂極不起眼。然而余就喜歡她的樸實無華，她身負過人才幹，卻從不驕矜炫耀，著實難得。」

傅說如何敢跟王昭談論王婦婦好的容色性情，只道：「臣聽聞，婦好自幼在左學就讀，因表現出眾，雖是女子且非王之親女，卻破格被選入右學繼續深造。」

王昭道：「正是。她在右學中同樣表現優異，才智武功皆勝過其餘王子王女，因此師般鄭重將她推薦給余。余先封她為史，又讓她擔任王之親戍，之後見她確實能力出眾，才立她為婦，成為余之三位王婦之一。那時婦好剛滿十七歲，正是生育的大好年齡，她多次懷胎，卻多次流產，或是生出死胎。唯一出生而存活的，只有二女子妥和子媚，之後便再也沒有生下子女了。余知道婦好一直希望自己能夠生子，但偏偏未能生子，為此甚是抑鬱不樂。唉，那二女不知有多大年紀了？」

傅說愈聽愈心驚，口中唯唯稱是，暗想：「我王真是喝多了，這些事情，即使天邑商人人皆知，卻哪有人敢訴之於口？」只能答道：「回我王，婦好之女子妥十三歲，子媚六歲。」

王昭點點頭，忽道：「余已好久沒見到她們二人了。那日去射宮，她們也不在場。她們到哪兒去了？這個年齡，不是該在左學就讀麼？」

傅說回答道：「啟稟我王，她們在井方。」

王昭微微一怔，說道：「她們為何在井方？」

傅說咳嗽一聲，說道：「愚臣不清楚。」

王昭感嘆道：「是了，婦好乃是女中豪傑，對二女並不怎麼關心。反倒是王后婦井很喜歡這兩個王女，時時讓她們到井方長住。婦好對二女不聞不問，任由她們住在井方，只專注於協助余內處政事，外征他方，委實忠誠勤勉至極。」

傅說噤不敢答。

王昭又喝了一口酒，望向王婦婦好、侯雀和亞禽，說道：「傅卿！你瞧，這三人都是余最信任的一師之長，有他們三人主持戰事，出征羌方自是必勝無疑。此役至關緊要，倘若商師征羌失敗，回頭又受虎方夾擊圍剿，天邑商很可能不保，大商便將面臨滅亡之禍。即使能守住天邑商，此役倘若失敗了，余灰頭土臉地回到天邑商，那麼余就算不想讓位給小王子弓，只怕也難了。」

傅說忙道：「我王實不必有此擔憂，此役定將取勝，絕無疑問。」

王昭微笑道：「余並不擔憂此役勝敗。余自即位以來，幾乎年年出征，從近處的覃方、基方、缶方開始，直到較遠較強大的土方、犬方、夷方，已征服了四十多個大大小小方國，出師從無不利。如今有婦好率領萬眾，加上侯雀、亞禽之師，傾大商全方之力而出，羌方絕對無法抵擋。」

傅說問道：「然而虎方若趕來協助羌方守禦大城，我王卻當如何對敵虎師？」

王昭搖頭道：「此事不需擔憂。余得到大巫㱿密報，虎方在天邑商數百里外駐師不動，顯然無心追上保衛羌方。」

傅說擔憂道：「然則虎師會否攻擊天邑商？」

王昭撫鬚微笑，搖頭道：「大巫嗀已尋得虎侯子之屍，存於大巫之宮，因此虎侯絕對不敢貿然進攻天邑商；但有虎師駐紮於天邑商左近，卻足以令婦井戰戰兢兢，不敢妄動。」

傅說放下了心，說道：「有大巫嗀坐鎮，天邑商想必平安無禍。」

王昭嘆了口氣，說道：「你所言甚是。大巫嗀對余忠誠盡責，多次提醒余須留心王后的心思，余卻置之不理。如今受害的不僅是余，還有婦斁和她的二子一女！」

傅說聽王昭提起他最痛苦憂慮之事，頗感坐立難安。他雖盡力替王昭分憂，卻不敢介入王婦和王子的奪位紛爭，心想：「王昭雄才大略，卻難以擺平家事。歷代諸位先王大多如此，才會有子弒父、弟弒兄的九世之亂。」

王昭說起婦斁一家，不禁皺起眉頭，難掩心中的煩擾痛苦。子曜和子嫚也就罷了，子漁可是他最鍾愛的子，他對子漁的期望和寵愛遠遠勝過小王子弓，卻不得不眼睜睜地看著婦斁遭到軟禁，子曜下囚；子漁雖在大巫嗀的安排下已預先逃離天邑商，但這整件事對王昭來說，畢竟是個極大的挫敗和羞辱。

傅說見王昭神色既憂且憤，只能盡力安慰道：「王婦婦斁和王子曜、王女嫚都在天邑商，在大巫嗀的護祐之下，必能保得平安無虞。」

王昭搖頭嘆道：「然而子漁已逃離了天邑商，大巫嗀便無法保護到他了。」說到此處，長嘆一聲，又斟了一爵酒，仰頭一飲而盡，心頭的鬱悶和怒氣全都歸結在王后婦井身上。他知道自己遲早得出手對付她，但他向來看重舊情，對婦井這個少年結髮之婦始終懷著一分感恩和歉疚。倘若事情沒有走到今日這一地步，倘若婦井不曾以武力威迫自己，倘若子弓未曾大剌剌地當著所有王族的面站出來教訓自己，倘若子辟是子弓的親子……

王昭陷入沉思，忽聽傅說在身旁輕喚道：「我王！」

王昭抬起頭，這才留意到婦好和侯雀、亞禽三人已來到自己身前，一齊望向自己，似乎在等候自己的指令。

但聽侯雀說道：「不知我王認為如何？」

王昭甩開心中諸般煩惱，擺擺手，說道：「此戰以王婦婦好為首，一切由你等商討決定便是。」語畢站起身，離開主帳，回往自己的寢帳去了。傅說連忙起身恭送。

王昭離開後，侯雀問傅說道：「我王飲酒甚多，想必心中憂慮甚深。傅卿，我王對你說了些甚麼？」

傅說微微搖頭，苦笑道：「我王心中有何憂慮，諸位想必知之甚詳，不必我多說。」

雀女插口問道：「我王終於看清了王后婦井的真面目，決定出手對付她了麼？」

侯雀忙斥道：「雀女，不可胡言！」

雀女瞪眼道：「這又是甚麼不可言說的祕密了？誰不知道王后此番暗中集師於天邑商，背叛我王，逼迫我王讓位給小王子弓？依我說，征服羌方之後，我們便率領商師、雀師、禽師一起攻回天邑商，抓起王后，殺掉鼠侯、犬侯、伯甫和子晝那批叛賊！」

亞禽立即附和，大聲道：「雀女所說不錯！禽願擔任前師，殺入天邑商，將那群叛賊碎屍萬段！」

侯雀連忙阻止，說道：「千萬不可！虎方大敵在側，我等怎能同室操戈，自相殘殺？我王定有更好的手段解決此事，不必大動干戈。」

傅說道：「依我所聞，我王並不擔憂征羌之役，卻擔憂回到天邑商後該如何對付王后，以及如何確保婦斁和其子女的安危。」他望向婦好，又道：「我王對王婦婦好寄予重望，盼王婦在王事上全力襄助，尤其是在下一任小王的選擇之上。」他這話說得十分隱晦，但他猜想婦好必能聽懂；他婉轉表達了王昭希望婦好生子之願，也暗示了婦好一旦有子，王昭便將毫不猶疑，立婦好為后的承諾。

侯雀也望向婦好，躬身說道：「婦好！當此時刻，也只有妳能夠替我王解憂了！」

婦好平凡的臉容上露出複雜的神情。她深深地吸了一口氣，點了點頭，說道：「侯雀、傅卿，好定當盡力。」說完轉身走出了主帳。

婦好悄然走進王昭的寢帳。她此時已除下一身戎裝，換上了便裝，緩步來到王昭面前坐下，靜默一陣，才開口問道：「我王在憂心天邑商之事？」

王昭嘆了口氣，說道：「正是。不知我婦有何看法？」

婦好淡淡地道：「因為婦好無子，我王才會問我的想法。」

王昭聽她自己提起無子之事，心中一動，拍拍身旁的地氈，示意她坐下，伸手攬住她的肩頭說道：「余知道妳一定有看法，才會來問余此事。告訴余，妳怎麼想？」

婦好沉默一陣，轉過頭，直視王昭，緩緩說道：「好對不住王。有件事，好一早便應誠實告知我王，卻延到此時才說。」

王昭微微一怔，問道：「甚麼事？」

婦好吸了口氣，說道：「好能夠來到王的身邊，乃是出於王后的安排。」

王昭心頭一震，臉色頓變，不自禁鬆開了攬住她肩頭的手。

婦好仍舊凝望著王昭，續道：「好若不說出此事，直接勸王信任王后，讓子弓繼續做小王，並讓子辟繼位為王，王會相信好是全心為王打算麼？然而王請相信好。好如今已決定背叛王后，不再聽她的命令行事了。」

王昭肅然望著她，說道：「妳說……妳是婦井派來的？」

婦好平凡的臉上毫無表情，說道：「正是。王此時應已明瞭，師般是王后那邊的人。」

王昭臉色更加沉沉；他當然記得，當初大力推薦婦好來自己身邊任事的，正是師般。而近來師般的言行舉止，在在說明他早已依附了婦井，甚至暗中鼓動子弓提早爭奪王位。

王昭胸口升起一陣難平的憤怒，只感到天下所有人都在欺騙自己。他豁然站起身，走開幾步，冷然道：「妳在余身邊這麼多年，竟到此時才對余說出真相！」

婦好神色平靜，說道：「請王見諒，婦好自有苦衷。王可知道，好之二女子妥和子媚，為何總是留在井方？」

王昭微微一呆，這正是他一直想不通的事情，卻到這時才意識到事態比自己想像還要嚴重。他回過身來望向婦好，說道：「莫非是人質？」

婦好點點頭，臉上閃過一絲陰鬱，說道：「正是。這麼多年來，王后一直掌握著我的二女做為人質，逼迫我聽從她的命令。」

王昭見她聲音冰冷，幾乎不帶一絲情感，但身子微微顫抖，透露出她心底長期壓抑的憤怒怨恨。王昭心想：「此事她強忍了不知多少年，虧得她竟始終未曾洩漏半分！」他望著婦好激動的神態，頓時明白她為何選擇在此時此地說出真相——那是因為自己和王后婦井已撕破了臉，開始正面衝突，而自己不但不再信任王后，甚至決心對付她。只有在此關鍵時刻，婦好才能說出真相，而不怕招來王昭的疑忌，或遭到婦井的報復。

王昭道：「如今妳說出這個祕密，難道不怕子妥和子媚受她傷害？」

婦好臉色鐵青，搖了搖頭，說道：「我王何必假裝關心她們？王連她們長得甚麼樣子都不知道。王已有三十多個子女，對王來說，少了二女又有甚麼干係？」

王昭張開口欲待辯駁，婦好卻伸手阻止了他，說道：「王請不必擔憂子妥和子媚。好早就當作她們已經死了！」

王昭皺起眉頭，婦好已繼續說了下去：「王問我對小王之位有何想法，我的想法很簡單。已成年的多位王子之中，沒有幾個會比王長命。王要繼續立子弓也好，改立子央、子漁也好，都沒有任何差別，總之他們都會先王而死。」

王昭聞言不由得震動，脫口道：「我婦何出此言？」

婦好說道：「我王在昆侖服了不死藥，因此得到長命百歲，此事王后老早就知道了。她曾派巫韋去昆侖探查，得聞十巫和不死藥的傳說。為此她一心得到不死藥，然而她多次派巫者去昆侖探尋，都未能尋得。她擔心王太過長命，當真活到一百歲，將令小王子弓無由登基，因此她和小王、師般一起商量，決定尋找機會設法逼王退位。上回肜祭出現雉鳴異象，他們便抓住了這個機會，打算逼王自己遜位。幸而有大巫瞉在暗中支持維護我王，加上王早幾日命我召集萬師，聯合雀師和禽師出征羌方，才令他們暫時不敢妄動。」

王昭感到全身冰涼，這輩子從未如此恐懼。此時他才知道，自己的性命不是掌握在王后婦井手中，而是掌握在最親信的王婦婦好手中！他心中動念：「當初婦好建議出師羌方，莫非正是為了配合婦井叛變？若非因為婦好和侯雀率領萬人王師離開天邑商，婦井又怎能帶領犬侯、鼠侯那批人包圍王宮，趁機威脅余？」又想：「婦好倘若忠於婦井，決定率領萬眾之師投靠婦井，她們隨時能殺死或放逐余，讓子弓登上王位。」

王昭望著婦好，彷彿生平第一次看清楚這個枕邊人。他沉靜了一陣，決定直言相問，說道：「妳當初建議攻打羌方，可是出於婦井的指使，好讓婦井掌握叛變之機？」

婦好搖搖頭，說道：「王后並未預料虎侯會舉師攻商。好建議我王派我手下三千之師，另召集萬人之師，伐羌避虎，乃因這是抵抗虎方最好的策略。同時好也想過，出師羌方能替我王儲備師力，讓王后有所顧忌，不敢就此傷王性命。」

王昭凝視著她，問道：「妳手握重師，倘若繼續依附婦井，隨時可置余死地，為何決定在此關鍵時刻背叛婦井？」

婦好聞言，嘴角微微抽動，似是勉強壓抑心中激動，靜了好一陣，才咬牙道：「我背叛她，是因為……因為我的子。十年之前，我曾產下一子，並非死胎，但王后……她卻逼我親手殺死我的子！」

王昭內心大震，緩緩說道：「她逼妳殺死妳的子，因此妳懷恨在心，決意伺機復仇，是麼？」

婦好點頭道：「正是。」她閉上眼睛，勉強恢復鎮定，仍禁不住流下兩行眼淚。王昭大感驚訝，婦好平日性情沉肅，冷靜穩重，他從未見過她如此激動，甚至落淚；其子之死，想必在她的心上留下了一道深重的創傷。

王昭想上前安慰她，婦好卻轉身避開了。她自知失態，抹去眼淚，吸了一口氣，對王昭道：「明日之戰，王請不必擔憂。好去就寢了。」快步出了王之寢帳，逕自回往自己的寢帳。

王昭回想著婦好的言語，滿懷震驚疑懼，徹夜難以入眠。

次日清晨，婦好天未明便起身，指揮商師、雀師、禽師分三路出發，往羌方大城行去。

婦好對侯雀下令道：「侯雀率領雀師，分左右繞到大之城後，牢牢守住，切不可讓任何羌人從後門逃脫。倘若見到羌人闖出大城，定得攔住，全數殺死或捉起。我們這回一定得擒殺那個羌女，羌伯自也不可放過。」

侯雀恭敬領命。

羌方佔地甚廣，比天邑商據地大上數十倍不止。然而羌人以牧牛牧羊為生，各族逐水草而居，並無人口集中的大城鎮，只有某些地點有一月一度的臨時市集。婦好決定攻擊的，乃是羌方唯一的大城，也是羌伯家族所居之地。大城周圍以巨石築出高十丈的城牆，城外羌河圍繞，崛深十尺，充作護城河；城外之人需得經過一座吊橋，方能進入城門。

羌人原本住慣帳篷，最多以木柴搭建臨時的棚屋，從未想過要以巨石建城；若非商人連年侵襲擄掠，羌伯也不會下令動用數萬人力，從附近的龍首山開採巨石，建造起這座大城，用意在於保護羌伯家族和羌人最重要之神物——聖羊。

聖羊乃是羌人千百年來的傳統；羌人敬拜天帝，認為聖羊乃是天帝派來人間保衛羌人的神物，因此對聖羊恭敬崇拜，極力保護，絕不能讓敵人奪走。聖羊的挑選，通常每三年一次，由羌方釋比對天帝祈禱，從一百頭羊中選出最肥美的一頭，充任聖羊。選出之後，便將聖羊養在最華麗的羊圈之中，讓牠喝最清淨的湖水，吃最鮮美的嫩草。羌人相信供奉聖羊，便等同供奉天帝；倘若得罪了聖羊，或是未曾照顧好聖羊，讓牠生病死去，天帝便將暴怒並降災於羌人，讓羌人所有的牛羊都得到瘟疫死去。

過去十多年來，由於商王王昭注重武功，不斷派遣商師東征西討，多次進逼羌方，擄走大批羌人回到商方，充作奴僕或人牲。羌人恐懼擔憂不已，商人雖從未對聖羊表示興趣，但羌人相信商人遲早會發現聖羊的祕密，大舉派師前來奪走或殺死聖羊。羌方深信倘若失去了聖羊，將令羌人全體滅亡，因此羌伯才決定以巨石建城，用以保護聖羊。

這些關於聖羊的情形，王昭和婦好、侯雀、亞禽等商人其實並不知曉。他們出師攻打羌方大城，主要是為了引虎方之師來救，避免虎方攻打天邑商。王昭對羌伯既無仇恨，也無掠奪羌人財物之心；對商人來說，羌方的財物也不過就是牛和羊，大商周邊多的是牧場，畜養了數千頭牛羊，不必老遠去羌方搶奪。

其次的財物，便是羌人本身了。商人相信羌人是羊的後代，他們脾性溫順，體內的血十分純淨，最適合殺死用於獻祭先祖。而商人祭祖頻繁，平日以牛羊為牲，在遇上乾旱洪水、狂風暴雨、長年內亂或出師征伐強大之方時，則不免須獻給先祖更加豐厚的牲品，才能確保先祖降福保佑，幫助大商遠離災難，禾黍豐收，抵禦外侮，戰勝他方。因此從先王盤庚開始，便以羌牲為常例；到了盤庚弟小辛時，更大量使用人牲，將天邑商的羌奴幾乎全都殺光。小辛在位不長，其弟小乙繼位後，便不時出征羌方，俘虜大量羌奴回到天邑商，平日讓他們開墾耕種天邑商周圍的王田，遇到祭祀便用作人牲，物盡其用。小乙死後，其子王昭更是連年出征，有時只是為要求他方臣服進貢，遇到不肯臣服的敵方，商師就大肆掠奪財產，俘虜其民，充作奴隸或人牲。商人祭祖偶爾也用到尸、夷、奚、垂、印等方之人，但大多仍以羌牲為主。

此番商師攻打羌方大城，雙方各有擔憂，各有算計。

當婦好率師來到羌方大城之下時，竟發現城門大開，毫無守備。羌人如平時一般出入大城，趕羊貿易，似乎全然不知商師來侵。

婦好揮手命商師停止。雀女騎馬來到婦好身旁，黑瘦的面上滿是不解之色，問道：

「請問王婦為何停師？城門大開，正是進攻的大好機會啊！」

婦好搖頭道：「羌人建造大城，就是為了抵禦外族侵略。我等萬眾之師大舉前來，一路遇到不少羌牧，大城中的羌伯不可能不知。他們故意打開城門，定然有詐。」

雀女不大相信，說道：「且讓雀女上前勘查！」

婦好點點頭，於是雀女率領十名多馬上前勘查。來到離大城護城河十丈之外時，忽有一馬高聲驚呼，跌入一個坑中。另兩個多馬未及勒馬，也跟著跌入，落後的七個多馬幸而即時勒馬而止，才未跟著跌落。雀女小心策馬上前，但見前方有個五丈深的坑塹，上面蓋有茅草，遠望難以見到，直到奔到塹上，馬才踏空跌入。

雀女雙眼圓睜，怒喝道：「果然有陷阱！」趕緊掉轉馬頭，奔回婦好身旁，報告所見。

婦好哼了一聲，說道：「羌方不過挖了一道陷阱，便以為能抵擋我大商萬人之師？他們也未免太天真了！」當即命兩百名多馬分成二十隊，相隔五丈，緩緩上前探視，確定地塹的位置，搭上預先準備度過護城河的木板，之後便派亞禽率師踏過木板，率先衝向羌河。

商師這一耽擱，羌方已拉上木橋，關上城門，數百名弓者出現在牆頭，弓箭對準了商師。

婦好叫道：「舉盾！」

禽師和商方多戍、多馬、多弓立即從背後取下木盾，舉在頭上，擋住從城頭落下的飛箭。

之後便是一場激烈的攻城守城之戰。婦好早先已命雀師繞到城後包圍，防止羌伯逃走，自己和雀女率領中師逼近城門，亞禽率領前師，帶著數十名最勇猛的禽戍冒著箭雨直衝上前，在護城河上搭起前一夜商師自製的木板橋，左右一共搭起了十座木板橋。橋搭好之後，婦好命二十名多戍抬起巨木，衝過木橋，撞向城門，發出震天聲響。羌方的城門極為厚實堅固，但在商師以巨木撞擊之下，眼看就將破碎；牆頭羌師雖不斷往下射箭，卻都被商師的木盾擋住，幾乎沒有傷亡。

雀女甚是興奮，對婦好道：「王婦早有準備，攻城簡直輕而易舉！」

婦好神色凝肅，說道：「最重要的是捉到那個羌女，永絕後患。要是讓她逃跑了，即使捉住了羌伯，也無濟於事。」

雀女應諾，心中暗暗擔憂：「希望父侯守好大城後門，可別讓羌女逃走了，落得遭王婦怪責之地。」

過不多時，但聽一聲巨響，卻是羌方大城的木門終於被商師撞開。

亞禽和其師齊聲歡呼，各自舉起三叉戟和闊斧，衝入門去，殺出一條血路。

婦好也舉起吉金大鉞，叫道：「禽師已殺入城中，中師隨我上！」當先縱馬奔向城門，雀女緊跟在後，成千上萬的大商多戍、多馬、多弓跟著在禽師之後，一齊闖入城中，羌師雖奮勇抵抗，卻如何擋得住如狼似虎的禽師和商師？一時之間，大城內血肉橫飛，數千名羌戍、羌弓慘遭殺戮，屍體堆積如山，護城河的水很快便轉成了深紅色。

婦好身為商師之長，留在廣場中央坐鎮，身旁有數十名親戍守衛。她一身血跡，神態沉穩，對亞禽下令道：「率領禽師，殺死所有倖存的羌戍！」

亞禽奉命而去，率手下到處搜尋受傷未死的羌戍，一一殺死。這些羌人既已受傷，便無法當作奴隸或充作人牲祭祖，將他們囚禁起來太過麻煩，最簡單的辦法自然是全數殺死，不留活口。

婦好又命雀女率領一百雀戍闖入羌伯之宮，搜索羌伯和羌女姜。

雀戍不時回報：「找到羌伯了！他單獨坐在王座之上，並未反抗，束手就擒。」

「尚未找到羌方釋比。」

「釋比姜不見影蹤，多戍仍在王宮搜索。」

這時王昭在親戍的簇擁之下，騎馬進入城門，見到廣場上遍地鮮血，死屍狼藉，微微點頭，來到婦好面前，問道：「人找到了麼？」

婦好搖搖頭，說道：「啟稟我王，羌伯已擒住了，但尚未找到羌方釋比。待好隨侍我王進入羌方之宮。」

# 第十七章 鬼方

羌伯宮殿之中，一個白髮白鬚的老人安然坐在寶座之上，等候商師進入羌宮，這便是羌方之長羌伯。他早先已讓姜帶著聖羊從地道逃去，只因他清楚姜的本事，相信她定能平安脫險，甚是放心。這時他睜著一雙老眼，望著商戍舉著刀戈奔入，圍繞在自己身旁，心想：「是我該去見天神阿爸（注）的時候了。」

他舉起手，說道：「本伯自願投降，請勿傷害城中無辜羌眾。」

商戍彼此望望，五名商戍舉起戈矛守在羌伯身旁，其餘的趕緊奔出去稟報王婦婦好。

不多時，王昭和婦好相偕走入羌方宮殿，來到羌伯面前。婦好見羌伯仍坐在王座之上，皺眉道：「將這頭老羊拉下王座，綁了起來！」

多戍依言而行，羌伯高呼道：「王昭！本伯按時進貢，從未背叛大商，有何過錯，竟令我王大舉征伐？」

婦好厲聲道：「你的親女、羌方釋比姜闖入天邑商，攻擊我王大示王子央，這還不是背叛？」

注 羌族信仰天神，稱之為「阿爸」。

羌伯冷笑一聲，不言不語。

婦好對王昭道：「恭請我王上座。」

王昭走上前，在羌伯的寶座上坐下了，胸中不禁升起一股破敵取勝的興奮和喜悅。此番商王率師親征，攻破羌方大城，生擒羌伯，大敗羌方，可說是商方前所未有的大勝。王昭多年來四出征戰，向來對勝利情有獨鍾，此時他歡喜之下，召三師之長婦好、侯雀和亞禽來到王座之前，對三人大大褒獎一番，並下令道：「三位師長可在城中大肆搜索掠奪，搶到的財物便歸師長所有。」

婦好、侯雀和亞禽躬身領命。侯雀年長富有，婦好原已是擁重受寵的王婦，二人也還罷了，亞禽卻年輕氣盛，聽聞後雙眼發光，絕不肯放過這個燒殺擄掠的大好機會。接下來的一日，羌方大城彷彿陷入人間煉獄；禽戍以凶殘暴虐著稱，在城中肆意殺戮搶劫，血洗大城，不但王宮中的財物被劫掠一空，平民亦死傷慘重，一日下來，大城羌眾存活者十中僅一。

當日夜裡，王昭在羌方王宮中舉行盛大的祭祖儀式。商王攻破強大他方，為了告慰先王先祖，自當以他方之長獻祭，於是王昭命隨行的巫者巫箙準備人牲祭祖之儀。

巫箙乃是大巫嗀的手下巫祝之一，巫術並不高明，但自幼在天邑商長大，算是商人，此番王昭出征，大巫嗀無法親隨，便派遣巫箙跟在王昭身邊，做為隨師之巫。

巫箙曾協助大巫嗀主持各種祭祖儀式，熟悉種種規矩，還不至於出甚麼大錯。他恭領王命，早已取出祭祖的吉金酒器、戎器、禮器等，預先鋪排準備，將各等器具擺放在案台之上。

一切就緒後，巫箙請王昭和王婦就位，請侯雀、亞禽、雀女助祭。商戍將羌伯押上大堂，跪倒在王昭之前。巫箙口中高聲誦念對先王先祖的禱詞，在商師眾目齊注之下，舉起吉金祭鉞，斬下了羌伯的頭顱，將血淋淋的頭顱放在祭台之上，敬獻給先王先祖。巫箙接著取出吉金小刀，剝下羌伯的頭皮，在頭蓋骨上刻下「王用羌方伯于祖丁」的字樣，再次將頭骨獻給先王祖丁。王昭之前已命商戍挑選三十羌俘，讓巫箙以卯法獻祭，即將羌俘對半切開，取出內臟炙熟，盛在豆中，呈上祭壇，供先祖享用。

自王昭登基以來，商師年年出征，唯有這回征羌的勝利最為重大，不但捕獲殺死羌方之長羌伯，還殺死了羌方數千男子，消滅羌方的戰力，並俘虜了大量羌人。唯一美中不足的是讓羌伯之女、羌方釋比姜脫逃，商師搜了大城的每一個角落，都遍尋不著，想來她應是早在商師攻城之前便已逃出城去了。

婦好顯得甚是不快，王昭卻不很在意，說道：「羌方釋比不過是個小小女孩兒，法力也不高強。倘若她如大巫嗀那般，能夠以巫術守城退敵，羌方大城又怎會被我師攻破？再說了，她之前能夠為我大商帶來災難，是由於她背後有羌伯的支持，加上羌方與強大的虎方結盟。如今虎方並未前來解救羌方，虎羌之間想必已無結盟之實；羌伯又已死去，大城毀壞，羌師盡滅，一個小小女孩兒，又能興起甚麼風浪？」

婦好並未對王昭說出，事實上在她出發之前，王后婦井曾對她頒下嚴令，命她一定要殺死羌方釋比姜。王后婦井知道姜是個能夠變身為禽獸的巫者，亦曾親眼目睹姜變身成羊，也聽聞她更變身為豹攻擊子央；婦井清楚知道，姜對愛孫子辟仇恨入骨，絕不會放棄追殺子辟。為了保護愛孫，王后婦井嚴厲命令婦好殺死羌方釋比，斬草除根。

婦好此番未能擒殺羌方釋比，知道自己回到天邑商後，定將受到婦井的嚴厲責罰。然而她早已決心背叛婦井，因此並不十分煩擾。她更在意的是另一件事：她無法對王昭說出自己為何苦惱不快。她心裡很清楚，這回伐羌大勝，那是必然之事；關鍵是出師的動機，乃是避開王后婦井的威脅，以及轉移虎方的視線。如今這兩個目的都已達成，然而婦好自己卻甚麼也沒有得到，她全不稀罕、也從不在乎甚麼羌方的金銀珠貝。她念茲在茲的，唯有向婦井報仇雪恨。此番征羌，婦好勞苦功高，取得大勝，換回的卻只是替大敵婦井除去了羌方這個心腹大患，自己卻似乎離報仇仍遙遙無期。除了攻城之前那夜外，王昭再未跟她談起婦井之事，也絕口不提回到天邑商後將如何對付婦井。

婦好心中越發焦慮，擔憂王昭並無對付婦井的決心，而自己夾在王與后之間，隨時能被王昭或婦井捨棄。只要王昭一日不對婦井宣戰，王后婦井便可一日安然待在天邑商，放心下手除去敵人婦斁，害死婦斁的二子一女，讓子弓繼續做他的小王，讓子辟成為未來的小王，讓婦鼠那個陰險無恥的婦人成為王后，甚至王母、王妣。在商王傳統之中，唯有成為王母，死後才能得享日號，和王一起升入天界，受到商王子孫世世代代的不絕祭祀。而她婦好則因無子，將永遠無法有當上王后，成為王母的那一日！

王昭在羌方舉行的祭祖儀式十分繁複盛大，一行人在大城足足待了十日，多戌繼續燒殺劫掠，王族則日夜宴飲，殷勤向先祖獻祭。在最後一場祭祖儀式中，巫箴將羌伯的頭顱骨敲碎，埋入土中（注），儀式才算圓滿完成。

這時三師也已搶掠完畢，將羌方大城中所有的金玉珠貝搜刮一空。城中所有年輕男子全數殺死，殺了總有數千人，屍體便扔入大城旁的護城河，人數之多，竟將護城河都填滿了；婦人子女則充作俘虜，全數綁縛關起，準備帶回天邑商。

大祭完畢的那夜，婦好忽然感到非常疲倦，在羌伯寢室中躺倒，立即便睡著了，並開始做夢。

她夢到自已身處一間陰暗的小室，只有正中央點著一盞油燈；燈旁坐著兩人，左邊是個面貌姣好、皮膚白淨的小女孩兒，婦好從未見過，女孩兒懷中緊緊抱著一頭小羊，似乎十分珍惜。油燈右邊坐著一個形容枯槁的老者，雙目緊閉，額頭上卻生著一隻眼睛，這隻獨眼閃爍明亮，直盯著那女孩兒，露出不敢苟同之色，同時不斷搖頭。女孩兒舉起雙手，做出種種手勢，高聲說著話，似乎在試圖說服三眼老者去做一件萬分緊要的事。

婦好極為好奇，跨上一步，聆聽二人的對話。

但見三眼老者嘆了口氣，說道：「姜！我等都是巫者。妳是羌方釋比，負責保衛羌方

---

注 商人以人頭骨祭祀先祖之舉，確有考古根據。《商代史卷七：商代社會生活與禮俗》第十章〈占卜與禮俗〉中提到，除了龜甲牛骨上的刻辭之外，曾出土十四塊刻在人頭骨上的刻辭，推測是商王在征服敵方後，殺戮敵方之長，在其頭骨上刻字，用以獻祭於先王。通常只刻十餘字，記下人名和受祭的先祖之名。頭骨皆不完整，推測可能在獻祭儀式中將之敲碎。出土文字有「夷方伯」、「伯丙」等。

的生死存亡；我身為鬼方靈師，自須負責保衛鬼方的生死存亡。羌方走到這等地步，妳才來求我幫忙，未免也太遲了！」

婦好望向那女孩兒，心想：「原來她就是羌方釋比！我只知道她能變身成豹，差點抓死子央，沒想到她竟是這麼一個白淨纖瘦的女孩兒！」

姜甚是激動，高聲道：「靈師早已答應過父王，怎可反悔？這是消滅王昭和婦好的最佳時機啊！商師自以為大勝，絕無防備；一旦靈師讓父王和羌師起死回生，我們尾隨而上，突襲商師，商師定會大敗潰散！」鬼方靈師瞇起第三隻眼，說道：「鬼方和商方無冤無仇。鬼方若插手此事，引起商方的忌恨，豈不是引火自焚？」

姜盯著靈師，說道：「靈師何出此言？我率領羌師一舉殺死王昭和婦好，商人絕對不會知道鬼方曾插手此事！商王大巫㲉遠在天邑商，他即使得知，也無法逆轉形勢了。」

靈師沉吟道：「讓大部分的羌師起死回生，並不困難。然而羌伯已被商人砍下頭顱，拿去獻給商人的先祖。他的靈已被商人之祖吞噬，再也無法救回。」

姜聽了又驚又怒又傷心，落淚咬牙道：「可恨的商人！」她仍不放棄地追問道：「羌師此役陣亡之戍，總有數千。你能夠全數救回麼？」

靈師點點頭，說道：「能夠，但需要一點時候。當妳見到羌水的水色變清之時，就表示大部分的羌戍已被我從冥界帶回人間了。」

姜抹淚大喜道：「多謝靈師！姜感激不盡！」

靈師抿著嘴，說道：「然而我需得知道，羌方將如何報答鬼方？」

姜說道：「只要姜能做到的，必當應承，盡力替靈師達成！」

靈師睜著第三隻眼，凝望著姜，說道：「只要妳替我殺死商王昭，殺死王婦婦好，那便足夠報答我了。」

姜睜大了眼，顯得頗為驚訝。她靜默一陣，才道：「靈師，莫非你當真相信那個預言？」

靈師點點頭，說道：「『鬼亡於梟』。這麼多年了，這個預言始終纏繞著鬼方。我們一直不知道梟是甚麼，也不知牠將來自何方。如今，我終於知道了。梟就是鴟梟，也就是大商王婦婦好！」

婦好聽靈師提起自己，不禁心頭一震，更加留神傾聽。

姜沉吟道：「婦好和鬼方有何仇怨？」

靈師搖頭道：「無仇無怨，但我確信她將執意消滅鬼方。唯一制止此事發生的辦法，就是先下手為強！」

姜眼神堅定，點頭說道：「我定當盡力，替鬼方取婦好性命！」

夢境至此而止，婦好一驚醒來，全身冷汗，一顆心怦怦而跳，那一老一少兩人對坐談話的情景彷彿猶在眼前。她甩了甩頭，心想：「這個夢究竟是甚麼意思？鬼方靈師是甚麼人？他竟為了一個預言而要殺我？他當真有讓死人復生的能力麼？倘若他真的讓那數千羌師活了過來，我方情勢可危險至極！」

她愈想愈驚恐，心知羌方大城不可久待，於是立即去找王昭，說道：「羌伯已死，大城已毀，王后佔據天邑商之事卻尚未解決，我等應當早日回返天邑商。」

王昭也表贊同，於是下令整頓商師，押著羌俘，次日清晨便啟程回往天邑商。

日中時，商方萬人之師行經一條河流，準備停下飲馬休息。王昭見到河水一片黑色，心生疑竇，問道：「來時王師曾經過這條河，余記得河水清澈，為何歸途中卻變成了黑色？」

侯雀和亞禽都面面相覷，不知原因，婦好心中雪亮，說道：「回我王，這條河叫作羌水。河水之所以變成黑色，是因為它的上游連接著羌方大城的護城河。我們殺死了數千羌人，屍體全都扔入了護城河中，因此羌水就變成黑色的了。」

王昭點頭道：「原來是屍體之故。屍體腐爛發臭，將河水都變成了黑色的毒水。我等不可在此停留，也不可讓馬在此飲水。繼續上路吧。」

商師繼續行進，然而附近就這一條河流，即使行至下游，水色仍是黑色。王昭頗為擔心，生怕一路下去都找不到可以駐足飲水之地，那麼萬人之師終不免陷入飢渴困境。

婦好想起昨夜的夢，心中忐忑不安，猶疑不知是否該對王昭說出那個夢境，暗懷恐懼不安，不時轉頭去望河水，倘若水色忽然變清了，是否表示鬼方靈師已出手幫助羌方釋比，讓羌師全數起死回生，正向著商師追殺而來？

就在此時，一個親戍來報道：「前面十里外，便是鬼方的地盤，有一條與羌水不同流域的鬼溪。我等可去向鬼方請求，讓全師在鬼溪取水歇息。」

婦好腦中閃過夢境片段，立即開口叫道：「不能去鬼方！鬼方靈師詭異可怖，是我大商之敵！」

王昭甚是驚訝，回頭望向婦好，只見她臉色鐵青，顯得極為戒懼不安。王昭心生警戒，當下轉頭問跟在身後的巫箙道：「你知道鬼方靈師麼？鬼方靈師與我大商是敵是友？」

巫箙甚是惶恐，恭謹回道：「以本巫所知，鬼方與我大商非敵非友。靈師乃是天下多巫之中年齡最長、法力也最強大的一位。我曾聽大巫彀說過，各方巫者皆以鬼方靈師為尊，不僅因為鬼方靈師法力強大，更因為他年高德劭，睿智公正，更不時對他方巫者伸出援手，解危扶傾。」

王昭點頭道：「鬼方靈師的大名，余也曾略有聽聞，與你所述相差不遠。」他望向婦好，問道：「婦好，妳對鬼方究竟有何顧慮？」

婦好知道自己必得說出那個夢，才能解釋自己的異狀，於是對王昭招手，來到無人處，輕聲將自己前夜的夢境說了，卻隱下了關於「鬼亡於梟」的預言，以及靈師認定自己便是「梟」等情。

王昭聽了，臉色大變，說道：「此夢十分古怪，是否應讓巫箙替妳解夢？」

婦好搖搖頭，望向羌水，但見水色仍舊漆黑，說道：「不必了。那個夢也不知有何意義，或許不該輕易相信。羌水水色並未變清，顯示鬼方靈師並未依照他和姜的約定，將羌戍從冥界帶回，讓他們死而復生。」她心念一動，轉頭望向王昭，說道：「或許鬼方靈師尚未出手？我等應當立即去見靈師，阻止他出手協助羌方！」

王昭想了想，說道：「倘若鬼方靈師並無此意，我等去見靈師提起此事，豈不令他生起疑心？」

婦好道：「我等可以去拜見靈師，探探他的口風。倘若他並無心幫助羌方，那是最好。倘若他已與羌方結盟，我們便可出手阻止。」

王昭點頭道：「王師原須覓地飲馬造炊，不如便赴鬼方求借鬼溪取水。然而造訪靈師乃是大事，不可輕率而行。」

婦好咬著嘴唇，欲言又止。

王昭問道：「我婦尚有何顧慮？」

婦好吸了一口氣，說道：「倘若靈師當真能夠將人從冥界帶回，讓人起死回生……」說到此處，她的臉色幾次變換，望向遠方，目光迷離。

王昭陡然明白了她的心意：「她想救回她那夭折之子！」他深受觸動，心中動念：「婦好若能尋回她死去的子，事情便大大不同了。余能封她為后，封其子為小王，余便不需再受到於狼子野心的婦井一干人等了。」當下點頭道：「好，我等便去鬼方，造訪鬼方靈師！」

婦好面露感激之色，說道：「多謝我王。關於夢境之事，自然不宜提起。我便以請求靈師救回我子為由求見，藉以探詢他是否有心與羌方聯手。」

王昭同意了，於是召喚侯雀和亞禽前來，告知前往鬼方借鬼溪飲馬炊食之議，二人都無異議，於是王昭派了親戍去鬼方通報，說商師經過此地，請借鬼溪之水飲馬炊食。

過了一陣，親戍單獨回來，稟報道：「鬼伯表示歡迎，條件是商師勿要進入鬼方城寨，必須自行在寨外的鬼溪飲馬煮食。」

王昭微微皺眉，不悅道：「鬼方未曾派使者出來迎接麼？」

親戍道：「我到鬼方城寨的門外時，並未見到任何人，只有一個聲音在門內如此對我言說。」

王昭和婦好對望一眼，都感到十分詭異。

王昭道：「你回去對鬼伯說，商王感激不盡，商師不會進入鬼方城寨，只在寨外的鬼溪飲水。但是余和王婦婦好盼能入寨拜見鬼方靈師。」

親戍領命去了之後，王昭便命侯雀和亞禽率領商師開往鬼方城寨外的鬼溪之旁，餵馬烹食；王昭和婦好二人則在二十名親戍的護衛下，等候那名親戍回來，準備去見鬼方靈師。

兩人等了許久，那親戍才回轉來，說道：「鬼方靈師請我王和王婦入寨相見。」

於是王昭和婦好便在親戍的圍繞保護下，前往鬼方城寨。

鬼方幅員廣大，此地是鬼伯所居的城寨，乃是鬼方最大的聚落。王昭和婦好都從未來過鬼方，當一行人來到寨門之外時，但見寨門大開，無人守衛。兩人雙雙走入鬼方城界後，都不禁背脊陣陣發涼；此地陰森而荒蕪，放眼望去，雖有城寨房舍、牛羊田地，但卻靜悄悄地，不但沒有禽聲炊煙，連一個人影也看不見。

王昭問那親戍道：「你方才來此，也是這般麼？」

親戍道：「正是。鬼方之人不喜外人，只要聞到外人的氣味，便立即躲入屋中，避免相見。」

親戍領著王昭和婦好來到一間破舊的草屋外，說道：「我聽那聲音說道，鬼方靈師就住在這間草屋之中。」

親戍當先上去敲門，門內靜了一陣，才有一個蒼老的聲音響起：「老身雙腿殘疾，行動不便，恕未能出門迎接貴客。商王、王婦請進。」

親戍開了木門，王昭和婦好並肩走入，但見草屋地上滿滿地點了上百盞油燈，燈光搖曳，閃爍不定；一個枯瘦的老人坐在油燈中央，雙腿蜷曲萎縮，果然是殘疾。這老人看來蒼老之極，不知已有多少年歲了，一頭稀疏的白髮幾乎脫盡，臉上滿是層層疊疊的皺紋和斑點，雙目緊閉，但額頭上正正生著一隻精光閃爍的眼睛。

婦好心中一震，低下頭，輕聲對王昭道：「此人和我夢中所見一模一樣！」

但聽老者說道：「老身便是鬼方靈師。商王、王婦請坐。請問兩位來見老身，有何貴事相教？」

王昭和婦好坐定之後，王昭便望向婦好，示意她開口詢問。

婦好聲音顫抖，說道：「實不相瞞，婦好聽聞靈師能夠往來冥界，帶回冥界之人。好有一事相求靈師：我有一子，剛出生就被人害死了。我想央請靈師去冥界找到他，將他帶回人間。」

靈師聽了此言，神色平靜，只點了點頭，說道：「如王婦所請，待老身赴冥界替王婦尋找王婦之子。」說著閉上了額頭上的第三隻眼。

王昭的眼光望向婦好，又望向靈師，雙眉深鎖。

靈師閉著眼睛，過了約一盞燈時分，才睜開眼睛，搖搖頭道：「冥界沒有王婦之子。」

婦好臉色一變，說道：「怎麼可能？他才出生就死了，那時他還是個嬰兒……」

靈師說道：「人間一切，老身不得而見；但老身能遍觀冥界的一切人事物，絕無遺漏。」

婦好臉色煞白，顫聲說道：「你一定是錯漏了。我親眼見到他被殺死！」

靈師又閉目一陣，說道：「我已看遍過去五十年中所有死去的商人，王族之子及非王族之子，男女老幼，一個不少。其中並沒有王婦之子。」

婦好尖聲道：「不可能！十年前他出生之後，王后逼迫我親手扭斷了他的脖子！我眼睜睜看著他斷氣死去，他一定在冥界，一定！」

王昭伸手扶住婦好的肩膀，說道：「婦好！冷靜一下。」

婦好掙開了王昭的手，難以壓抑心頭激動，大聲叫道：「甚麼靈師，甚麼進入冥界，全都是騙人的！我的子怎麼可能不在冥界？你找不到他，是你無能！」

王昭大驚失色，即使他並非巫者，卻也聽聞過鬼方靈師的大名，明白他在巫者之中地位之高，不可輕易冒犯，當下高聲斥道：「不可無禮！」

婦好倏然站起身，快步來到草屋角落，低下頭，背心抽動，不知是暗自啜泣，還是勉強壓抑憤怒？王昭走上前意圖勸慰，婦好卻一扭身，奪門而出。

靈師似乎並不以為意，忽然舉起一隻枯朽的手，對王昭招了招，說道：「請王近前，老身有要事稟告。」

王昭有些猶疑，但他身邊親戍環繞，若說怕了這個老朽得快要死去的殘疾老頭，也未免太無膽氣，於是穿過那圈油燈，來到靈師身前。

靈師壓低聲音，說道：「啟稟大商之王，羌方釋比姜曾來找過我，希望我能幫助她讓羌伯和羌師起死回生，但是老身拒絕了。」

王昭心中暗驚：「婦好的夢，竟然是真的！」但聽靈師表示已拒絕幫助羌女，鬆了一口氣，點頭道：「靈師拒絕相助羌方，余深表感激。」

鬼方靈師又道：「然而王需留意王婦。我的第三隻眼清楚見到，王婦的原形乃是鴟梟。鴟梟殘忍好殺，對商方有害無益。古代曾有預言，說道鬼方將為鴟梟所滅。然而預言並不止於此。預言還有：『鴟梟滅鬼，繼而滅商。』」

王昭臉色微變，說道：「婦好出身王族，又是余最信任的王婦，對大商忠心不二，余怎能相信你的妄言！」

靈師說道：「王可以不信，但不可不小心謹慎。王婦可以是王最大的助力，也可以是王最大的威脅。我王若不想王后婦井之事重演，便絕不能讓婦好找到她的子！」

王昭聽他提起王后婦井，心頭不禁一震：「這鬼方靈師知道的也未免太多了！」脫口問道：「找到她的子？你是說，她真的生過一子，並親手殺死了他，這子此刻在冥界？」

靈師微微搖頭，說道：「我並未欺瞞王婦。王婦之子，不在冥界，而在人間。」

王昭一驚，脫口問道：「此子現在何處？」

鬼方靈師露出微笑，說道：「老身可以回答王這個提問，但王必須承諾老身，在您有生之世，商方絕不侵犯鬼方。」

王昭沉吟一晌點頭道：「余原本便無心侵犯鬼方，余答應你。」

鬼方靈師正要開口，兩人忽聽門外傳來雜遝的腳步之聲。王昭起身搶出門去，但見門外滿是火把，持著火把的竟是商師多戉多弓，個個手持弓戈，排列整齊。

王昭驚問道：「這是怎麼回事？」

只見婦好全副武裝，從多戉之中走出，神色陰森肅然，舉起吉金大鉞，高聲下令道：「進攻鬼方！男女老幼，全數殺了！」

不知過了多久，鬼方靈師奮力睜開獨眼，眼前所見只餘一片陰鬱沉重的血色。這不是一般的血色，這是絕望的血色。他心知肚明，他的全族都已滅絕了，三千男女老少，一個不剩。族人的鮮血染紅了整個城寨，幾匹瘦馬在寒風中奔走嘶鳴，似乎在漫無頭緒地尋找牠們的主人。

然而所有鬼方族人都已死在商方多戉多弓的戈箭之下，更無一人倖存。

鬼方靈師自小便瞎了雙目，只能靠額上的第三隻獨眼視物。鬼方族人原本個個都有第三隻眼，但他們逐漸習慣於只以肉眼觀看事物，老早忘卻了當年夔祖何以賦予鬼方族人這能夠看透世間萬事萬物的第三隻眼了。過去數百年來，鬼方族人除了靈師以外，再無其他人能以第三眼視物。

鬼方靈師閉上獨眼，長長地嘆了一口氣。十多年前，他便已預見了這慘烈血腥的一幕，然而鬼方族長和族人都堅決不肯相信。如今鬼方滅絕，商王和婦好遂了他們的心意，滿足了他們殘酷嗜血的野心！

血霧瀰漫之中，一對巨禽影子來到鬼方靈師的身前。鬼方靈師知道那是何人——顯玄鳥相的是商王王昭；顯鴟梟相的是妖婦婦好。兩頭巨鳥其中之一低頭望著鬼谷，鴟梟微啟鳥喙，露出詭異、類人的微笑，砸砸鳥喙，尖聲說道：「好擅自決定出師消滅鬼方，盼我王勿加責怪。鬼方靈師法力強大，未來必成我大商之患。我等自當搶先下手，將之消滅，永除後患。」

王昭纖瘦的玄鳥身形立在肥壯的鴟梟之旁，顯得有些羸弱。牠神情嚴肅厚重，只微微點了點頭，並未回答。

靈師睜開獨眼，望向這兩頭巨禽，奮力撐起身，盤膝而坐。他知道鬼方的神祇——牛首蛇身的夔——已然遠去北方，不再庇佑他們了。長老們拒絕聽信自己的預言，鬼族最終的慘烈滅絕，就是神祇離去的明證。自己試圖以一己之力挽狂瀾，卻無濟於事，一敗塗地。如今全族皆盡走上絕路，一切都已太遲了。

然而，本應哀莫大於心死的靈師，嘴角露出了一抹微笑。他是鬼方有史以來法力最強大的靈師，自然不會坐以待斃。

鴟梟婦好見到靈師的微笑，瞇起一對圓眼，說道：「你的族人都已死盡，你自己也就要死了，你笑甚麼？」

靈師睜著獨眼望向鴟梟，冷然說道：「鴟梟！我從未傷害過任何商人，甚至曾試圖幫助妳，但妳並不領情。我已告知商王，我知道妳的子在冥界何處，也能夠幫妳尋到他，將他帶回。然而如今妳狠心下手滅絕鬼方，便永遠也無法真正找回妳親生的子了！」

鴟梟聞言猛地望向玄鳥，玄鳥點了點頭。鴟梟臉色大變，瞇起了鳥眼。

靈師哈哈大笑起來，說道：「不僅如此，我還知道該如何對付妳。妳慢慢等著吧！鬼方族人雖已死盡，但鬼影猶存。我已布下了鬼影，取妳性命，斷妳希望，絕妳子孫！」最後三句詛咒說得咬牙切齒，駭人至極。

鴟梟激動狂亂，舉起尖銳的鳥爪，厲聲道：「你死到臨頭，還敢胡言亂語！」

鬼方靈師睜著獨眼，望向眼前四根尖銳發光的鳥爪，臉上笑容益盛，說道：「妳等著吧！我已放出鬼影，它們都已奔向世間了。它們是我最忠實、最得力的鬼子，定能辦成我交付給它們的任務！」

鴟梟左爪倏然戳出，正中鬼方靈師眉間的獨眼，登時鮮血狂噴。鴟梟惡狠狠地道：「你三隻眼睛都瞎了，看你還能怎麼作怪，放出甚麼鬼影！」

靈師額頭上的獨眼被刺，眼前只剩下一片無邊無際的漆黑。他卻並未陷入痛苦絕望，也未哭泣哀號，似乎更不覺得疼痛，臉上笑容不減，又說了一次：「妳等著吧！」

鴟梟大怒，舉起吉金大鉞，一揮斬下了鬼方靈師的頭。靈師的頭顱遠遠飛出，跌落在血肉模糊的鬼族人屍體之間，滾出許多丈才停下。頭顱停下後，竟然仍發出笑聲，重複幾次道：「妳等著吧！」

鴟梟驚吼一聲，大步上前，用吉金大鉞快速將鬼方靈師的頭斬成了七八塊，那頭才不再言語了。

鬼方最後一個族人，也是鬼方最後一位靈師，就此消逝於世間。

靈師死去之後，由靈師的第三隻眼照見的鴟梟和玄鳥之形霎時消失，恢復為婦好和王昭原本的人形。

婦好心神激蕩，喘息不已，對多戍下令道：「將鬼方族人的屍體全數燒了！」

她緩步走回王昭身邊，以絹布擦拭吉金鉞上的鮮血，怒氣未消，恨恨地道：「甚麼鬼影！此人妖言惑眾，我一句也不信！」

王昭搖搖頭，卻道：「鬼方從未得罪大商。我婦今日出手毀滅鬼方，並無必要。」

婦好哼了一聲，說道：「鬼方靈師能夠出入冥界，太過危險，未來必將危害我大商，我等自當除之而後快！」頓了頓，又忍不住問道：「他所說關於我子之事，是否為真？」

王昭只感到無比的疲憊消沉，靜了一陣，緩緩說道：「他對余說，妳的子確實在冥界，他能夠替妳找回，但妳不問情由便下手滅絕鬼方，他自也不會幫妳。」

婦好咒罵道：「可恨的靈師，他果然欺瞞了我！真正罪該萬死！」她望向站在一旁的巫箙，問道：「他說甚麼放出鬼影，世間當真有鬼影這種事物麼？」

巫箙眼見靈師慘死，早已嚇得臉色蒼白，斷斷續續地說道：「可……可能是真的。我……我曾聽大巫瞉說過鬼影之事。」

婦好瞇起眼睛，喝問道：「大巫瞉知道鬼影？他說了些甚麼？」

巫箙戰戰兢兢地答道：「大……大巫瞉說，鬼方靈師擅長施放鬼影，鬼影侵入人身之後，那人便再也不是他自己了，身心皆受鬼影控制，完全聽從鬼影的指令。」

婦好哼了一聲，說道：「因此我和我王，以至於我們身邊的任何一人，都可能被鬼影侵入？」

巫箙趕緊說道：「不，不。我商人乃是玄鳥子孫，有先祖神靈護祐，鬼影應當無法侵入。然而天邑商中各族混雜，如今鬼方雖滅，鬼影猶存，對我大商只怕……只怕頗為不利。」

婦好哼了一聲，說道：「天邑商有大巫瞉護祐，自不懼甚麼鬼影！」

王昭長嘆一聲，說道：「我婦說得不錯。走吧！」忽然轉身，大步離去。

婦好恨恨地瞪了鬼方靈師的屍身一眼，屠滅鬼方的亢奮陡然消失無蹤，只在她心頭留下一團揮之不去的懊悔忿恨。

# 第十八章 出囚

天邑商王宮的地底囚牢中，不論白天或黑夜都是一片昏暗。囚中寒冷潮溼，骯髒腥臭，飲食粗糙匱乏，而子曜原本便體弱多病，又失去了讙的靈力保護，很快便病倒不起。他全身發熱，陷入昏迷，終日口中囈語不斷。

子央費盡心力照料子曜，勉強餵他喝下米粥，但他不多久便都嘔了出來；子央摟著他替他保暖，但子曜的身子卻仍一片冰涼；子央試圖與他說話，讓他清醒過來，子曜卻始終昏睡不醒。子央不禁十分擔憂焦慮，日夜替子曜祈禱：「天帝！先祖！你們在天上有眼，請保佑王弟曜，讓他活下去吧！」

然而子曜的情況愈來愈嚴重，長時間無法進食，瘦得只剩下一把骨頭，眼眶深陷，臉頰蒼白如蠟，呼吸微弱。子嫚連續幾日來探望他，他都在昏迷當中，子央用力搖晃他，他也醒不過來。子嫚焦急得在通風口外大哭，擔心兄曜離死期已不遠了。

這夜子嫚去地囚探望兄曜之後，便立即來到母斁的寢宮，跪在母的身旁，哭道：「母啊！兄曜在地囚中病得快要死去了，嫚一定要救他！」

婦斁比平日更加虛弱，臉色蒼白，呼吸細微。她聽了子嫚的言語，勉強睜開眼，伸手握住了子嫚的手，緩緩搖頭。

子嫚明白母的意思，搖頭道：「不！我不能讓兄曜死去！我知道我們一家都受到詛咒，兄曜自幼便體弱多病，但這並不是他的過錯啊！他善良仁慈，聰明多智，理應受到天帝先祖的保佑。婦井如此迫害他，將他關入地囚，蓄意讓他病死，天下豈有如此可恨之事！」

婦斁皺起眉頭，神色顯得萬分痛苦無奈。

子嫚壓低聲音，說道：「母斁！小祝偷偷告訴過我，說巫彭送了一頭奇獸讙給兄曜，能夠辟邪除祟，防災去病。我將讙送去地囚給兄曜，他的病想必能夠好轉。如此可行麼？」

婦斁連連輕輕搖頭，指指自己的眼睛，表示奇獸絕對不能讓人見到。

子嫚咬著嘴唇，神色堅決，說道：「既然如此，那只有一個辦法了。我決定去見王后，求她讓我頂替兄曜之罪，放兄曜出來治病，將我關入地囚！」

婦斁驚詫至極，睜大了眼，勉強撐著坐起身，指指婦好之宮的方向，緩緩搖頭，表示王后絕不可能答應此事。

子嫚堅定地道：「我身為王女，武勇才智並不輸給任何一名王子。我會讓王后知道我的能耐，讓她知道用我的命去換兄曜的命，絕對更值得！」

婦斁不斷搖頭，伸手緊緊握住子嫚的手，凝望著子嫚，眼神中滿是哀痛不捨。因情緒激動，她忽然開始咳嗽，咳得極為猛烈，幾乎就要喘不過氣。朱婢聞聲奔了進來，趕緊替婦斁尋藥，餵她服下，婦斁才終於止咳，昏睡了過去。

朱婢甚是擔憂，問子嫚道：「怎麼回事？妳對王婦說了甚麼？」

子嫚搖搖頭，哀然道：「嫚不聽母訓。請母原諒！」對著母斁拜倒辭別，起身離去。

朱婢趕忙追上拉住她，急問：「妳要去哪裡？」

子嫚微微搖頭，回過身，張臂緊緊抱住了朱婢，說道：「朱婢請勿擔憂，嫚自會照看自己的。」說完便頭也不回地奔出了婦斁之宮。

子嫚單獨去婦好之宮求見王婦婦井。婦井對這個婦斁之女並沒有甚麼印象，原本不肯見她，子嫚對井戌道：「我是婦斁之女，手中握有關於昆侖巫藥的重大消息，欲稟報王后。」

過不多時，井戌果然放行，領她來到婦好之宮。

王后婦井平日長住井方，但此時她掌握天邑商大權，於是便留在天邑商不走了，佔據了婦好平日居住的宮室，帶著一群忠心的井戌和侍女住了下來。

一個井戌將子嫚引入王后婦井暫居的后室之中。但見王后婦井坐在一張五彩斑斕的地氈之上，老臉上連慈祥之色都懶得裝了，神色顯得傲慢而冷肅。

子嫚吸了口氣，走上前，在王后婦井面前跪倒行禮，說道：「我后在上，王女嫚、婦斁之女、子曜之妹拜見我后。」

王后婦井不耐煩地道：「我知道妳是誰。妳說妳手中有關於昆侖巫藥的消息要稟報本后，究竟是甚麼消息？快快說出！」

子嫚從容說道：「我提起昆侖巫藥，只不過為了能見我后一面。嫚此番來面見我后，是想提醒王后一件事：我兄曜被王后關在地囚之中，病入膏肓，瀕臨死期。我后雖不在乎他的死活，但嫚想提醒我后，倘若兄曜當真死在地囚之中，大巫蔱很可能面臨破誓之危。」

王后婦井挑眉道：「甚麼破誓之危？」

子嫚道：「嫚剛剛見過大巫蔱，大巫蔱告知嫚，他對兄曜的病情十分擔憂；他身為商王大巫，任何一位身在天邑商的王子王女遭遇疾病，他都必須出手救治，不然便違反了大巫之誓。兄曜被關在地底深處，巫術無法到達，因此大巫蔱很可能被迫破誓，眼看著王子曜病逝於天邑商，卻無法出手相救。一旦大巫之誓破除，大巫蔱便無法再守護天邑商了。倘若虎侯在此時舉師入侵，而父王之師尚未歸來，大商便岌岌可危！」

王后婦井眉頭深鎖，暗暗心驚，她從未細想過此事，忍不住問道：「大巫蔱既有此慮，為何不親來知會本后？」

子嫚道：「大巫蔱清楚王后絕不肯輕易放出兄曜，多說也是無益，只怕王后也不會盡信。然而，嫚幾經思慮，已替我后想出了一個萬全之法——嫚願替兄換罪，請我后釋出兄曜，以嫚頂替。如此兄曜便可獲得大巫蔱的醫治，不至於病死地囚，令大巫蔱破誓，而我后也可將嫚永遠關起，除去一個比兄曜更大的威脅。」

王后婦井聽了子嫚的這番話，心中一沉，心想：「這小女娃兒小小年紀，當真不可小覷！她此刻才十二歲，這番大膽言論卻說得有條有理，軟中帶硬，一點也不似個孩子！以她的姿色才智，加上武勇善謀，長大後定然不是個簡單的人物，只怕比婦好還要厲害。我能威脅控制婦好，但子嫚是婦斁之女，卻難以掌控得了她。此刻不除去她，未來必成大患！」

王后婦井心念一轉，於是微微一笑，露出溫煦和藹的神色，說道：「子嫚，妳忠於大商、愛護兄長之心，本后都看在眼中，好生感動。妳提出的替兄換罪要求，本后可以看在這份真心上答應了。但我疼惜妳一個年幼王女，怎好被關入那黑暗溼冷的地囚呢？這樣吧，我將妳改為流放至南方荊楚（注），那兒天候溫暖，妳可以一輩子待在那兒了。」

子嫚未曾料到婦井竟能陰險至此，竟打算將自己永遠流放！她原本自信可以忍受地囚中的苦楚，被關上數月甚至數年都不是問題，卻絕未想到自己將被流放至荊楚蠻荒之地，永遠不得歸來！子嫚不禁臉色蒼白，手腳微顫，但事情已到此地步，她也只能深吸一口氣，拜倒說道：「我后有命，嫚豈敢不遵？但請您給嫚一個保證，在將嫚流放荊楚之後，必得放兄曜出囚，且不可傷他性命。」

王后婦井冷笑一個，點頭道：「婦井在此對天帝先祖起誓，在王女嫚流放荊楚之後，便放出王子曜，並且不傷他性命。」

子嫚一字字盯著婦井說完誓言，隨即站起身，冰冷地望了婦井一眼，轉身大步走出后室。

婦井瞥見子嫚眼中的恨意，對這名婦斁之女的才智勇毅大感不安。她望向子嫚的背影，愈想愈憂懼，暗道：「放逐她，不如殺死她！」

她張開口，便想命井戍上前，就在這時，她眼前一花，突然見到一道黑影從天而降，籠罩在子嫚的身周，接著便融合為一、消失不見了。婦井驚詫不已，呆在當地，竟只是眼睜睜地望著她離去。

地囚之中，子曜仍在生死邊緣掙扎。這一日，子曜處於半昏迷之中，忽然聽見有人高聲呼喊自己的名字。他異乎尋常地清醒了過來，睜眼見到兩個囚衛打著火把，正站在柵欄之外，似乎叫喚著自己。

注　本書以「荊楚」泛指殷商中期位於長江一帶的先楚文化。甲骨文中已有「楚」字，但並無「荊」字。「荊楚」做為國名稱呼，應是商末以至西周、春秋戰國以後的事。楚文化淵遠流長，在《楚辭》之《天問》、《九歌》、《九章》中可略窺其豹，展現荊楚文化重巫崇鬼的精神面貌。然而至今尚未在楚地出土任何早期的文字，推測殷商時的楚地應遠較殷商文化落後。台灣中正大學郭靜雲教授在《天神與天地之道：巫覡信仰與傳統思想淵源》中提出長江流域的先楚文化應是中原最古老的文化，認為商王室起源於北方草原森林交界地帶，自北方南下後，大量吸收融合楚文化中的古老傳說，借託為自己的歷史（見第八章：商文明信仰中天鳳的神能），包括吸收先楚的「鳥生信仰」，演變成《詩．商頌．玄鳥》「天命玄鳥，降而生商」的說法。事實上殷商甲骨文和出土文物並沒有充分的證據顯示商人特別崇拜鳥，或擁有鳥生信仰。此外，郭教授根據屈原的《天問》，認為女媧、嚳、堯、舜和湯等皆是楚人的祖先或神話，「湯伐夏」可能是楚人先祖的故事，卻被殷商王族借用為商的開國故事。事實上甲骨文並無「湯」字，只有「大乙成唐」，有可能是商人將自己的先祖「大乙成唐」和楚人的先祖「湯」合為一人，捏造出商人的遠古史，造成商人數百年前便已居於中原的印象，並將商人的先祖和中原的始祖黃帝、堯、舜、禹等連接在一起。

他腦中一片糊塗，慌亂之下只想到：「他們若追究是誰偷送羊皮被給我，那可糟了。」

他趕緊將蓋在身上的羊皮被隨手一扯、塞入角落，這時一個囚衛已打開囚門，來到子曜的身前，喝道：「站起身，跟我來！」

子曜感到全身無力，更站不起身，虛弱地問道：「你們要帶我去何處？」

子央這時也已清醒過來，衝上前來，暴喝道：「你們要對他做甚麼？」

一個囚衛見到子央巨大的身形和猙獰的面孔，滿懷驚恐，連退幾步，趕緊說道：「王后命我等放王子曜出去。」

子央滿面懷疑，說道：「當真？」

另一個囚衛說道：「自然是真的。我們騙你做甚麼？」兩人不敢耽擱，立即將子曜架起，拖出囚門，隨即快手將囚門關上了。

子曜難以相信王后真的會放自己出去，還來不及向子央招呼或道別，人已被架出了地囚，來到甬道之中，只聽到子央在後高聲呼喚：「曜！快請大巫𣪊給你治病！小心保重！」

子曜虛弱地答應了，他完全無法行走，全靠囚衛架著他往前行去。走出一段，兩個囚衛才停下，一個囚衛指著地上的衣裳，說道：「穿上了。」

子曜已經赤身裸體了數月，見到久違的衣裳，不禁百感交集，好似得回了甚麼珍貴非常的事物，卻又感到頗為陌生。他虛弱無力，手腳顫抖不已，俯身去撿衣裳，撿了幾次卻都撿不起來。一個囚衛看不過去，上前助他穿上了衣裳，又知道他不能行走，那囚衛更不耽擱，便將他一把揹起，爬上一段長長的木梯，走過甬道，再爬上一段木梯，才出了地囚。

外面天色剛剛亮起，空氣異常新鮮，朝陽極度刺眼，子曜心想：「我被關在那地囚中太久，都已忘記外面的世界是甚麼樣子的了。」

囚衛將他推出囚房後，便道：「你自己回去吧！」

子曜只能振作起精神，一手扶著牆，拖著病體，恍恍惚惚地往前走去，辨認道路，一步一步地回到了婦斁之宮。

宮門口和平日一般冷清落寞，卻多了許多王戍守衛。他想起子嫚說母遭到軟禁，心中一跳，一時忘了自身的病痛，跌跌撞撞衝入宮中，迎面便見到朱婢。

朱婢一見到他，悲喜交集，一把將他攬入懷中，流下眼淚，悲泣道：「曜，你回來了！」

子曜忙問道：「母還好麼？」

朱婢低頭拭淚，說道：「王婦還是老樣子。你快去見她。」

子曜趕緊來到母斁的寢室，但見她單獨坐在室中。

子曜如在夢中，衝上前撲入婦斁的懷中，哭道：「母！我回來啦。」

婦斁輕輕流下眼淚，伸手撫摸愛子的額頭，感到觸手極燙，頓時露出驚憂之色，連忙摸向榻邊的小瓶，取出一粒藥丸，餵他吃下。

子曜吃下了婦戮的藥，感覺氣息稍稍充足了些，頭和身子也清涼了許多，說道：「多謝母。」

婦戮又去捏捏他乾瘦的手臂，娥眉籠上輕愁，顯然心疼他瘦了這許多。

子曜說道：「多虧母讓嫚每夜給我送飲食來，曜才沒餓死。嫚呢？」

婦戮嘆了口長氣，緩緩搖頭，做了個手勢，神色悲痛欲絕，眼淚簌簌而落。

子曜看見母戮傷痛的神色，心中知道不好，急問道：「您說她跟我交換了？她怎麼了？她被關進地囚去了麼？」

婦戮緩緩搖頭，又做了個手勢。子曜熟悉母戮的手勢，倏然明白，驚叫道：「她被放逐離開了天邑商？」

婦戮臉色悲淒，點了點頭，手指南方，伸出五隻手指。

子曜明白這是指嫚被放逐到南方，離開已有五日。他臉色大變，跳起身叫道：「不！我得去救她回來！」

婦戮緊緊抓住他的手臂，眼神嚴厲，緩緩搖頭。

子曜心中清楚子嫚既已遭到放逐，那麼自己即使找到了她，也不能帶她回來，更何況以這麼一副殘破的身子，又要如何解救妹嫚？他呆了半晌，忍不住低下頭，大哭起來。

婦戮輕輕撫摸他的頭髮數次，便緩緩躺下，氣息虛弱，閉上雙目，眼中仍不斷流下淚水。

子曜從未見過母戮如此傷心，生怕讓母更加病弱，勉強收淚，輕聲安撫，待母確定入睡後，悄悄回到自己的寢室。他心中掛念妹嫚，但又知道自己不可能追得上她；她已離開了五日，押送流犯用的多半是牛車，自己僅憑兩條無力的雙腿，要如何辦到？

他想起巫彭的詛咒：「子曜那同胞妹妹子嫚雖不會死去，卻會慘遭厄運，受盡折磨。」一想到此處，他忍不住撲倒在榻上，搥榻痛哭。他身子仍舊虛弱，心緒大起大伏，哭著哭著，便昏了過去。

睡夢之中，子曜感到狂風呼嘯，寒冷已極，一時彷彿回到了地囚裡。但這冷不是平常地囚中的潮溼陰冷，而是高處的乾燥寒冷。他低頭望去，只見到一條長長的土道，土道上駛著一輛牛車，車上有個囚欄，欄中坐著一個全身赤裸的少女，仔細一瞧，正是妹妹子嫚。她頸上套著粗繩，雙手雙腳都被粗繩綁縛，頭髮散亂，臉色蒼白，身上還有不少傷痕。

子曜好生心疼，立即往那輛牛車飛下，落在子嫚的身旁，痛惜地望著她，想伸手抱住她赤裸的身子，但手臂又無法穿過囚欄，只能哭道：「嫚，兄曜對不起妳。我在此發誓，無論如何，我一定會讓妳回到天邑商！妳要好好保重，可千萬要活下去啊！」

子嫚回頭望向他，眼神中沒有責怪，也沒有怨恨，只有無盡的愛惜。她低聲道：「兄曜，嫚是自願去替你換罪的，你切勿為此自責傷心。母身邊只剩下你了，她的寄望全在你身上。若你能成為王，就可以救我回天邑商了。」

子曜聞言一呆，囁嚅地道：「但……但我怎麼可能成為王？兄漁呢？還有小王子弓，中兄央……」

子嫚不讓他說下去，搶著道：「兄曜，你要相信你自己！小王、兄漁、中兄，誰都有資格成為王，你也是！千萬不要看低自己！」

子曜不知能說甚麼，只是哭得不能自己，哭著哭著，子嫚驟然消失了。

他猛然驚醒，感到懷中有一團火熱的事物，他低頭望去，大喜道：「讙！你一直在這兒等我麼？」

讙不知從是哪兒鑽出來的，也不知這些時日都住在何處，子曜只見到一條毒蛇死在角落，想是牠方才獵食去了。這時牠在子曜懷中不斷磨磨蹭蹭，顯得興奮至極。

子曜有讙在身邊，身心立即感到安穩舒適了許多，但又不禁心痛：「我應當讓讙跟著嫚去保護她的安危才是。現在一切都已太遲了……」想到此處，他緊緊抱著讙，忍不住又嗚咽起來。

子曜在囚中一度病重，瀕臨死亡；回到婦斁之宮後，他服下母斁的藥，又得到讙的陪伴，大悲大喜過後，當夜竟沉沉地睡了一晚。

次日醒來時，他感覺氣息充沛，病情減退，精神頓時振作了許多。他發現自己睡在柔軟的床榻之上，蓋著溫暖的羊皮被，不禁感到如夢似幻；前一日他還在粗糙溼冷的地囚中受病魔折磨，無衣無食，掙扎求生，而今的此情此景，當真如同升入了天界一般。

子曜揉了揉眼睛，這才發現自己的寢室中多了一人。他定睛望去，那人身形修長，一身白袍，面目清俊出奇，正是大巫轂！

子曜趕緊爬起身，對大巫轂行禮道：「子曜拜見大巫轂。」

大巫轂神色沉靜，緩緩問道：「王子曜，你的身子好些了麼？」

子曜吸了一口氣，說道：「好多了。今日醒來，感覺整個人都清爽了許多。好像……好像重新活過來了一般。」

大巫轂點點頭，說道：「你昨日在地囚中，病得險些死去。出囚之後不過一日，便恢復得如此之快，當真是先祖護祐。」

子曜在囚中昏迷太久，不大記得究竟發生了甚麼事，只隱約有印象自己長期受病苦折磨，大部分時候都在昏睡之中，低下頭道：「多謝大巫轂救了曜一條命。」

大巫轂劍眉微蹙，說道：「救你命的並不是我。王子曜，你的命是子嫚替你換回來的，你需好好珍惜。」

子曜想起妹妹子嫚，忍不住悲從中來，哽咽道：「大巫！您……您能夠救回我的妹嫚麼？」

大巫轂黯然搖頭，說道：「她已離開天邑商，我也鞭長莫及。」

子曜沉痛說道：「大巫轂，巫彭的言語一一成真。我們一家母子四人皆陷入困苦艱難之境，個個性命不保。難道真的沒有解決之法麼？」

大巫轂嘆了口氣，「這麼多年來，我不斷提醒我王，須緊記他對巫彭許下的諾言。然而他執著念舊，不願辜負元婦婦井和大子弓。這一回王后背叛我王，我亦再次勸言廢除婦井、立婦斁為后，但我王慄慄自危，感到王位受到威脅，孤立無援，心意又再動搖。」

子曜入囚時並不知道發生了甚麼事，只猜知自己是受到王后婦井陷害，於是問起入囚前夜發生的事情。

大巫轂將肜祭之後的夜裡，王后婦井召集鼠侯、犬侯、伯甫、子晝、子商之師包圍王宮，逼迫王昭遜位於子弓等情說了，又說了次日清晨王族聚集大室等候貞卜時，小王子弓訓誡王昭的言語，最後王昭在亞禽的保護下，才得以扭轉劣勢，匆促離開天邑商。

子曜聽了，大驚失色，忙問：「父王沒事麼？」

大巫轂道：「王昭勉強保住了王位，但不得不答應王后婦井的要求，軟禁王婦婦斁，將王子漁和你下囚。我王為了自保，只能藉口親征，立即離開天邑商，去與王婦婦好、侯雀等王師會合，暫時避開王后的脅迫。」

子曜這才明白事情的前因後果，慍怒道：「王后好狠的心腸，竟敢逼迫父王遜位！所幸父王並未屈服！」

大巫轂道：「確實如此。然而我王為了此事深受挫折，慄慄不安。我察覺我王在前往羌方途中，動了念欲立王婦婦好為后，想藉由王婦婦好之師震懾王后婦井，重掌天邑商。這一步雖無可厚非，但我王再次破壞了他對巫彭的承諾，王婦婦斁與你一家四口的命運，也更加難以扭轉了。」

子曜感到一顆心直沉到底，不知能說甚麼，只低聲道：「難道就沒有辦法了麼？」

大巫轂搖搖頭，說道：「巫彭已經說得很清楚了。我王一日不回心轉意，你們的災難便無法解除。」

子曜沉默一陣，轉開話題，又問道：「請問大巫㱿，兄漁平安麼？他人在何處？」

大巫㱿道：「事發前，我及早通知王子漁離城躲避。肜祭結束之後，王子漁便在小祝的保護下逃出了天邑商。之後我派小巫出城與王子漁會合，護送他去往西南昆侖，請求巫彭庇護。」

子曜這才知道兄漁和小巫的去處，鬆了口氣問道：「小巫和兄漁都平安麼？」

大巫㱿道：「我不久前得到小巫的報告，他們途經魚婦屯時，被魚婦阿依留了下來。二人都平安。」

子曜吁了長氣，說道：「那就好了。」

大巫㱿望著子曜，說道：「如今留在天邑商的王婦婦嫪子女，便只剩下你一個了。地囚深入地底，巫力無法到達，因此你在囚中時，我無法以巫術保護你。如今你出了地囚，又得回了讙，身體應當無虞。然而你需小心在意，王后婦井遲早會找藉口加害你。你得留在婦嫪之宮，輕易不可離開。明白麼？」

子曜趕緊點了點頭，說道：「曜明白。」

大巫㱿站起身，準備離去，忽又停下，凝望著子曜，問道：「你昨夜去了何處？」

子曜一呆，回答道：「我在這兒睡了一夜，甚麼地方也沒去啊。」

大巫㱿的眼光從他的臉龐望向他的雙手，子曜也趕緊低頭望向自己的手，驚見雙手汙穢至極，沾滿了泥土雜草，好似剛剛徒手挖掘過泥土一般，不由得大驚失色，脫口道：

「怎會如此？」

大巫骰瞇起眼睛，輕聲道：「你甚麼都不記得了，是麼？」

子曜凝望著自己的雙手，驚愕地說不出話來。他努力回想，卻甚麼也記不起來；莫非自己有夢遊之症，半夜爬起身，到庭園中掘土，自己卻一點也不知道？但自己為何會去掘土？

大巫骰沒有再說甚麼，轉身離去。

子曜忙道：「大巫骰，且留步！」

大巫骰停下腳步，回頭望向他，眼神平淡，臉上毫無表情，子曜完全無法從他的臉上看出任何情緒。子曜心中一股難言的惶恐升起，問道：「大巫骰，您一定知道這是怎麼回事，是麼？請您告訴我，我這是怎麼了？」

大巫骰望著他，靜默良久，才緩緩說道：「我若能告訴你這是怎麼回事，一定會說。」

子曜忍不住道：「莫非連大巫骰也不知情？」

大巫骰俊秀得不真實的臉面彷彿面具一般，不透露半絲情感，既無不快，也無擔憂；既無歡喜，也無惱怒。

他忽然說道：「王子曜，我王將王子央關入地牢，是因為王子央受到羌方釋比的攻擊，傷口帶有巫毒。唯有將他關入地底深處，才能避免羌方釋比所下的巫毒發作，取他性命。我王不願他人知曉羌方釋比闖入天邑商，變身成豹攻擊王子央一事，因此藉口處罰王子央，將他下囚，並且命我消除了多子多女見到羌方釋比變身成豹子的記憶。」

子曜一怔，他心中仍在想著自己昨夜不知夢遊何處，弄得雙手都是泥濘，大巫殼卻話鋒一轉，說起子央之事。他回過神來，說道：「那麼父王將中兄央下囚，是為了救他性命，並非為了懲罰中兄？」

大巫殼道：「正是。然而數日之後，王后婦井叛變，我王倉促離開天邑商，未及下令放出王子央；而王后婦井得知虎方萬人之師正逼近天邑商，也不敢擅自釋放王子央，以免虎候要求交人換戰。如今王子央在地囚中已有半年，他的傷勢都已痊癒，巫毒也已解除，但仍陷身地囚，不得脫出。王后看來並無心釋放王子央，因此只要我王一日不回來，王子央便一日無法出囚。」

子曜想了想，說道：「大巫殼的意思，是要我將此事告訴中兄？」

大巫殼搖了搖頭，說道：「你已被放出地囚，來不及告訴他了。我只是想讓你知道，我王是個極為顧念婦和子的人。若非逼不得已，他絕不願意見到自己的婦和子受到任何傷害，包括你母婦斁和你兄妹三人在內。」

子曜若有所悟，點了點頭。

大巫殼不再言語，轉身走了出去。

子曜望著大巫殼的背影，心中百思雜陳，無法平靜。

卻說自從子曜被放出地囚之後，子央頓覺無比寂寞冷清。他往日夜夜聽著子曜的哭聲或做惡夢的呻吟聲，當時只覺得可厭可笑，如今子曜走了，地囚中一下子安靜得令人無法忍受。

子曜離開後的次日夜晚，子央正被飢餓、憤怒和寂寞輪流咬齧著身心時，忽聽頭上傳來輕輕的敲擊之聲。

子央抬起頭，但見通風口外似有人影晃動。他猜想大概是子嫚來探望子曜了，不耐煩地道：「曜已被放出去了，妳不用再來了！」

但那人並未離去，反而將頭鑽入通風口，低聲喚道：「中兄，是我！」

子央聽清那竟是子曜的聲音，不由得驚詫，壓低聲音問道：「曜！你的身子好些了麼？」

子曜道：「多謝中兄關照，我已恢復了許多。」

子央鬆了口氣，語氣轉為嚴厲，說道：「那你回來做甚麼？」

子曜千言萬語不知從何說起，漸漸哽咽起來，說不出話。

子央素知子曜軟弱易哭，這時也不禁感到不耐，低喝道：「你好不容易被放了出去，還回來做甚麼？要是被他們發現了，立即又要將你關回來！」

子曜小聲抽噎一陣，才斷斷續續地道：「中兄，我回來看你，給你送吃的喝的啊。」

子央自幼地位尊貴，身形健碩，加上勇悍善戰，與其他王婦之子素無交情，更看不起文弱的子漁和子曜兄弟；他和子曜間的短暫交情，完全是在同處地囚的患難之中建立起來的。子央只道子曜被救出去後，便會繼續與母后對立，全沒想到他竟會顧念這段交情，冒險回來探望自己，聞言不禁心頭一熱。

子曜如子嫚昔日那般，用粗繩從通風口吊下一罐薄酒，又吊下一罐黍粥。子央早就餓得狠了，接到黍粥便仰頭大啖起來，一下子就吃完了，又大口喝酒。吃喝完畢，他見到子曜還在通風口外，低聲喝道：「有事麼？還不快走？」

子曜彷彿找到出口，忍不住悲痛道：「中兄，你知道我為甚麼能被放出去麼？那是因為子嫚自願替我換罪，她……她已王后被流放去南方，這輩子再也不能回來了！」說著不禁大哭起來。

子央愕然，子嫚夜夜來地囚替他們送酒送食，總有半年的時光，他對子嫚甚有好感，聞此惡耗，心中也不禁有點惆悵難受，不知能說甚麼，只道：「子嫚……她是個好女孩兒。」

子曜哭道：「我身陷地囚的幾個月中，她每夜都冒險偷偷來此探望我，給我送羊被飲食。此後我卻再也見不到她了！我怎麼對得起她！」

子央不知該如何相勸，只能說道：「你要對得起她，就千萬別再被他們抓到了！聽我的話，為了子嫚，不要再來這兒了！」

子曜好不容易收了淚，說道：「中兄，還有一件很重要的事情，我必須告訴你。大巫散跟我說了一些話，想必意在讓我轉告中兄。」於是將大巫散所述，王昭將子央下囚以躲避巫毒的事情說了。

子央好生震驚，一時不敢相信，連聲問道：「這是真的麼？大巫散當真這麼說了？父王當真是因此才囚禁我？」

子曜道：「千真萬確。大巫嗀不會說謊。他特意來告訴我這件事，想來就是盼我能將真相告訴你，讓你定心。中兄，父王對多子向來慈愛，他不顧你重傷，堅持將你下囚，我當時就覺得十分奇怪。原來父王畢竟是為了你好！只不過幾日之後，王后便背叛父王，意圖逼他遜位，父王不得不倉促離開天邑商，因此才將你留在地囚裡了。大巫嗀認為過了這麼長的時日，你身上的巫毒應已解除，但父王出征羌方尚未歸來，因此仍未能下令釋放你。」

子央靜默了好一陣子，才道：「曜，多謝你來告知此事。你快去吧，以後不要再來。」

子曜道：「不，我不能讓你一個人在這裡受苦挨餓。我們一起挨餓時還有個伴，那時還有子嫚來給我們送酒送食。現在子嫚走了，我也被放出來，只剩下你一個人在這兒，可要怎麼熬過這苦日子？我還是每日半夜給你送酒食來吧。曜不敢讓我母知道，這些酒食都是我偷偷取來的。」

子央厲聲道：「曜！聽我的話，不要再來了！」

子曜搖搖頭，說道：「我會十分小心的。我若不來看望你，夜晚也睡不安穩。」

在子央的連聲催促咒罵之下，子曜才收走陶罐，依依不捨地離去。

子央坐在囚獄之中，心中又是不耐，又是震動，暗想：「曜這孩子實在太過軟弱，又太過善良了。世間怎會有像曜這樣的人？我大商王族怎會有如此不肖先祖的子孫？」

子曜雖出了地囚，但王后婦井不讓他回左學，整日無所事事，偶爾想起子嫂，便大哭一場；想起離開天邑商的小巫，又好生掛念。他仍舊每夜去廚下偷些粥和酒，偷偷鑽出牆洞，從地道通風口送去給子央，並且陪子央說說話，告訴他外面發生的事情。即使他整日窩在婦斁之宮中，原本也不知道外邊發生了甚麼事情，但總盡量說一些給子央知道，免得子央受不了禁閉的孤獨無望，像往昔那般在囚中發怒發瘋。

一回子曜來到地道通風口，對子央道：「這幾日氣候漸暖，燕子都飛回王宮了。」

子央哼了一聲，說道：「這點小事，有甚麼好說的？」

子曜甚感無辜，說道：「我整日待在母斁宮中，不能出去，也只看得到燕子啊。我出囚之後，終於能夠看到天空了。今日我整日躺在園裡仰望天空，看天上的浮雲，還有自由飛翔的燕子、雉雁、黃雀等飛鳥，心中感觸甚深。往年常常見到這些飛禽，一點也不稀奇；如今我可以一整日望著牠們，覺得牠們能夠自由自在地在天地間翱翔，真是自在啊。」

子央揮手斥道：「夠了，夠了！我才不想聽甚麼燕子雉雁的！」

子曜嘆了口氣，說道：「我是去年秋天入囚，如今都快到夏季了，父王卻還未回返。我偷偷向守在母斁宮外的王戍詢問，他們也很惶惑，說父王這一去實在太久了，征羌勝負也無消息，委實令人擔憂。」

子央哼了一聲，不再言語。

子曜又自顧自說了一些自己在外面見到的天候變化、鳥獸蹤跡，直到子央催他離去，他才收拾酒罐粥罐，悄悄地從地道鑽出去。

子央對子曜說話時，態度仍舊冷淡而粗率，但他心底對子曜的感激卻與日俱增。在聽了大巫穀的言語後，子央深切明白自身處境之危：即使父王將他下囚並非真心懲罰他，而是意在保護他的性命，但這大半年來，父王地位不穩，被迫離開天邑商，由母后坐鎮。這段時光中，母后竟然毫無放他出去之意，任由他在地囚中挨餓受苦，怎會如此？子央想通了只有一個原因——天邑商中真心關心他的只有父王一人，然而父王身受威脅，遲遲未歸；其餘諸人不論是母后、子弓或師般，都寧可自己死在地囚之中，免得他成為子弓的威脅。自己仍活在這兒未曾死去，完全是因為子嫚的接濟和子曜的陪伴；而母后只要一咬牙，子弓只要一狠心，命人斷絕自己的食物，或是派人在食物中下毒，甚或派個戍來持戈刺死自己，那麼自己的性命便將在這地囚中無聲無息地結束。

子央往年曾隨王昭四出征戰，殺敵無數，卻從未如此刻這般恐懼孤獨。在他最低沉絕望、在親生之母都已捨棄他的艱難時刻，這個同父異母的王弟竟對自己如此有情有義，夜夜冒險來探望自己、關心自己，用他幼稚天真的言語試圖撫慰自己痛苦的心靈。

子央知道，這是他一輩子也無法忘卻的恩情。

# 第十九章 饕餮

子曜出囚之後，也等同被軟禁在婦戩之宮，哪裡都不能去。他想再次去見大巫骰，卻不敢公然離開婦戩之宮，更怕在大巫之宮中被人見到，去向王后告密；其他王族自也無人敢來造訪。

儘管姜之前所作所為讓他十分憤慨，但他想起父王和王婦婦好相偕攻打羌方，仍不禁為姜擔憂。她身為羌伯之女和羌方釋比，想必會回到羌方，相助抵抗大商王師，然而大商王師戰無不勝，羌方如何能夠抵擋？姜要保住性命，只怕大大不易。

此外更讓他恐懼的，則是自身的處境。王昭離去之後，王后婦井便留在天邑商坐鎮，和小王子弓一起協理政事，而子曜知道王后婦井絕不會放過自己，總有一天會再來加害。

他心神不安地等了半個月，這一日，王后婦井果然派了一名井戌來到婦戩之宮，對子曜說道：「王后命王子曜去后室飲酒，請王子曜立即前往。」

子曜想起大巫骰的警告，但他怎敢違背王后婦井的命令？這回沒有小巫在旁守護，婦井若要毒死自己，只消送上一爵毒酒，盯著自己喝下，自己就只能準備受死了。這段日子他早已想清：「婦井答應以嫚將我換出囚，真是一舉數得。我出囚後，她便能趁父王出征之時早早將我解決了；而她放逐了嫚，等於順手除去了另一個威脅。」無論心中如何好生痛恨婦井，這時只能勉強忍耐，恭敬說道：「多謝王后相邀。子曜這便去盥洗更衣，立即赴王后之邀。」

井戍催促道：「快些！莫讓王后久候。」

子曜回入寢室，他怕讓母擔憂，不敢告知母戮自己受邀之事；想去找大巫嗀求救，又已不及，思來想去，最後只能搖醒了讙，對牠說道：「讙！我只能求你幫忙了。請你偷偷去大巫之宮見大巫嗀，告訴他，婦井請我去后室飲酒，攸關性命，請大巫嗀快來救我！」

讙白日通常整日昏睡，這時睜著惺忪的睡眼，一邊聽著子曜氣急敗壞的請求，一邊舔著自己的皮毛。聽完之後，牠點了點頭，便扭身奔出屋去。子曜趕緊更換衣裳，硬著頭皮，獨自來到婦好之宮，一個井戍將他引入王后暫居的后宮之中。

子曜曾去過婦井在后井宮中的后室，該室裝飾得富麗堂皇，華貴耀眼；婦好的居室卻完全不同。她喜好樸實，宮室唯一的裝飾便是懸掛在石壁上的吉金戈箭斧鉞等戎器，此外一無所有；珠玉寶貝、彩繪絲綢、吉金酒器一件也無，顯得極為樸素清簡，倒像是個低階戍者的居室。婦井入住之後，才稍稍添加了些飾品，在牆上多掛了幾幅織錦，地上也鋪了五彩繽紛的地氈。

王后婦井坐在宮室當中的五彩地氈之上，身後站著十八名身形健壯、腰插短刀的井方之戍，另有十八名衣著簡陋的羌方女奴跪著伺候。王后婦井和上回子曜見到她時一般，花白的頭髮上插著三十二枚各色玉笄，蒼老的臉上帶著笑容，神態慈祥莊重。

王后婦井見子曜到來，對他微微一笑，說道：「子曜，上回本后在井方請你飲鬱鬯，未能盡興。這回我們在天邑商的王宮之中，你可以開懷暢飲了。」

子曜不禁膽戰心驚，想起下四半年，正是肇因於這外表和善的老婦指控自己試圖以毒酒害她，聽說她再次邀請自己飲用鬱鬯，惴惴難安，身子不禁發起抖來。

王后婦井呵呵而笑，說道：「不必害怕。我有件有趣的玩意兒給你瞧。」說著揮揮手，一名井戍押了十多個全身赤裸的小孩兒進來，個個雙手被縛在背後，脖子上套著粗繩圈，有如圈套牲畜一般。子曜見這些孩子肌膚雪白柔滑，都是羌女。

押著這群羌女的，正是王孫辟。王昭命他回天邑商上左學，他原本非常抗拒，堅持留在井方；但恰好妣后婦井來到天邑商暫居，王昭人又不在城中，子辟便隨著妣后回到了天邑商，在王宮中住下了。他自然不肯去枯燥無趣的左學，在王后婦井的庇護寵溺之下，師般和師貯都管不了他，因此他即使回到了天邑商，仍舊整日在王宮中晃蕩，以盡興折磨羌奴為樂。

跟在子辟身後進來的，是一位年齡不到三十的貴婦，頭梳高髻，臉型橢圓，端莊高貴，但身形臃腫，顯然懷有身孕。子曜認出，那貴婦正是小王子弓元婦、子辟之母婦鼠。

婦鼠原本帶著愛子子辟長居鼠方，如今鼠充死去，子辟又被王昭召去天邑商，她在鼠方孤單寂寞，又不願讓子辟受到王后婦井的影響控制，於是也跟著愛子來到天邑商住下。

子曜恭敬拜見婦鼠和子辟，母子二人對子曜毫不理睬，彷彿他根本不在室中一般。子曜見慣了他們盛氣凌人的神態，也不以為怪；此刻生死一線，他也無心去理會、嗔怪這對母子對自己的輕視無禮。

婦鼠對王后婦井恭敬行禮，神色親熱，含笑說道：「婦鼠拜見母后。」

王后婦井笑吟吟地對她伸出手，說道：「妳懷了身孕，可得多多休息，好生保重啊。」

婦鼠握住王后婦井的手，另一手輕輕摸著自己微微凸起的肚腹，說道：「多謝母后關懷！婦鼠承母后厚愛，定會好生保養，盼能替小王弓再生一子。」

子曜見這兩個婦人神態親暱，忍不住全身寒毛豎立，暗想：「她姑婦二人表面看來多麼親近，但我看著卻只感到虛假隔閡得緊。」

婦鼠在王后婦井身旁坐了下來，懶洋洋地道：「我懷了子，這陣子總覺得餓，特別想吃羊羔。」說著向那一排羌女瞟去。

王后婦井笑了，說道：「這件事，就交給子辟去辦吧。」吩咐多食道：「讓宰取婦好那只饕餮方鼎來，生火燒水，準備殺羊煮羹！」多食答應去了，宰和幾名多食將一只巨大的方鼎搬入后室，在鼎下生起火來。這只鼎乃是婦好慣用的祭祖神器，上鑄饕餮面，十分精緻。

子辟滿面期待，對一群井戍高聲說道：「誰能讓這些羌女變成羊，烹來給我母吃，重重有賞！」

一眾羌女聽了，都嚇得簌簌發抖，有的哭泣，有的跪倒哀求。

井戍中有不少曾親眼見到一名羌女在子辟的虐打之下，禁受不住痛苦而變身為羊，心想這應當不難，便有人自告奮勇，站出來道：「啟稟王孫辟，請讓我試試！我定能讓她們變身成羊，宰了給小王婦享用！」

子曜耳中聽著婦鼠和子辟的言語，眼望著多名井戌興沖沖地圍上來，準備對付那些羌女，只想高聲喝止，喉嚨卻好似被人掐住了一般，發不出任何聲響，手腳也僵硬起來，無法動彈。他只能眼睜睜地望著井戌以各種方法恐嚇那些羌女，鞭打、戈刺、倒吊、火燒，使盡手段逼她們變身。羌女們哭泣慘呼不絕，但始終維持著人形，並未變身。不多時，那十多個羌女便被折磨得體無完膚，慘不忍睹。

子曜恐懼得全身發抖，子辟卻極為興奮，走上前就近觀看，並給那些井戌出主意：「光打她們是沒用的，需得嚇壞她們，她們才會降低戒心，不自覺地變身。火燒，水浸，你們全都試試看啊！」

子曜緊緊閉上眼睛，只感到頭痛欲裂，腹中翻滾，隨時能嘔吐出來，昏厥過去。但他清楚知道婦井的凶殘手段，自己若當著她面表達任何不豫之色，遑論嘔吐昏倒，她定然抓緊了機會，不會放過自己。他想起不得回鄉的兄漁、屈辱流放的妹嫚，以及悲痛萬分的母戮，明白自己不能再出事。只能暗暗握緊了拳頭，強自咬牙忍耐，不敢睜眼去望井戌凌虐那些可憐的羌女。

他想起肜祭那日，自己見到大巫轂和手下眾多巫祝斬羌人首、剖殺羌人、取出內臟和焚燒羌女等舉，知道那是為了將最珍貴的人牲奉獻給商人最尊崇敬重的先王先祖之靈，祈求先祖庇佑商人，降福全族。殺人還是殺人，但殺人的過程一絲不苟，旨在表達子孫對先祖的虔誠恭敬之心，並無殘忍虐殺之意。子曜雖受不了人祭，但並不能加以批評指責；崇敬先祖及祈求先祖庇護，原本便是商人稱霸天下的根本，種種祭儀已流傳了數百年之久，乃是商人最重要的傳承。然而他眼見婦鼠和子辟以一己之私命令井戍凌虐羌女，逼迫她們變身為羊，好將她們吃了以滿足口腹之欲，半點沒有絲毫虔誠恭敬可言，完全出自暴虐嗜血，殘忍好殺的私心。子曜咬緊了牙關，內心不自由主感到一股強烈的憤怒：他清楚知道這是邪惡的，是錯誤的，是不可原諒的。

在井戍的百般凌虐之下，羌女的哭聲和慘叫聲已低不可聞，只剩下微弱的呻吟，但全都維持著人形，沒有一個變身。眾井戍忙了半日，卻徒勞無功，都惱羞成怒起來，下手越發殘狠，口中咒罵不斷。

子辟也上前幫了一陣子忙，這時提著兩隻沾滿鮮血的手，回頭對婦鼠和婦井忿忿不平地道：「母！妣后！她們都不肯變身，實在太可惡了！」

婦井說道：「或許能夠變身的，只有上次的那個羌女？」

子辟愈想愈怒，叫道：「我一定要將那個羌女捉回來！」

婦鼠懶洋洋地道：「乖子，別著急！你慢慢對付她們，她們一定撐不下去的。我知道她們為甚麼不肯變身。羌人相信，若在變身為羊時被人殺死烹食，那麼死後的靈魂就將永遠是羊的靈魂，再也不能變回人了，因此她們寧死也不肯變身。」

子辟點點頭，說道：「要是她們全都死了，還是不變身，那怎麼辦？」

王后婦井擺擺手，說道：「死就死了，那有甚麼關係？我餓了，要去進食了。婦鼠，妳跟我一塊兒去進小食吧。辟，你也休息一下，洗淨了手，小食完後再繼續吧。傍晚前讓她們變成羊，還來得及烹煮了，會時再吃。」

婦井站起身，婦鼠也在侍女的攙扶下站起身，隨著王后婦井出去了。子辟瞪了羌奴一眼，也跟了出去。

多戌恭送王后婦井、小王元婦婦鼠和王孫辟出去後，才紛紛出門，準備洗手進食。

一個井戌問子曜道：「王子曜，您要一起進食麼？」

子曜只感到四肢無力，更站不起身來，只能勉強擠出一個微笑，搖頭道：「我不餓。我留在此地便是。」

等所有井戌都出去後，子曜坐在當地好一會兒，才勉強活動手腳，緩緩站起身，來到那些羌女的身旁。但見她們都已被折磨得不成人形，情狀淒慘可怖已極。較遠處的幾個羌女雙眼翻白，全身鮮血，顯已死去；靠近的也在半死不活之間，只剩下了一口氣。

子曜只看了一眼，便忍不住流下眼淚，低聲喃喃道：「我救不了妳們，我救不了妳們啊！」

一個最靠近他的羌女似乎聽見了他的言語，身體動了動，嘴巴微張，掙扎了一會兒，才吐出兩個字：「殺我。」

子曜明白她的意思：她求自己殺了她，好結束她的痛苦。她要以人身死去，絕對不肯變成羊後死去，遭人烹食。

子曜心中難受，低聲道：「我就算此刻殺了妳，她們……她們或許還是會吃掉妳的。」

羌女嘴角微微揚起，不知是微笑還是齜牙，她低聲道：「食人者，不得好死也！」

子曜知道，商人不論對祖先供奉多少人牲，自身畢竟是不食人肉的，因為商人相信食人者將遭受嚴厲的詛咒，死後無法進入先祖所居的天界。

子曜嘆了口氣，心想：「我該答應她，讓她以人身死去，完成她最後的心願吧。」伸手拔出腰間的吉金小刀，但他原本便瘦弱無力，這時手又抖得厲害，連他自己也不確定這一刀刺下，究竟刺不刺得破一層皮，更別說殺死一個人了。

他心想：「將她刺死，我或許做不到，但應有氣力割斷她的咽喉。」於是將金刀對準她的咽喉，握緊刀柄，正準備使勁劃過，忽聽身後傳來一陣奇異的聲響，一團熱氣迅捷無倫地湧至身後，將他全身包圍在其中。

子曜一驚回頭，但見后室中的饕餮方鼎忽然冒起煙來，鼎側的饕餮紋咧嘴大笑，笑聲嘎嘎然，極為刺耳。

子曜嚇得坐倒在地，不知所措。但見那饕餮不但張口大笑，還對著自己擠眉弄眼。子曜知道吉金神器上大多鑄有饕餮紋，饕餮有首無身，裂口巨眉，有鼻有目，但他當然從未見過饕餮紋張口怪笑。

正驚異間，那饕餮之首忽然從鼎面上猛然躍出，伴著煙霧，在諸多羌女的上方盤旋圍繞。牠張大了口，彷彿在對羌女呵氣，又彷彿想將她們一口吞噬了。饕餮在羌女身上轉了數圈，又嘎嘎大笑起來，飛回了方鼎上方；此時煙霧消失，饕餮又回到了鼎身之上，眼眉鼻口盡皆凝固，不再移動了。

子曜只看得目眩神馳，弄不清究竟發生了甚麼事。但聽一聲呻吟，剛才那未死的羌女顫巍巍地站起身來，面色蒼白如紙。她方才失去了太多血，經歷了太多痛楚，顯然未能完全恢復，但雪白的肌膚如今光滑平整，竟已見不到任何傷痕！

子曜雙眼圓睜，不敢相信眼前之事。

羌女望著他，黑亮的大眼睛眨了眨，泛出淚光，低聲說道：「多謝你。」

子曜張大口，卻不知能說甚麼。自己在一刻之前，還想用吉金小刀解決這羌女的性命，結束她的痛苦；一刻之後，卻見到她傷勢完全恢復，跟未受酷刑折磨之前一模一樣。

他吞了口口水，聲音嘶啞，問道：「妳……這是怎麼回事？妳的傷怎地都好了？」

羌女點點頭道：「是饕餮救了我。羌人崇拜天神阿爸，天神命令饕餮現身救我。我去了。」說完便舉步往門外奔去，一轉眼便不見了影蹤。

子曜還呆在當地，想要追上，卻已不及；但聽身後腳步聲響，王后婦井和婦鼠竟在多名井戉的圍繞下回了到后室！一個井戉低頭數了數，脫口叫道：「少了一個羌女！」

王后婦井走上前來，喝問道：「當真？」

另一個井戉道：「確實少了一個。屬下離開前，共有十二個羌女，現在只餘十一個。」

王后婦井轉頭望向子曜，質問道：「那個羌女到哪兒去了？」

子曜啞口無言，不知該如何回答，只呆在當地。這時其餘井戉和子辟聞訊也奔了回來，見到少了一個羌女，都是又驚又怒。

王后婦井喝道：「多戍！還不快去搜索，將那逃羌給我捉回來！」眾井戍應聲而去。

王后婦井轉過身，面對著子曜，冷冷地道：「私自放走羌俘，你該當何罪！」

子曜臉色煞白，當此情境，實在想不出自己能說甚麼，只結結巴巴地辯解：「我沒有放走她，她……她是自己逃走的。」

王后婦井怒喝道：「她傷成那樣，爬都爬不動了，若不是你放她走，她怎麼逃得了？」

子曜慌亂之中不及擇言，只能伸手指著鼎上的饕餮，實託實說道：「是真的！方才，方才那鼎忽然冒起煙，鼎上的饕餮飛了出來，在她身上圍繞，繞著繞著，就治好她的傷，她就……她就逃走了。」他愈說愈小聲，自己也知道自己說出來的言語荒謬無稽，可笑至極，沒有人會相信。

王后婦井的臉色愈發陰沉，狠狠地盯著子曜，冷然說道：「褻瀆吉金神器，一派胡言，曜，你好大的膽子！」

子曜知道自己今日絕對難逃此劫，強自壓下恐慌，吞了口口水，大著膽子說道：「關於巫祝之事，只有大巫殼最清楚。不如請王后問問大巫殼，他一定能說出個道理來。」

王后婦井瞇起眼睛，嘴角露出冷笑，陰惻惻地道：「你想要大巫殼來救你，別做夢了！」

就在這時，一個修長的身影陡然出現在宮門外，眾人一齊抬頭望去，但見來人一身白衣白裳，長髮披肩，面目俊秀無倫，正是大巫殼。

子曜大大地鬆了一口氣，趕緊跪倒行禮，說道：「子曜拜見大巫㱿！」王后婦井警戒地望著大巫㱿，說道：「大巫㱿，你來得正好。王子曜對先祖神靈不敬，私自放走羌牲，你說該當如何處置？」

大巫㱿清俊的臉上毫無表情，紫色的雙眼寒冷如冰，有如一潭深淵，讓人無法看透。他對王后婦井行禮，又對婦鼠、子辟行禮。眾人都對大巫㱿心存敬畏，皆回了禮。

大巫㱿對王后婦井道：「王子曜方才所言，我已在門外聽聞。王婦婦好所擁有的饕餮鼎，乃是祭祀先王時所用之神器，珍貴非常，靈驗無比。倘若用之於世俗之用，如烹煮常食，必將引發鼎中所藏神靈獸物之怒。王子曜方才所見，應當便是饕餮之怒。」

婦井臉色一變，辯解道：「我用饕餮鼎烹煮的，乃是要奉獻給先王的祭品，並非常食。」

大巫㱿望著婦井，並無反對挑戰之意，只道：「原來如此。那麼王子曜看到的異象，定有其他因由，應當深入探究。王子曜，請你來大巫之宮，詳細向本巫述說。」

子曜如釋重負，趕緊說道：「謹遵大巫之命。」

婦井雙眉豎起，她雖對子嫚立誓不傷子曜性命，但可沒立誓不再次將子曜關回地囚；她原本打算隨便找個藉口將子曜扔入地囚，不料大巫㱿突然出現，兩三句話間，便將子曜帶走了，心下大怒，說道：「然而子曜擅自放走羌奴，此罪不可饒恕！」

大巫㱿望向地上那其餘十一個羌女的屍體，說道：「王后之前曾說過，王孫辟在井方虐打羌女、令其變身之事，乃是無稽之談，從未發生。那麼王孫辟和井戍為何如此虐打這些羌女？」

婦井口硬，說道：「這些羌女犯了過錯，因此本后命人毒打她們，意示警戒。」

大巫殼點了點頭，說道：「如今這些羌女非死即傷，無法充當奴僕，也不能用於獻祭先祖。不見的那個亦身受重傷，離死不遠；即使存活，也是奄奄一息。瀕死的羌奴，對活人或先祖都毫無用處。這些羌奴今晨仍是活的，能吃能走，可用於獻祭，也可用於耕田餵牛。不知她們犯了甚麼過錯，需遭此嚴厲虐打，一個個要變成毫無用處的羌屍？」

婦井無言可答，子辟不知天高地厚，站出來大聲道：「是我命人打的！我要讓她們變成羊，煮給我母吃！」

婦井想出聲阻止，卻已不及。大巫殼轉過頭，冷澈的目光望向子辟，緩緩說道：「原來王孫辟毒打羌奴，是意圖使其變身成羊，烹煮而食。上回王孫辟行此事時，有何後果？不但令小王婦之兄鼠充遭虎襲而死，更引發虎方震怒，舉師進逼天邑商。王孫辟這回倘若又引起他方前來報仇，不知打算讓誰當你的替死鬼？」

子辟臉色轉白，婦鼠聽他提起鼠充之死，不禁皺起眉頭。王后婦井則怒道：「大巫殼何出此言！天邑商巫祝眾多，再安全不過，他方妖孽如何能闖入，傷害王孫？」

大巫殼道：「王后所言不錯。天邑商在天帝先祖和本巫的庇佑之下，妖孽皆不得入。然而倘若有人故意敞開大門，邀請妖孽進來天邑商，那麼即使有商王大巫及先王先祖之靈護祐，也無人能攔阻。虐羌乃是不祥之事，天帝先祖、山川神靈絕不會坐視子孫惡行，遲早將觸怒天聽，降災降禍大商。」

婦井神色緊繃，心中卻不禁生起幾分恐懼。她自然知道子辟上回險些喪命，肇因正是他凌虐逼迫那個羌女變身成羊；如今子辟似乎對逼羌變羊上癮了，即使人在天邑商，也整日找些羌女來虐打，期望看見她們變成羊，引以為樂。大巫說這乃是不祥之事，她即使不完全相信，也不能毫不上心。

子辟卻高聲道：「甚麼降災降禍？你身為大巫，曾對天帝立誓保護大商王族的安危。我乃是商王大示大孫，理所當然得到天帝神靈的保佑，你原本就該替我擋禦所有的災難病禍，不然還要你做甚麼大巫！」

這幾句話說得太過狂妄無禮，連王后婦井都忍不住伸手去拉子辟的衣袖，試圖阻止他說下去。

大巫㱿臉上卻毫無表情，只淡淡地望了子辟一眼，又望向王后婦井，說道：「王孫辟未曾上左右二學，因此不敬天帝，不畏鬼神，殊非祥兆。王孫辟乃是未來的商王，請王后、婦鼠留心，為了王孫辟往後的偉業，以及我大商之祚，還是應當讓他依照王族規矩，日日上左學為妥。」

子辟還想爭辯，婦鼠卻緊緊拉住了他的手腕，不讓他再次出言不遜。

大巫㱿又道：「天邑商境內，倘若再有人虐打羌人，逼其變身，必引致巨大災禍。此災不但將降於施虐者身上，也將禍及所有王族。請王后、小王婦、王孫辟謹慎留意。」

王后婦井、婦鼠和子辟都靜默不答。

大巫㱿又對子曜道：「王子曜請跟我來。」

子曜連忙起身，對王后婦井、婦鼠和子辟行禮，跟在大巫骰身後，快步離開了婦好之宮。

子曜原本便對大巫骰滿心敬畏，眼見他幾句話便震懾了王后婦井等人，對他更是欽佩無已。他望向大巫骰頎長的身形，見他落足無聲，只有白裳拖曳過地面的娑娑微響，心想：「大巫骰怎地能行走時毫無聲響？」

大巫骰帶領著子曜來到神室。這回室中點著十餘盞油燈，比子曜上回在肜祭上昏倒醒來時明亮得多。子曜見到種種室中神祕貴重的吉金神器，心生敬畏，眼睛不敢再亂掃。

就在這時，讙從神室角落衝出來，對大巫呦呦而鳴，似乎在對大巫骰致謝。大巫骰對牠微微點頭，向子曜道：「幸好你讓讙來報信，我才趕得及前去相救。」

子曜心中甚喜，招手喚讙來到自己身邊，但讙卻似乎頗為畏懼，只望了他一眼，便夾著三條尾巴，快速溜出了神室。

子曜甚覺奇怪，忍不住問道：「讙為何不肯留下？是大巫命牠出去麼？」

大巫骰讓子曜坐下，一對紫色眼眸凝視著他，開口說道：「我並未命牠出去。牠可能抵受不住神室中的巫術，是以不願久待。牠早先來此對我報訊時，便渾身不舒服，一意想奔逃出去。許是牠勉強在此等候，直到見到你平安無事，便趕緊出去了。」

子曜忍不住轉頭張望，十分好奇這神室中究竟有著甚麼樣的強大巫術，會令讙這頭奇獸難以忍受？

大巫見他往室內張望，說道：「上回彤祭時你昏厥過去，小巫曾帶你來此休息。」

子曜點了點頭，戰戰兢兢地答道：「是。」忍不住問道：「請問小巫何時會回來？」

大巫㲄並不立即回答，頓了頓，才道：「等他辦完事後，就會回來。」

子曜聽他的口氣，顯然不願多說，便不敢再問下去。

大巫㲄問道：「你脫離地囚之後，曾離開過婦斆之宮麼？」

子曜臉上一紅，老實答道：「離開過。宮門有王戍守衛，不讓人進出。但我每夜都偷偷從一個牆洞溜出，鑽過子嫚之前發現的地道，到地囚中去見中兄央。我們被關在囚中之時，總是一起談話；我病重時，他對我好生關懷照顧。我被放出來之後，便每夜去替他送酒送食，陪他說話。上回大巫告訴我父王為何將中兄下囚，我也儘快告訴他了。」

大巫㲄微微揚眉，顯得有些驚訝，似乎料想不到子曜竟會如此善待子央。

子曜忍不住解釋道：「中兄央並非惡人。他在囚中很痛苦、很寂寞。他無端受罰，滿心冤屈，王后又偏心大兄小王子弓，決意捨棄他，令他憤恨難已。」

大巫㲄點了點頭，說道：「也真難為了王子央。」忽然改變話題，問道：「你常常昏倒麼？」

子曜漲紅了臉，心想自己在彤祭上昏倒，擾亂祭儀，不知是否惹得大巫㲄不快，於是說道：「我原本多病，見到血腥的事物時，便容易感到頭昏欲嘔，甚至不支昏厥。」

大巫㲄問道：「為何如此？」

子曜不知該如何回答，甚感羞慚，說道：「回大巫㲄，曜……曜覺得以人牲祭祖很恐怖、噁心，我不喜歡血的氣味。」

大巫彀臉上仍舊沒有表情，只道：「血乃是世間最純淨的事物。唯有血能夠禳解厄禍、消除災殃、祛邪除惡。羌人之血特別純淨，因為羌方族人乃是羊的化身，也是神靈和先祖最喜歡的祭品。」

子曜不知該如何解釋自己對血腥殺戮的恐懼厭惡；商王族及所有的商人，無人不知祭祀天帝、神靈和先祖的重要，也從未聽過任何商人懼血畏殺。他想起方才子辟虐打羌女的血腥景況，忍不住問道：「大巫彀，你說羌方之人乃是羊的化身，我在井方時親眼見到姜變身為羊，為甚麼在執行牲法時，還有剛才子辟虐打那些羌女時，羌人都不曾變身為羊？」

大巫彀答道：「遠古之時，所有羌人都能變身成羊。但是時至今日，只有少數羌伯子孫和巫者能夠變身。姜能夠變身，因為她不但是羌伯之女，同時也是羌方的釋比。」

子曜心中對子辟萬分厭惡，恨恨說道：「原來如此。因此那些無數被子辟虐待而死的羌女，其實都不能夠變身，只是白白被他虐待殺死而已。子辟實在可惡至極！逼羌變羊，也只有他做得出這等殘忍之事！」

大巫彀道：「商人對待羌人有如牲畜，羌人受苦太深，遲早會反撲。姜的舉動只是個開頭而已。」

提起了姜，子曜心中充滿疑問，鼓起勇氣，問道：「請問大巫，姜那回來到天邑商，她究竟跟大巫說了甚麼祕密？她之後又出現在射宮之外，變身成豹攻擊中兄央，險些殺死了他。她究竟有何打算？父王出師攻打羌方又如何了？姜還活著麼？」

大巫殼聽他問出這一串的問題，臉上露出無可解的大巫之笑，說道：「王子曜，你問的這些問題，我一個也無法回答。但是或許你可以自己親眼看看。」說著指著一個蟠虺紋的吉金匜。

子曜滿心好奇，心想：「甚麼叫作『我可以親眼看看』？我能看見甚麼？」走上前去，但見那吉金匜中呈放著淺淺的清水，靜止不動，毫無波紋。

子曜心中疑惑，正想開口詢問，水中忽然浮出了影像——那是一個鬚髮皆白的老人，身穿寬大的白羊皮袍，神色哀傷欲絕。

子曜一驚，問道：「這是何人？」但聽大巫殼說道：「這是羌伯，釋比姜之父。」

子曜凝目望去，但見老人羌伯站在一座華麗的宮殿中，似乎是羌方王宮，但宮殿正中央卻有個羊圈，圈中有一頭通體潔白的羊。羌伯獨自站在羊圈旁，望著羊安詳地吃著草，雙手扶著柵欄，一滴淚水落在他的手背上。

就在這時，一個十六七歲、身形修長的少女衝入宮殿，全身戎裝，手持長戈，叫道：「父王，城門被攻破了！」

子曜一呆，這少女與他曾見過的七八歲的小女孩兒完全不同，但他立即認出那便是羌方釋比姜。

羌伯吸了一口氣，轉過身，對釋比姜說道：「妳是對的。我應當聽妳的話，早早帶著聖羊逃走，如今一切都已來不及了。」

姜臉色蒼白，說道：「還來得及！父王可以帶著聖羊從地道逃走啊！」

羌伯搖著頭，說道：「我年過六十，連走都走不動了，哪裡能帶著聖羊逃命？姜，妳是個好女兒，一直以來都順從我的意思。如今妳必須繼續聽我的話：本王命令妳立即帶著聖羊從地道逃走，無論如何，都必須保護聖羊周全平安！」

姜咬著嘴唇，低聲道：「父王，我們徹底失敗了。我老早知道羌師並非商師之敵，力勸父王及早帶著聖羊逃離，留下一座空城給商師攻打；但父王卻堅信天神阿爸將護祐聖羊，不會讓大城被異族攻破，不肯聽信。如今大城已破，商人入城後定將燒殺搶奪，屠戮一空。我若不逃走，聖羊定將落入商人手中，羌方也將亡族滅種！」

羌伯長嘆一聲，說道：「是我不對，未曾聽從妳的建議。妳快快去吧！」

宮外嘈雜之聲漸漸逼近，姜滿面悔恨傷痛，淚水涔涔而下。她對著羌伯跪倒，行子女拜別親父之禮，接著衝入羊圈，抱起聖羊，飛奔而去。

# 第二十章　貞壽

子曜看得心跳幾乎停止，極想知道姜是否成功逃脫，但這時吉金匜中的清水又恢復清澈，平靜如鏡，再也沒有任何景象了。

子曜抬起頭，問道：「後來如何了？」

大巫臩抱負著雙臂，說道：「你想知道姜是否還活著，答案就在這裡。」

子曜點了點頭，低聲道：「多謝大巫讓我……讓我看到這段情景。」

大巫臩凝視著他，臉上毫無表情。

子曜始終看不透他那張清俊的臉上顯露的神情究竟代表著甚麼意義，彷彿大巫臩的臉上總是戴著面具，表露出的只是他願意給人見到的臉容，內心的想法和情緒則永遠無人能夠探知。

過了一會兒，大巫臩又道：「還有一件事你需知曉。王昭和婦好攻破羌方大城之後，回途中經過鬼方，便將鬼方屠滅了，鬼方族人全數殺盡，一個不留。」

子曜微微一怔，問道：「父王出征他方，大多為了令他方臣服進貢，或為了俘虜方族之人，充作奴隸或人牲。這回征伐鬼方，卻為何……為何需將鬼族盡數屠滅？」

大巫臩微微搖頭，說道：「起因正是婦好。她和鬼方靈師之間生起仇怨，因此決定殺盡鬼方族人。為此，鬼方靈師臨死之前，放出了數個鬼影，藉以詛咒大商。」

子曜感到全身發寒，問道：「甚麼是鬼影？」

大巫融道：「那是會附在人身上的鬼物。任何人被其附身，就將受到鬼影的控制，執行鬼影的意志。」

子曜甚是擔憂，問道：「可以阻止麼？」

大巫融再次搖頭，說道：「鬼影詭異強大，本巫無能為力。這些事情往後可能跟你有關，也可能跟你無關，你心裡知道便是了。」

子曜還想再問，大巫融已轉開話題，說道：「我來自你母的方族兕方，那兒許多人都能夠變身為禽獸。然而變身這回事，在天邑商卻是莫大的禁忌。子辟在井方逼迫羌女變身，觸犯了商人的禁忌，由於王后的庇護，才沒有人敢追究。況且姜變身之事發生在井方，若是發生在天邑商，後果可是不堪想像。我王命我消除親戌和多子多女見到姜變身成豹的記憶，就是為此。」

子曜甚感奇怪，問道：「為何變身是商人的禁忌？為何天邑商左近沒有人敢變身？」

大巫融並未直接回答，思慮一陣，才答非所問地道：「我在大商都城中，也只見過一次人變身為禽獸。」

子曜甚是好奇，問道：「甚麼時候？在何處？是誰變身？變成甚麼？」

大巫融再次露出隱晦的笑容，說道：「我只能回答其中三個問題。事情發生在五十六年前，那時我還只是個六歲的孩子。地點是在舊都奄。那人變身成一頭巨鳥。」

子曜好奇心大起，問道：「變身的是誰？」

大巫𣪘搖頭道：「這就是我不能回答的問題。」

子曜忍不住又問道：「五十多年前，您怎會是個六歲的孩子？」

大巫𣪘露出微笑，說道：「大巫的年齡，不是一般人所能理解的。你瞧我像六十歲的樣子麼？」

子曜搖搖頭，完全被他搞糊塗了，睜大眼直瞪著他那張年輕而完美得不真實的面孔，忽然想起另一件事、當下說道：「您說事情發生在舊都奄，那不就是先王盤庚遷殷之前的舊都麼？」

大巫𣪘道：「正是。先王盤庚於四十二年前從奄遷都至殷，就是我們此刻商都所在的天邑商。」

子曜說道：「師貯曾教過我們這段遷都的歷史。他說在先王盤庚遷都天邑商之前，多王曾從亳遷至囂，從囂遷至相，又從相遷至邢、庇、奄等地。先王盤庚遷殷後，傳位給其弟先王小辛、小乙，才再傳位給當今的父王昭。即使相隔多代，王族仍牢牢記得先王盤庚遷都之時，曾遭到王族臣眾的大力反對，先王盤庚不得不三番兩次發布嚴令，命所有王族遷離奄都，甚至威脅要讓天上的商王先祖對諸王族小臣的先祖下令，讓他們不再護祐那些不肯遷都的王族臣眾。我一直覺得很奇怪，我商人遷都頻繁，似是尋常之事，為何唯獨先王盤庚遷都時，會遭遇到這麼大的阻力？」

大巫𣪘露出一絲滿意的微笑，並不回答，只道：「王子曜對史事所知甚多。」忽然問道：「你在彤祭昏倒時，做了夢麼？」

子曜微微一愣，努力回想是否確有其事。然而彤祭之後的第二日清晨，他便被關入地囚，在囚中度過了大半年的時光。那麼長時日之前的事情，他早已記不清楚了，於是搖搖頭，說道：「我不記得了。」

大巫穀又問道：「你昏倒之後，感到自己身在何處？」

這話問得十分古怪，子曜想了想，遲疑地道：「在天上？」

大巫穀點點頭，說道：「你說身在天上，是在飛呢，還是身在高塔或屋頂之上？」

子曜閉上眼睛，努力回憶，說道：「我應該是在飛。我低頭望去，可以見到青綠的田野，也看到了洹水，在我身下飛快地掠過。還看到了……看到了那頭姜變成的小羊，在草原上奔跑。在此之前，我還見到王宮，見到大室外的祭台，見到您在主持彤祭，眾巫祝忙忙碌碌地處理羌牲，父王、王后等坐在主位，後面還坐了很多很多王族諸人。是了，他們都是來參加彤祭的，忙著飲用牲血酒。我望見他們，但是只看得見他們的頭頂。」

大巫穀紫色的眸子中閃著異樣的光芒，追問道：「你看見他們的頭頂？你從他們頭上飛過？」

子曜點頭道：「是的，我在天空中飛翔，從很高的地方往下俯視。」

大巫穀問道：「之後呢？」

子曜的眼神又迷濛起來，說道：「然後我見到一排九只大鼎，鼎中各自冒著煙。我忽然很想靠近看看那些鼎為何不斷冒煙，於是俯身落下……」

大巫骰凝神而聽，子曜卻說不下去了，好似突然從夢中清醒過來一般，他甩甩頭，伸手扶著額頭，說道：「我記不得啦。我的頭好疼，就像……就像我剛剛昏倒醒來時那般。大巫骰，我不時會昏倒，完全失去意識，這是……這是不祥之兆麼？」

大巫骰若有所思，說道：「我年幼時，曾生過一場重病，昏迷了足足一個月。就是在那次重病之後，我才真正擁有了大巫之能。」

子曜奇道：「生病和成為大巫，有甚麼關係？」

大巫骰道：「巫者大多天生擁有法力，但也有巫者是在一場大病昏迷之後，才得以蛻變。我就是在大病之後才得到法力的。」

子曜甚感不可思議，忽然異想天開，脫口道：「我在地囚中也大病一場，長久昏迷。莫非我也能得到巫者的法力？」

大巫骰又是微微一笑，說道：「自古以來，大商王族之中，從未出過真正的巫者。」

子曜漲紅了臉，覺得自己剛才問得真是太蠢了。

大巫骰似乎並非有意令他感到羞慚，又加了一句：「然而王族多子之中，多有懂得卜筮者。你學過刻甲麼？」

在甲骨上刻字乃是左學中的學習之一，子曜點了點頭，說道：「學過。」

大巫骰指著一塊牛骨，說道：「請刻幾個字給我看看。」

子曜在左學多年，除了身體虛弱，過不了弓箭和使戈這一關外，認字刻字都學得甚佳，於是恭敬答應，取過牛骨，拾起一柄吉金小刀，在牛骨上刻下「甲乙丙丁戊己庚辛壬癸」十個字，刻得十分工整。

大巫𣪊默然觀望，點了點頭。

子曜刻完之後，恭謹地將牛骨和吉金小刀放回大巫𣪊面前，說道：「請大巫𣪊指正。」

大巫𣪊道：「刻得甚佳。你會用爐生火麼？」說著指向一只金火爐。

子曜之母婦斁雖受到王昭的敬重，但婦斁性喜安靜，宮中奴僕很少。冬季天寒之時，子漁、子曜和子嫚往往得自己準備火爐，生火取暖。這時子曜望向那只金火爐，較母斁宮中平時使用的精緻貴重得多，但形狀相似，便答道：「我會。」

大巫𣪊又問道：「清理過龜甲麼？」

商王用以貞卜的龜甲十分珍貴，每年由各方之長或重臣進貢新鮮龜甲，經巫筮或貞人清理整治過之後，方能使用。

子曜搖頭道：「我從未學過如何清理龜甲。」

大巫𣪊點點頭，說道：「那也不要緊，學了就會。」

子曜應道：「是。」

他正奇怪大巫𣪊為何要問自己這許多古怪的問題，忽聽遠處傳來隱約的腳步聲，似乎有人正往神室走來。

大巫𣪊閉上眼睛，過了一會，才睜眼說道：「王子曜，請你到門外去，替我迎接小王子弓和伊鳧。」

子曜心中好生懷疑：「大巫𣪊怎能只聽腳步聲，便知來人是誰？」

但他如何敢懷疑大巫的言語，立即應道：「謹遵大巫殸之命。」站起身，快步來到神室門口，開門迎接。

果見兩個白衣王族來到神室之外，當先者臉面方正，氣宇軒昂，正是小王子弓；後者身材高瘦，外型怪異，身形和容貌都隱約有如一隻白鶴，正是子弓的好友兼輔佐伊𠂤。

伊𠂤低頭見到子曜，微微一怔，露出幾分疑忌之色，小王子弓卻似乎並不識得子曜，只望了他一眼，便問道：「請問大巫殸在麼？小王子弓及伊𠂤拜見。」

子曜道：「曜奉大巫殸之命，在此恭迎大兄弓和伊𠂤。大巫殸在神室中恭候兩位。」

小王子弓多看了子曜一眼，點點頭，和伊𠂤並肩走入神室，向大巫殸恭敬行禮。商人敬神畏鬼，子弓即使貴為小王，在面對大巫殸時，也極為恭敬謙卑。

大巫殸微微點頭，並不起身回禮，只優雅地舉起右手，說道：「小王、伊𠂤不需多禮。兩位請坐。」

子弓和伊𠂤在客座上坐下了。

大巫殸說道：「小王貴體安好，諸事順遂？」

子弓點點頭，說道：「多謝大巫殸垂問，弓一切順遂。」

伊𠂤往子曜瞥去，插口問道：「請問大巫，王子曜為何在此？他怎地被放出地囚了？」他在大巫面前如此直言質問，顯得十分突兀無禮。

大巫殸面色不改，只微微一笑，那是個意義全然不明、隱晦至極的大巫之笑，任誰也看不出笑容背後究竟含藏著甚麼意義。

然而伊凫完全不顧自己無禮，繼續追問道：「王子曜曾試圖毒殺王后，我王親自命令將他下囚。他為何被放了出來？又為何在您這兒？莫非是您私自將他放出來的？」

大巫殼微笑著，從容說道：「是王后親自下令釋放王子曜出囚。」

伊凫瞇起眼睛，望向子弓，說道：「小王知道此事麼？」

小王子弓對子曜似乎既不關心，也無興趣，搖頭道：「母后未曾跟我提起此事。」

大巫殼道：「王后為何釋放王子曜，自有其因由。小王不妨親自請問王后，便知究裡。」

小王子弓和伊凫對望一眼，決定暫且放下子曜之事，子弓開口說道：「我等此來，是想請大巫殼為我貞卜一事。」

大巫殼道：「小王但有所命，本巫自當遵從。請問小王欲貞卜何事？」

小王子弓有些猶豫，望了伊凫一眼，說道：「弓想貞卜的是，我王此番征羌能否取勝，我王能否平安歸來？」

大巫殼答道：「我王出征之前，已命本巫貞卜此役吉凶，一共貞卜三次，結果都是一樣。」說著從身後取出一片龜甲，上面刻著幾行字，正是關於王昭呼婦好征羌的貞卜。伊凫接過看了，但見貞卜了三次，三次的結果都是「吉」。

伊凫嘿嘿一笑，神色顯得十分狡獪，說道：「大巫殼，您知道伊凫的為人，我從不說廢話。我們真正想貞卜的，並非此事。」

大巫殼對伊凫的坦白直率似乎毫不驚訝，甚至不以為意，只擺了擺手，說道：「既然如此，便請賜告。」

伊鳧仰起頭，哈哈大笑，說道：「人各為其主，原是天經地義。大巫殼，上回肜祭之時，多虧您幫了小王的忙，讓小王有機會在王族之前藉著雉落鼎耳之異象，指責王之過錯，贏得王室的敬重。」

子曜聽了這幾句話，卻不甚明白；肜祭當時他昏倒了，關於雉落鼎耳之事，他只約略聽大巫殼提起過，並不清楚細節。

大巫殼面無表情，說道：「本巫只掌管溝通天地，賓見先祖神靈，並無特意幫助小王。小王從中得益，並對本巫心存感激，是本巫之幸。」

伊鳧嘿嘿笑著，說道：「您心知肚明就好！」

小王子弓顯然認為伊鳧的言語太過粗率不敬，斥責道：「伊鳧，對大巫說話，不可無禮！」

伊鳧滿不在乎地道：「我說子弓，你以後是要當商王的，難道真要對大巫敬畏到五體投地不成？大巫是需要敬畏的，但王者還是王者，地位遠在巫祝之上。您說是不是，大巫殼？」

大巫殼並不理會伊鳧的挑釁，轉頭望向子弓，說道：「小王，本巫倒是十分好奇。如今王子央入囚，王子漁失蹤，王子曜也曾入囚，多子之中已無人能與小王相爭。不知小王還有甚麼值得擔憂之事？」

子弓尚未回答，伊鳧已不斷搖頭，說道：「大巫殼此言差矣！子弓已是小王，其他王子犯錯獲罪，與小王有何關係，他何須在乎？他要爭的，是諸多先王先祖的眷顧護祐！」

大巫彀道：「本巫不明，願聞其詳。」

伊鳧道：「這還不明瞭麼？如今婦好得勢，她還年輕，誰知道她會不會生出個子來，對子弓造成威脅？還有在這兒的子曜。」他望向子曜，對著子曜撇嘴一笑，神情古怪，冷冷地道：「病弱無用，當然不成威脅。但他那親兄子漁卻還沒死去。」

子曜只聽得又驚又怒，暗想：「這伊鳧也未免太過分了，竟然當著我的面詛咒兄漁！他們為了消滅敵人，當真不擇手段！」

大巫彀仍舊面無表情，只默默而聽，伸手拿起酒爵，啜了一口，說道：「原來如此。小王擔憂的，除了子漁之外，還有婦好的未來之子。」

伊鳧直盯著大巫彀，說道：「大巫彀啊大巫彀！您枉為大巫，卻想置身事外？您忠於王昭，更忠於婦斅，天邑商誰不知道？您盡力保護子漁子曜兩兄弟，不得不犧牲了他們的妹妹子嫚，讓她被流放至荊楚蠻荒之地，而此時子漁也下落不明。依我看來，您這個大巫可是失職得很。」

子曜聽他說起子嫚，心頭一痛，握緊了拳頭，指甲深深刺入掌心。

大巫彀卻仍不動聲色，甚至露出微笑，淡淡地道：「伊鳧所言，本巫雖不同意，但也不否認。」他轉向小王子弓，說道：「請問小王究竟想貞卜何事？」

小王子弓望向伊鳧，伊鳧低下身子，由下往上瞪視大巫彀，嘴角掛著詭異的微笑，說道：「小王想請大巫貞卜，若在我王歸來之前，小王號稱我王出征不利，客死異方，自任為王，吉凶如何？」

子曜聽他說出這等大逆不道的言語，大驚失色，嚇得剎那間屏住呼吸。

大巫𣪊神色仍舊平靜如常，似乎完全不覺得伊㒬的言語有何大逆不道之處，只道：「小王欲貞卜此事，本巫便為小王貞卜。王子曜，請取龜甲一片。」

伊㒬卻哈哈大笑起來，一邊笑一邊說道：「我方才不過是說笑罷了，大巫𣪊豈能當真？」

大巫𣪊微笑著望向伊㒬，說道：「伊㒬，你還是老樣子。你和小王一起來見本巫，就是為了跟本巫開玩笑、兜圈子麼？」

伊㒬笑了好一會兒，才終於停下，望了子曜一眼，神情中滿是挑釁的意味，低聲威脅道：「我今日在此說的話，你若敢洩漏出去一句，瞧我如何整治你！」

子曜被他的眼光一掃，即使伊㒬長相頗為古怪滑稽，也不禁心頭一凜。

伊㒬望向大巫𣪊，說道：「大巫𣪊知我甚深，那我便直說了。我等要貞卜的問題很簡單。我等想知道，我王壽命幾何！」

子弓顯得有些不自在，子曜也咬著嘴唇，低下頭去。伊㒬這話問得再直接不過，小王要登上商王之位，必是在王昭駕崩之後；而王昭此時已有五十六歲，在商人來說已算十分長壽的了，之前的歷代大商先王很少能活過五十歲的。子弓已有三十五歲，正當盛年，他從二十歲成為小王起，已做了超過十五年的小王，他想知道自己何時能夠即位為王，原也是尋常之問。但以一個子的立場而詢問父的死期，畢竟不妥。

大巫轂仍舊沒有露出半絲驚訝之色，只點點頭，說道：「小王有意貞卜此事，本巫便為小王貞卜。王子曜，請取龜甲一片。」

這回伊áĹ沒有發笑，子弓也沒有出聲阻止。

子曜呆了呆，見到大巫轂、小王子弓和伊áĹ的眼光都落在自己身上，頓時手足無措，慌亂中只能說道：「我……我不知道如何揀選龜甲。不如請小祝來幫手，較為妥當。我去叫她進來。」說著匆匆站起身，便想逃出神室去。

伊áĹ嘿嘿一笑，說道：「王子曜乃是我王大示之子，由他來揀選龜甲，應是再適當不過。大巫轂，您說是不是？」

子曜一聽，更是全身冷汗，明白伊áĹ意在拖自己下水，成為貞卜父王死期的一員，更加不敢參與，慌忙想找藉口離去，但聽大巫轂道：「王子曜，小祝今日不在，需煩請你幫手貞卜。」

子曜聽他這麼說，只能乖乖留下，說道：「謹遵大巫轂之命。」

小王子弓顯得十分不耐煩，說道：「請大巫轂趕緊貞卜！」

大巫轂恭敬頷首，說道：「謹遵小王之命。」對子曜說道：「王子曜，請去神室角落的木匣中取一塊龜甲。」

子曜只得來到神室角落，但見木匣中滿滿的都是龜甲，不知該如何揀選，只好從眾多龜甲中挑了較大的一塊，回去遞給大巫轂。

大巫轂接過了，反覆觀察過後，又將龜甲遞還給子曜，說道：「王子曜，今日由你助貞，並負責刻甲。先請你將龜甲清理乾淨了。」

子曜一呆，他只見過幾回貞卜儀式，卻從未參與過正式的貞卜，更從未做過助貞或刻甲這等工作，這時當著大巫嗀、小王子弓和伊晜的面，無從推辭，只能硬著頭皮，答道：「是。」雙手恭敬接過龜甲，放在一旁鋪好的白布之上，裝作很有經驗一般，取過羊毛刷和白布，仔細將龜甲兩面清理一遍，直到纖塵不染，才將龜甲雙手呈上，交還給大巫嗀。

大巫嗀接過龜甲，持在手中輕輕撫摸一陣，取起一把尖銳的金錐，自龜甲的腹面刺入，錐出一個圓形的小孔。他對子曜說道：「請王子曜備火。」

子曜這才恍然：「大巫嗀剛才問我那些問題，是想知道我會甚麼，能讓我做些甚麼。難道他老早預料到小王今日會來此求他貞卜？」

他心中動著這些念頭，手上趕緊取過那只專供貞卜用的精緻金火爐，在爐下置放一堆柴枝，又持木棍從長明油燈處取來火種，將柴枝點燃了，再將火爐小心翼翼地放在大巫嗀面前。

大巫嗀靜靜而望，對子曜的貞卜準備是否恰當不置一詞。等火燒得旺了。大巫嗀將龜甲高舉過頂，閉上眼睛，口中禱祝，接著將龜甲放在火爐之上，讓龜甲受熱。一陣子後，龜甲開始發出卜卜爆裂之聲，從大巫嗀方才鑽出的小孔旁延伸出許多不規則的裂紋。子曜睜大眼睛觀望，滿心好奇。

就在這時，大巫嗀命子曜熄火，自己手持金挾，夾起龜甲，放在面前的一塊白綢布上，仔細觀察龜甲的裂痕，最後說道：「啟稟小王，我王壽命，能達百歲。」

小王子弓和伊鳧聽了，一時都難以置信，張大了口，說不出話來。在當時，人能活過五十歲便已十分少見，能活到一百歲的更是絕無僅有。而王昭若能活到一百歲，那麼子弓便得等到八十歲才能即位。他能活到那時候麼？

大巫嗀對子曜示意，說道：「王子曜，請助刻卜辭。」

子曜聽說父王能活到一百歲，也自呆了。他知道父王雖年過五十，但黑髮黑鬚，精力充沛，健壯無比，仍能率師出征，相信壽命綿長；但要說父王真能活到一百歲，即便他已聽巫彭說過同樣的話，也畢竟難以相信。

大巫嗀又說了一次：「王子曜，請助刻卜辭。」

子曜這才回過神來，應道：「是。」他從未在龜甲上刻過卜辭，不禁提心吊膽，小心地取過吉金小刀，眼望大巫嗀。

大巫嗀說道：「請刻卜辭如下：『戊子卜　弓　貞王不惟死嗀占曰』。」

子曜左手以白布按著猶熱的龜甲，右手持刀，刻下了大巫嗀所說一行字。「戊子」乃是貞卜之日，「弓」乃是貞問之人，「貞」之後的文字即是命卜的內容，「嗀占曰」之後即為占辭，即占卜之結果。

大巫嗀看過後，說道：「很好。占辭刻『一百』。驗辭暫且不用刻。」

子曜專心一致，不敢多想，在「嗀占曰」之後刻下了「一百」二字。

子弓和伊鳧在一旁看著，都怔然不語，兩人交換了幾個眼神後，伊鳧乾笑幾聲，說道：「請問大巫嗀，同樣的問題，可以重複貞問多回，是麼？」

大巫觳道：「正是。」

伊鳧道：「那麼請大巫觳再貞一回。」

子矐只道大巫觳會命他再取一塊龜甲來貞卜，不料大巫觳卻將雙手放在膝上，神色平靜，說道：「小王所問，關乎我王之壽命，乃是驚天動地的鬼神之問，不能一而再，再而三。小王若有心再問，請擇日再來。」

小王子弓望向伊鳧，神色十分不自在。

伊鳧卻輕哼一聲，說道：「多拖幾日，我王也不會回來天邑商。您不肯立即幫小王貞問，是怕算不出第二個一百歲麼？」

大巫觳不為所動，微笑道：「如小王之前勸戒我王時所說：『人之壽命有長有短，並非先祖故意令人短壽，而是因人胡作非為，自取短命早死，肇因在於其不從善行，不服祖降之懲。先祖給予人壽之長短，皆符合其德行。』先祖給予我王多少壽命，要取決於我王的善行德行。隔幾日再貞卜，卜象或許便有不同。」

伊鳧嘿了一聲，說道：「大巫觳既如此說，那我們便改日再來。希望下回來時，先祖之意已有改變！」說著站起身，和小王子弓一起告辭而去。

大巫觳端坐不動，子矐只好起身送他們離開神室。

伊鳧回頭望了子矐一眼，說道：「王子矐請留步。你離我太近，我若不小心出手殺了你，那豈不糟了？哈哈，哈哈。」

子矐臉色一變，想起他對兄漁的詛咒，心下恚怒，忿忿地瞪著他。

小王子弓似乎始終搞不清楚子曜是誰，也不在乎，皺眉道：「走吧！何必對那孩子多說甚麼！」兩人並肩離開了大巫之宮。

子曜回入神室，來到大巫㱿的身前，他握緊拳頭，激動地道：「我和兄漁、妹嫚並未得罪王后或小王，它們竟視我和兄漁為仇敵，對我等狠下殺手！害得兄漁不得不逃走，我不得不下囚，嫚也不得不遭流放！」

大巫㱿淡淡地道：「王子曜，你還不明白麼？因為你們三個正是小王的敵人啊。王后以為消滅了你們，便可以不必擔心小王子弓的王位了。可惜事實並非如此。小王真正的敵人並不只是你們。」

子曜微微一怔，隨即明白他的意思，忍不住道：「莫非……莫非父王當真能活到一百歲？」

大巫㱿望著他，說道：「你不相信貞卜的結果？」

子曜搖頭道：「不是不信，只是……只是世間能活到一百歲的人，除了巫者之外，實在太過鮮少了。」

大巫㱿說道：「你見過巫彭，可記得他的言語？」

子曜點點頭，說道：「大巫㱿是指不死藥的傳說麼？巫彭當時說道，父王見到他和多巫各持不死藥，圍繞著窫窳之屍，試圖將之救活。他還說，凡人見此情景者，若不立即暴斃，便將長命百歲。這……這是真的麼？」

大巫㱿點點頭，說道：「他還說了甚麼？」

子曜道：「巫彭說道，他對我父王說，你不但能長命百歲，更有真王天命。」

大巫嗀露出微笑，說道：「不錯。王昭身屬小示王子，原本並無希望成為商王，但他至今已擔任商王十多年了。同樣的道理，王昭要活到一百歲，也並非不可能之事。我方才卜得的結果，只不過再次應證了巫彭的預言。」

子曜點了點頭，父王能夠長壽百歲，他自然很為父王歡喜。但他也終於明白了王后婦井和小王子弓的焦慮擔憂，王昭能夠活到百歲，對他們來說並非好事，因為他們知道自己絕對等不到那個時候，自然要想盡辦法逼王昭退位，不然子弓一直等到老死，都無由接位。

大巫嗀又道：「無論王昭壽命是長是短，你們一家都仍是小王的敵人。你可知道為甚麼？」

子曜雖少經世事，但聰穎多智，思索一番，便理清了頭緒，說道：「大巫嗀的意思是，小王未來何時接位是一回事，小王之位能不能保住，又是另一回事。父王的王婦共有三位：王后婦井、母戮和王婦婦好。婦井身為王后，地位最高，因此其子最有資格受封小王；婦井三子之中，中兄央受傷獲罪入囚，小兄商外封，都甚難與小王子弓爭奪。只要婦井未死，小王子弓的地位便不會動搖。然而一旦婦井死去，父王便可能封其他婦為王后，那麼該婦之子的地位便將大大提升，有資格與大兄弓爭奪小王之位。」

大巫嗀點頭道：「正是如此。」

子曜道：「父王曾對巫彭許下諾言，因此當婦井去世之後，父王很可能會立母戮為王后，是麼？」

大巫褩道：「然而王婦婦斁必須活著才行。」

子曜聞言背脊發涼，驚道：「母斁倘若死去，就無法成為王后，兄漁就沒有機會成為小王了。因此他們定會向母斁下手，將她害死！」

大巫褩微微搖頭，開口說道：「你不必擔心王婦婦斁。她是巫彭之女，身上有巫彭的護祐，王后無法傷害她。至於你自己，只要將讙留在身邊，便可辟邪擋災。」

子曜聽他這麼說，略略放了心。

他還想請問兄漁和妹嫚的安危，大巫褩卻顯然感到這次的會面應當結束了，說道：「你是戴罪之身，這些日子不能回左學。往後便每日來大巫之宮，幫忙小祝整理貞卜甲骨吧。」

子曜遲疑道：「但是我和母斁一起受到軟禁……」

大巫褩道：「倘若受到軟禁，如何能受王后之邀去婦好之宮飲酒？可見王后已經解除你的軟禁了。與其留在婦斁之宮等候王后再次請你去飲酒，不如來大巫之宮幫點忙吧。」

子曜知道這是大巫褩保護自己的一片心意，連忙跪倒拜謝，說道：「多謝大巫褩！」

隨後子曜告辭大巫褩，離開神室。讙已在門口等候，一見到他，便立即跳入他的懷中，顯得十分高興。

子曜伸手撫摸讙柔軟的皮毛，說道：「讙，多謝你來向大巫褩報訊，救了我一命。」

但他心情仍舊抑鬱沉重，難以釋懷。他緩緩走回婦斁之宮，心中想著小王子弓關於父王壽命的貞卜，伊皛陰毐古怪的嘴臉，自己和兄漁、妹嫚的乖舛命運，即使懷中的讙發出陣陣暖意，也無法掃除他胸中的重重憂慮。

（未完待續）

# 人物列表

**商方**：以天邑商（殷）為都，自居天下共主的大方，懂得冶煉吉金（青銅）鑄造器物。

**王族**

王昭：商朝第二十二位王，即後世所知之商王「武丁」，《詩經》中的「殷武」

婦井：王昭之后，來自井方，位於天邑商西北近郊

婦斁：王昭之婦，來自西南昆侖山腳的兕方

婦好：王昭之婦，出身商人王族遠親

子弓：王昭與婦井之大子（長子），為王昭之小王（太子之意）

子央：王昭與婦井之中子（次子），王親戍長

子商：王昭與婦井之小子（幼子），封於商方

子漁：王昭與婦斁之大子

子曜：王昭與婦斁之小子

子嫚：王昭與婦斁之女
子妥：王昭與婦好之大女
子媚：王昭與婦好之小女
子桑：王昭小示（戍出）之子
子辟：子弓與婦鼠之大子，王昭大示（嫡系）大孫
子雍：子弓與婦鼠之小子，王昭大示小孫
侯雀：王昭同母弟，王昭三卿之一

## 多臣

老臣樸：牽小臣，商王牛車隊出門徵貢貿易時負責替商王監視；亦為服侍婦斁之老臣
牛小臣直：替商王管理牛家（養牛場）的牛小臣
朱婢：巴人，婦斁的近身侍婢
師般：王昭之師，右學之長，師般婦為王昭之姊，王昭三卿之一
師貯：左學之長，並非王族，為師般收養的孤兒
傅說：王昭流放時在傅方尋得之能臣，王昭三卿之一
子治：天邑商最高明的吉金（青銅）鑄工，吉金工坊之長

伊鼂：大商開邦功臣伊尹的後代，小王子弓密友兼輔佐

**多巫**：效忠於大商的巫者

巫設：商王大巫，和婦斁一起來自西南兕方

巫箙：巫術低淺的商人之巫

小祝：女，大巫侍者兼助手

小巫：孤兒，大巫之徒

巫爭：商王多巫之一，來自爭方

巫亘：商王多巫之一，來自亘方

巫永：來自土方的黑暗之巫，王婦婦好的親信

巫启：前任商王大巫

巫祂：先王虎甲在世時之商王大巫

**雀方**：天邑商以東的方國，物產豐饒

侯雀：王昭之弟，王昭三卿之一，王昭流放時曾有恩於王昭，王昭即位後封於雀

雀女：侯雀大示之女，亞禽之元婦（正妻）

**禽方**：天邑商以東的方國

亞禽：王昭自幼培養的軍事人才，繼承其父亞禽之位，雀女之夫

**鼠方**：位於天邑商西北近郊之小方，與井方比鄰，世代通婚

鼠侯：鼠方之長，王昭親信輔臣

鼠充：鼠侯大子

婦鼠：鼠侯之女，小王子弓元婦（正妻），子辟、子雍之母

**犬方**：位於天邑商之西的方國

犬侯：犬方之長，王后婦井的親信

犬侯子：犬侯之子

**畫方**：位於天邑商以西之小方

子畫：王族遠親，王后婦井的親信

**甫方**：位於天邑商以西之小方

甫：王昭之臣，王后婦井的親信

**虎方**：位於天邑商東南方的強大方國

虎侯：虎方之長

虎子：虎侯之子，羌伯女姜之未婚夫

虎女：虎侯之女

**盧方**：位於虎方以西的方國，虎侯婦之姊為盧侯的侯婦

**羌方**：位於天邑商西北方的方國，地域廣大，牧羊維生，信仰天神阿爸和饕餮神

羌伯：羌方之長

姜：羌伯之女，亦為羌方釋比（大巫），虎侯子之未婚婦

**鬼方**：位於天邑商和羌方之間的方國

鬼伯：鬼方之長

鬼方靈師：鬼方大巫，天下多巫之中年齡最長，法力也最強大的一位巫者。自幼雙目失明，但擁有能夠看透世間萬事萬物的第三隻眼，更能往來冥界，將死者從冥界帶回人間

**荊楚**：位於長江流域的南方古國，有淵遠流長的文化和傳說，重巫崇鬼

荊楚老王：荊楚之王

婦姰：商人，荊楚王第十五個婦

大王子：荊楚老王病重時，被二王子和三王子聯手殺死

二王子：殺死其兄後自稱小王，被老王趕出荊楚王寨

三王子：殺死大兄後，二兄稱小王，一氣出走，後聯合濮方侵略荊楚王寨

熊強：荊楚老王和婦姰之獨子

熊蠻：荊楚王族，象師之長

熊駿：荊楚王族，馬師之長

熊平：荊楚王族，屬馬師，子嫚情人

熊高：荊楚王族，婦姰情人

大巫：荊楚老王之妹，荊楚大巫

**度卡族**：位於北境冰原之上，馴鹿維生的方族

隨風納木薩：度卡族薩滿（大巫）

**鷹方**：位於北方之族，族人能變身為鳥，王宮位於鷹絕崖上

鷹王兼鷹方喀目（大巫）：一百年前失蹤，從此鷹族王位空懸，亦無大巫

鷹方老者：鷹方王子伏霜的手下

伏霜：鷹方王子，鷹王弟之獨子

**海族**：生存於大海上的方族，族人都是海中生物變身而成

海王：海族之長

**龍方**：不死的方族，族人能變身成龍

龍王：龍方之長

龗：龍王之子

瓏：龍王之女

## 其他

巫彭：居於昆侖山的老巫，婦斁之父，曾助王昭登上商王之位

御龍族：一群來自不同方族的大巫，聚集在一起發明各種邪異強大的巫術，其中之一是對付龍的巫術，能夠迷惑龍，讓龍甘願供他們駕馭乘坐，再也不能變身為人，同時失去了言語和心智，一世再也無法脫離御龍族的控制

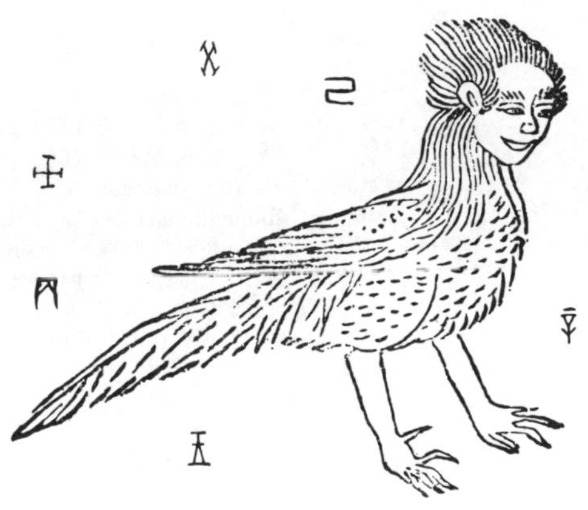

國家圖書館出版品預行編目資料

巫王志 / 鄭丰著. -- 初版. -- 臺北市：奇幻基地,城邦文化出版：家庭傳媒城邦分公司發行,（民106.08）
冊；公分

ISBN 978-986-94499-8-4 (卷1：平裝).

857.9 106009719


ISBN 978-986-94499-8-4
Printed in Taiwan.

奇幻基地官網及臉書粉絲團
http://www.ffoundation.com.tw/
http://www.facebook.com/ffoundation

鄭丰臉書專頁
http://www.facebook.com/zhengfengwuxia



# 巫王志・卷一

作 者／鄭丰
企劃選書人／王雪莉
責 任 編 輯／王雪莉
業 務 主 任／范光杰
行 銷 企 劃／周丹蘋
行銷業務經理／李振東
副 總 編 輯／王雪莉
發 行 人／何飛鵬
法 律 顧 問／台英國際商務法律事務所 羅明通律師
出版／奇幻基地出版
城邦文化事業股份有限公司
台北市 104 民生東路二段 141 號 8 樓
電話：(02)25007008 傳真：(02)25027676
網址：www.ffoundation.com.tw
e-mail：ffoundation@cite.com.tw
發行／英屬蓋曼群島商家庭傳媒股份有限公司城邦分公司
台北市 104 民生東路二段 141 號 11 樓
書虫客服服務專線：(02)25007718・(02)25007719
24 小時傳真服務：(02)25170999・(02)25001991
服務時間：週一至週五 09:30-12:00・13:30-17:00
郵撥帳號：19863813 戶名：書虫股份有限公司
讀者服務信箱 e-mail：service@readingclub.com.tw
歡迎光臨城邦讀書花園 網址：www.cite.com.tw
香港發行所／城邦（香港）出版集團有限公司
香港灣仔駱克道 193 號東超商業中心 1 樓
電話：(852) 2508-6231 傳真：(852) 2578-9337
e-mail : hkcite@biznetvigator.com
馬新發行所／城邦（馬新）出版集團
【Cite(M)Sdn. Bhd.】
41, Jalan Radin Anum, Bandar Baru Sri Petaling,
57000 Kuala Lumpur, Malaysia.
電話：603-90578822 傳真：603-90576622
e-mail：cite@cite.com.my

封面設計／陳文德
排 版／極翔企業有限公司
印 刷／高典印刷有限公司
■2017 年（民 106）8 月 1 日初版一刷
■2023 年（民 112）12 月 22 日初版13刷

售價／320元

| 廣　告　回　函 |
| --- |
| 北區郵政管理登記證 |
| 台北廣字第000791號 |
| 郵資已付，免貼郵票 |

104台北市民生東路二段141號11樓

**英屬蓋曼群島商家庭傳媒股份有限公司城邦分公司** 收

請沿虛線對摺，謝謝

每個人都有一本奇幻文學的啓蒙書

奇幻基地官網：http://www.ffoundation.com.tw
奇幻基地粉絲團：http://www.facebook.com/ffoundation

書號：1HO070　　書名：巫王志・卷一

15
annual

# 奇幻基地15周年龍來瘋慶典

## 集點好禮獎不完！還可抽未來6個月新書免費看！

活動期間，購買奇幻基地作品，剪下回函卡右下角點數，集滿點數，寄回本公司即可兌換獎品&參加抽獎！

### 集點兌換辦法

2016年6月起至2017年12月20日前（郵戳為憑），奇幻基地出版之新書，剪下回函卡右下角點數，集滿點數貼至右邊集點處，寄回奇幻基地，即可兌換贈品（兌換完為止），並可參加抽獎。

### 集點兌換獎品說明

5點：「奇幻龍」書擋一個（寬8x高15cm，壓克力材質）
10點：王者之路T恤一件（可指定尺寸S、M、L）

### 回函卡抽獎說明

1.寄回集滿5點或10點的回函卡，皆可參加抽獎活動！回函卡可累計，每張尚未被抽中的回函卡皆可參加抽獎。寄越多，中獎機率越高！
2.開獎日：2016年12月31日（限額5人）、2017年5月31日（限額10人）、2017年12月31日（限額10人），共抽三次。

### 回函卡抽獎贈書說明

中獎後，未來6個月每月免費提供奇幻基地當月新書一本！
(每月1冊，共6冊。不可指定品項。)

### 特別說明：

1.請以正楷書寫回函卡資料，若字跡潦草無法辨識，視同棄權。
2.本活動限台澎金馬。

【集點處】

| 1 | 6 |
|---|---|
| 2 | 7 |
| 3 | 8 |
| 4 | 9 |
| 5 | 10 |

（點數與回函卡皆影印無效）

為提供訂購、行銷、客戶管理或其他合於營業登記項目或章程所定業務之目的，英屬蓋曼群島商家庭傳媒(股)公司城邦分公司，於本集團之營運期間及地區內，將以電郵、傳真、電話、簡訊、郵寄或其他公告方式利用您提供之資料（資料類別：C001、C002、C003、C011等）。利用對象除本集團外，亦可能包括相關服務的協力機構。如您有依個資法第三條或其他需服務之處，得致電本公司客服中心電話(02)25007718請求協助。相關資料如為非必要項目，不提供亦不影響您的權益。

### 個人資料：

姓名：________________________ 性別：□男 □女

地址：________________________

電話：________________ email：________________

想對奇幻基地說的話：________________________

________________________

請剪下右側點數，貼於集點處，集滿5點以上，即可寄回兌換抽獎